COLLECTION
L'IMAGINAIRE

Damon Runyon

Nocturnes dans Broadway

Traduit de l'américain
par Marie Tadié, R.-N. Raimbault
et Ch.-P. Vorce

Gallimard

Les nouvelles intitulées :

UN MEC TRÈS HONORABLE
DOLORÈS LA BRUNE
ERREUR SOCIALE
LE NOËL DE DAN LE DANSEUR
SUR TERRAIN LOURD
LES TROIS PETITS MALINS
KID LA PASTILLE
LE CHANT DU CROQUE-MORT
UNE PART DE GÂTEAU

sont traduites par Marie Tadié

Les nouvelles intitulées :

RUPTURE DE PROMESSE
ROMAN D'AMOUR DANS LES QUARANTE JOYEUSES
LA MAISON DE LA VIEILLE POULE
TENSION ARTÉRIELLE
TOBIE LA TERREUR
L'ENLÈVEMENT DE BOB LE BOOK
TIENS BON, YALE !
TREMBLEMENT DE TERRE
UN FINANCIER DE BROADWAY
LE CERVEAU RENTRE À LA MAISON

sont traduites par R.-N. Raimbault et Ch.-P. Vorce

Les textes réunis dans ce recueil
sont extraits des ouvrages intitulés :

MORE THAN SOMEWHAT

THE BLOODHOUNDS OF BROADWAY
AND OTHER STORIES

Damon Runyon (1884-1946) est né à Manhattan, Kansas. Après avoir servi en 1898 aux Philippines, durant la guerre hispano-américaine, il devient journaliste sportif à Denver dans divers journaux à l'âge de seize ans, puis au *New York American* en 1911. Ses articles lui confèrent une solide réputation de reporter et d'éditorialiste, et du journalisme il passe à la littérature. Il publie son premier recueil de contes, *Guys and Dolls*, en 1932 et le succès est foudroyant. Dès lors, sa popularité ne cessera de grandir d'un bout à l'autre des États-Unis, tant auprès des lecteurs que de la presse et du monde du cinéma. Ses œuvres donnèrent lieu à une trentaine d'adaptations.

Poète, chroniqueur, conteur, auteur dramatique, scénariste et producteur de films, Damon Runyon compte parmi les écrivains les plus féconds et les plus lus des États-Unis. Ses contes mettent en scène le petit peuple de Broadway, faune pittoresque composée de vieilles prostituées, de midinettes, de gangsters et autres truands, avec humour et tendresse.

Il est mort en 1946, et ses cendres, selon son désir, furent lancées d'un avion sur Broadway.

UN MEC TRÈS HONORABLE

De temps en temps, depuis huit ou dix ans, je vois Samuels les Panards dans Broadway, mais je ne l'ai jamais beaucoup fréquenté parce que c'est un mec qui, à mon avis, ne vaut pas un clou. En fait, c'est un moins que rien.

D'abord Samuels les Panards est généralement fauché et ça ne rime à rien de tourner autour des gens qui sont sans un. À mon sens, on peut rien tirer d'un mec qui n'a rien. Aussi, tout en étant désolé pour les fauchés et toujours prêt à espérer qu'ils finiront par décrocher un filon, j'aime pas les fréquenter. Autrefois, un vieux type qui en savait long m'a dit :

« Fiston, que me dit le vieux, essaie toujours de te frotter à l'argent, parce que si tu t'y frottes assez longtemps, p't'être qu'il déteindra un peu sur toi. »

Aussi, depuis des années que je traîne dans cette ville, j'essaie toujours de me coller aux huiles et aux mecs pleins aux as et d'éviter les petits trafiquants, les faisans et les fauchés. Et Samuels les Panards est un des pires fauchés de cette ville et l'a été depuis que je le connais.

C'est un mec gros et lourd qui a des tas de mentons et des pieds à se fendre la poire, d'où son nom de

Panards. Ces panards sont super-grands, même pour un grand type, et Dave le Dandy dit que Panards porte des boîtes à violon en guise de pompes. Bien sûr que c'est pas vrai, parce que Panards pourrait pas glisser ses pieds dans une boîte à violon, sauf si c'est une boîte pour un très grand violon, un violoncelle par exemple.

Je vois Panards un soir au Hot Box, une boîte de nuit, dansant avec une nana du nom d'Hortense Hathaway, qui est dans « Scandales » de Georgie White et que fait-elle sinon se tenir sur les pieds de Panards comme sur des skis et Panards n'en sait rien. Il pense seulement que ses vieilles gondoles sont un peu plus lourdes à traîner ce soir-là, parce que Hortense n'a rien d'une malade. En fait, c'est un poids mi-lourd massif.

Elle a des cheveux blonds et cause beaucoup. Son véritable nom est Annie O'Brien, et pas du tout Hortense Hathaway. De plus, elle est originaire de Newmark, dans le New Jersey, et son paternel est un écraseur du nom de Skush O'Brien ; un bagarreur, si quelqu'un vous le demande. Mais naturellement la fille d'un chauffeur de taxi vaut n'importe qui pour les « Scandales » de Georgie White du moment qu'elle est bien roulée et personne n'a jamais entendu les clients se plaindre d'Hortense à ce sujet.

Elle est ce qu'on appelle une figurante ; tout ce qu'elle doit faire, c'est se promener sur la scène de Georgie White avec seulement quelques confettis sur elle et tout le monde la trouve belle, surtout à partir du cou, bien que, personnellement, Hortense ne m'ait jamais beaucoup plu parce qu'elle est très impertinente envers les gens. Je la vois souvent dans les boîtes de nuit et, quand elle est dans ces tripots, Hortense porte généralement un tas de bracelets de diamants et d'écharpes en fourrure et beaucoup d'autres bibelots. Aussi je pense qu'elle se débrouille pas mal pour une nana de Newmark, New Jersey.

Naturellement, Samuels les Panards ne sait pas pourquoi tant d'autres nanas veulent danser avec lui, mais il se dit qu'il a peut-être le fameux vieux sex-appeal et il est très fâché quand Henri, le garçon-chef du Hot Box, lui demande de cesser d'encombrer la piste sauf une fois sur dix, parce que les panards de Panards occupent tellement de place que deux autres danseurs seulement peuvent se faufiler en même temps que lui sur la piste, vu l'exiguïté de celle-ci.

Je dois vous en dire plus au sujet des panards de Panards parce qu'ils sont vraiment très remarquables. Ils partent très nettement dans différentes directions, sous lui, si bien que lorsqu'on voit Panards planté dans un coin, c'est très difficile de savoir de quel côté il va.

Samuels les Panards gagne sa vie du mieux qu'il peut comme beaucoup d'autres mecs de cette ville. Il cherche des pigeons autour des champs de courses, des parties de dés et des combats de boxe, ramassant çà et là quelques dollars comme rabatteur pour les books, boursicotant sur les paris, racolant les caves, mais il n'a jamais eu de fric de sa vie. Il passe son temps à en emprunter et à en rembourser, et je ne l'ai jamais vu sans qu'il soit raide par manque d'oseille.

La seule bonne chose que vous pouvez dire de Samuels les Panards, c'est qu'il est très honorable et ce qu'il doit, il le paie quand il peut. Tout le monde vous le dira, bien que, naturellement, ce soit seulement ce qu'un bricoleur comme Panards doit faire s'il veut garder son crédit et ses activités. Pourtant, vous seriez surpris du nombre de mecs qui oublient de payer.

C'est parce que la parole de Panards est jugée valable qu'il est presque toujours capable d'emprunter un peu d'oseille, même au Cerveau, et le Cerveau n'est pas le mec auquel on peut facilement soutirer du fric. Le Cerveau est très coriace dans ces cas-là.

Si quelqu'un emprunte de l'oseille au Cerveau, il veut savoir immédiatement quand on le remboursera, avec un certain profit, et s'ils disent cinq heures trente mardi matin, ils ont intérêt à ce que ce ne soit pas cinq heures trente et une ou le Cerveau les jugera indignes de confiance et ne leur prêtera plus jamais d'argent. Et quand un mec n'a plus de crédit auprès du Cerveau, il est dans un drôle de pétrin dans cette ville, car le Cerveau est le seul type qui ait toujours du fric.

De plus, il arrive souvent des choses très bizarres aux mecs qui empruntent de l'oseille au Cerveau et ne le rendent pas quand ils l'ont promis : nez cassés, chevilles foulées et autres bricoles, car le Cerveau est entouré de types qui se foutent en rogne quand des mecs lui soutirent de l'oseille et ne la rendent pas.

Pourtant je connais des mecs très étonnants auxquels le Cerveau prête du fric, parce que l'idée fixe qui lui trotte par la tête, c'est qu'il est un juge épatant des gens, qu'il ne se trompe jamais sur eux, mais je dois dire qu'aucun mec qui emprunte du fric au Cerveau n'est plus surprenant que Samuels les Panards.

Le vrai nom du Cerveau est Armand Rosenthal ; on l'appelle le Cerveau parce qu'il est très futé. Il jouit d'une solide réputation dans cette ville comme très gros joueur et diverses choses et autres, et personne ne sait combien d'oseille a le Cerveau, sauf qu'il doit en avoir un tas, parce que, quelle que soit la quantité de blé qui passe de main en main, le Cerveau, tôt ou tard, prend tout. Un jour, je vous en raconterai plus sur lui, mais, pour le moment, je veux vous parler de Samuels les Panards.

Un rude hiver s'est abattu sur New York, parce que tous les gens qui ont du fric partent pour Miami, La Havane et La Nouvelle-Orléans laissant les fauchés derrière eux.

Il y a très peu d'occasions en ville, les huiles étant parties, et un soir je rencontre Samuels les Panards chez Mindy, et il est vraiment très abattu. Il me demande si je n'ai pas par hasard cinq dollars sur moi mais, naturellement, je ne donne pas de billets de cinq dollars à des mecs comme Samuels les Panards, et finalement il offre de transiger pour un billet de deux dollars, aussi je comprends qu'il doit être complètement rincé pour descendre de cinq à deux dollars.

« Mon loyer est toujours en retard pour ma piaule, dit Panards, et la propriétaire est une gonzesse au cœur de pierre qui ne veut pas entendre raison. Elle dit qu'elle me fera vider les lieux si j'allonge pas immédiatement l'oseille. Les choses n'ont jamais été aussi mauvaises pour moi, ajoute Panards et je pense faire quelque chose de très désespéré. »

Je n'arrive pas à imaginer quelle chose très désespérée Panards pourrait faire, sinon peut-être travailler, et je sais que ça, il ne le fera jamais, quoi qu'il arrive. En fait, depuis tant d'années que je traîne autour de Broadway, je n'ai jamais vu de fauché assez désespéré pour travailler.

Un jour, j'entends Dave le Dandy offrir à Samuels les Panards un boulot : porter du rhum d'ici à Philly pour pas mal de fric, mais Panards refuse parce que, qu'il dit, il ne supporte pas le grand air et d'ailleurs, dit Panards, il sait que c'est illégal de transporter du rhum et qu'un mec qui le fait peut se retrouver à l'ombre. Je sais donc bien que, quelle que soit la chose que fera Panards, elle ne sera pas difficile.

« Le Cerveau est encore en ville, que je dis à Panards. Pourquoi tu vas pas le taper ? Tu es O.K. pour lui.

— C'est ça le malheur, dit Panards. Je dois déjà un billet de cent dollars au Cerveau, que je suis supposé rembourser lundi à quatre heures du matin, et où je vais trouver cent dollars je ne sais pas, pour ne rien dire des dix dollars d'intérêt.

— Que penses-tu faire ? que je demande, car c'est aujourd'hui jeudi et je vois que Panards a très peu de temps pour rassembler une telle somme.

— Je pense me liquider, dis Panards, très triste. À quoi je sers ? Je n'ai ni famille ni copains, et le monde pèse assez lourd sans moi. Oui, je crois que je vais me pendre.

— C'est illégal de se suicider dans cette ville, que je réponds, bien que ce que la loi puisse faire à un mec qui se suicide, j'ai jamais pu l'imaginer.

— Je m'en fous, dit Panards. J'en ai marre de tout. J'en ai surtout marre d'être fauché. J'ai jamais plus de quelques pièces de vingt-cinq cents à frotter dans les fouilles de mon pantalon. Tout ce que j'essaie foire. La seule chose qui m'empêche de me liquider tout de suite c'est le billet de cent dollars que je dois au Cerveau, parce que je ne veux pas qu'après ma mort il aille raconter partout que je vaux rien. Et, le pire, dit Panards, c'est que j'en pince pour Hortense.

— Hortense? que je dis, vraiment très étonné. Voyons, Hortense n'est qu'une grosse...

— Stop! dit Panards. Stop tout de suite! Je ne veux pas qu'on la traite de grosse débile ou de grosse n'importe quoi, parce que j'en pince pour elle. Je ne peux pas vivre sans elle. En fait, que dit Panards, je ne veux pas vivre sans elle.

— Eh bien, que je dis, qu'en pense Hortense?

— Elle n'en sait rien, répond Panards. J'ai honte de le lui dire, parce que, naturellement, dans ce cas, Hortense pensera que je vais lui acheter des bracelets de diamants et je ne peux pas le faire. Mais je crois qu'elle m'aime plus qu'un peu, parce qu'elle me regarde d'une certaine façon. Mais, dit Panards, il y a un autre mec qui l'aime aussi, et qui lui achète des bracelets de diamants et ce qui va avec et c'est un coup dur pour moi. Je ne sais pas qui est ce mec et je ne crois pas qu'Hortense ait tellement le béguin pour lui, mais naturellement, une nana doit avoir de la considération pour un mec qui peut lui acheter des bracelets de diamants. Aussi je pense que j'ai qu'un truc à faire, c'est me liquider. »

Naturellement je ne prends pas Panards au sérieux et j'oublie aussitôt ses malheurs parce que j'imagine qu'il s'en sortira d'une manière ou d'une autre. Le soir suivant, il entre chez Mindy content et je me dis qu'il a dû soutirer du fric quelque part parce qu'il marche comme un homme qui a soixante-cinq dollars en poche.

Mais il semble que Panards a seulement une idée et très peu d'idées valent soixante-cinq dollars.

« Je me couche cet après-midi pour réfléchir, dit Panards, et j'en viens à penser au moyen de me procurer de l'oseille pour payer le Cerveau, peut-être quelques autres mecs, ma logeuse et laisser quelques dollars pour m'enterrer. Je vais vendre mon corps. »

Alors, naturellement, je suis quelque peu abasourdi par cette déclaration et je demande à Panards de s'expliquer et son idée est la suivante : il va chercher un toubib qui veut un cadavre et il lui vendra son corps le plus cher possible, le corps devant être livré après le suicide de Panards dans un certain temps.

« Je crois savoir, dit Panards, que ces toubibs sont toujours à la recherche de cadavres pour s'exercer, et que, de nos jours, les bons corps ne sont pas faciles à trouver.

— Combien penses-tu que vaut ton corps ? que je demande.

— Eh bien, répond Panards, un corps aussi gros que le mien devrait valoir au moins un Grand Format[1].

— Panards, que je dis, tout ça me donne la chair de poule. Personnellement, je connais pas grand-chose à ce genre de proposition, mais si les toubibs achètent des cadavres je ne crois pas que ce soit au poids. Et je ne pense pas que tu puisses toucher un Grand Format pour ton corps, surtout pendant que tu es encore en vie, parce que comment le toubib saura-t-il que tu le lui livreras ?

— Mais, dit Panards très indigné, nul n'ignore que je paie ce que je dois. Je peux donner le Cerveau

1. Billet de mille dollars. *(N.d.T.)*

comme référence et il me servira de caution auprès de n'importe qui pour ma fidélité à ma parole. »

Eh bien, il me semble que ce que dit Panards n'a ni queue ni tête, et de toute façon je pense qu'il est peut-être devenu dingue, ce qui arrive souvent aux fauchés, alors je ne fais plus attention à lui. Mais le lundi matin, juste avant quatre heures, je suis chez Mindy et qu'est-ce qui entre si ce n'est Panards avec une poignée de fric, l'air très content.

Le Cerveau est là aussi, à la table qu'il occupe toujours en face de la porte pour que personne ne puisse se faufiler sans qu'il le voie d'abord, parce qu'il y a des tas de gens dans cette ville que le Cerveau aime voir d'abord s'ils entrent dans l'endroit où il se trouve. Panards marche vers sa table et place un billet de cent dollars devant le Cerveau, et un autre de dix dollars ; le Cerveau regarde la pendule, sourit et dit :

« O.K. Panards. Tu es à l'heure. »

Le Cerveau ne sourit généralement jamais, mais j'apprends par la suite qu'il gagne deux billets de cent dollars aux dépens de Manny Mandelbaum, qui lui a parié que Panards ne paierait pas à l'heure dite, aussi le Cerveau a le sourire.

« À propos, Panards, dit le Cerveau, un toubib m'a téléphoné aujourd'hui et demandé si ta parole est digne de confiance et tu seras content d'apprendre que je lui ai répondu qu'elle l'est à cent pour cent. Je l'ai fait parce que je sais que tu es toujours régulier. Es-tu malade ou autre ?

— Non, que répond Panards. Je ne suis pas malade. J'ai juste une petite affaire à traiter avec ce mec. Merci pour l'O.K. »

Puis il vient vers la table où je suis et je peux voir qu'il a encore de l'argent dans les pognes. Naturellement, je brûle de savoir où il a trouvé ce filon et il me le dit bientôt.

«J'ai proposé l'affaire dont je t'ai parlé, que dit Panards. Je vends mon corps à un toubib de Park Avenue qui répond au nom de Bodecker, mais je n'ai pas eu le billet de mille dollars que j'attendais. Il paraît que les corps ne valent pas cher au jour d'aujourd'hui parce qu'il y en a beaucoup sur le marché, mais Doc Bodecker me donne quatre billets de cent avec livraison dans trente jours.

«Je ne savais pas auparavant que c'était si difficile de vendre un corps, dit Panards. Trois toubibs m'ont mis les flics aux trousses quand je leur propose l'affaire parce qu'ils me croient cinglé, mais Doc Bodecker est un bon vieux type et il est content de conclure le marché avec moi, surtout quand je donne le Cerveau comme référence. Mais, continue Panards, faut que j'invente un autre moyen de me liquider au lieu de sauter par la fenêtre, comme je le projette, parce que Doc Bodecker ne veut pas que ma tête soit écrabouillée.

— Eh bien, que je réponds, c'est certainement très horrible et ça n'a pas l'air légal. Est-ce que le Cerveau sait que tu vends ton corps?

— Non, répond Panards, Doc Bodecker lui demande au téléphone si je suis régulier sans lui dire pourquoi et il se contente de l'O.K. du Cerveau. Maintenant je vais payer ma logeuse et quelques reconnaissances de dettes ici et là, et bien me bâfrer jusqu'à l'heure où je dois quitter ce vieux monde dégueulasse.»

Mais il semble que Panards ne va pas payer sa logeuse

tout de suite. Où il va, c'est jouer aux dés chez Johnny Crackow, en ville, c'est un jeu de dés où la plus forte mise est cinq cents dollars et où les gros pontes vont rarement, mais où il y a toujours une affaire pour les petits joueurs. Et, au moment où Panards entre dans la boîte, il semble que le Grand Nig essaie d'avoir un carré et tout un chacun sait qu'un carré est dur à obtenir pour le Grand Nig ou n'importe qui.

Aussi Samuels les Panards regarde un moment le Grand Nig essayer d'avoir un carré et un mec qui répond au nom de Blanchot offre de prendre des paris à deux contre un pour un billet de cent dollars que le Grand Nig réussit, ce qui est sûrement montrer plus de confiance que j'en aurai jamais vu au Grand Nig. Naturellement, Panards passe aussitôt une couple de ses billets de cent comme le font tous ceux qui ont une couple de billets de cent, et parie avec Blanchot deux cents contre cent que le Grand Nig ne réussit pas à avoir un carré. Et voilà que le Grand Nig sort aussitôt un sept et Panards gagne son pari.

Alors, pour résumer l'histoire, Panards reste là quelque temps, pariant avec des mecs que d'autres mecs n'auront pas un carré, ou toute autre combinaison qu'ils essaient de jeter avec les dés et la première chose que tout un chacun sait, c'est que Panards a gagné six billets de cent et a bousillé tout le jeu de dés.

Je le vois s'amener le lendemain soir au Hot Box et cette solide première centre de base-ball, Hortense, est avec lui et un aveugle peut voir qu'elle porte au moins trois bracelets de diamants de plus qu'elle en a jamais eu.

Un soir ou deux plus tard, j'apprends que Panards a

soulagé Long George McCormack, une huile de Los Angeles, de dix-huit billets de cent dollars à un jeu de cartes et Samuels les Panards n'a pas plus le droit de battre un mec comme Long George aux cartes que j'en ai de rosser Jack Dempsey. Mais quand un mec a le vent en poupe au jeu, rien ne peut l'arrêter pendant quelque temps et c'est ce qui arrive à Panards.

Tous les soirs vous apprenez qu'il gagne beaucoup de blé à ceci ou cela.

Un matin, il entre chez Mindy et naturellement je m'installe aussitôt à sa table, car Panards est maintenant couvert de fric et c'est un mec avec lequel on peut s'associer librement. Je me prépare à lui demander comment vont ses affaires, bien que je sache qu'elles vont plutôt bien, lorsque qui s'amène sinon un vieux particulier à l'air pas commode, au visage tout couvert de côtelettes grises hérissées dans tous les sens et dont les yeux, au milieu de ces poils, ont un regard sauvage. Panards pâlit en voyant le mec, mais le salue, le type lui rend son salut et sort.

« Qui est ce moustachu ? que je demande à Panards. Il est venu l'autre matin, a regardé partout et a rendu les gens très nerveux parce que personne ne sait qui il est ou ce qu'il manigance.

— C'est le vieux Doc Bodecker, que dit Panards. Il circule pour me surveiller et s'assurer que j'ai pas décampé. Tu sais, je suis dans un drôle de pétrin.

— Pourquoi t'en fais-tu ? que je demande. Tu as des tas de blé et environ deux semaines pour t'amuser avant que ce Doc Bodecker réclame son dû.

— Je sais, dit Panards, très triste. Mais maintenant que j'ai ce fric, la vie me semble pas aussi dure qu'avant et je regrette beaucoup d'avoir fait un marché avec ce toubib. Surtout, ajoute Panards, à cause d'Hortense.

— Qu'est-ce qu'elle a, Hortense ? que je demande.

— Je crois qu'elle commence à m'aimer depuis que je peux lui acheter plus de bracelets de diamants que l'autre mec, dit Panards. Si c'était pas pour cette chose qui me pend au nez, je lui demanderais de m'épouser et peut-être qu'elle le ferait après tout.

— Eh bien alors, que je dis, pourquoi ne vas-tu pas chez le vieux moustachu lui rendre son fric et lui dire que tu veux plus vendre ton corps bien que, naturellement, si Moustachu avait pas acheté ton corps, t'aurais pas toute cette oseille.

— J'ai été le trouver, que dit Panards, et je peux voir de grosses larmes dans ses yeux. Mais il a déclaré qu'il ne veut pas annuler la donne ; il dit qu'il n'a pas besoin de fric ; ce qu'il veut, c'est mon cadavre, parce que ma tête a une très drôle de forme. Il dit que mon corps doit lui être livré sans faute le 1er mars.

— Hortense est-elle au courant de cette affaire ? que je demande.

— Oh ! non, non ! dit Panards. Et je ne la mettrai jamais au parfum, parce qu'elle me croira cinglé et Hortense n'aime pas les cinglés. En fait, elle se plaint toujours de l'autre mec qui lui achète des bracelets de diamants, parce qu'elle dit qu'il est un peu dingue, et si elle pense que je lui ressemble tu peux parier qu'elle m'enverra voir ailleurs. »

Ça, c'est vraiment une situation, mais qu'en faire, je ne sais pas. J'expose l'affaire à un de mes potes avocat le lendemain, mais il dit qu'il ne croit pas que l'affaire soit valable devant un tribunal, mais naturellement je sais que Samuels les Panards ne veut pas aller au tribunal parce que, la dernière fois qu'il s'y est présenté, on le retient comme témoin matériel et il écope de dix jours de taule.

L'avocat dit que Panards peut prendre le large, mais je considère personnellement cette idée très déshonorante après que le Cerveau a certifié au vieux Doc Bodecker qu'il était O.K. et, d'ailleurs, je devine que Panards ne le fera pas tant qu'Hortense est dans les environs. Je peux voir qu'un cheveu de sa tête est plus fort qu'un câble transatlantique pour Samuel les Panards.

Une semaine s'écoule et je ne vois pas si souvent Samuels les Panards, mais j'apprends qu'il fait un malheur aux dés et aux jeux de cartes truqués, qu'il gagne un tas de fric et qu'il fait le tour des boîtes de nuit avec Hortense qui a finalement tellement de bracelets qu'elle n'a plus de place sur les bras ; elle en met quelques-uns aux chevilles qui ne sont pas vilaines à reluquer, avec ou sans bracelets.

Une autre semaine passe et il se trouve que je suis planté devant chez Mindy vers quatre heures et demie du matin et je pense que ce doit être l'heure H pour Panards et je me demande comment il se débrouille avec le vieux Doc Bodecker, quand soudain j'entends un bruit de pas précipités qui remontent Broadway en faisant clic-clac et que vois-je sinon Samuels les Panards cavalant si vite qu'il dépasse les taxis qui roulent à trente-cinq à l'heure comme s'ils étaient immobiles. On peut dire qu'il se grouille.

Il n'y a pas de signalisation ni beaucoup de circulation à cette heure-là et Panards passe devant moi à une allure terrible. À environ trois mètres derrière lui trotte un croulant aux favoris gris et je m'aperçois que ce n'est personne d'autre que Doc Bodecker. De plus, il tient un long couteau dans une main et il semble chercher à atteindre Panards à chaque saut.

Ça me paraît être un spectacle des plus surprenants et je les suis pour voir ce que ça va donner, parce que je comprends tout de suite que Doc Bodecker essaie de récupérer lui-même le corps de Panards. Mais je ne suis pas grand coureur et ils sont hors de vue en moins de temps qu'il n'en faut pour le dire et, si ce n'est que je suis capable de les suivre par l'oreille grâce aux clic-clac des panards de Panards, je ne les pisterais jamais.

Ils tournent à l'est dans la 54e Rue, et quand j'arrive finalement au coin, je vois un attroupement au milieu de la rue devant le Hot Box et je sais que c'est à cause de Panards et de Doc Bodecker même avant d'arriver à la porte pour m'apercevoir que Panards entre pendant que Doc Bodecker discute avec Sweeney le Soudard, le portier, parce qu'en passant devant Sweeney il lui dit de ne pas laisser entrer le mec qui le poursuit. Et le Soudard, qui est un bon copain de Panards, repousse le Doc.

Or Hortense, paraît-il, est dans le Hot Box attendant Panards et, naturellement, elle est très surprise de le voir arriver tout essoufflé, et tous les mecs de la boîte aussi, y compris Henry, le garçon-chef, qui me raconte après ce qui se passe, parce que, vous comprenez, je suis dehors, devant le bastringue.

« Un cinglé me poursuit avec un couteau de boucher, que dit Panards à Hortense. S'il arrive, je suis foutu. Il est à la porte et essaie d'entrer. »

Maintenant, je dois dire une chose pour Hortense, c'est qu'elle ne manque pas de cran, mais naturellement on peut s'attendre à ce que la fille de Skush O'Brien en ait beaucoup. Personne n'a jamais eu plus de cran que Skush. Henri, le garçon-chef, me dit qu'Hortense ne s'énerve pas, mais déclare qu'elle veut seulement jeter un petit coup d'œil sur le mec qui poursuit Panards.

Le Hot Box est au-dessus d'un garage, et les fenêtres de la cuisine donnent sur la 54e Rue et, pendant que Doc Bodecker discute avec Sweeney le Soudard, j'entends une fenêtre se lever et qui regarde si ce n'est pas Hortense. Elle lorgne une fois et retire brusquement la tête, et Henri me raconte ensuite qu'elle crie :

« Mon Dieu, Panards ! C'est le vieux mec cinglé qui m'envoie tous les bracelets et qui veut m'épouser.

— C'est aussi le mec auquel j'ai vendu mon corps, dit Panards, et il raconte à Hortense l'histoire de son affaire avec Doc Bodecker.

— Tout ça c'est pour toi, Horty », dit Panards, bien que naturellement ce ne soit qu'un alibi, parce que tout a commencé à cause du Cerveau. « Je t'aime et, ce que je veux, c'est avoir un peu d'oseille pour que tu t'amuses avant ma mort. Sans cette affaire, je te demanderais d'être pour toujours ma femme aimante. »

Sur ce, qu'est-ce qui se passe, sinon qu'Hortense plonge dans les bras de Panards, lui donne une grosse bise sur son vilain museau et lui parle comme suit :

« Je t'aime aussi, Panards, parce que personne a jamais mis son corps au clou pour moi. T'occupe pas de l'affaire. On va se marier tout de suite, seulement faut d'abord se débarrasser du vieux cinglé d'en bas. »

Alors Hortense lance un autre coup d'œil par la fenêtre et gueule à l'intention de Doc Bodecker « Fous le camp, », qu'elle dit. « Fous le camp, ou je vais te balancer une mite dans les côtelettes, espèce de vieux débile. »

Mais sa vue semble rendre Doc Bodecker plus sauvage qu'un peu, et il commence à lutter très férocement avec Sweeney le Soudard, qui retire le couteau des mains de Doc et le jette avant qu'il blesse un particulier.

Maintenant Hortense a l'air de chercher dans la cuisine quelque chose à jeter par la fenêtre sur le vieux Doc Bodecker et tout ce qu'elle voit c'est un beau jambon tout frais que le chef vient de poser sur la table pour le découper en tranches et faire des sandwiches. Ce jambon est un très gros jambon, de ceux qui durent un mois au Hot Box, car ils coupent le jambon de leurs sandwiches en tranches très, très minces au Hot Box. Quoi qu'il en soit, Hortense saisit le jambon, court à la fenêtre et le balance sans même s'arrêter pour viser. Vlan ! Or ce jambon frappe le pauvre vieux Doc Bodecker en plein sur la terrine. Il ne tombe pas, mais il se met à chanceler et ses guibolles vacillent sous lui, comme s'il était saoul.

Je veux l'aider parce que je plains un mec qui se trouve dans un tel pétrin et, qui plus est, je trouve que c'est un sale tour de la part d'une gonzesse comme Hortense d'assommer un type avec un jambon.

Alors je prends le vieux Doc en charge et je le ramène dans le bas de Broadway chez Mindy où je le dépose et lui donne une tasse de café et un hareng pour le ranimer, pendant qu'un grand nombre de types l'entourent avec sympathie.

« Mes amis, dit enfin le vieux Doc en les regardant tous, vous voyez devant vous un homme au cœur brisé. Je ne suis pas cinglé, bien que naturellement ma famille s'élève contre cette affirmation. J'aime Hortense. Je l'aime depuis le soir où je l'ai vue pour la première fois jouer un rôle de fleur dans "Scandales". Je veux convoler, car je suis veuf depuis longtemps, mais l'idée de mon mariage n'a jamais plu, d'une manière ou d'une autre, à mes fils et à mes filles.

« En fait, continue Doc, baissant la voix jusqu'au murmure, ils parlent même parfois de me faire enfermer quand je veux me marier. Alors, naturellement, je la boucle au sujet d'Hortense, parce que je crains qu'ils me découragent. Mais j'en pince profondément pour elle et je lui envoie beaucoup de beaux cadeaux, bien que je ne la voie pas souvent à cause de ma famille. Et voilà que je m'aperçois qu'Hortense fréquente ce Samuels les Panards.

« Je suis désespérément jaloux, dit Doc, mais je ne sais que faire. Finalement, le destin m'envoie ce Panards qui m'offre de me vendre son corps. Naturellement, je n'exerce plus depuis des années, mais je garde un bureau dans Park Avenue pour l'amour du bon vieux temps, et c'est là qu'il vient. D'abord je le crois dingue, mais il me donne comme référence Mr Armand Rosenthal, le grand amateur de sports, qui m'assure que Panards est O.K.

« L'idée me vient que si je fais affaire avec Samuels les Panards pour son cadavre, comme il le propose, il attendra le moment de payer son dû et se fera la paire et, dit Doc, je ne serai plus jamais embêté par sa rivalité pour l'affection d'Hortense. Mais il ne part pas. J'ai mal calculé l'emprise de l'amour.

« Enfin, pris d'une jalousie frénétique, je lui cours après avec un couteau, espérant lui flanquer une pétoche qui le chassera de la ville. Mais c'est trop tard. Je vois maintenant qu'Hortense l'aime ou elle ne me lancerait pas un seau à charbon pour le défendre, comme elle le fait

« Oui, messieurs, dit le vieux Doc, j'ai le cœur brisé. J'ai aussi une grosse bosse sur la tête. De plus, Hortense a tous mes cadeaux, Samuels les Panards a mon argent, alors je suis floué de tous les côtés. J'espère seulement que ma fille Eloïse, qui est Mrs Sidney Simmons Gragdon, n'en saura rien ou elle sera aussi furieuse que le jour où je veux épouser la belle vendeuse de cigarettes de chez Jimmy Kelley. »

À ce point de son récit, Doc Bodecker a l'air complètement écrasé par ses sentiments et il se met à chialer et tous sont sincèrement avec lui, quand voilà le Cerveau qui entre et comprend tout.

« Ne vous tracassez pas pour vos cadeaux et votre fric, que dit le Cerveau. J'arrangerai ça, parce que je suis le mec qui vous a garanti que Samuels les Panards est O.K. Je me trompe sur un mec pour la première fois de ma vie, et je dois cracher, mais ce sera la fête de Samuels les Panards quand je le retrouverai. Naturellement, je n'ai pas pensé qu'il y avait une gonzesse dans le coup, et ça change toujours les choses, aussi je ne me suis pas vraiment trompé cent pour cent sur le mec.

« Mais, continue le Cerveau d'une voix très forte

pour que tout le monde l'entende, Samuels les Panards n'est qu'un sale tire-au-flanc de ne pas vous avoir livré son corps comme prévu et, tant qu'il vivra, il ne me soutirera plus un dollar ou un O.K., ni aux particuliers que je connais. Son crédit est pour toujours roussi à Broadway. »

Mais je vois que Panards et Hortense s'en foutent. La dernière fois que j'entends parler d'eux, ils sont à New Jersey où même les mecs du Cerveau n'osent s'occuper d'eux à cause de Skush O'Brien et je crois savoir qu'ils élèvent des poulets et des enfants de tous les côtés, et que les bracelets d'Hortense sont maintenant en obligations municipales de Newark, qui, à ce qu'on dit, ne sont pas mauvaises.

DOLORÈS LA BRUNE

Waldo Winchester, le journaleux, me dit l'autre soir au Hot Box que c'est une vraie honte que les nanas d'autrefois, qui alimentaient les bonnes histoires de la une en supprimant des mecs à droite et à gauche, aient disparu parce qu'il semble que les scribouillards considèrent qu'une môme qui élimine un mec fait une très bonne histoire surtout si la môme ou le mec appartiennent à la haute.

« Voyons, que dit Waldo Winchester, si nous avions seulement maintenant une Cléopâtre, une Hélène de Troie ou même une reine Elizabeth flinguant des mecs toutes les deux minutes, pense comme ça ferait couler de l'encre dans les journaux, surtout dans les journaux à scandales. Le mieux que nous avons, de nos jours, c'est une nana qui file une rossée à un mec avec un contrepoids[1] ou peut-être qui le transforme en passoire avec un feu, ce qui n'est plus du tout excitant. »

Puis Waldo Winchester me parle d'une nana du nom de Lorelei qui traîne le long du Rhin il y a quelque temps et attire les marins sur les rochers pour qu'ils fassent naufrage, ce que je considère comme un coup

1. De fenêtre à guillotine. *(N.d.T.)*

vache, bien que Waldo ne semble pas y attacher d'importance. De plus, il parle d'une autre gonzesse du nom de Circé qui en connaît un bout pour attirer les mecs à leur perte, et lorsque Waldo en arrive à Circé, il chiale parce qu'il n'y a plus de nanas comme elle pour fournir de la copie aux journaux.

Mais, naturellement, ce n'est pas parce que Waldo regrette Circé qu'il pleure. C'est parce qu'il est imbibé de l'alcool qu'on vend au Hot Box, alcool qui est capable de faire sangloter très vite n'importe qui. En fait, au Hot Box, ils vendent l'alcool le plus larmoyant de toute la ville.

Alors je me mets à penser à ces nanas dont Waldo Winchester parle et, que je me dis, il y a pas mal de chances que Dolorès la Brune ressemble à une de ces nanas du passé et peut-être à toutes pour ce que j'en sais, Dolorès la Brune étant le nom d'une gonzesse que je rencontre à Atlantic City avec Dave le Dandy au temps de la grande conférence de la paix.

J'apprends par la suite qu'on l'appelle Dolorès la Brune ici ou là à cause de son teint, mais son nom, en réalité, est l'inverse. Mais d'abord j'explique comment je suis à Atlantic City avec Dave le Dandy au temps de la grande conférence de la paix :

Un après-midi, je déambule dans Broadway pensant pas à grand-chose, quand je tombe sur Dave le Dandy en train de monter en taxi avec une valoche à la main et la minute d'après Dave me pousse dans le tacot et dit au chauffeur d'aller à Penn Station. Voilà comment je me trouve à Atlantic City au moment de la grande conférence de la paix, bien que, naturellement, j'aie rien à voir avec cette conférence ; je suis seulement avec Dave le Dandy pour lui tenir compagnie.

Je suis un mec qui n'est jamais trop occupé pour ne pas tenir compagnie aux gens, et Dave le Dandy est un mec qui, tout naturellement, aime la société.

En fait, il déteste aller ou être n'importe où seul et la raison en est que, lorsqu'il est seul, Dave le Dandy n'a personne pour jouer les béni-oui-oui, et s'il y a une chose que Dave aime beaucoup, beaucoup, c'est avoir un béni-oui-oui près de lui. Pourquoi Dave le Dandy n'a pas Grand Nig avec lui, je ne sais pas, parce que Grand Nig est le béni-oui-oui régulier de Dave.

Mais je suis meilleur qu'un bleu quand il s'agit de jouer les béni-oui-oui. En fait, je suis sans doute un tout aussi bon béni-oui-oui que ceux qu'on trouve en ville, où ils sont trois millions et, pourquoi pas, parce qu'à mon sens, ça ne coûte rien d'approuver un mec. En fait, ça économise beaucoup de conversation.

Quoi qu'il en soit, me voici donc à Atlantic City au moment de la grande conférence de la paix, bien que je préfère dire tout de suite que, si je sais d'avance qui fera partie de cette conférence de la paix, ou même qu'il y en aura une, je ne m'approche jamais d'Atlantic City, parce que ces particuliers-là ne sont pas le genre de potes qui conviennent à un mec aussi nerveux que moi.

Il semble que cette conférence de la paix soit entre certains citoyens de Saint Louis, Mike Morris le Noir, Benny le Youpin Blond et Scoodles Shea, qui tous ont des gangs différents à Saint Louis et qui se flinguent et se refroidissent depuis deux ans à propos d'affaires du genre qui aura quoi comme privilèges d'une sorte ou d'une autre, y compris la gnôle, les boissons et les jeux.

D'après ce qu'on me dit, il y a pas mal de pruneaux échangés entre ces gangs et des mecs refroidis à droite et à gauche. Aussi beaucoup de largage de bombes et ceci et cela, jusqu'à ce que, finalement, les seuls types qui font de l'oseille dans cette ville sont les fossoyeurs et il semble que personne ne peut les gratter, bien que Scoodles Shea essaie de le faire.

Vous savez, Scoodles, qui est un mec plutôt malin, et qui fait autrefois la guerre en France, se souvient finalement que, quand toutes les grandes nations sont fauchées et en ont marre de se battre, elles réunissent une conférence de la paix pour régler les affaires, aussi il fait dire à Mike le Noir et à Benny le Youpin Blond que ce serait peut-être une bonne idée de faire de même, parce que la moitié de leurs types sont tués de toute façon, et le commerce est strictement sur la touche.

Il semble que Mike le Noir et Benny approuvent cette proposition et acceptent de rencontrer Scoodles pour une conférence de la paix, mais Scoodles, qui est un particulier très méfiant, demande où ils tiendront cette conférence. Il dit refuser de s'asseoir à une conférence avec Mike le Noir et Benny à Saint Louis, sauf peut-être dans sa propre cave, parce qu'il ne connaît aucun autre endroit, à Saint Louis, où il ne pourra pas être refroidi par les mecs de Mike le Noir ou de Benny, mais il ne croit pas, qu'il dit, que Mike le Noir et Benny acceptent de le suivre dans sa propre cave.

Or ce qu'il croit est cent pour cent vrai, bien que j'apprenne que la cave de Mike le Noir n'est pas un mauvais lieu, car c'est là qu'il garde son vin, mais néanmoins, d'après ce que je vois de Mike de mes propres yeux, ce n'est pas un mec avec lequel je cherche à devenir copain dans une cave.

Finalement, Scoodles Shea demande qu'est-ce que vous diriez d'Atlantic City et l'idée semble O.K. à Mike le Noir parce qu'il a un cousin à Atlantic City, un dénommé Pisano qu'il ne voit pas depuis qu'ils quittent le pays natal.

Benny le Youpin Blond dit que n'importe quel coin est O.K. pourvu que ce ne soit pas dans le Missouri, parce que, qu'il dit, s'il était vu dans cet État en compagnie de Mike le Noir et de Scoodles, sa réputation en prendrait un coup. Ce qui paraît quelque peu insultant et sabote presque la conférence de la paix avant qu'elle commence, mais, finalement, Benny retire sa vacherie ; il dit qu'il ne veut pas parler de l'État du Missouri, mais seulement de Saint Louis ; les pourparlers reprennent et ils choisissent Atlantic City.

Alors Mike le Noir dit qu'un mec du dehors doit assister à la conférence comme une sorte d'arbitre pour les aider à aplanir les discussions et Benny dit qu'il choisit le président Hoover, le colonel Lindberg ou le président de la Cour suprême, Taft. Naturellement c'est une grande idiotie de penser qu'ils pourront avoir l'un ou l'autre de ces particuliers, parce qu'il y a des chances que le président Hoover, le colonel Lindberg et le président Taft sont trop occupés pour se soucier d'arbitrer la guerre des gangs de Saint Louis.

Aussi, finalement, Scoodles Shea suggère Dave le Dandy ; Mike le Noir et Benny disent que Dave est

O.K., bien que Benny s'accroche quelque temps à l'idée du président de la Cour suprême, Taft.

Alors Dave le Dandy est prié de servir d'arbitre aux mecs de Saint Louis et il est content d'accepter, car souvent Dave déambule dans des villes où des mecs se tabassent et il les sépare et quelquefois ils ne recommencent pas pendant plusieurs heures après son départ.

Vous voyez, Dave le Dandy a la cote partout et est connu de tout un chacun comme un mec réglo, un qui donne aux mecs un traitement régulier dans des affaires de ce genre. De plus, c'est un plaisir pour Dave d'arranger les choses entre les mecs des autres villes, parce que les bagarres mettent de l'embrouille dans ses propres intérêts dans des coins comme Saint Louis.

Or il semble qu'en allant à la gare attraper le train pour Atlantic City, Scoodles Shea et Mike le Noir et Benny décident d'aller voir un jeune mec qui répond au nom de Frankie Farrone, qui apparaît subitement dans Saint Louis avec beaucoup de culot, et qui leur cause pas un peu d'ennuis d'une manière ou d'une autre.

En fait, il semble que ce Frankie Farrone est une aussi bonne raison qu'une autre pour que Scoodles, Mike le Noir et Benny tiennent une conférence de la paix, parce que Frankie Farrone n'est l'ami de personne en particulier et qu'il les roule tous les trois quand il peut, ne montrant aucun respect envers des mecs depuis longtemps dans la place.

Il semble que Frankie Farrone leur enlèvera tôt ou tard la ville s'ils le laissent aller assez loin, et bien que chacun des trois, à des moments différents, essaie de prendre contact avec lui, il a un naturel de loup solitaire et ne veut rien avoir à faire avec aucun d'eux.

En fait, quelqu'un entend Frankie Farrone dire qu'il espère précipiter par la fenêtre Scoodles Shea, Mike le Noir et Benny avant qu'il en ait fini avec eux, mais il ne précise pas s'il veut dire une seule fenêtre ou trois fenêtres différentes.

Aussi n'y a-t-il vraiment rien à faire avec Frankie Farrone sinon aller le voir, surtout qu'ils sont tous les trois ensemble, parce que la police reste indifférente devant ses menaces et ne fait rien pour protéger Scoodles Shea, Mike le Noir et Benny, car la loi est très négligente à Saint Louis en ce temps-là.

Naturellement, Frankie Farrone ne se doute pas que Scoodles, Mike le Noir et Benny sont copains, et il est probablement très surpris quand ils lui tombent sur le paletot en allant à la gare. En fait, j'apprends qu'il y a encore une expression de surprise sur son visage quand on l'emporte, plus tard.

Il est assis dans un bar clandestin, en train de lire que les Cardinaux ont perdu un autre jeu sur les Géants quand Scoodles Shea entre par la porte de devant, Mike le Noir par la porte de derrière, tandis que Benny le Youpin Blond se glisse par une entrée latérale ; on a dit après qu'ils connaissent le patron du tripot et obtiennent qu'il s'arrange pour que rien ne les empêche de tomber sur Frankie un peu à l'improviste.

Eh bien, en tout cas, qu'est-ce que sait Frankie Farrone un instant plus tard c'est qu'il a quatre pruneaux dans le corps, un de Scoodles Shea, un de Benny et deux de Mike le Noir qui a l'air plus généreux que les autres. Il y a des chances qu'ils continuent à le transformer en passoire, seulement ils ont laissé leur taxi un bloc plus loin sans que le compteur soit arrêté, et ils savent que les écraseurs ont l'habitude de gonfler l'addition des mecs qui les font moisir.

Aussi, ils partent prendre leur train et ils sont tous à l'hôtel Ritz, à Atlantic City, quand Dave le Dandy et moi nous y pointons et ils ont une belle suite de chambres avec vue sur l'océan, car ce sont des mecs de première qualité à tous égards, et très grands dépenseurs de fric.

Ils sont assis autour d'une table, ayant tombé la veste, jouant aux cartes et buvant de l'alcool quand Dave et moi arrivons, et aussitôt Mike le Noir dit : « Salut, Dave ; où trouve-t-on les tomates ? »

Je me rends compte aussitôt que ce Mike le Noir est un mec sans éducation, ou il ne traiterait pas les nanas de tomates bien que naturellement différents mecs ont plusieurs noms pour les nanas, tels que gonzesses, crêpes, femelles et tomates, que je trouve irrespectueux.

Ce Mike le Noir est un Italien, pas mal sauf qu'il a une grande cicatrice sur une joue que je suppose faite par un particulier qui a voulu lui donner une bouche souriante. Certains Italiens, surtout les Siciliens, savent balancer un surin découpant sur le mec visé une balafre qui lui donne l'air de rire tout le temps, bien que généralement on ne fait ça qu'aux pépées qui ne sont pas recto avec leurs mecs toujours aimants.

Benny le Youpin Blond est un grand type blême aux cheveux clairs et aux yeux bleus, et si je ne savais pas par hasard qu'il a personnellement rectifié neuf types, je le considérerais comme un mec aussi inoffensif que j'ai jamais vu. Scoodles Shea a une grosse bouille rouge pleine de taches de rousseur et un large sourire sur les lèvres.

Ils ont peut-être environ trente ans et portent des chemises de soie en couleur, avec des cols mous attachés par des épingles en or, et Mike le Noir et Scoodles Shea ont des bagues de diamants et des bracelets-montres. Si vous ne savez pas ce qu'ils sont, vous n'imaginez jamais que ce sont des malfrats, même de Saint Louis, bien qu'en même temps, il y a des chances que vous ne les preniez pas pour des enfants de chœur, à moins que vous ne soyez vraiment très naïf.

Ils semblent s'entendre très bien ensemble, ce qui n'est pas surprenant, parce qu'il serait jugé de très mauvais goût que des mecs comme ceux-là aillent d'une ville à une autre et se mettent à se bagarrer. C'est considéré comme un grand manque de respect envers les citoyens locaux. D'ailleurs, tous pensent qu'Atlantic City n'est qu'un lieu de plaisir, et même des mecs de Philly qui se détestent, et qui se rencontrent dans ce patelin, attendent généralement d'en sortir pour commencer leurs mises au point. Beaucoup de mecs sont butés sur les routes autour d'Atlantic City qui le seraient bien plus facilement en pleine ville si ce n'était jugé irrespectueux envers les citoyens locaux.

Or, il semble que non seulement Mike le Noir veut rencontrer des filles, mais Scoodles Shea et Benny y pensent aussi, parce que les deux premières choses qui viennent à l'esprit des mecs loin de chez eux sont l'alcool et les filles, bien que personnellement je ne prête jamais beaucoup d'attention à ces problèmes. Je suis un mec nerveux et l'alcool et les filles ne sont jamais bons pour les nerfs, surtout les filles.

De plus, j'aperçois que Dave le Dandy n'est pas si excité à leur sujet que vous pourriez le croire, parce que Dave est maintenant marié à Miss Billy Perry, et si Miss Billy Perry apprend que Dave a des rapports avec l'alcool et les filles, surtout les filles, c'est apte à provoquer des babillages autour de chez lui.

Mais Dave s'imagine être une sorte d'hôte sur ce territoire, parce que les autres ne connaissent pas Atlantic City, ni d'où viennent les gens importants, aussi nous descendons jusqu'au bastringue de Joe Goss, un grand cabaret près de la digue en planches, et en un clin d'œil on voit une demi-douzaine de pépées de différentes formes et tailles qui appartiennent au ballet de Joe Goss, et plusieurs hôtesses de Joe Goss, parce qu'il a beaucoup d'hommes d'affaires new-yorkais fatigués dans sa clientèle, et il n'y a rien qu'un homme d'affaires new-yorkais fatigué apprécie davantage qu'une hôtesse pleine d'entrain. De plus, Joe Goss lui-même est assis à notre table en signe de respect envers Dave le Dandy.

Mike le Noir et Scoodles et Benny jaspinent avec les nanas et gambillent avec elles de temps à autre, et tout un chacun s'amuse bien, autant que je peux en juger, y compris Dave le Dandy qui, après s'être envoyé une couple de verres d'alcool de Joe Goss, commence à oublier Miss Billy Perry. En fait, Dave oublie tellement Miss Billy Perry qu'il se lève avec une des pépées et gambille plusieurs fois, ce qui vous montre comment une couple de verres d'alcool de Joe Goss vous change un mec.

La plupart des gonzesses sont seulement des gonzesses qu'on trouve dans les cabarets, mais il y en a une qui a l'air d'être une hôtesse, dont le nom semble être Dolorès, et qui est roulée au moule.

Ce n'est qu'après que j'apprends que son autre nom est la Brune, et c'est Dave le Dandy qui découvre qu'on l'appelle Dolorès la Brune dans certains patelins.

C'est un aussi joli lot qu'un mec peut désirer zieuter. Elle est grande et a de chouettes gambettes, comme un fouet de buggy, et a des cheveux aussi noirs que l'as de pique, peut-être plus noirs, lisses et luisants. Ses châsses sont noirs et grands comme des beignets et ont une lueur qui me fait penser qu'elle en sait plus qu'elle n'en laisse voir, et je découvre après coup que c'est très, très vrai.

Elle n'a pas grand-chose à dire, et je remarque qu'elle ne boit pas, et n'a pas l'air de copiner beaucoup avec les autres nanas, aussi j'imagine qu'elle est nouvelle dans les environs, surtout que Joe Goss lui-même n'est pas aussi familier avec elle qu'il l'est avec la plupart de ses filles, bien que je puisse le voir la zieuter méchamment parce qu'elle refuse de boire. En fait personne ne la culbute beaucoup, parce que les mecs préfèrent généralement les nanas qui jaspinent dans ces situations-là. Mais, finalement, je remarque que Benny le Youpin Blond lui jette des regards en dessous, et je pense que c'est parce qu'il est plus malin que les autres, bien que je ne comprenne pas comment Dave le Dandy peut laisser passer une belle occase, parce qu'il n'a jamais existé de meilleur juge des nanas que Dave le Dandy.

Mais même Benny ne cause pas avec Dolorès ni

ne danse avec elle, et à un moment où Joe Goss est dans un autre coin du bastringue faisant rengainer une rouspétance à un client au sujet de la note, ou peut-être de l'alcool, qui demande au moins une petite rouspétance et que les autres sont en train de gambiller, Dolorès et moi restons seuls autour de la table. Nous y restons un bon moment avec beaucoup de silence entre nous, parce que je n'ai pas l'habitude de jacter avec les pépées, mais à la fin, non parce que je veux le savoir ou m'en soucie comme d'une guigne, mais juste pour faire un peu la conversation, je lui demande depuis combien de temps elle est à Atlantic City.

« J'y arrive cet après-midi et je travaille pour Mr Goss ce soir même, qu'elle dit. Je suis de Detroit. »

Or, je ne lui demande pas d'où elle est, et le fait qu'elle produit cette information me donne à penser qu'elle est peut-être bavarde après tout, mais elle la ferme et ne dit plus rien jusqu'au retour des autres.

Maintenant Benny le Youpin Blond approche une chaise près de Dolorès et je l'entends dire :

« Êtes-vous jamais allée à Saint Louis ? Votre visage m'est très familier.

— Non, qu'elle dit, je suis de Cleveland. Je ne suis jamais allée à Saint Louis de ma vie.

— Eh bien, que répond Benny, vous ressemblez à quelqu'un que j'ai déjà vu à Saint Louis. C'est très bizarre, parce que je ne crois pas possible qu'il existe plus d'une fille aussi merveilleusement belle que vous. »

Je peux voir que Benny a toutes sortes de salades à portée de la main quand il s'agit de mener une conversation dans le monde, mais je me demande comment il se fait que cette Dolorès soit de Detroit pour moi et de Cleveland pour lui. Bien que je connaisse un millier de pépées qui ne peuvent pas se souvenir tout de suite d'où elles viennent si on les interroge à l'improviste.

Peu à peu, Scoodles Shea et Mike le Noir remarquent que Benny jaspine intensément avec Dolorès, ce qui les incite à la regarder une deuxième fois et, à ce moment, ils la zieutent à travers pas mal d'alcool de Joe Goss, ce qui la rend dix fois plus belle qu'en réalité. Et je tiens à dire qu'une pépée dix fois plus belle que Dolorès n'est plus qu'un rêve.

Quoi qu'il en soit, bientôt Dolorès reçoit beaucoup d'attentions de Mike le Noir et de Scoodles, en plus de Benny, et le reste des gonzesses finit par sentir le vent parce que personne ne les culbute plus. Et même Dave le Dandy se met à être archibranché sur Dolorès jusqu'à ce que je lui dise qu'il doit appeler Miss Billy Perry, alors il passe une demi-heure au téléphone pour expliquer à Miss Billy Perry qu'il est à son hôtel, pieuté, et qu'il l'aime énormément.

Donc, nous restons dans le bistro de Joe Goss jusqu'à cinq heures de l'après-midi, avec Mike le Noir, Scoodles et Benny jaspinant avec Dolorès et gambillant avec elle chacun à son tour, et Dave le Dandy est complètement crevé, surtout que Miss Billy Perry lui dit qu'elle sait qu'il est un menteur et un minable parce qu'elle entend dans l'appareil un orchestre jouer *J'ai le cafard quand il pleut* et qu'il ne perd rien pour attendre, quand il rentrera.

Ensuite nous emmenons Dolorès au restaurant de Child sur les planches prendre le café et, finalement, tous les mecs l'escortent jusqu'à une piaule, dans North Carolina Avenue, où elle dit qu'elle crèche.

« Qu'est-ce que tu fais cet après-midi, la belle ? » demande Benny le Youpin Blond quand on lui dit bonsoir, bien que ce soit le matin et, en entendant cette question impertinente, Mike et Scoodles Shea jettent à Benny un regard très, très furieux en vérité.

« Je vais me baigner devant le Ritz, qu'elle dit. Certains d'entre vous, les gars, veulent-ils venir avec moi ? »

Il semble que Mike le Noir, Scoodles et Benny trouvent tous que c'est une idée géniale, mais ça n'est pas l'opinion de Dave le Dandy ou de moi. En réalité, à ce moment-là Dave le Dandy et moi en avons plutôt marre de Dolorès et voulons seulement rentrer à l'hôtel et jouer du rasoir sur nos favoris.

« En tout cas, dit Dave, il faut commencer notre conférence cet après-midi et s'en débarrasser, parce que ma nana toujours aimante est déjà sous pression et j'ai des tas d'affaires à voir à New York. »

Mais la conférence ne commence pas cet après-midi, ni le soir, ni le lendemain, ni le jour suivant, parce que Mike le Noir, Scoodles et Benny, l'après-midi, sont dans l'océan avec Dolorès et le soir ils sont dans le bistrot de Joe Goss et, entre-temps, ils l'emmènent se promener dans des pousse-pousse sur les planches, ou l'invitent à casser la croûte dans divers hôtels. Aucun des mecs n'est seul avec elle autant que je sache, sauf quand ils dansent avec elle chez Joe Goss, et vers le troisième soir ils sont si jaloux les uns des autres qu'ils essaient tous de danser à la fois avec elle.

Or naturellement Joe Goss lui-même se plaint de ça parce que ça crée du désordre sur la piste de danse et ça a l'air bizarre, alors Dolorès règle la question en ne dansant avec personne et j'imagine que c'est un coup de pot pour elle car il n'y a pas une pépée dont les pieds peuvent supporter toutes les danses que Mike le Noir, Scoodles et Benny veulent guincher.

Le plus grand siège roulant sur les planches qui longent la mer ne peut tenir que trois mecs, ou deux mecs et une gonzesse, ou, ce qui est bien mieux, un mec et deux pépées, aussi quand Dolorès est dans un de ces engins avec un mec de chaque côté, l'autre marche tout près, ce qui est vraiment un drôle de spectacle. Je ne sais pas comment ils choisissent le mec qui marchera, mais je suppose que c'est Dolorès qui décide. Quand elle se baigne dans l'océan, Mike le Noir, Scoodles et Benny se collent si près d'elle qu'elle a l'impression d'une cohue par moments.

Je doute que Waldo Winchester, le journaleux, qui apprend des tas de choses ici ou là, entende jamais parler d'une telle situation où trois jules sont tous toqués de la même pépée, et des jules qui, au départ, n'ont pas une très bonne opinion les uns des autres. Je peux voir qu'ils sont de plus en plus hostiles entre eux à cause d'elle, mais quand ils ne sont pas avec Dolorès, ils restent collés les uns aux autres de peur que l'un d'eux ne mette la main en douce sur elle et se la garde.

Je suis très intrigué que Mike le Noir, Scoodles et Benny ne sortent pas leurs flingues et ne commencent pas un match de tir à cause d'elle, mais j'apprends que Dave le Dandy se fait remettre leurs flingues le deuxième jour, parce qu'il ne tient pas à ce qu'ils fassent des exercices de tir dans Atlantic City. Aussi ils ne peuvent pas commencer un match de tir entre eux s'ils le désirent, et la raison pour laquelle ils sont empêchés de se flinguer mutuellement, c'est que Dolorès leur déclare qu'elle déteste les mecs coriaces qui passent leur temps à envoyer des pruneaux dans les gens. Aussi ils se conduisent en gentlemen, excepté quelques mauvais gnons de temps à autre.

Donc, c'est un vendredi, et nous sommes à Atlantic City depuis lundi et rien ne bouge jusqu'ici pour faire une conférence de la paix, et Dave le Dandy est vraiment très cafardeux, d'autant plus que Miss Billy Perry l'engueule longuement chaque soir au téléphone au point que Dave regrette d'avoir jamais eu l'idée d'épouser Miss Billy Perry.

Toute la nuit de vendredi et la matinée du samedi, nous sommes chez Joe Goss, et personnellement je peux imaginer des tas d'autres endroits où je préférerais être. D'abord, je ne tiens pas à être près des malfrats pendant qu'ils boivent, et quand il s'agit de malfrats qui boivent et sont tous toqués de la même pépée, ils sont susceptibles d'une minute à l'autre d'oublier d'être des gentlemen. La seule raison qui me fait poireauter là c'est que Dave le Dandy poireaute aussi et la seule raison qu'a Dave de poireauter c'est d'empêcher ces mecs de donner mauvaise réputation à Atlantic City.

Je ne sais pas qui propose de se baigner au lever du jour, parce que je suis à moitié endormi ainsi que Dave le Dandy, mais j'apprends ensuite que c'est Dolorès. En tout cas, qu'est-ce que tout le monde voit une minute plus tard, c'est que nous sommes sur la plage et Dolorès, Mike le Noir, Scoodles Shea et Benny le

Youpin Blond sont en maillots de bain et l'aurore colore merveilleusement le vieil océan.

Naturellement, Dave le Dandy et moi ne sommes pas en maillots de bain parce que primo les baignades ne sont pas notre fort et, secundo, si nous nous baignons, c'est pas à cette heure-ci que nous le faisons. De plus, en ce qui me concerne, j'espère que je ne mets jamais de maillot de bain si je ne suis pas mieux que Mike le Noir et Scoodles Shea est loin d'avoir le corps de Gene Tunney. Benny le Youpin Blond est le seul qui ait l'air humain, et je ne lui donne quand même pas plus de soixante-cinq points.

Dave le Dandy et moi restons à les regarder et surtout Dolorès. Elle a un maillot rouge avec un bonnet en caoutchouc rouge sur ses cheveux noirs, et alors que la plupart des nanas en maillot de bain me font mal aux yeux, elle est aussi belle. Je proclamerai toujours que de plus belle j'en ai jamais vu, excepté Blue Larkspur et, naturellement, Blue Larkspur est un cheval de course et pas une pépée. Je suis très content que Miss Billy Perry n'est pas là pour voir le regard de Dave le Dandy quand il observe Dolorès en maillot de bain, parce que Miss Billy Perry se vexe rapidement.

Quand elle est dans l'eau, Dolorès glisse comme un beau grand poisson rouge. On peut voir qu'elle en raffole. Il y a des chances pour que je nage mieux sur le dos que Mike le Noir ou Scoodles Shea sur le ventre, et Benny le Youpin Blond n'est pas Gertrude Ederle, mais naturellement je tiens compte qu'ils sont bien bourrés de l'alcool de Joe Goss, et une charge de l'alcool de Joe Goss empêche de bien flotter où que ce soit.

Donc, après avoir barboté quelque temps dans

l'océan, Dolorès et ses trois Roméos s'allongent sur le sable, et Dave le Dandy et moi sommes juste en train de décider d'aller au pieu quand tout à coup nous voyons Dolorès se lever d'un bond et se mettre à courir vers l'océan, avec Mike le Noir et Benny côte à côte juste derrière elle, et Scoodles Shea à une demi-longueur plus loin.

Elle entre en trombe dans l'eau, jouant des pieds dans tous les sens jusqu'à ce qu'elle arrive là où c'est profond et elle se met à nager en direction du grand large. Mike le Noir et Scoodles Shea et Benny le Youpin Blond clapotent derrière elle comme s'ils avaient le feu au derrière. Nous comprenons que c'est une sorte de course et nous restons à regarder. On peut voir le petit bonnet rouge de Dolorès rebondissant sur l'eau comme un ballon en caoutchouc sur un trottoir. Mike le Noir, Scoodles et Benny font des zigzags derrière elle, car l'alcool de Joe Goss fait tituber n'importe quel mec sur terre ou sur mer.

D'abord elle est devant eux, puis elle a l'air de ralentir et de les laisser s'approcher d'elle. Quand Mike le Noir, qui est en tête des deux autres, arrive à environ cinquante mètres d'elle, son bonnet rouge s'éloigne de nouveau en bondissant, filant toujours plus loin. Je suis frappé par le fait que Dolorès nage en faisant de grands cercles, tantôt se retournant à demi comme si elle rentrait vers la plage, puis s'élançant de nouveau vers le large ; quand j'y repense par la suite, je peux voir en l'observant qu'elle n'a pas l'air de s'éloigner de la plage tout en le faisant continuellement.

Un de ses cercles la ramène presque au niveau de Benny qui est bon dernier par rapport à Mike le Noir et Scoodles Shea et, en fait, elle est si proche de lui qu'il se précipite sur elle, alors elle glisse loin de lui et s'éloigne plus vite que n'importe quel poisson que j'ai jamais vu dans l'eau. Puis elle fait le même manège avec Mike le Noir et Scoodles. J'imagine qu'ils jouent à chat dans la mer, ou quelque chose de ce genre, et même si c'est bien pour des mecs bourrés et une gonzesse sans cervelle, je ne considère pas que ce soit un jeu convenable pour des types dans leur bon sens, comme Dave le Dandy et moi.

Aussi je suis content quand il dit que nous ferions mieux d'aller nous pieuter, parce que maintenant Dolorès, Mike le Noir, Scoodles et Benny semblent vraiment très loin en mer.

Comme nous déambulons sur les planches, le long de la mer, je me retourne et ils sont là-bas, pas plus gros que des têtes d'épingles sur l'eau, et il me semble que je ne vois plus que trois têtes d'épingles mais j'imagine que Dolorès est si loin que je ne peux pas la voir à travers la brume légère.

« Ils seront éreintés lorsqu'ils reviendront, que je dis à Dave le Dandy.

— J'espère qu'ils se noient », dit Dave, mais quelques jours plus tard il regrette cette blague et explique qu'il l'a faite seulement parce qu'il est fatigué et écœuré.

Tout de même, je trouve maintenant bizarre que ni Dave le Dandy ni moi ne voient rien de louche dans tout ce jeu, mais nous ne parlons même pas de Dolorès, ou de Mike le Noir, ou de Scoodles Shea ou de Benny le Youpin Blond jusqu'à la fin de l'après-midi où nous mangeons le vieux pamplemousse et les œufs au jambon dans la piaule de Dave, et Dave regarde l'océan.

« Dis donc, qu'il remarque, comme s'il vient de s'en souvenir par hasard, tu sais les mecs qui sont tout là-bas la dernière fois qu'on les a vus ? Je me demande s'ils sont bien rentrés ? »

Comme en réponse à sa question, on frappe à la porte et qui entre sinon Dolorès. Elle a l'air complètement claquée, mais elle est si belle que je dirais qu'elle semble éclairer la chambre si je ne voulais pas qu'on pense que je suis romanesque. Quoi qu'il en soit, elle est belle mais sa voix est très lasse quand elle s'adresse à Dave le Dandy comme suit :

« Vos amis de Saint Louis ne reviendront pas, monsieur Dave le Dandy. Ils ne nagent pas très bien, mais mieux que je pensais. Celui qui s'appelle Mike le Noir et Scoodles Shea retournent vers la plage après trois kilomètres environ, mais ils n'y arrivent jamais. Je les ai vus tous les deux disparaître pour la dernière fois. Je suis sûre de cela, monsieur Dave le Dandy. Benny, celui qui est pâle, dure un peu plus longtemps bien qu'il soit le pire nageur de tous, et qu'il n'ait pas lâché. Il essaie toujours de me suivre quand une crampe le saisit et il s'enfonce dans les flots. Je crois qu'il m'aimait le plus, en fait comme il le prétendait toujours. »

Naturellement je suis très horrifié à ces nouvelles, surtout qu'elle les raconte sans battre un seul de ses longs cils.

« Voulez-vous nous dire que vous avez laissé ces pauvres mecs se noyer là-bas dans toute cette eau salée ? que je dis, très indigné. Vous n'êtes qu'une salope. »

Mais Dave le Dandy me fait signe de la boucler, et Dolorès déclare comme suit :

« J'ai raté de quatre cents mètres la traversée de la

Manche en 1927, comme vous pouvez le voir dans les annales des records, qu'elle dit, et je peux traverser le Mississippi d'une seule main, mais je ne peux pas transporter trois grands mecs comme eux sur le dos. Même si je le voulais, et je ne le veux pas. Benny est le seul qui me parle avant de couler. La dernière fois que je tourne autour de lui, il agite sa main et dit : "J'ai toujours su que je t'ai vue quelque part avant. Je me souviens maintenant. Tu es la gonzesse de Frankie Farrone."

— Et c'est vrai ? demande Dave le Dandy.

— Sa veuve, que dit Dolorès. Je lui ai promis, quand il était étendu dans son cercueil, que ces mecs mourront, et c'est fait. Je dépense mon dernier dollar pour arriver ici en avion, mais j'y suis et je les ai. Seulement c'est surtout la main de la Providence, qu'elle dit. Maintenant je n'aurai plus besoin de ça. »

Et elle lance sur la table, au milieu de notre vaisselle du petit déjeuner, une petite bouteille que nous découvrons après contenir assez de cyanure pour tuer quarante mulets, ce qui me fait penser que cette Dolorès est une pépée qui ne rigole pas.

« Il n'y a qu'une chose que je veux savoir, dit Dave le Dandy, une seule chose. Comment as-tu persuadé ces enflés à te suivre dans l'eau ?

— Ça, c'est la chose la plus facile, dit Dolorès. C'est une idée qui me vient quand nous sommes allongés sur la plage. Je leur dis que j'épouserai le premier qui me rattrapera dans la mer. Je ne veux pas paraître avoir le cœur dur, mais je suis soulagée quand je vois couler Mike le Noir. Pouvez-vous imaginer être la femme d'un tel clodo ? »

C'est seulement en rentrant que Dave le Dandy a une remarque à faire au sujet de cette histoire, et il énonce ce qui suit :

« Tu sais, que dit Dave, je penserai toujours que c'est un hasard très heureux que Dolorès ne m'a pas inclus dans son offre, ou il y a des chances que je serais encore en train de nager. »

ROMAN D'AMOUR DANS LES QUARANTE JOYEUSES[1]

Faut en avoir une sacrée pochetée pour s'aviser de faire de l'œil plus d'une fois à la poule de Dave le Dandy. Car, bien que Dave supporte avec assez de calme la première fois, en l'interprétant comme une erreur, on peut être assuré qu'à la seconde il se fâche, et Dave le Dandy n'est certainement pas un type qu'on aime à voir fâché contre soi.

Mais ce Waldo Winchester n'est pas que la moitié d'un imbécile, c'est pourquoi, à plusieurs reprises, il fait de l'œil à la poule de Dave le Dandy. Et, qui plus est, à plusieurs reprises, elle lui rend œil pour œil. Or, quand un type et une poule commencent à se regarder plusieurs fois comme ça… Justement. Eh bien, nous y voilà.

Ce Waldo Winchester est un jeune type assez beau gars qui écrit des articles sur Broadway dans *L'Écho du Matin.* Il raconte ce qui se passe dans les boîtes de nuit, les gnons qui s'y distribuent, etc. Il raconte aussi les couchages qui s'y ébauchent, en laissant entendre entre quel et quelle.

Parfois, c'est assez embarrassant pour les gens qui

1. Rues du centre de New York comprises entre la 40e et la 50e. *(N.d.T.)*

sont peut-être mariés et qui sont au mieux avec d'autres qui ne le sont pas. Mais, bien entendu, on ne peut exiger que Waldo Winchester demande aux types leur extrait de mariage avant d'écrire ses articles pour son canard.

Si Waldo Winchester savait que Miss Billy Perry est la poule de Dave le Dandy, il y a des chances qu'il ne lui ferait pas de l'œil plus d'une fois. Mais personne ne le lui a dit avant la deux ou troisième fois, et, pendant ce temps-là, Miss Billy Perry le lui a rendu, et Waldo Winchester est pincé.

Ça y est, il a le béguin, et, comme c'est un imbécile, ainsi que je vous l'ai dit, il se préoccupe fort peu de qui elle est la poule. Quant à moi, je ne l'en blâme pas beaucoup, car Miss Billy Perry mérite bien quelques regards quand elle est sur la piste du dancing, au Club des Seize Cents de Miss Missouri Martin, en train de danser la claquette. Toutefois, je ne pense pas que la meilleure danseuse de claquette du monde puisse me faire la regarder deux fois si je sais qu'elle est la poule de Dave le Dandy, car Dave a coutume de gober ses poules plus qu'un peu.

Il en pince particulièrement pour Miss Billy Perry et il lui envoie des manteaux de fourrure, des bagues ornées de diamants, et des tas de choses qu'elle lui retourne immédiatement, car, paraît-il, elle n'accepte pas de cadeaux des types.

En tout cas, cela n'empêche pas Dave de la gober tout autant, et c'est pourquoi tout le monde est rempli d'égards pour cette petite et pourquoi, par conséquent, jusqu'à l'entrée en scène de Waldo Winchester, personne n'eût osé jeter les yeux sur elle.

Cette entrée en scène se produit par hasard pendant que Dave est parti dans le Modoc[1] faire une petite tournée aux îles Bahamas afin de s'y procurer pour son commerce quelques marchandises telles que du whisky et du champagne, et, avant que Dave ne soit de retour, Miss Billy Perry et Waldo Winchester en sont déjà à s'isoler dans les coins entre deux numéros de la petite, et à rester assis l'un près de l'autre, la main dans la main.

Naturellement, personne ne souffle mot de cela à Dave le Dandy ; en effet, on ne tient pas à l'irriter. Miss Missouri Martin elle-même garde le silence à ce sujet, chose assez extraordinaire car Miss Missouri Martin, que, pour abréger, on appelle quelquefois Mizzou, raconte tout ce qu'elle sait aussitôt qu'elle le sait, c'est-à-dire le plus souvent avant que cela n'arrive.

C'est que, voyez-vous, quand Dave le Dandy est à cran, il peut parfaitement faire sauter la cervelle à quelqu'un, et il se pourrait bien que ce fût, en l'occurrence, celle de Waldo Winchester, quoiqu'il y ait des types qui prétendent que Waldo Winchester n'ait point de cervelle, car, s'il en avait, il ne tournerait pas autour de la poule à Dave le Dandy.

Dave, je le sais, a le gros béguin pour Miss Billy Perry, car je l'ai entendu plusieurs fois lui adresser la parole. Il est extrêmement poli avec elle et ne se laisse jamais aller, en sa compagnie, à des jurons ou semblables écarts de langage. De plus, un soir que Solly Abrahams n'a qu'un œil est un peu éméché et parle de Miss Billy Perry comme d'une poufiasse, sans la

1. Comté du nord-est de la Californie. *(N.d.T.)*

moindre intention blessante, car c'est de cette façon-là que beaucoup de gars parlent des filles, immédiatement Dave le Dandy étend la main par-dessus la table et envoie un gnon en plein dans la gueule à Solly n'a qu'un œil. À partir de ce moment-là, tout le monde se rend compte que Dave a une excellente opinion de Miss Billy Perry. Comme de juste, Dave pense toujours du bien de telle ou telle môme, mais il lui arrive rarement d'envoyer à ce propos un marron dans la gueule des types.

Or voici qu'un soir Dave le Dandy entre au Club des Seize Cents, et, en y entrant, il aperçoit ce Waldo Winchester et Miss Billy Perry en train de s'embrasser en veux-tu en voilà de la façon la plus chaleureuse. Dave ne fait ni une ni deux, il cherche son vieil égalisateur pour canarder Waldo Winchester, mais, à ce qu'il paraît, Dave, qui ne comptait pas avoir quelqu'un à canarder ce soir-là, n'a pas sur lui son vieil égalisateur.

Alors, Dave le Dandy marche vers eux, et, au moment où Waldo Winchester, en l'entendant venir, lâche Miss Perry, Dave lui décoche un vigoureux direct du droit à la pointe du menton. Je dois dire que le droit de Dave le Dandy frappe terriblement fort, bien que son gauche ne soit pas aussi bon. Bref, Waldo Winchester fléchit sur ses guibolles, et, en moins de deux, s'affale sur le plancher.

Alors Miss Billy Perry pousse un hurlement qu'on pourrait entendre de la Batterie[1], se précipite auprès de Waldo Winchester étendu tout de son long et se jette sur lui en chialant tant et plus. Tout ce qu'on

1. À l'extrémité sud de l'île de Manhattan. *(N.d.T.)*

réussit à comprendre à ce qu'elle dit c'est que Dave le Dandy n'est qu'un grand fainéant — bien que Dave ne soit pas si grand que ça — et qu'elle adore Waldo Winchester.

Dave s'approche et se met en devoir de tanner le cuir de Waldo Winchester, suivant l'usage admis en pareil cas, mais il semble tout à coup changer d'avis, et au lieu de flanquer des coups de pied à Waldo, il fait demi-tour et sort de la boîte, l'air sinistre et furieux. Et on ne tarde pas à apprendre qu'il est installé au Coq, en train de boire comme un trou.

On considère cela comme de bien mauvais augure, car, quoique les uns et les autres aillent de temps en temps au Coq, pour faire plaisir au patron, Tony Bertazzola, peu de types aiment à y aller boire, car Tony réserve sa gnôle exclusivement pour ses clients.

Quant à Miss Billy Perry, elle réussit à remettre sur pattes Waldo Winchester et lui essuie le menton avec son mouchoir. Au bout d'un moment, il est tout à fait retapé, sauf qu'il a au menton une énorme bosse. Et pendant tout ce temps-là, Miss Billy Perry ne cesse de répéter à Waldo Winchester que Dave le Dandy n'est qu'un grand voyou. Après quoi, Miss Missouri Martin, dès qu'elle réussit à placer un mot, se met à engueuler Miss Billy Perry pour avoir fait fuir de sa boîte un michet aussi sérieux que Dave le Dandy.

« Tu n'es qu'une petite gourde, lui dit-elle. On n'est même pas fichu de tirer l'heure exacte de cette espèce de journaleux, tandis que chacun sait qu'un dollar ne fait pas long feu dans la poche de Dave le Dandy.

— Mais j'aime monsieur Winchester, répond Miss Billy. Il est si sentimental. Ce n'est pas un bootlegger ni un apache comme Dave le Dandy. Il publie de jolis articles sur moi dans le journal et il se conduit toujours comme un homme bien élevé. »

Or, comme de juste, Miss Missouri Martin n'est pas qualifiée pour discuter sur ce sujet, parce qu'elle ne rencontre pas beaucoup de gens bien élevés au Club des Seize Cents, et, dans tous les cas, elle ne tient pas à se brouiller avec Waldo Winchester, car il serait bien capable de se venger en écrivant dans son journal des articles désobligeants sur la boîte, aussi renonce-t-elle à la discussion.

Miss Billy et Waldo Winchester continuent donc à rester la main dans la main entre les numéros de Billy, et, sans doute, à s'embrasser de temps en temps, comme les jeunes gens ont l'habitude de faire. Dave le Dandy ne remet plus les pieds au Club des Seize Cents et tout semble aller pour le mieux. Naturellement, nous sommes enchantés que l'affaire n'ait pas de suites, car Dave n'a rien à attendre de bon d'une querelle avec un journaliste.

Quant à moi je me dis que Dave ne tardera pas à trouver une autre poule et qu'il oubliera complètement Miss Billy Perry, car, maintenant que je la regarde une seconde fois, je me rends compte qu'elle ressemble à peu près à toutes les autres *tap dancers*, sauf qu'elle a les cheveux roux, alors qu'habituellement les *tap dancers*, je ne vois pas pourquoi, les ont noirs.

Moosh, le portier du Club des Seize Cents, me confie que Miss Missouri Martin continue à plaider discrètement la cause de Dave le Dandy auprès de Miss Billy Perry. Il a entendu, dit-il, Miss Missouri Martin lui dire l'autre soir : « Eh bien, je ne vois pas Simon le Simple[1] à tes pinces. »

C'est une façon pour Miss Missouri Martin de dire qu'elle ne remarque pas de diamant au doigt de Miss Billy Perry. Car Miss Missouri Martin, qui est une poule d'âge et d'expérience, est persuadée que si un type aime une gosse, il doit le lui prouver en lui offrant des diamants. Miss Missouri Martin possède elle-même beaucoup de diamants, bien que je n'arrive pas à comprendre qu'un type ait jamais pu gober Miss Missouri Martin au point de lui donner des diamants.

Je suis un type qui ne circule pas beaucoup, ce qui fait que, depuis une quinzaine de jours, je n'ai pas aperçu Dave le Dandy, quand un dimanche, vers la fin de l'après-midi, le petit Johnny Mac Gowan, qui est un des hommes de Dave, vient me dire : « Qu'est-ce que tu penses de ça ? Tout à l'heure, Dave a enlevé le journaleux et il est en train de l'emmener prendre l'air. »

Johnny est tellement ému qu'il me faut plusieurs minutes pour arriver à le calmer et à lui permettre de s'expliquer. Il paraît que Dave le Dandy a sorti du garage sa plus grosse voiture et qu'il a envoyé son chauffeur, Joe l'Italo, au bureau de *L'Écho du Matin*, où travaille Waldo Winchester, pour faire savoir à celui-ci que Miss Billy Perry désire le voir immédiatement chez Miss Missouri Martin, dans la 59e Rue.

Il n'y a, naturellement, pas un mot de vrai dans tout cela, mais Waldo s'y laisse prendre et monte dans la bagnole. Alors Joe le conduit chez Miss Missouri

1. Bague de fiançailles. *(N.d.T.)*

Martin, et, là, celui qui monte dans la bagnole n'est autre que Dave le Dandy. Puis ils partent.

En vérité, cela ne me dit rien de bon, car, lorsque Dave emmène un type prendre l'air, bien souvent le type ne revient pas. Que lui arrive-t-il ? Je ne le demande jamais, car la meilleure réponse qu'on puisse espérer recevoir pour une telle question, dans cette putain de ville, c'est un coup de poing dans l'œil.

Mais cette affaire me tracasse beaucoup, car j'aime bien Dave le Dandy, et je me rends compte que d'emmener faire un petit tour à un type qui écrit dans les journaux comme Waldo Winchester ça peut faire des histoires, surtout s'il ne revient pas. Les autres types que Dave le Dandy emmène prendre l'air, ça ne tire pas particulièrement à conséquence, mais celui-ci, même s'il est un imbécile, pourrait bien être une source d'embêtements, à cause du journal auquel il est attaché.

J'en connais assez sur les journaux pour savoir que, au bout de quelque temps, le secrétaire de rédaction ou quelque autre viendra demander où sont les articles de Waldo Winchester sur Broadway, et, si les articles de Waldo Winchester ne sont pas là, il voudra en savoir la raison. Finalement, il arrivera un moment où d'autres personnes, elles aussi, désireront le savoir, si bien qu'au bout de quelque temps, il y aura je ne sais combien de gens, un peu partout, à demander : « Mais qu'est donc devenu Waldo Winchester ? »

Et, dans cette ville, quand il y a un certain nombre de gens à demander à droite et à gauche où est passé un tel, cela tourne au mystère, les journaux s'en prennent aux flics, les flics s'en prennent à tout le monde, et, en un rien de temps, ça commence à chauffer tellement que la ville devient un endroit inhabitable.

Mais, dans la circonstance présente, je me demande quoi faire. Quant à moi, cela ne me dit rien qui vaille, et, pendant que Johnny est à téléphoner, je me demande où je pourrais bien aller pour que les gens me voient, et, par la suite, puissent, le cas échéant, se rappeler qu'ils m'y ont vu.

Enfin, Johnny revient, très agité. « Dis donc, fait-il, le Dandy est à l'Auberge de la Bécasse, boulevard Pelham, et il fait dire à tout le monde de s'y rendre immédiatement. C'est Charley Bon Temps, Charley Bernstein, qui vient de me téléphoner pour me le dire. Il se passe je ne sais quoi là-bas. Les autres de la bande sont déjà en route. Allons-y. »

Voilà en vérité une invitation qui ne me botte pas le moins du monde. D'après la tournure que cela prend, Dave le Dandy n'est pas en ce moment une relation pour un type comme moi. Il est sans doute en train ou sur le point de faire à Waldo Winchester quelque chose dans quoi je ne tiens pas à fourrer mon nez.

Personnellement, je n'ai rien contre les journalistes, même pas contre ceux qui écrivent des articles sur Broadway. Si Dave le Dandy veut faire quelque chose à Waldo Winchester, c'est son affaire, mais à quoi cela rime-t-il de vouloir y mêler les autres ? Cependant, avant d'avoir eu le temps de m'en apercevoir, me voilà dans le roadster de Johnny Mac Gowan, qui file à toute vitesse sans faire la moindre attention aux feux rouges ni à quoi que ce soit.

Tandis que nous traversons le Rond-Point à tombeau ouvert, je médite sur ce qui arrive, et je m'avise que Dave a vraisemblablement continué de penser à Miss Billy Perry, de s'ingurgiter les alcools que l'on vend au Coq, et que tout cela a fini par le rendre marteau. Car il faut véritablement avoir perdu la boule pour emmener prendre l'air un type qui écrit dans les journaux, et cela à cause d'une poule, alors qu'on en trouve tant qu'on en veut dans cette sacrée ville.

Mais je me rappelle avoir lu dans les journaux que nombre de gens, considérés comme parfaitement équilibrés avant de s'être empêtrés d'une poule, et sans doute d'en être toqués, se mettent, pour un oui pour un non, à sauter par les fenêtres, à se flanquer des coups de revolver ou à en flanquer aux autres, et je commence à comprendre comment un type comme Dave le Dandy a pu devenir marteau à cause d'une poule.

Je vois bien que le petit Johnny Mac Gowan est inquiet, lui aussi, mais il ne souffle mot, et, au bout d'un rien de temps, nous nous arrêtons devant l'Auberge de la Bécasse, où se trouvent déjà plusieurs autres bagnoles que j'identifie pour appartenir à des types de ma connaissance.

L'Auberge de la Bécasse est ce qu'on appelle une guinguette et son patron Skolsky, le Grand Nig, est un très brave homme et l'ami de tout le monde. Elle est située à quelques mètres du boulevard Pelham. C'est un endroit très agréable, car Nig a un bon orchestre, un dancing avec un lot de poules pas mal du tout, et tout ce qu'on peut souhaiter, en somme, pour s'amuser. Elle est bien achalandée et fréquentée par des gens comme il faut, quoique la gnôle de Nig n'ait rien d'extra.

En ce qui me concerne, j'y vais assez rarement, — les guinguettes ça ne me dit pas grand-chose, — mais, pour Dave le Dandy, c'est un coin épatant quand il veut tirer une bordée ou simplement se cuiter à bon compte. Au moment où nous arrivons, il se fait à l'intérieur un potin de tous les diables. Dave le Dandy en personne vient nous accueillir avec de grandes démonstrations. Il a la figure très rouge et semble pas mal agité, mais il n'a point du tout l'air d'un homme qui mijote un mauvais coup contre qui que ce soit, pas même contre un type qui écrit dans les journaux.

« Entrez, les gars ! hurle Dave le Dandy. Entrez donc ! »

Nous entrons. La salle est pleine de gens assis à des tables ou en train de danser. J'aperçois Miss Missouri Martin couverte de diamants des pieds à la tête, Charley Bernstein Bon Temps, Samuels les Panards, Tony Bertazzola, Boliver l'Écope, Nick le Grec, Rochester le Rouge et un tas d'autres types, et des poules d'un peu partout.

On dirait que tous les habitués de toutes les boîtes de Broadway se sont donné rendez-vous ici, sans excepter Miss Billy Perry, toute de blanc vêtue, avec un bouquet d'orchidées dans les bras et tout le tralala, qui rit aux anges en distribuant à la ronde sourires et poignées de main. Enfin, j'aperçois Waldo Winchester, le journaleux, assis tout seul à une table à côté de la piste de danse, mais en fort bon état, autant que je puisse le constater. C'est-à-dire que, jusqu'à présent, il a bien l'air d'être tout entier.

« Dave, dis-je avec le plus grand calme, Dave le Dandy, que se passe-t-il ? Tu sais, on ne peut trop faire attention, dans cette ville, à ce que l'on fait, et je serais navré de te voir en ce moment te fourrer dans je ne sais quel pétrin.

— Mais, fait Dave, qu'est-ce que tu me chantes là ? Il s'agit tout bonnement d'un mariage, et qui sera le plus gentil mariage qu'on ait jamais vu dans Broadway. Pour l'instant, nous attendons le pasteur.

— Quoi ? Il y a quelqu'un qui va se marier ? que je demande, un peu confus à présent.

— Sans doute, répond Dave. Où as-tu la tête ? À quoi sert un mariage habituellement ?

— Et qui est-ce qui va se marier ?

— Tout simplement Billy et le scribouillard, déclare Dave. C'est la plus belle action que j'aie faite depuis que je suis au monde. L'autre soir, je rencontre Billy qui pleure toutes les larmes de son corps parce qu'elle adore ce gratte-papier et qu'elle veut l'épouser, mais il paraît que ce gratte-papier n'a pas le rond. Alors je dis à Billy de me laisser m'occuper de ça, car, vois-tu, je l'aime tellement cette petite, que je voudrais la voir toujours heureuse, même si, pour cela, il est nécessaire qu'elle se marie.

« Ainsi c'est moi qui ai goupillé ce mariage, et quand ils seront mariés, je vais leur faire cadeau de quelques gros billets pour qu'ils puissent se débrouiller au début. Mais je n'en ai rien dit au journaleux et je n'ai pas permis à Billy de le lui dire, parce que je veux lui faire une fameuse surprise. Je l'ai enlevé cet après-midi pour l'amener ici et il est à moitié mort de peur, parce qu'il s'imagine que je vais lui faire son affaire.

« En vérité, poursuit Dave, je n'ai jamais vu un type avoir une pareille trouille. Une trouille si pommée que rien ne semble l'amuser. Va donc lui dire qu'il ne se passera rien ici qui ne soit pour son bonheur. »

Je tiens à déclarer à Dave que je suis bien content de pouvoir me dire qu'il n'a pas l'intention de faire à Waldo Winchester pis que de le marier. Je me dirige vers la place où est assis Waldo. Il a, en vérité, l'air quelque peu inquiet. Il est tout recroquevillé sur lui-même, et il a ce qu'on appelle les yeux dans le vague. Je constate en effet qu'il n'en mène pas large. Je lui donne sur l'épaule une tape d'amitié en lui disant : « Félicitations, mon vieux ! Un peu de gaieté, que diable, le pis est encore à venir.

— Je vous crois, répond Waldo Winchester d'un ton si lugubre que j'en reste tout saisi.

— Eh bien, vous en faites une drôle de bouillotte pour un marié, que je lui dis. Vous avez l'air d'assister à un enterrement plutôt qu'à un mariage. Pourquoi ne pas rigoler ou tout au moins boire un ou deux verres pour vous émoustiller ?

— Monsieur, fait Waldo Winchester, ma femme ne va pas être contente de mon mariage avec Miss Billy Perry.

— Votre femme ? dis-je estomaqué. Qu'est-ce que vous racontez ? Vous auriez une autre femme que Miss Billy Perry ? Vous êtes complètement cinglé !

— Je sais bien, répond tristement Waldo, mais c'est pourtant l'exacte vérité, j'ai une femme, et elle va être furieuse quand elle apprendra tout cela. Ma femme est très stricte avec moi. Ma femme est Miss Lola Sapola, des Sapola Volants, les acrobates, et voilà cinq ans que nous sommes mariés. C'est elle la femme athlète qui jongle avec les autres de la troupe. Ma femme vient justement de rentrer d'une tournée d'un an à travers les États-Unis et elle est actuellement à l'Hôtel Mark. Tout cela me met sens dessus dessous.

— Et Miss Billy Perry, sait-elle que vous êtes marié ? que je demande.

— Non, fait-il. Non, elle me croit célibataire.

— Mais pourquoi ne pas avoir dit à Dave le Dandy, quand il vous a amené ici pour vous faire épouser Miss Billy Perry, que vous étiez déjà marié ? dis-je. Il me semble qu'un type qui écrit dans les journaux devrait savoir que la loi défend d'épouser plusieurs femmes, à moins d'être turc ou quelque chose comme cela.

— Sans doute, fait Waldo, mais si je dis à Dave le Dandy, après lui avoir chipé sa poule, que je suis marié, il est évident qu'il va être furieux et peut-être me faire je ne sais quoi de nuisible à ma santé. »

En effet, tout ce que dit le pauvre type est fort juste. Je suis enclin à penser, moi aussi, que Dave va faire du foin quand il apprendra ça. Surtout si cela fait de la peine à Miss Billy Perry. Mais je ne vois pas ce que je pourrais faire, sinon de laisser le mariage s'accomplir, et alors, quand Waldo sera hors de la portée de Dave, de déclarer que Waldo est atteint d'aliénation mentale et que le mariage est nul. Ce qu'il y a de certain, c'est que je ne tiens pas à me trouver là quand Dave le Dandy apprendra que Waldo est déjà marié.

Tandis que je suis en train de me demander si ce que j'ai de mieux à faire ne serait pas de me débiner, il se produit à la porte un grand brouhaha et j'entends Dave le Dandy hurler que c'est le pasteur qui arrive. Il est vraiment très bien, ce pasteur, mais il semble quelque peu interloqué de ce qui lui advient, surtout quand Miss Missouri Martin s'avance vers lui et l'accapare en lui déclarant qu'elle a un faible pour les pasteurs, et qu'elle les a beaucoup fréquentés, car elle a été mariée deux fois par des pasteurs, deux fois par des juges, et une fois, en mer, par le commandant du bateau.

Tous les assistants, à part moi, Waldo Winchester, et sans doute Miss Billy Perry, sont plus ou moins éméchés. Waldo est toujours assis à sa table, l'air lugubre, répondant par oui ou par non à Miss Billy Perry chaque fois qu'elle vient à passer devant lui, car elle ne se sent pas de joie et ne peut tenir en place.

Dave le Dandy est plus gris que tous les autres ; il a en effet sur eux deux ou trois jours d'avance. Et, quand Dave le Dandy est ivre, je dois avouer qu'on ne peut jamais savoir ce qui va lui passer par la tête ; il peut faire explosion d'un moment à l'autre. Mais, pour l'instant, il a l'air enchanté de son sort.

Donc, quelques minutes après, Nig Skolsky prie les danseurs de débarrasser la piste et apporte au milieu de la salle une manière d'arc de triomphe en fleurs tout ce qu'il y a de rupin. C'est sous cet arc, paraît-il, que l'on va marier Waldo Winchester et Miss Billy Perry. Dave le Dandy a dû passer pas mal de jours à combiner toute cette affaire et dépenser pour ça pas mal de fric, je m'en rends compte. Surtout quand je le vois montrer à Miss Missouri Martin un diamant aussi gros qu'une pastille pectorale.

« C'est pour la mariée, fait Dave le Dandy. Le pauvre couillon qui va être son mari n'aura jamais assez de pognon pour lui payer un caillou comme celui-là. Je l'ai acheté à un type qui l'a rapporté de Los Angeles. Je veux conduire moi-même la mariée à l'autel, comment dois-je faire, Mizzou ? Je désire que tout se passe pour Billy selon les règles. »

Pendant que Miss Missouri Martin essaye, avant de lui répondre, de se rappeler un de ses mariages, je jette encore un coup d'œil du côté de Waldo Winchester pour voir comment il se comporte. J'ai vu un jour à Sing Sing deux types qui se préparaient à aller s'asseoir sur la chaise électrique, et je dois dire que tous deux avaient l'air guilleret comparés à Waldo Winchester tel qu'il est en ce moment même.

Miss Billy Perry est assise près de lui et le chef d'orchestre est en train d'engueuler ses bonshommes parce que aucun d'eux n'arrive à se rappeler l'air de *Ah, promets-moi*, quand Dave le Dandy hurle : « Eh bien, on y est ? Que l'heureux couple s'avance ! »

Miss Billy Perry se lève vivement, et, empoignant Waldo Winchester par le bras, l'arrache de son siège. Mais il me suffit de regarder sa tête. Je suis prêt à parier six contre cinq qu'il n'arrivera pas jusqu'à l'arc de triomphe. Mais il y arrive tout de même, parmi les rires et les applaudissements de toute l'assistance. Puis le pasteur s'approche et, au moment où il rejoint les futurs époux sous l'arc de fleurs, le visage de Dave le Dandy revêt l'expression la plus rayonnante que je lui aie jamais vue.

Mais, tout à coup, on entend à l'entrée de l'auberge un effroyable potin, une voix de femme qui hurle, mais une voix de femme aussi grave que celle d'un homme. Naturellement, tout le monde se retourne et regarde de ce côté. Le portier, un nommé Sachs la Flemme, un costaud s'il en est, semble s'efforcer d'empêcher on ne sait qui d'entrer. Mais, presque au même instant, il y a un choc sourd, Sachs la Flemme s'effondre sur le plancher et l'on voit entrer une gonzesse d'à peu près un mètre vingt de haut sur un mètre cinquante de large.

En vérité, je n'ai jamais vu une poule de cette largeur-là. On dirait qu'on l'a passée au marteau-pilon. Sa figure est presque aussi large que ses épaules et me fait penser à une énorme pleine lune. Elle arrive en rebondissant comme une balle, et il est visible qu'il y a quelque chose qui la met hors d'elle-même. À son entrée, j'entends derrière moi une espèce de râle, et je me retourne pour voir Waldo Winchester s'affaisser par terre en entraînant presque avec lui Miss Billy Perry.

Alors, la grosse mémère va droit au groupe qu'elle aperçoit sous l'arc de fleurs, et de sa voix basse et profonde, elle demande : « Lequel de vous est Dave le Dandy ?

— C'est moi, répond Dave en s'avançant. Qu'est-ce qui vous prend de faire irruption ici comme une vache marine et de venir saboter notre mariage ?

— Alors, c'est vous le type qui enlève mon cher et fidèle mari pour lui faire épouser cette petite crêpe aux poils roux, hein ? » profère la grosse petite poule en regardant Dave le Dandy et en désignant du doigt Miss Billy Perry.

Or, traiter Billy Perry de crêpe devant Dave le Dandy n'est pas une bagatelle, et Dave le Dandy se fâche tout rouge. Il est habituellement assez courtois avec les femmes, mais il est manifeste que les façons de la large petite poule ne lui plaisent pas le moins du monde.

« Dites donc, vous, écoutez un peu, fait Dave le Dandy. Vous feriez bien d'aller faire un tour dehors avant qu'on vous foute un marron. Vous devez être saoule, qu'il dit. Ou maboule, ajoute-t-il. En tout cas, de quoi vous mêlez-vous ?

— De quoi je me mêle ? vous allez le voir, dit la grosse mémère. Le type qui est là par terre est mon mari. Vous lui avez sans doute fait une peur mortelle au pauvre chéri. C'est vous qui l'avez enlevé pour lui faire épouser cette espèce de rouquine, et je vais vous faire coffrer, aussi vrai que je m'appelle Lola Sapola, grand imbécile, sale voyou ! »

Comme bien on pense, nous sommes tous épouvantés d'entendre une poule traiter de la sorte Dave le Dandy, car on sait que Dave le Dandy canarde un type pour moins que ça. Mais au lieu de faire quoi que ce soit, sans plus attendre, à la grosse petite, Dave se contente de dire : « Comment ? Qu'est-ce que j'entends ? Qui ça qui est votre mari ? Foutez-moi le camp ! » hurle Dave en l'empoignant par le bras.

Alors, de la main gauche, elle fait comme si elle allait envoyer un gnon dans la figure de Dave. Instinctivement, celui-ci recule légèrement la tête. Mais, au lieu de le frapper de la main gauche, elle lui envoie son poing droit en plein dans le ventre, que, naturellement, il avance en reculant la tête.

J'ai vu pas mal de coups dans le ventre, je vous assure, mais de plus joli que celui-là je n'en ai jamais vu. De plus, en donnant son coup, Lola Sapola fait un pas en avant, et je vous laisse à penser s'il y a quelque chose comme poids derrière le coup.

Or, un type qui mange et qui boit comme fait Dave

le Dandy ne supporte pas très bien les coups dans le ventre, de sorte que Dave fait « ouf » et s'assoit fort lourdement sur le plancher de la piste. Puis, dans cette position, il cherche fiévreusement dans la poche de son grimpant son vieil égalisateur, et tout le monde court se cacher, sauf Lola Sapola, Miss Billy Perry et Waldo Winchester.

Mais avant qu'il puisse sortir son revolver, Lola Sapola l'empoigne par son col, le remet sur pattes, le lâche, et, une fois debout, un peu chancelant sur ses guibolles, lui décoche dans le ventre un second direct du droit.

Le coup envoie Dave par terre une seconde fois et Lola s'approche de lui comme pour le bourrer de coups de pied. Mais elle se contente de ramasser sur le plancher Waldo Winchester, le charge sur son épaule comme un sac de farine, et se dirige vers la porte. Dave le Dandy se redresse sur son séant, et, cette fois, il tient à la main son vieil égalisateur.

« Si je n'étais pas un gentleman, je ferais de vous un sac à pruneaux ! » gueule-t-il.

Mais Lola Sapola ne se retourne même pas, car, en ce moment, elle caresse la tête de Waldo Winchester en lui donnant des petits noms d'amour et en lui disant que c'est une honte de voir de sales types comme Dave le Dandy faire des misères à son petit trésor. Lola Sapola m'a vraiment l'air de gober Waldo Winchester.

Quand elle a disparu, Dave le Dandy se relève et reste là planté à regarder Miss Billy Perry qui est sur le chemin de battre tous les records en matière de larmes. Nous autres, y compris le pasteur, nous sortons de nos abris, nous demandant quelle va être la fureur de Dave pour ce mariage manqué. Mais Dave a seulement l'air déçu et navré.

« Billy, dit-il à Miss Billy Perry, je suis tout à fait désolé que ton mariage n'ait pu avoir lieu. Je ne désire que ton bonheur, mais je ne crois pas que tu puisses être heureuse avec ce scribouillard, s'il doit avoir ainsi à ses trousses sa dompteuse de lions. Dans le rôle de Cupidon je ne suis qu'une ganache. Pour une fois que j'essaye de faire une bonne action, pas de veine que ça n'ait pas collé. Peut-être que si tu attends qu'il la noie ou quelque chose comme cela...

— Dave, dit Miss Billy Perry en versant un torrent de larmes, qui semble finalement l'emporter droit dans les bras de Dave, jamais, jamais je ne serai heureuse avec un type comme Waldo Winchester. Je vois bien maintenant que tu es le seul homme qui me convienne.

— Tiens, tiens, tiens, fait Dave le Dandy, dont la figure s'illumine soudain, où est le pasteur ? Amenez le pasteur. Nous aurons tout de même notre mariage. »

J'ai rencontré l'autre jour monsieur et madame Dave le Dandy ; ils avaient l'air très heureux. Mais, avec les jeunes mariés, on ne peut jamais rien dire. C'est pourquoi je me garderai bien de jamais laisser Dave le Dandy apprendre que c'est moi qui ai téléphoné à Lola Sapola, car, après tout, je n'ai peut-être pas rendu à Dave le Dandy un service si fameux que ça.

LA MAISON DE LA VIEILLE POULE

Donc, à ce qu'il paraît, par une froide soirée d'hiver, un groupe d'habitants de Brooklyn traverse en auto le pont de Manhattan dans l'intention de rendre visite à un nommé Lance Mac Gowan, connu dans Broadway pour un type bien posé dans le monde des affaires.

Il est en effet généralement admis que, sauf accident imprévu, Lance sera quelque jour l'un des plus gros bonnets de notre pays comme importateur, particulièrement comme importateur de liqueurs fines, car c'est un garçon brillant, et il possède de précieuses relations aux États-Unis et au Canada.

En plus de cela, Lance Mac Gowan est un jeune type d'un physique agréable et qui a de l'argent à gogo, bien que quelques personnes prétendent qu'il ne fait pas preuve d'un sens très juste des affaires en essayant d'aller sur les brisées d'Angie le Bœuf à Brooklyn. Angie le Bœuf est lui-même dans l'importation et fait également de magnifiques affaires dans d'autres branches de commerce, y compris les artichauts et le chantage.

Naturellement, Lance Mac Gowan ne s'intéresse pas le moins du monde aux artichauts et fort peu au chantage, mais il ne comprend pas pourquoi il devrait renoncer à placer ses importations dans une région aussi prospère que Brooklyn, surtout que ses marchandises sont d'une catégorie beaucoup plus relevée que toutes celles dont fait commerce Angie le Bœuf.

Quoi qu'il en soit, Angie le Bœuf fait partie de cette bande d'habitants de Brooklyn qui désire rendre visite à Lance Mac Gowan. En plus d'Angie, le groupe comprend un nommé Max le Youpin, personnage fort connu à Brooklyn, et un autre type appelé Petit Pou, moins en vue, mais considéré comme un garçon plein de promesses sous bien des rapports, quoique, personnellement, je trouve à Petit Pou une tête de crétin.

Il a la réputation d'être des plus habiles dans le maniement d'un sac de grosse toile, lorsque quelqu'un désire mettre une autre personne dans un sac de cette sorte, plaisanterie que l'on considère à Brooklyn comme une farce du plus haut goût. De fait, le soir en question, Petit Pou a emporté son sac de grosse toile. Lui et ses compagnons se proposent d'y fourrer Lance Mac Gowan quand ils lui feront visite, histoire de rigoler un brin. Quant à moi, je considère qu'un tel genre d'esprit manque absolument de sel, mais Angie et les autres de la bande sont, en vérité, des gens tout à fait vulgaires.

Ils semblent assez bien connaître les habitudes de Lance Mac Gowan, et ils savent que, presque tous les soirs, vers dix heures, il passe dans la 54e Rue Ouest pour se rendre dans une certaine boîte de Park Avenue appelée le Club de l'Oiseau Mouche, et que fréquente une clientèle des plus chics. La raison pour laquelle Lance se rend dans cette boîte c'est qu'il en est le propriétaire. De plus, cela ne lui déplaît pas de parader en smoking devant des poules de luxe.

Ces types de Brooklyn suivent donc en auto la rue dont je viens de parler, et, au moment où ils dépassent Lance Mac Gowan, Angie le Bœuf et Max le Youpin l'attaquent brusquement à coups de mitraillettes, tandis que Petit Pou prépare son sac de grosse toile, se figurant sans doute que Lance Mac Gowan, effrayé par la fusillade, va sauter dans son sac comme un vulgaire lapin.

Mais Lance est loin d'être un imbécile, et, comme la première volée de pruneaux passe à côté de lui sans l'atteindre, il saute tout simplement par-dessus un mur de briques qu'il est en train de longer, et retombe dans une cour de l'autre côté. Alors, Angie le Bœuf, Max le Youpin et Petit Pou descendent de leur bagnole et courent se coller contre le mur, parce qu'ils commencent à comprendre que, si Lance Mac Gowan se met à les canarder à l'abri de son mur, ils vont prendre quelque chose, car ils ne s'imaginent pas, bien entendu, que Lance Mac Gowan se balade dans les rues sans son rigolo.

Mais Lance n'a pas le moindre rigolo, parce que cela ferait une bosse et nuirait à la ligne de son smoking. Si bien que l'histoire commence en réalité au moment où Lance Mac Gowan se trouve derrière le mur de briques, positivement sans moyen de défense. Si je connais cette histoire, c'est que Lance Mac Gowan me l'a racontée presque tout entière, car, Lance le sait, je n'ignore point que son vrai nom est Lancelot, et il m'est fort reconnaissant de ne l'avoir jamais dit à personne.

Donc, le mur de briques par-dessus lequel Lance vient de sauter entoure une cour assez vaste, et cette cour dépend d'une vieille maison de pierre à un étage bien connue de toute la ville, regardée comme fort mystérieuse et signalée à ce titre par les conducteurs des cars de touristes.

Cette maison appartient à une vieille fille nommée Miss Abigail Ardsley. Et tous ceux qui lisent les journaux peuvent dire que Miss Abigail Ardsley possède tant de fric qu'on a mal à la tête rien que d'y penser, surtout les gens qui n'ont pas de fric du tout. Miss Abigail Ardsley possède positivement tout ce qu'il y a de fric dans le monde, sauf, peut-être, un petit restant réservé à la circulation générale.

Elle a hérité tout ce pognon de son papa, le vieux Waldo Ardsley, qui l'a entassé dans les premiers temps de cette ville en achetant pour un morceau de pain des terrains du coin, avant que les gens ne s'avisent que ces terrains auraient un jour une très grosse valeur comme emplacements pour les débits de tabac ou de jus de fruits.

Waldo, paraît-il, était un vieux bougre extrêmement maniaque, très dur pour sa fille, à laquelle il n'a jamais permis de se marier, pas même de paraître en avoir envie, jusqu'à ce qu'elle soit enfin assez vieille pour se soucier du mariage et de tout le tremblement comme d'une guigne et qu'elle devienne elle-même tout à fait originale.

Elle devient en effet si originale qu'elle rompt avec le reste du monde, particulièrement avec un tas de parents qui ne demanderaient pas mieux que de vivre à ses crochets. Et, se séparer de gens de cette sorte est toujours considéré, par les parents en particulier, comme le comble de l'originalité. Elle habite seule cette vaste maison avec deux domestiques. Il est très rare qu'on la voie sortir, et on raconte sur elle mainte histoire extraordinaire.

Donc, à peine entré dans la cour, Lance Mac Gowan commence à chercher un moyen d'en sortir, et l'un de ceux qu'il aime autant ne pas essayer c'est de repasser par-dessus le mur, car il pense bien qu'Angie le Bœuf et ses mitraillettes doivent être à l'attendre dans la 54e Rue. Lance regarde donc tout autour de lui pour chercher une autre sortie, mais il semble bien que la cour n'en possède pas, et, au bout d'un instant, il aperçoit au-dessus du mur le canon d'une mitraillette, et, derrière, la sale gueule d'Angie le Bœuf en train de le regarder. Voici Lance Mac Gowan aux abois dans la cour et pas trop à son aise, je vous prie de le croire.

À tout hasard, il essaye d'ouvrir une porte sur le derrière de la maison. La porte s'ouvre tout de suite, et Lance se trouve soudain dans le salon. C'est un très vaste salon avec de fort beaux meubles, des peintures à l'huile sur les murs, une énorme horloge du temps passé aussi haute que le plafond, et des statues un peu partout. C'est, en vérité, une pièce si belle et d'aspect si cossu que Lance Mac Gowan n'en revient pas, lui qui s'attendait à trouver un véritable salon de maison du mystère, comme on en voit au cinéma, avec des toiles d'araignée dans tous les coins, de la moisissure sur tous les objets, et, sans doute, Boris Karloff errant çà et là et faisant entendre des bruits étranges.

Mais la seule personne qu'il y ait dans cette salle est une vieille poule, vêtue d'une suave robe blanche, assise dans un fauteuil bas à bascule, devant une cheminée où flambe un bon feu, en train de faire de la frivolité.

Naturellement, Lance Mac Gowan est quelque peu désorienté par ce spectacle, et il est en train de se dire que ce qu'il a de mieux à faire est de serrer le quiqui à la vieille avant qu'elle n'ait le temps de gueuler pour appeler les gendarmes, quand celle-ci lève les yeux vers lui et lui adresse un gracieux sourire en lui disant d'une voix douce :

« Bonsoir. »

Lance demeure quelques instants sans pouvoir trouver une réponse, car ce soir-là n'est assurément pas un bon soir pour lui, et il reste là planté à regarder, un peu abasourdi, la vieille poule qui lui sourit de nouveau en l'invitant à s'asseoir.

Avant donc de s'en être aperçu, voici Lance assis dans un fauteuil devant la cheminée, en train de jaspiner bien gentiment avec la vieille poule, et, comme vous le pensez, la vieille poule n'est autre que Miss Abigail Ardsley. De plus, elle ne paraît pas le moins du monde effrayée, ni même très surprise, de voir Lance chez elle. Mais, après tout, Lance n'a jamais été un type qui fasse peur aux vieilles poules, ni même aux jeunes, surtout quand il est chiquement fringué.

Bien entendu, Lance sait qui est Miss Abigail Ardsley, car, comme tout le monde, il lit souvent dans les journaux des histoires à son sujet et se dit toujours qu'une personne comme ça doit être légèrement loufoque pour se retirer du monde alors qu'elle possède tout le fric de la terre et qu'il y a partout tant d'occasions de s'amuser. Mais il se montre fort courtois avec elle, car, après tout, il est son hôte et il est chez elle.

« Vous êtes jeune, dit la vieille à Lance Mac Gowan en le regardant bien en face. Voici bien des années qu'aucun jeune homme n'entre plus par cette porte. Oh oui, dit-elle, bien des années ! »

Et, là-dessus, elle pousse un gros soupir, et elle a l'air si triste que le cœur de Lance Mac Gowan en est touché.

« Quarante-cinq ans déjà, dit la vieille poule à voix basse, comme si elle se parlait à elle-même. Si jeune, si charmant, et si bon ! »

Et, quoique Lance ne soit point d'humeur, pour le moment, à prêter l'oreille à de vieux souvenirs, le voilà, sans qu'il s'en aperçoive, en train d'écouter une touchante histoire d'amour. Car il paraît que Miss Abigail Ardsley eut jadis le gros béguin pour un jeune homme qui n'était qu'employé dans les bureaux de son papa.

Ce jeune type, semble-t-il, d'après ce que comprit Lance Mac Gowan, n'avait point de défaut qu'un million de dollars n'eût guéri, mais le papa de Miss Abigail Ardsley n'était qu'un sale vieux radin qui n'aurait jamais permis que sa fille fréquentât un type sans le sou. C'est pourquoi ils redoutaient qu'il ne vînt à connaître leur amour.

Mais, paraît-il, ce jeune et fidèle amoureux de Miss Abigail Ardsley n'avait pas froid aux yeux, et, chaque soir, une fois le papa au pieu, il venait la voir. Et elle l'introduisait dans la maison par cette porte de derrière que Lance Mac Gowan a prise pour entrer. Ils restaient tous deux assis devant cette cheminée, la main dans la main, à causer tout bas en faisant des projets pour quand le jeune type aurait fait fortune.

Puis, à ce qu'il paraît, un soir, le papa de Miss Abigail Ardsley a mal à l'estomac ou quelque chose comme ça, il ne peut fermer l'œil, descend par hasard chercher le gingembre de la Jamaïque et surprend Miss Abigail avec son fidèle servant dans une étreinte qui vaudrait le titre de champion au lutteur qui en connaîtrait le secret.

Cette vue offusque tellement le papa de Miss Abigail Ardsley que, pendant une minute, il reste positivement sans pouvoir articuler une parole, puis il signifie au jeune type son congé définitif et lui enjoint de ne jamais franchir sa porte, particulièrement celle de derrière.

Mais à ce moment-là, à ce qu'il paraît, éclate dehors une tourmente épouvantable, et Miss Abigail Ardsley prie et supplie son papa de permettre au moins au jeune type de rester là jusqu'à ce que la tempête soit apaisée. Mais la colère que lui a causée la scène d'embrassade dont il vient d'être témoin, jointe à son mal d'estomac, rend Mr Ardsley inflexible, et il oblige le jeune type à affronter la violence du vent.

Le lendemain matin, on trouve le pauvre jeune type mort de froid et raide comme une planche devant la porte de derrière, car, à ce qu'il paraît, cette tempête effroyable n'est autre que la tourmente de neige de 1888, qui est un événement célèbre de l'histoire de cette ville, bien que, jusqu'à présent, Lance Mac Gowan n'en ait jamais entendu parler et qu'il n'en croie rien avant d'en avoir, par la suite, contrôlé l'existence. Il semble, d'après ce que raconte Miss Abigail Ardsley, et d'après ce qu'on peut supposer, que le jeune type, après avoir erré quelque temps dans la tourmente, dut revenir à la porte chercher un abri, mais, sur ces entrefaites, le papa avait, comme de juste, bouclé la porte, et personne n'entendit le jeune type.

« Et, dit à Lance Mac Gowan Miss Abigail Ardsley après lui avoir raconté toute cette histoire, je n'ai plus jamais adressé la parole à papa et aucun autre homme n'est jamais entré par cette porte ni par n'importe quelle autre porte de la maison avant votre apparition ce soir, bien que, ajoute-t-elle, en prévision du cas où quelque jeune homme viendrait y chercher un abri, cette porte ne soit jamais fermée à clef. »

Puis elle regarde Lance Mac Gowan d'une telle façon qu'il se demande si Miss Abigail n'a pas entendu le bruit de la fusillade, lorsque Angie le Bœuf et Max le Youpin étaient en train de le canarder, mais il est trop bien élevé pour le lui demander.

Tous ces vieux souvenirs ont l'air d'attrister profondément Miss Abigail Ardsley, et, un moment après, elle se met à pleurer, or, s'il y a une chose que Mac Gowan ne peut supporter, c'est bien de voir pleurer une poule, même si ce n'est qu'une vieille poule. Il entreprend donc de consoler Miss Abigail Ardsley. Il lui tapote le bras et lui dit comme ça :

« En vérité, je suis bien étonné de ce que vous me dites et que les portes de cette maison servent si peu. Mais, chérie, ajoute Lance, maintenant que je sais qu'il y a dans ce quartier une charmante poule comme vous, je viendrai moi-même tous les soirs. Allons, allons, allons, qu'il fait, causons et rions un peu, car il va peut-être falloir que je reste encore un moment chez vous. Dites-moi, chérie, vous n'auriez pas par hasard dans la tôle quelque chose à boire ? »

Là-dessus, Miss Abigail Ardsley essuie ses yeux, sourit

de nouveau, et tire à côté d'elle une espèce de cordon. Entre un birbe qui a bien l'air d'avoir quatre-vingt-dix ans et qui paraît fort étonné de voir Lance en ces lieux. Tellement étonné, en vérité, qu'il flageole positivement sur ses guibolles, en quittant le salon, après avoir entendu Miss Abigail Ardsley lui dire d'apporter du vin et des sandwiches.

Et le vin qu'il apporte est un tel vin que Lance Mac Gowan est presque tenté d'envoyer plus tard quelques-uns de ses acolytes voir s'il en reste encore dans la tôle, surtout quand il se rappelle que la porte de derrière n'est jamais fermée à clef. Car, du vin comme celui-là, il pourrait le vendre au poids de l'or.

Quoi qu'il en soit, Lance reste là bien tranquille avec Miss Abigail Ardsley à siroter son vin en mangeant des sandwiches, et il ne cesse de raconter des histoires de toute sorte, mais il les édulcore légèrement quand il suppose qu'elles sont un peu trop salées pour elle, et, au bout de quelque temps, elle rit positivement de tout son cœur.

Enfin, il réfléchit qu'il y a des chances pour qu'Angie le Bœuf et ses mitraillettes aient cessé de l'attendre dehors. Il croit, déclare-t-il, qu'il est temps qu'il se retire, et Miss Abigail en personne l'accompagne jusqu'à la porte, mais, cette fois, la porte de devant. Alors, au moment de partir, Lance se souvient d'une chose qu'il a vu faire une fois à un type dans une pièce de théâtre, il saisit la main de Miss Abigail Ardsley, la porte à ses lèvres et y dépose un gros baiser, à la grande surprise de Miss Abigail Ardsley, mais plus encore à celle de Lance Mac Gowan lui-même quand il y réfléchit plus tard.

Ainsi qu'il l'avait supposé, une fois dans la rue, il n'aperçoit personne. Il continue donc jusqu'à l'Oiseau Mouche, où il apprend que plus d'un citoyen commence à s'inquiéter de son absence et se demande s'il n'est pas dans le sac de Petit Pou, car, maintenant, tout le monde sait qu'Angie le Bœuf et ses concitoyens de Brooklyn sont dans les environs.

Quelqu'un même informe Lance qu'Angie est en ce moment chez Charley Bon Temps, un petit bistro de la 49e Rue Ouest, en train de payer à boire à tout le monde et de raconter qu'il vient d'obliger Lance Mac Gowan à sauter par-dessus un mur de briques, ce qui, comme de juste, n'est pas très flatteur pour Lance.

Or, Angie est encore en train de payer à boire à la ronde et de raconter qu'il a forcé Lance à sauter pardessus un mur de briques, quand, tout à coup, la porte du bistro de Charley Bon Temps s'ouvre et livre passage à un type qui tient à la main un rigolo et qui, avant que personne ait le temps de dire ouf, envoie quatre pruneaux à Angie le Bœuf.

Par-dessus le marché, le type en envoie un à Max le Youpin et un autre à Petit Pou, qui n'ont pas quitté Angie le Bœuf. Et avant que personne ait pu se reconnaître, voici Angie le Bœuf mort et bien mort, Max le Youpin encore plus mort qu'Angie, et Petit Pou qui fait des tas de chichis pour une balle qu'il a dans la jambe. Et personne n'est capable de se rappeler la tête du type qui les a canardés, personne, à l'exception d'une paire de casseroles qui déclarent que ce type ressemble terriblement à Lance Mac Gowan.

De bonne heure donc, le lendemain matin, Johnny Brannigan, le flic en bourgeois, vient paumer Lance

Mac Gowan pour avoir canardé Angie le Bœuf, Max le Youpin et Petit Pou. Et c'est un grand sujet de joie chez tous les flics en général, car, à cette époque-là, les journaux publient contre les flics des tartines signalant qu'on se fiche de la loi en long et en large et demandant pourquoi on n'arrête jamais personne pour quoi que ce soit.

Dans ces conditions-là, l'arrestation de Lance Mac Gowan fait marcher toutes les langues, tellement Lance Mac Gowan est connu, et chacun vous affirme qu'il sera sévèrement puni et peut-être condamné à la chaise électrique, bien qu'il soit défendu par Juge Goldstein, un des avocats les plus malins de la ville. Mais Juge Goldstein en personne avoue que Lance Mac Gowan est dans une sale passe, surtout que les journaux demandent justice et publient des photos de Lance avec de longs articles où ils le traitent de tous les noms. Enfin, Lance Mac Gowan lui-même commence à s'inquiéter de sa fâcheuse situation, bien que, jusqu'à présent, une bagatelle comme d'être accusé de meurtre avec préméditation ne l'ait jamais beaucoup tracassé. Et, en vérité, la présente accusation ne le tourmenterait pas outre mesure s'il ne se rendait compte que le District Attorney fait toutes sortes de difficultés pour le laisser en liberté sous caution. En effet il faut presque quinze jours à Lance pour l'obtenir, et, pendant tout ce temps-là, il doit rester sous les verrous, ce qui, pour un garçon aussi sensible que lui, est une situation très vexante.

Donc, le jour où se plaide le procès de Lance, n'importe qui vous parierait trois contre un qu'il sera condamné, et la proportion s'élève jusqu'à cinq quand le ministère public a terminé son réquisitoire en prouvant, d'après le témoignage des deux casseroles, qu'à minuit tapant, dans la nuit du 5 janvier, Lance Mac Gowan a pénétré dans le petit bistro de Charley Bon Temps et qu'il a canardé Angie le Bœuf, Max le Youpin et Petit Pou.

En outre, plusieurs autres témoins, qui prétendent connaître de vue Lance Mac Gowan, affirment l'avoir vu vers minuit aux environs de chez Charley Bon Temps. En conséquence, lorsque arrive pour Juge Goldstein le moment de prononcer son plaidoyer, nombre de citoyens disent que, s'il arrive seulement à sauver Lance Mac Gowan de la chaise électrique, il aura rudement bien travaillé.

Il est déjà tard dans l'après-midi quand Juge Goldstein se lève, promène ses regards autour de la salle, sans s'adresser d'abord au jury pour prendre la défense de son client, comme le font habituellement ces blanchisseurs professionnels.

« Appelez Miss Abigail Ardsley », dit-il.

Tout d'abord, personne ne se rend exactement compte de l'identité de la personne que Juge Goldstein vient de citer à la barre, bien que la lecture des journaux ait rendu ce nom familier à tous ceux qui sont ici. Mais, à ce moment, entre une vieille poule vêtue d'une robe de soie noire qui tombe presque jusqu'à terre, coiffée d'une capote qui fait comme un encadrement à ses cheveux blancs et à sa figure.

J'ai lu après dans un journal qu'elle avait l'air d'être descendue d'une miniature sur ivoire de l'ancien temps, et qu'elle était vraiment belle ; mais, comme on pense bien, Miss Abigail Ardsley a tant de pognon qu'aucun journal n'oserait dire qu'elle avait l'air d'un vieux chromo.

Quoi qu'il en soit, elle fait son entrée dans la salle d'audience, entourée de vieux birbes qui vous font penser à l'heure de la récréation à l'asile des vieillards, sauf qu'ils sont tous en habit à queue de pie, avec des faux cols hauts comme ça. Sur ces entrefaites, on apprend que ce sont les meilleurs avocats de la ville, que tous, d'une façon ou d'une autre, représentent Miss Abigail Ardsley, et qu'ils sont là pour veiller à la sauvegarde de ses intérêts, ou, plus exactement, de leurs intérêts réciproques.

Personne jusqu'à ce jour n'avait jamais vu dans un tribunal tant de courbettes et de salamalecs. En vérité, le juge lui-même s'incline, et, quoique je ne sois là que comme spectateur, je me surprends à m'incliner moi aussi, car, selon ma jugeote, quelqu'un qui possède autant de fric que Miss Abigail Ardsley a bien droit aux révérences de tout le monde. Lorsqu'elle prend place au banc des témoins, ses avocats empoignent des sièges et s'installent aussi près d'elle que possible, tandis que, dehors, dans la rue, le bruit qui se répand que Miss Abigail Ardsley est à l'audience provoque une espèce d'émeute et que des gens accourent de tous côtés dans l'espérance d'apercevoir la vieille rombière la plus riche du monde.

Enfin, quand le calme s'est un peu rétabli, Juge Goldstein s'adresse à Miss Abigail Ardsley et à ceux qui l'accompagnent.

« Miss Ardsley, dit-il, je vais vous poser seulement deux ou trois questions. Veuillez regarder l'accusé, dit Juge Goldstein en désignant Lance Mac Gowan, auquel il fait signe de se lever. Le reconnaissez-vous ? » Alors la vieille petite poule reluque Lance et fait « oui » de la tête, tandis que Lance lui adresse un vaste sourire.

« Vous a-t-il rendu visite chez vous le soir du 5 janvier ? demande Juge Goldstein.

— Parfaitement, répond Miss Abigail Ardsley.

— Dans le salon où vous avez reçu l'accusé, n'y a-t-il pas une horloge ? interroge Juge Goldstein.

— Il y en a une, dit Miss Abigail Ardsley. Une très grande, ajoute-t-elle, une horloge de l'ancien temps.

— Avez-vous par hasard remarqué, demande Juge Goldstein, et vous rappelez-vous actuellement quelle heure marquait cette horloge quand l'accusé a quitté votre maison ?

— Certainement, répond Miss Abigail Ardsley. Il était exactement minuit à mon horloge. Exactement minuit », répète-t-elle.

Eh bien, cela fait une fameuse sensation dans la salle, parce que, s'il était minuit au moment où Lance Mac Gowan partait de chez Miss Abigail Ardsley, dans la 54e Rue, on se rend compte qu'à moins d'être sorcier il lui était impossible de se trouver à la même minute dans le petit bistro de Charley Bon Temps, à plus de cinq rues de distance. Alors, le juge commence à regarder avec sévérité, par-dessus ses lunettes, les flics présents dans la salle, tandis que les flics lancent des coups d'œil furibonds aux deux casseroles. Et je parierais bien six contre cinq que les deux mouchards, quand ils entendront de la bouche des flics l'épilogue de cette histoire, voudraient bien ne pas être nés.

De plus, les types du ministère public, qui assument le rôle d'accusateurs, ont l'air d'être dans leurs petits souliers. Les jurés se parlent à l'oreille. Juge Goldstein demande aussitôt que l'accusation contre son client soit abandonnée. Le juge fait droit à sa demande, en ajoutant que, à son avis, il commence à être temps que les agents de cette ville apprennent à faire un peu attention avant d'arrêter les gens sous l'inculpation de meurtre. Quant aux types du ministère public, ils ne semblent pas trouver la moindre chose à dire.

Voilà donc Lance aussi libre que vous et moi. Au moment de quitter la salle, il s'arrête devant Miss Abigail Ardsley, toujours assise au banc des témoins entourée de ses péroreurs, lui serre la main en la remerciant, et, bien que je ne puisse l'entendre moi-même, Miss Abigail Ardsley, m'a-t-on dit plus tard, lui glisse à l'oreille :

« J'espère vous revoir un de ces jours, jeune homme.

— Un de ces soirs, chérie, répond Lance. À minuit. »

Puis il retourne vaquer à ses affaires, Miss Abigail aux siennes, et tout le monde de dire qu'il est, en vérité, admirable qu'une poule aussi riche que Miss Abigail Ardsley se présente, dans l'intérêt de la justice, pour faire libérer d'une arrestation arbitraire un type comme Lance Mac Gowan.

Mais, bien entendu, il vaut mieux pour Lance que Miss Abigail Ardsley n'explique pas à la cour qu'une fois remise de l'émotion qu'elle a éprouvée en découvrant son amoureux mort de froid à sa porte, elle a arrêté toutes les pendules de la maison à l'heure où elle l'a vu pour la dernière fois, et que, par conséquent, depuis quarante-cinq ans, il est toujours minuit chez elle.

ERREUR SOCIALE

Quand Mr Ziegfeld choisit une nana, il y a des chances pour qu'elle soit au-dessus de la moyenne en ce qui concerne les avantages physiques, car Mr Ziegfeld est loin d'être un imbécile quand il s'agit de choisir les nanas. Mais quand Mr Ziegfeld agrafe Miss Midgie Muldson, il bat son propre record, ou en tout cas arrive à égalité avec lui. Je ne vois jamais de plus belle gonzesse de ma vie, bien qu'elle soit un peu plus petite que je les aime. Je préfère mes nanas assez grandes pour bien les sentir en main, et Miss Midgie Muldson arrive à peu près aux genoux d'un Poméranien. Mais elle est très futée, et je ne blâme pas le Beau Jack Maddigan d'en être toqué.

Or presque toutes les nanas de Broadway seraient contentes que le Beau Jack Maddigan les saute, et tout un chacun est vraiment très surpris quand Miss Midgie Muldson bat froid au Beau Jack, surtout si on sait que Miss Midgie Muldson n'est qu'une nana de music-hall, tandis que le Beau Jack est un gros ponte de cette ville.

Mais un soir, au Hot Box, que le Beau Jack fait dire à Miss Midgie Muldson par Miss Billy Perry, l'épouse de Dave le Dandy, qu'il aimerait la rencontrer, Miss

Midgie Muldson fait répondre au Beau Jack qu'elle ne fréquente pas les durs.

Naturellement, cette riposte met le Beau Jack plus qu'un peu en rogne. Mais Dave le Dandy dit peu importe, et de plus Dave le Dandy déclare que c'est bien fait pour le Beau Jack car il passe son temps à jacter et à se faire passer pour un dur, parce que s'il y a une chose que Dave déteste, c'est un mec qui se prétend dur, même s'il l'est, et le Beau Jack l'est certainement.

C'est un grand mec fort et blond qui vient de ce qu'on appelle la Cuisine de l'Enfer, dans l'Ouest, et s'il a un peu plus de bon sens, il y a des chances pour qu'il devienne plus tard aussi important que Dave le Dandy, au lieu de bosser généralement sous les ordres de Dave, mais le Beau Jack aime être chiquement fringué, et boire, et s'asseoir ici ou là, et aussi jacter énormément ; quel que soit le fric qu'il gagne, il n'a jamais l'air d'en garder beaucoup.

Personnellement, je ne tiens pas à avoir de rapports avec le Beau Jack parce qu'il me frappe comme étant un mec qui a le coup de revolver un peu trop facile pour mon goût, et je m'imagine toujours que tout ce que vous récoltez si vous fréquentez des mecs qui ont le coup de revolver facile, c'est le pire, aussi à chaque fois que je vois le Beau Jack, je lui présente ma nuque. Mais il y a des tas de gens dans ce monde, tels que Basil Valentine, qui aiment tourner autour de ce genre de particuliers.

Ce Basil Valentine est un petit mec qui porte des lunettes à monture en corne et écrit des articles pour les magazines ; c'est personnellement un très gentil petit mec, aussi inoffensif qu'un serpent aquatique, mais sans beaucoup de bon sens ou il ne traînerait pas avec le Beau Jack et d'autres particuliers du même genre.

Si un mec fréquente des durs assez longtemps, il a tendance à penser qu'il est peut-être dur lui-même, et bientôt les gens peuvent avoir la même idée, et la première chose que vous voyez c'est un flic en bourgeois qui s'amène tel que Johnny Brannigan, de la brigade des balèzes, qui lui abîme le portrait avec un nerf de bœuf juste pour voir à quel point il est dur. Comme je le dis, Basil Valentine est un mec très inoffensif, mais après avoir traîné quelque temps avec le Beau Jack, j'entends Basil engueuler un mec de l'autobus, et il y a des chances pour qu'il se prépare à engueuler n'importe qui.

Je peux vous montrer un tas de mecs supposés être strictement réglos assis ici ou là avec des types réputés durs, pourquoi je ne sais pas, mais je parle de cela un soir à Waldo Winchester, le journaleux, et Waldo Winchester, qui est un mec plutôt futé à beaucoup d'égards, dit que c'est ce qu'on appelle le complexe de la pègre. Pour Waldo Winchester, beaucoup de gens réguliers sont très intéressés par les faits et gestes des durs et les considèrent très romanesques et il dit si je ne le crois pas, regardez toutes les conneries que racontent les journaux qui transforment les durs en héros.

Waldo Winchester dit que le complexe de la pègre est très répandu et que Basil Valentine l'a, et aussi Miss Harriet Mackyle, autrement elle ne passerait pas son temps à fourrer son museau dans des bistrots de mauvais garçons.

Cette Miss Harriet Mackyle est une de ces riches nanas qui portent des robes du soir dans lesquelles elles ondulent comme des serpents, les cheveux coupés à la garçonne, d'où sortent les oreilles ; elle traîne toujours autour des boîtes de nuit généralement avec un mec à petite moustache qui parle comme un Anglais et quand j'y pense je la vois plus qu'un peu dans les boîtes de durs disant « salut » à différents particuliers auxquels personne de sensé ne dirait « salut », tels qu'Henry le Rouge qui vient de rentrer de Dannemora après une assez longue absence pour avoir piqué des bricoles dans un coffre-fort après l'avoir ouvert à l'explosif.

En fait, je vois Miss Harriet Mackyle danser un soir au Club des Cœurs et des Fleurs, qui est vraiment un club de durs, et avec qui danse-t-elle sinon Henry le Rouge, et quand je demande à Waldo Winchester comment il explique cela, il dit que ça fait partie du complexe de la pègre dont il parle. Il dit que Miss Harriet Mackyle trouve sans doute du dernier chic de raconter au beau monde qu'elle danse avec un perceur de coffres-forts, bien que personnellement si je veux danser avec un perceur de coffres-forts, ce qui semble peu probable, je me choisirai un perceur de coffres-forts plus agréable qu'Henry le Rouge, parce que c'est un mec qui n'a pas pris de bain depuis qu'il a quitté Dannemora, et il y a plusieurs mois qu'il est rentré de Dannemora.

Un numéro qui ne semble pas beaucoup souffrir du complexe de la pègre selon Waldo Winchester, autant que je sache, c'est Miss Midgie Muldson, parce que je ne la vois jamais autour des boîtes de nuit sauf le Hot Box et le Club des Seize Cents, qui sont considérés comme des endroits très chics, raisonnablement sûrs pour ceux qui ne dépassent pas trop la ligne jaune, et Miss Midgie Muldson est toujours avec des mecs très réglos tels que Buddy Donaldson, le faiseur de chansons, ou Walter Gumble, qui joue du trombone dans l'orchestre de Paul Whiteman, ou parfois peut-être Paul Hawley, l'acteur.

De plus, quand elle est dans ces boîtes, Miss Midgie Muldson s'occupe surtout de ses affaires, et regarde toujours droit devant elle sans voir le Beau Jack Maddigan, ce qui le met d'autant plus en rogne. C'est la première fois que le Beau Jack rencontre une nana qui n'a pas l'air excitée par lui, et il ne sait comment traiter une telle situation.

Or qu'est-ce qui se passe sinon que Dave le Dandy vient me trouver un jour et me parle comme suit : « Écoute, qu'il me dit, cette nana, Miss Harriet Mackyle, est une de mes meilleures clientes pour la marchandise de premier ordre ; elle est aussi chouette que du blé en coffre, et elle me demande un service. Elle donne une soirée dimanche soir dans sa piaule de Park Avenue et elle veut que j'invite plusieurs des copains aussi va en voir à peu près une douzaine et dis-leur d'y aller bien fringués, et de ne pas trop la ramener, parce qu'une grosse commande de scotch et de champagne va avec le service rendu. »

Or une belle soirée n'est pas du tout extraordinaire, bien qu'en général ce soit un mec plein de fric qui la donne et pas une nana, et qu'il invite des types de Broadway pour montrer à ses copains qu'il n'est pas fier. Waldo Winchester dit que c'est pour colorer les choses, bien que j'ignore d'où vient la couleur, car les gars de Broadway qui vont à ce genre de soirée sont susceptibles de s'asseoir ici ou là sans jacter, et se conduisent en gentlemen, parce qu'ils s'imaginent qu'ils sont exposés comme des phénomènes et la seule façon de les avoir dans ces soirées c'est de faire valoir les bons rapports que Miss Harriet Mackyle entretient avec Dave le Dandy.

Quoi qu'il en soit, je vais ici et là et je raconte à des tas de mecs ce que Dave le Dandy veut qu'ils fassent, et parmi d'autres je parle au Beau Jack qui est ravi de l'invitation, parce que s'il y a quelque chose que Jack aime plus que tout, c'est d'être dans un endroit où il peut la ramener. De plus, le Beau Jack croit en catimini que Miss Harriet Mackyle brûle pour lui parce qu'elle lui fait parfois de l'œil quand elle le voit autour du Club des Seize Cents, et autres boîtes, mais bien sûr je ne parle pas de ça au Beau Jack. Basil Valentine est avec Jack quand je l'invite, alors je lui dis de venir aussi parce que je ne veux pas qu'il me juge snob.

Or il se trouve que Basil est un des premiers types à se pointer dimanche soir chez Miss Harriet Mackyle, où je suis déjà pour aider à décharger le scotch et le champagne et à présenter à Miss Harriet Mackyle ceux des gars que j'ai invités, bien que je trouve que nous sommes presque perdus dans la cohue des mecs à petites moustaches et des gonzesses en robes du soir qui laissent beaucoup des copains poireauter ici ou là. Il semble que tous les gens de Broadway sont là, et des tas de Park Avenue ; Mr Ziegfeld est spécialement bien représenté et parmi les siens je vois Miss Midgie Muldson, bien que je sois obligé de me dresser sur la pointe des pieds pour l'apercevoir à cause des mecs à petites moustaches qui l'entourent et l'intérêt qu'ils montrent à Miss Midgie Muldson prouve qu'ils ne sont pas aussi cornichons qu'ils en ont l'air, malgré leurs petites moustaches.

C'est un très vaste appartement, et la première chose que je vois c'est un grand perroquet vert qui se balance sur un anneau suspendu au plafond, dans un coin de ce qui semble être la pièce principale, et la raison qui me fait remarquer ce perroquet c'est qu'il rouscaille de temps en temps et gueule différents mots, tels que Polly veut un cracker. Il y a aussi un tas de canaris suspendus dans le logement, je pense donc que Miss Harriet Mackyle aime les bêtes, en plus des gens louches qu'elle a invités.

Je suis un peu surpris de voir Henry le Rouge sur son trente et un, en tenue de soirée, se déplaçant parmi les invités. Je ne lui demande pas de venir, aussi je suppose que Miss Harriet Mackyle l'invite, ou qu'il entend parler de la soirée et se contente de resquiller mais personnellement je trouve de très mauvais goût de la part d'Henry le Rouge de se montrer dans un tel endroit, comme le pensent aussi tous ceux qui le connaissent, bien qu'il semble s'occuper assez bien de ce qui le regarde.

Finalement, quand on commence sérieusement à boire et que tout un chacun s'amuse bien, Miss Harriet Mackyle vient me trouver et me dit ce qui suit :

« Maintenant parlez-moi de vos différents amis pour que je le raconte à mes autres invités. Ils seront fous de joie de rencontrer ces mauvais garçons.

— Eh bien, que je réponds, vous voyez le petit mec là-bas qui vous lorgne comme si vous étiez un fantôme ou presque ? Il n'est autre que Basil Valentine, qui vous tuerait plus vite que vous ne diriez barre-toi, peut-être même plus rapidement. C'est certainement le mec le plus dur qui soit ici ce soir, ou n'importe où dans cette ville, d'ailleurs. Oui, ma'am, Basil Valentine le Pourri a une fiole de saigneur, bien qu'il ait l'air inoffensif ce soir. Basil Valentine le Pourri refroidit bien des mecs dans sa jeunesse. En fait, Miss Mackyle, que je dis, Basil le Pourri ne peut pas bien dormir la nuit s'il ne tue pas un type.

— Bonté divine ! dit Miss Harriet Mackyle, observant très attentivement Basil. Il n'a pas l'air terrible au premier coup d'œil, bien que maintenant que je l'examine de près, je crois discerner une lueur sinistre dans son œil. »

Donc, Miss Harriet Mackyle peut à peine attendre de me quitter et la prochaine fois que je la vois elle a amené un tas de gens autour de Basil Valentine et lui bouffe presque l'oreille en jaspinant avec lui et tous peuvent voir que Basil est tout ravi de l'attention générale. En fait, Basil est pincé si jamais je vois un mec pincé et personnellement je ne le blâme pas parce que Miss Harriet Mackyle n'a peut-être pas un physique du tonnerre, mais elle a un beau couple de roberts et on en voit assez quand elle est en robe du soir pour savoir que rien n'est truqué.

La soirée est en plein boum vers une heure quand tout à coup qui arrive sinon le Beau Jack Mulligan à demi bourré, et en cinq minutes il est partout, éclusant tout ce qu'on lui offre, faisant du plat à toutes les pépées, et jactant très fort. Il est plus qu'un peu en rogne quand il voit que Miss Harriet Mackyle ne s'occupe pas beaucoup de lui, parce qu'il s'imagine qu'elle délaisse tous les autres à l'instant où il arrive, mais Miss Harriet Mackyle a trop à faire avec Basil Valentine pour savoir comment il a refroidi six hommes d'Al Capone à Chicago, un jour qu'il s'y trouve en voyage d'agrément.

Donc, dégoûté que Miss Harriet Mackyle le dédaigne pour Basil Valentine, et ne sachant pas pourquoi Basil est si bien avec elle, le Beau Jack se cogne contre Henry le Rouge et Henry le Rouge ironise sur le fait que Basil lui dame le pion, alors le Beau Jack lance un gnon sur le menton d'Henry le Rouge, et l'envoie presque sur les genoux de Miss Midgie Muldson qui est assise dans un fauteuil avec des tas de petits moustachus autour d'elle.

Naturellement, cet incident provoque une certaine excitation pendant quelque temps. À propos, Miss Midgie Muldson agit d'une manière très surprenante. Elle se contente d'écarter Henry le Rouge comme si c'était de la poussière et se lève, pas plus grande qu'une petite tasse à moka, fixe le Beau Jack droit dans les yeux, très froidement, et dit : « Ah ! un dur de salon. » Et elle s'éloigne laissant le Beau Jack bouche bée, parce qu'il ne sait pas jusqu'alors que Miss Midgie Muldson est ici.

Ensuite, quelqu'un traîne Henry le Rouge hors de la boîte et la soirée continue, mais je vois le Beau Jack errer çà et là d'un air très solitaire, il ne lui reste plus grand-chose de l'entrain qu'il a apporté. Je me dis que le Beau Jack cherche Miss Midgie Muldson, mais elle se tient à l'écart parmi les petites moustaches, et finalement le Beau Jack se met à picoler librement pour retrouver sa vitalité. Il s'organise assez bien et quand il se trouve soudain en face de Miss Midgie Muldson seule pendant un instant, il se sent très en forme, et il s'adresse à elle comme suit : « Salut, belle poupée ! est-ce que tu fais la difficile avec moi ? » mais Miss Midgie Muldson se contente de le fixer droit dans les yeux et dit : « Ah ! le dur de salon ! va-t'en, mauvais garçon. Je n'aime pas les durs. »

Eh bien, ce n'est pas si encourageant quand on y réfléchit, mais le Beau Jack est un mec qui n'est jamais en reste quand il s'agit de séduire les nanas, et il est sur le point d'essayer de faire d'autres frais quand, tout à coup, une voix dit « Ah ! ah ! ah ! » et puis « Salut, imbécile ! ».

Naturellement, ce n'est que le perroquet, qui répète « Ah ! ah ! ah ! Salut imbécile ! ». Bien sûr le perroquet, dont le nom se trouve être Polly, ne parle pas au Beau Jack, mais naturellement le Beau Jack ne sait pas que le perroquet ne s'adresse pas à lui, et il se sent très insulté. De plus, il a beaucoup de champagne dans son intérieur. Aussi, tout à coup, il sort le vieux flingue et tire sur Polly, et en une minute il y a des plumes vertes qui volent dans toute la piaule, et le pauvre Mister, ou peut-être Mrs Polly est étendu, mort et bien mort, et même plus que mort.

Bref, je ne vois jamais de gonzesse se conduire comme Miss Harriet Mackyle quand elle s'aperçoit que Polly a eu son compte, et la manière dont elle assaisonne le Beau Jack est vraiment très blessante et très complète, et il y a des chances pour que le Beau Jack prenne Miss Harriet Mackyle à partie et lui file un gnon en plein sur le museau, seulement il comprend qu'il est déjà coupable d'une très grave erreur sociale en refroidissant le perroquet et il ne veut pas aggraver son cas.

Et voilà que Miss Midgie Muldson est debout, zieutant le Beau Jack de ses beaux grands yeux ronds avec ce que Waldo Winchester, le journaleux, décrit après comme un grand mépris et il me semble que le Beau Jack est plus blessé par les regards de Miss Midgie Muldson que par ce que Miss Harriet Mackyle lui dit. Mais Miss Midgie Muldson n'ouvre pas la bouche. Elle se contente de le zieuter pendant un bon moment et finalement s'en va, et j'ai l'impression qu'elle est sur le point de chialer d'un instant à l'autre, peut-être à cause de Polly.

Naturellement, la gaffe du Beau Jack met fin à la soirée parce que Miss Harriet Mackyle ne veut pas courir le risque que le Beau Jack se mette à canarder ses canaris, et nous filons tous en laissant Miss Harriet Mackyle chialant sur ce qu'elle peut retrouver de Polly, et Basil Valentine chialant avec elle, ce que je trouve très amical de Basil, après tout.

Une couple de nuits plus tard, Basil entre dans le restaurant Mindy où je me trouve assis avec le Beau Jack, et n'importe qui peut voir que Basil est très embêté.

«Jack, qu'il dit, Miss Harriet Mackyle est très, très, très en colère que tu aies flingué Polly. En fait, elle te déteste, parce que Polly est un héritage de famille.

— Eh bien, répond Jack, dis-lui que je la prie de m'excuser, et que je lui achèterai un autre perroquet dès que j'aurai le fric. Tu sais que je suis fauché maintenant. Dis-lui que je suis désolé, bien que, dit Jack, son perroquet n'a pas le droit de me traiter d'idiot, comme n'importe qui te le confirmera.

— Miss Harriet Mackyle est après moi tous les jours pour que je te descende, Jack, dit Basil. Elle croit que je suis un dur de dur, que je flingue n'importe qui sans préavis, et elle veut que je te refroidisse. En réalité, elle est un peu mécontente parce que je ne t'ai pas descendu quand tu as changé le pauvre Polly en passoire, mais naturellement je lui explique que je n'ai pas de feu à ce moment. Maintenant Miss Harriet Mackyle dit que si je ne te supprime pas, elle ne m'aimera pas, et je veux vraiment qu'elle m'aime, parce que j'ai le gros béguin pour elle. Aussi, dit Basil, je me demande combien tu veux pour ne pas bouger et me laisser te flinguer, Jack ?

— Mais, dit le Beau Jack, très étonné, tu dois être dingue.

— Naturellement je n'ai pas l'intention de te buter vraiment, Jack, dit Basil. Je me servirai peut-être d'une cartouche à blanc, pour que Miss Harriet Mackyle pense que je flingue vraiment, ce qui la remplira de reconnaissance envers moi. Je pense que je peux peut-être te payer mille cinq cents dollars pour ce boulot, bien que cette somme représente presque toutes mes économies.

— Mais, dit le Beau Jack, ta position semble très raisonnable, après tout. Je suis juste en train de me demander où je peux mettre la main sur quelques pièces de cinq pence pour envoyer une barrette ou autre babiole à Miss Midgie Muldson et voir si je ne peux pas la rallier à moi. Elle me bat toujours froid. Tu ferais mieux de me donner deux mille dollars pendant que tu y es. »

Bref, Basil Valentine accepte finalement de payer deux mille. De plus, Basil promet de donner le fric d'avance à Dave le Dandy ou tout autre citoyen de confiance, comme c'est une affaire un peu inhabituelle, et naturellement le Beau Jack veut que ses intérêts soient pleinement protégés.

L'affaire se traite quelques soirs plus tard au Hot Box et tout est plutôt bien combiné d'avance. Il est entendu que Basil doit amener Miss Harriet Mackyle au Hot Box après la fermeture, quand ils ne sont pas susceptibles d'avoir trop de particuliers autour d'eux, pour y trouver le Beau Jack. Basil doit sortir son feu et filer un pruneau au Beau Jack, qui doit faire semblant d'être touché et Basil doit faire sortir Miss Harriet Mackyle du bastringue dans la confusion qui suit.

Le Beau Jack promet de se planquer ensuite pendant quelques semaines pour qu'on le croie mort, et Basil pense que, pendant ce temps-là, Miss Harriet Mackyle lui sera si reconnaissante qu'elle l'aimera vraiment beaucoup et, peut-être, l'épousera, ce qui est réellement l'idée que Basil a derrière la tête.

Ce qui doit se passer est assez généralement connu de tout un chacun et bon nombre de mecs se pointent au Hot Box pendant la nuit, y compris Dave le Dandy à qui cette situation paraît remuer les tripes. Mais qui arrive aussi tout à fait inopinément, sinon Miss Midgie Muldson avec Buddy Donaldson, le faiseur de chansons.

Le Beau Jack est tout retourné par la présence de Miss Midgie Muldson, mais elle ne lui lance même pas le moindre regard. Alors, le Beau Jack se met à boire du scotch plus qu'un peu, et tout un chacun commence à s'inquiéter de savoir s'il demeurera immobile pour que Basil Valentine le flingue, même avec une cartouche à blanc. Le Hot Box ferme à trois heures du matin, et tout le monde est toujours mis dehors, excepté les habitués. Aussi vers trois heures et demie, il y a seulement environ une douzaine de mecs et de gonzesses dans le bistrot quand se pointent Basil Valentine et Miss Harriet Mackyle.

Le Beau Jack se trouve être debout, le dos à la porte, près de la table où Miss Midgie Muldson et ce Buddy Donaldson sont installés quand Basil et Miss Harriet Mackyle arrivent, et aussitôt Basil annonce, d'une voix qui tremblote plus qu'un peu : « Beau Jack Maddigan, ton heure est venue ! » Sur ce, le Beau Jack se retourne, et voilà Basil Valentine qui tire un gros calibre de la poche revolver de son grimpant.

Ensuite, qu'est-ce qui se passe sinon qu'on entend un cri et une voix de pépée hurle : « Jack, fais gaffe, Jack ! » et qui est-ce qui bondit de son fauteuil vers le Beau Jack, sinon Miss Midgie Muldson, et, à l'instant où Basil finalement lève le feu et tire, Miss Muldson se plante juste devant Jack et étend les bras de chaque côté comme pour le protéger.

Bref, le flingue part tout à coup entre les mains de Basil, mais au lieu de s'écrouler comme prévu, le Beau Jack reste planté là, bouche bée, zieutant Miss Midgie Muldson, ne comprenant pas pourquoi elle a bondi entre le rigolo et lui et c'est une bonne chose qu'il reste debout, parce qu'il peut rattraper Miss Midgie Muldson quand elle commence à tomber dans les pommes. Nous pensons d'abord que c'est seulement un évanouissement, mais elle porte une robe décolletée et une tache rouge s'étend lentement sur son épaule gauche et qu'est-ce que c'est que cette tache rouge sinon du sang, et quand le Beau Jack la saisit, elle lui parle comme suit : « Tiens-moi, chéri, je suis blessée. »

Or c'est vraiment très inattendu, et ça ne fait pas du tout partie du jeu. Basil Valentine est planté près de la porte, le feu dans la pogne, l'air stupéfait, sans un geste pour faire sortir Miss Harriet Mackyle de la boîte, comme il devait le faire à l'instant où il a tiré, et Miss Harriet Mackyle pousse des cris improvisés qui sont très perçants, disant qu'elle ne croit jamais que Basil va la prendre au sérieux et flinguer quelqu'un pour elle, bien qu'elle ajoute qu'elle apprécie sa prévenance, malgré tout.

Vous pouvez voir Basil cloué là et se demandant ce qui se passe, quand Dave le Dandy, qui pense très vite dans toutes les circonstances, lance un bref coup d'œil à Miss Midgie Muldson, bondit à travers la pièce et met la main sur Basil. « Dis donc, que dit Dave à Basil, tu n'es qu'un salopard. Tu veux le descendre après tout. Tu n'as pas tiré avec une cartouche à blanc, mais un pruneau, et tu as flingué Miss Midgie Muldson dans l'épaule. »

Bref, Basil est un mec répugnant plutôt blême quand Dave le Dandy le saisit, et Miss Harriet Mackyle lance quelques extra-cris de rouspétance quand Basil dit : « Bon Dieu, Dave, qu'il dit, je ne sais pas que ce flingue est réellement chargé. En réalité, j'oublie d'en prendre un à moi à la dernière minute et j'en cherche un quand qui arrive sinon Henry le Rouge qui propose de me prêter le sien. Je lui explique que toute l'affaire est une plaisanterie et lui dis qu'il me faut des cartouches à blanc et il enlève aimablement devant moi le plomb des cartouches et les rend inoffensives.

— Y a des chances pour qu'Henry le Rouge t'arnaque, dit Dave le Dandy. Henry le Rouge est furibond depuis que Jack lui a foutu un gnon sur le museau. »

Ensuite Dave prend le flingue des mains de Basil, l'ouvre et, aussi sûr que je suis ici, il contient assez de pruneaux pour couler un bateau à rames et pas une seule cartouche à blanc, ce qui surprend Basil Valentine plus qu'un peu.

« Maintenant, dit Dave, barre-toi avant que Jack comprenne ce qui s'est passé et planque-toi jusqu'à ce que tu aies de mes nouvelles, parce que si Miss Midgie Muldson claque, ça peut faire des cancans. De plus, dit Dave, emmène cette râleuse avec toi. »

Bref, on peut voir que Dave le Dandy est assez en rogne, et il le demeure jusqu'à ce qu'on apprenne que Miss Midgie Muldson n'est qu'un petit peu flinguée, et pas du tout en danger de mort. Nous l'emmenons à la Polyclinique, où un mec retire le pruneau de son épaule, et nous la laissons avec le Beau Jack qui la tient serrée dans ses bras, jurant qu'il ne sera plus jamais dur, mais lui trouvera une belle petite piaule avec les deux mille dollars de Basil Valentine, et cherchera du boulot, et ne mènera plus sa vie d'autrefois, ce qui semble assez raisonnable.

Il se passe une couple d'années avant que nous entendions parler de Miss Harriet Mackyle, et elle est alors Mrs Basil Valentine et vit à Naples, là-bas en Italie, et les particuliers de là-bas sont très surpris parce que Mrs Basil Valentine ne laisse jamais son Basil Valentine se lier avec des mecs âgés de plus de dix ans, ni avoir dans les mains rien de plus dangereux qu'un club de golf.

Voilà donc toute l'histoire, sauf que lorsque le Beau Jack Maddigan et Miss Midgie Muldson vont se marier devant le Père Léonard, Dave le Dandy les observe une minute, puis se tourne vers moi et me parle comme suit :

« Regarde, que Dave dit, et dis-moi où arrive l'épaule de Miss Midgie Muldson du côté gauche de Jack.

— Bien, que je réponds, son épaule arrive juste à la hauteur de son cœur.

— Alors, tu vois, dit Dave, c'est heureux pour Jack qu'elle arrête le pruneau de Basil, après tout. »

TENSION ARTÉRIELLE

Il peut être vers les onze heures, un mercredi soir, et je suis planté au coin de la 48e Rue et de la Septième Avenue, en train de réfléchir sur ma tension artérielle, chose à laquelle je n'avais jamais beaucoup pensé jusque-là.

En effet, je n'ai jamais entendu parler de ma tension artérielle avant ce mercredi après-midi, où je suis allé voir le docteur Brennan pour mon estomac. Il m'a mis autour du bras une espèce de truc et m'a déclaré que ma tension artérielle monte en flèche, qu'il est nécessaire que je fasse attention à ce que je mange et que j'évite les émotions, sinon je peux claquer tout d'un coup sans m'y attendre le moins du monde.

« Un homme nerveux comme vous l'êtes, avec une tension aussi élevée que ça, doit mener une vie tranquille, m'a dit le docteur Brennan. C'est dix dollars », a-t-il ajouté.

Me voici donc planté là, à me dire que ça ne va pas être si dur que ça d'éviter les émotions, à la façon dont vont les choses en ce moment dans cette ville, et en train de regretter de ne plus avoir mes dix dollars pour les placer sur Beau Soleil, demain, dans la quatrième course, à Pimlico, lorsque, tout à coup, en levant les yeux, j'aperçois devant moi Charley le Râleur.

Or, quand je soupçonne que Charley le Râleur se trouvera sur mon chemin, vous pouvez parier tout le café de Java que je m'arrange de façon à être, à ce moment-là, quelque part ailleurs, car Charley le Râleur n'est pas un type que je tiens le moins du monde à fréquenter. En un mot, je ne veux rien avoir de commun avec lui. De plus, personne dans cette ville ne désire avoir affaire à lui, parce que c'est une véritable brute. Il n'existe pas, en vérité, dans le monde entier, un type plus brutal que lui. C'est un énorme type, avec deux énormes mains et un sacré mauvais caractère, qui, pour un oui pour un non, vous envoie un bonhomme par terre et lui piétine le portrait si ça lui passe par la tête.

Positivement, Charley le Râleur est ce qu'on peut appeler un gorille. Il porte souvent, chacun le sait, un revolver dans la poche de son grimpant, et de temps en temps tire sur les gens et les tue raide rien que parce qu'ils ont une façon de porter leur chapeau qui ne lui plaît pas. Et, sur le chapitre des chapeaux, Charley le Râleur est fort chatouilleux. Il y a gros à parier que Charley le Râleur a canardé pas mal de types dans cette ville, et ceux qu'il ne canarde pas il les saigne avec son lingue — c'est-à-dire son couteau. S'il n'est pas en prison, la seule raison est qu'il vient d'en sortir et que la justice n'a pas encore eu le temps de trouver une raison de l'y remettre.

Quoi qu'il en soit, la première nouvelle que j'apprends de la présence de Charley le Râleur dans les alentours, c'est en l'entendant me dire : « Tiens, tiens, tiens, nous voilà donc ! »

Ce disant, il m'empoigne au collet, de sorte qu'il est inutile que j'essaye de me débiner, quelque désir que j'en aie.

« Bonjour, Râleur, lui dis-je aimablement. Comment ça va ?

— Couci-couça, que me répond le Râleur. Je suis content de te voir, car je cherche de la compagnie. Je reviens de Philadelphie où j'ai passé trois jours pour affaires.

— J'espère, Râleur, que tu en as fait de bonnes à Philly », dis-je.

Mais cette nouvelle me trouble infiniment, car je lis pas mal de journaux et j'imagine assez bien ce qu'ont été les affaires du Râleur à Philly. C'est hier seulement que j'ai lu dans les journaux un entrefilet où l'on raconte que Gus Smallwood, dit Rabat Joie, qui est un très gros trafiquant de gnôle de là-bas, a été descendu devant sa porte.

Naturellement, je ne suis pas certain que le type qui a refroidi Gus Smallwood, dit Rabat Joie, soit Charley le Râleur, mais Charley le Râleur était à Philly au moment où Rabat Joie a été refroidi, et je sais aussi bien que n'importe qui que deux et deux font quatre. Exactement comme quand il y a un vol de commis dans une banque de Cleveland, Ohio, et que Charley le Râleur est à Cleveland ou dans les environs. Je me sens donc très agité et je me dis que, sans aucun doute, ma tension artérielle monte de seconde en seconde.

« Combien as-tu de fric sur toi ? demande le Râleur. Je suis tout ce qu'il y a de plus fauché.

— Je n'ai guère que deux dollars, Râleur, dis-je. Je viens d'en donner dix à un docteur pas plus tard qu'aujourd'hui pour découvrir que ma tension artérielle est très inquiétante. Mais, bien entendu, ce qui est à moi est à toi.

— Bah, deux dollars c'est pas gras pour des types de la haute comme toi et moi, fait le Râleur. Allons gagner un peu de pognon au jeu de dés de Nathan Detroit. »

Comme bien on pense, je n'ai pas la moindre envie d'aller au jeu de dés de Nathan Detroit, et, si j'avais envie d'y aller, ce ne serait certainement pas avec Charley le Râleur, car on juge quelquefois les types d'après ceux qu'ils fréquentent, spécialement dans les tripots, et on considère en général Charley le Râleur comme une mauvaise fréquentation. En tous les cas, je n'ai pas de galette à jouer aux dés ; je ne la joue jamais aux dés, mais je la risque sur Beau Soleil, à moins que je ne la garde chez moi afin de payer quelques dépenses pour ma turne, le loyer par exemple.

D'ailleurs, je me rappelle ce que le docteur m'a dit au sujet des émotions, et je sais bien que ce n'est sans doute pas ce qui manquera au jeu de dés de Nathan Detroit, si Charley le Râleur y va. Et cela risque peut-être de faire monter ma tension artérielle et de me faire claquer subito. Je sens positivement le sang me bouillonner dans le corps plus que de coutume. Mais, naturellement, je ne vais pas m'amuser à ergoter avec Charley le Râleur, et je l'accompagne chez Nathan Detroit.

Le jeu de dés a lieu ce soir au-dessus d'un garage de la 52ᵉ Rue, bien qu'il se tienne parfois au-dessus d'un restaurant de la 47ᵉ ou dans l'arrière-salle d'un débit de tabac de la 42e. En fait, le jeu de Nathan Detroit peut se tenir n'importe où, car il se déplace tous les soirs. Il n'est pas à propos, en effet, qu'un jeu continue à se tenir dans un coin jusqu'à ce que la police l'ait repéré.

Nathan Detroit balade donc son jeu de place en place, et les citoyens qui veulent faire des affaires avec lui sont obligés de demander chaque soir où il se tient. Et, comme de juste, presque tout Broadway le sait, car Nathan Detroit a des types qui circulent un peu partout afin de faire connaître au public l'endroit choisi et de donner le mot de passe pour la soirée.

C'est pourquoi, lorsque nous arrivons, Charley le Râleur et moi, devant le garage de la 52e Rue, nous trouvons Jack le Jaspineur assis dans une auto et qui nous souffle à voix basse, au moment où nous passons : « Ville de Kansas », qui est le mot pour ce soir. Mais nous n'avons pas besoin de nous en servir. Nous montons l'escalier qui conduit au-dessus du garage, nous frappons à la porte, et le portier, John le Costaud, n'a pas plus tôt regardé par son judas et aperçu avec moi Charley le Râleur qu'il nous ouvre illico avec un vaste sourire à l'huile de ricin. Car, dans cette ville, personne n'ose garder longtemps porte close devant Charley le Râleur.

C'est donc, au-dessus du garage, une pièce fort malpropre et pleine de fumée. On joue aux dés sur une vieille table de billard. Autour de la table, et si serrés qu'entre deux d'entre eux on ne pourrait faire entrer une aiguille à tricoter, même avec un marteau, ont pris place tous les gros joueurs de la ville, car il y a actuellement beaucoup de pognon et nombre de gens ont du foin dans leurs bottes. De plus, il faut bien l'avouer, on aperçoit autour de la table des types pas commodes du tout, dont certains n'hésiteraient pas à vous envoyer sans le moindre scrupule un pruneau dans la tête ou dans le ventre.

De fait, en apercevant là des types comme Harry le Cheval, de Brooklyn, Sam Levinsky le Découcheur et Louie le Solitaire, de Harlem, je me rends compte que ce n'est pas précisément l'endroit rêvé pour ma tension artérielle, car ce sont des types fort dangereux et reconnus pour tels par tous les gens de cette ville.

Mais ils sont là, tassés contre la table, avec Nick le Grec, le Grand Nig, John le Gris, Okun Tout Va Bien et plusieurs autres gros joueurs, et tous ont à la main de gros billets de mille dollars qu'ils jettent par-ci par-là comme si ces billets de mille dollars étaient de simples bouts de papier sans valeur.

Autour de la foule pressée contre la table, il y a un tas de petits joueurs qui essayent de temps en temps de glisser la main entre les gros pontes pour déposer leur enjeu sur la table. Il y a aussi des types que l'on appelle les Shylocks, car ils consentent à vous prêter du fric si vous vous faites rétamer au jeu, mais à très gros intérêt et en retenant comme garantie votre montre, votre bague en or ou vos boutons de manchettes.

Donc, ainsi que je l'ai dit, au moment où nous pénétrons dans le tripot, il n'y a plus de place à la table de jeu, même pour un type maigre comme un hareng, mais, en entrant, Charley le Râleur lâche un grand bonjour. Tous les types se retournent, et, la minute d'après, il y a assez de place non seulement pour Charley le Râleur, mais aussi pour moi. C'est de la pure magie qu'il y ait tout à coup assez de place pour nous, alors que, quand nous sommes entrés, il n'y en avait même pas pour ceux qui étaient là.

« Qui est le tireur[1] ? demande Charley le Râleur en regardant à la ronde.

— Mais c'est toi, Charley », répond aussitôt le Grand Nig qui fait l'office de croupier, en remettant à Charley une paire de dés, bien que j'apprenne sur ces entrefaites qu'au moment où nous nous approchons son copain est en train de jouer et d'essayer d'amener un neuf. Tout le monde se tait et tourne les yeux vers Charley. Personne ne me regarde, car tous me connaissent pour un type qu'on rencontre un peu partout et personne ne semble penser que j'accompagne Charley, bien que Harry le Cheval me lance un coup d'œil qui, j'en ai l'impression, ne vaut rien pour ma tension artérielle, pas plus que pour celle de qui que ce soit.

Charley prend donc les dés et se retourne vers un petit type en chapeau melon placé à côté de lui, et qui se recule pour passer inaperçu de Charley. Mais celui-ci enlève le chapeau melon de la tête du type, agite les dés dans sa main et les jette dans le chapeau en disant : « Ha ! » comme font toujours les joueurs de dés au moment où ils vont les jeter. Puis il regarde dans le

1. Il s'agit ici du *crap game* ou *crap shooting*, qui se joue avec deux dés. Le tireur, qui jette ou tire (*shoots*) les dés, gagne s'il amène un total de 7 ou 11 (coup appelé *nick* ou *natura*) ; il perd s'il amène 2, 3 ou 12 (coup appelé *crap*). Les nombres 4, 5, 6, 8, 9 ou 10 sont dits le *point* du tireur, et lui donnent le droit de continuer à tirer jusqu'à ce qu'il amène de nouveau son point, ou jusqu'à ce qu'il perde en amenant 7. Le 4 est appelé *Little Joe*; le 5, *Phoebe*, et le 10 *Big Nick*. *(N.d.T.)*

chapeau et annonce : « Dix ! » sans toutefois laisser personne, pas même moi, regarder dans le chapeau, de sorte que personne ne peut savoir si c'est dix ou un autre nombre qu'il a amené.

Mais, naturellement, personne de ceux qui sont là ne s'avise de douter que Charley le Râleur ait amené un dix, car Charley pourrait considérer cela comme une façon de le traiter de menteur, et c'est un type à ne pas souffrir qu'on le traite de menteur.

Le jeu de dés que l'on joue chez Nathan Detroit est ce que l'on nomme un tête-à-tête, bien que certains types appellent cela un jeu d'amateurs, parce que les partenaires jouent l'un contre l'autre au lieu de jouer contre le banquier ou contre l'établissement. C'est exactement le même jeu que si deux types se trouvant ensemble jouaient entre eux, et Nathan Detroit n'est pas tenu de leur fournir la table spéciale pour le jeu de dés et le tapis *ad hoc,* que l'on a dans les maisons de jeu. En fait, Nathan Detroit se borne à trouver l'endroit où l'on jouera, à fournir les dés et à prélever un tant pour cent, ce qui n'est pas une si mauvaise affaire que cela.

Un jeu comme celui-ci n'offre pas grand intérêt jusqu'au moment où l'un des joueurs n'a plus qu'un coup à jouer ; alors, tous ceux qui l'entourent se mettent à parier qu'il va amener le point ou ne pas l'amener, et, dans tous les pays du monde, les chances que possède un type de ne pas amener dix avant d'amener sept se donnent à deux contre un.

Bref, quand Charley affirme avoir amené un dix dans le fond du chapeau melon, personne n'ouvre le bec Charley, d'un coup d'œil, fait le tour de la table, et, soudain, à l'un des bouts, il aperçoit Louie le Youpin, malgré les efforts de celui-ci pour se faire tout petit au moment où le regard de Charley s'arrête sur lui.

« Je parie contre toi cinq cents dollars, Louie », dit Charley.

Ce qui veut dire qu'il permet à Louie de parier mille dollars contre ses cinq cents que Charley n'amènera pas un dix.

Or, Louie le Youpin est de tout temps un petit joueur, et plus un Shylock qu'un joueur. La seule raison qu'il a d'être ici en ce moment est qu'il est venu prêter du pognon à Nick le Grec, et, normalement, il n'y a pas plus de chances de voir Louie le Youpin parier mille dollars contre cinq cents que de le voir porter sa galette à l'Armée du Salut, cette dernière chance étant égale à zéro. Il est hors de doute qu'il ne consentira jamais à parier mille dollars contre cinq cents qu'un type ne va pas amener dix sur un coup de dés, et, quand Charley le Râleur lui impose un tel pari, Louie se met à trembler de tous ses membres.

Les autres autour de la table ne soufflent pas mot. Charley agite les dés dans sa main, souffle dessus et les jette dans le chapeau en disant : « Ha ! » Mais, bien entendu, personne excepté Charley ne peut voir ce qu'il y a dans le chapeau. Charley regarde et annonce « Cinq ! ». Il agite encore une fois les dés, les jette dans le chapeau melon en disant « Ha ! », puis, après avoir regardé, il annonce « Huit ! ». Je commence à suer de peur qu'il n'amène un sept et ne perde son pari, car je sais parfaitement que Charley n'a pas cinq cents dollars pour s'acquitter, bien que je sache également que, quel que soit le nombre qu'il amène, Charley n'a pas la moindre intention de s'acquitter.

Le coup d'après, Charley s'écrie : « Aboule ton pognon ! » ce qui veut dire qu'il vient enfin d'amener un dix, quoique personne excepté lui ne puisse le constater. Il tend la main vers Louie le Youpin, et, avec aussi peu d'empressement que possible, celui-ci lui remet un billet de mille dollars. Jamais de ma vie je n'ai vu mine plus déconfite que celle de Louie au moment de se séparer de son fric. Si Louie songe à demander à Charley de le laisser regarder dans le chapeau afin de s'assurer qu'il a bien réellement amené un dix, il n'en dit rien à personne, et, comme Charley n'a pas l'air de tenir à montrer les dés à ceux qui l'entourent, les autres imitent le silence de Louie, en se disant que Charley le Râleur n'est pas un type à permettre à qui que ce soit de mettre sa parole en doute, surtout pour affaire d'aussi peu d'importance qu'un malheureux dix.

« Bon, fait Charley en fourrant dans sa poche le billet de Louie. Je crois que c'est suffisant pour ce soir. »

Il rend le chapeau melon au petit type à qui il appartient et me fait signe de le suivre, ce que je m'empresse de faire, car le silence qui règne dans la pièce me donne des palpitations, ce qui, j'en suis sûr, ne vaut rien pour ma tension artérielle. Depuis le moment où nous sommes entrés jusqu'à celui où nous sortons, personne n'a soufflé mot, et c'est épatant à quel point cela vous rend nerveux d'être au milieu d'une nombreuse assemblée où chacun garde un silence de mort, surtout quand on se dit que, d'un moment à l'autre, ça peut mal tourner. Ce n'est qu'à l'instant où nous arrivons à la porte que quelqu'un se décide à parler. C'est Louie le Youpin qui demande d'un ton pleurnichard :

« Charley, est-ce que tu as fait le coup de la façon difficile ? »

Alors tout le monde se met à rire, mais, moi-même je n'ai jamais pu savoir, bien que je me le sois souvent demandé depuis lors, si Charley a amené son dix par six et quatre, ou par deux cinq, ce qui est la façon difficile d'amener dix avec deux dés.

En sortant de chez Nathan Detroit, je caresse l'espoir de pouvoir me débarrasser de Charley le Râleur et rentrer chez moi, car je me rends compte qu'il est bien le dernier type de la terre dont la compagnie puisse être compatible avec ma tension artérielle, sans compter que si l'on me voit trop avec lui on pourrait bien avoir mauvaise opinion de moi. Mais quand je laisse entendre à Charley que je vais le quitter, il prend un air vexé.

« Eh bien, fait-il, tu en es un chic type, voilà que tu parles de plaquer un copain au moment où nous commençons la soirée ! Tu vas rester avec moi, car j'aime la compagnie, on va aller jouer au *stuss*[1] chez Ikey le Cochon. Ikey le Cochon est un de mes vieux amis, et je suis obligé d'aller jouer chez lui pour lui faire plaisir. »

Il va sans dire que je ne tiens pas du tout à aller chez Ikey le Cochon, car c'est exactement à l'autre bout de la ville, ni à jouer au *stuss*, parce que c'est un jeu auquel, quant à moi, je n'ai jamais rien compris et, de plus, je me rappelle que le docteur Brennan m'a dit qu'il serait utile que je dorme de temps en temps. Mais je ne crois pas à propos de froisser les sentiments de

1. Jeu de cartes analogue au pharaon. *(N.d.T.)*

Charley, surtout qu'il est bien capable de me faire un mauvais parti si je refuse de l'accompagner.

Il hèle donc un taxi et nous voilà partis chez Ikey le Cochon. L'écraseur qui conduit la bagnole va d'un tel train que ma tension artérielle, à en juger par ce que je ressens intérieurement, monte d'au moins cinquante centimètres. Mais Charley le Râleur n'a pas l'air de s'apercevoir de cette vitesse. À la fin, je sors la tête par la portière et je demande au chauffeur de ralentir un peu, car je désire arriver tout entier à destination. Mais il continue de plus belle.

Nous sommes arrivés au croisement de Broadway et de la 19e Rue, quand, tout à coup, Charley crie au chauffeur d'arrêter un instant. Le type s'arrête ; Charley descend de la bagnole et lui dit :

« Quand un client te demande de ralentir, tu ne pourrais pas avoir la complaisance de le faire ? Tiens. Ça t'apprendra ! »

Alors Charley le Râleur fait un pas en arrière et lui décoche au menton un coup qui envoie le pauvre bougre de son siège sur la chaussée. Puis Charley monte à sa place et nous repartons, Charley au volant, laissant derrière nous le type étendu tout de son long et raide comme une planche. Or, dans le temps, Charley le Râleur a lui-même été conducteur de taxi, jusqu'au moment où les flics se sont avisés qu'il ne conduisait pas toujours ses clients à l'adresse exacte, surtout ceux qui étaient ivres au moment où il les chargeait, et c'est un assez bon chauffeur, mais il ne regarde que dans une seule direction, c'est-à-dire droit devant lui.

Quant à moi, j'aime autant ne jamais me trouver en

taxi avec Charley dans quelque circonstance que ce soit, mais surtout quand c'est lui qui conduit, tellement il mène vite. Il s'arrête à la rue qui précède celle d'Ikey le Cochon, et il déclare que nous allons laisser là la bagnole jusqu'à ce que quelqu'un la trouve et prévienne la police. Mais, au moment où nous quittons la bagnole arrive un flic en uniforme qui nous crie qu'il est interdit aux voitures sans chauffeur de stationner à cet endroit-là.

Or, cela va sans dire, Charley le Râleur déteste que les flics lui donnent des conseils. Il ne fait ni une ni deux, il jette un coup d'œil dans la rue à droite et à gauche pour voir si personne ne nous regarde, puis il prend son élan et décoche dans le menton du flic un coup qui envoie celui-ci les quatre fers en l'air. Je dois dire que je n'ai jamais vu boxeur plus précis que Charley le Râleur, car il ne rate jamais la pointe du menton. Pendant que le flic est en train de gigoter, Charley m'empoigne par le bras et m'entraîne en courant dans une rue adjacente, puis nous faisons le tour du pâté de maisons et nous nous faufilons en tapinois chez Ikey le Cochon. C'est ce qu'on appelle une boîte à *stuss*, et il y a là en train de jouer nombre de citoyens bien connus dans le quartier. Personne ne semble particulièrement heureux de voir arriver Charley le Râleur, bien que Ikey le Cochon fasse mine d'en être enchanté. Cet Ikey le Cochon est un gros petit type au cou énorme qui serait tout à fait à sa place, le jour du premier janvier, tout nu, une pomme dans la bouche, à la devanture d'un charcutier. Il paraît que Charley et lui sont réellement de vieux copains et qu'ils ont l'un pour l'autre une mutuelle estime à certains égards.

Mais je m'aperçois que Ikey le Cochon est beaucoup moins enchanté quand il se rend compte que Charley est venu pour jouer, quoique Charley exhibe immédiatement son billet de mille dollars et déclare qu'il ne demande pas mieux que de se laisser gagner un peu de fric par Ikey, ne fût-ce qu'en souvenir du vieux temps. J'imagine toutefois que Ikey sait parfaitement qu'il ne palpera jamais le billet de mille dollars de Charley, car celui-ci le remet dans sa poche, d'où il ne le ressort plus, bien que Charley se mette immédiatement à perdre.

Tant et si bien que, sur le coup de cinq heures du matin, Charley en est de cent trente mille dollars, ce qui est une jolie somme, même pour un type qui ne met comme enjeu que ses muscles ; et, naturellement, Ikey sait fort bien qu'il ne faut pas compter obtenir de Charley cent trente sous, sans parler de cent trente mille. À cette heure, tout le monde est parti et Ikey voudrait bien fermer. Il consent à accepter la parole de Charley pour un million s'il le faut afin de se débarrasser de Charley. Mais voilà le hic, c'est que, au *stuss*, le perdant a droit à un pourcentage sur la somme qu'il perd, et Ikey ne doute pas que Charley ne réclame sa commission, même s'il ne paie pas, et que cette commission ne force Ikey à faire faillite.

De plus, Charley déclare que, dans ces conditions, il ne veut pas s'en aller comme cela, parce que Ikey est son copain. Si bien que Ikey, pour en finir, envoie chercher un tricheur professionnel nommé Dopey Goldberg, qui prend le jeu, donne les cartes, et, en un rien de temps, arrange les choses de telle sorte que Charley ne doit plus rien.

En ce qui me concerne, je m'intéresse fort peu à la partie, mais je fais un petit roupillon dans un coin sur une chaise et ce repos a l'air de faire grand bien à ma tension artérielle. Positivement, c'est à peine si je la sens quand nous partons de chez Ikey le Cochon, Charley et moi, car j'imagine que Charley va me laisser rentrer chez moi et que je vais pouvoir aller me coucher. Mais, bien qu'il soit six heures et que le jour commence à poindre quand nous sortons de chez Ikey, Charley est encore plein d'entrain et il veut absolument que nous allions dans une autre boîte appelée le Club de la Bohème.

Or, rien qu'à cette idée, je sens remonter ma tension artérielle, car le Club de la Bohème n'est pas autre chose qu'un assommoir où les types et les poules se rendent quand toutes les autres boîtes sont fermées. Le tenancier est un nommé O'Halloran le Lingue, du quartier de Greenwich Village, et il jouit d'une réputation détestable. Tout le monde sait que l'on peut parfaitement laisser sa peau chez O'Halloran le Lingue, n'importe quel soir, rien qu'en allant boire la gnôle qu'on y vend.

Mais Charley le Râleur tient absolument à y aller, et, comme de juste, je l'accompagne. Pour commencer, tout y est parfaitement calme et paisible, sauf qu'il y a un tas de types et de poules en tenue de soirée qui sont venus y échouer après avoir passé la nuit dans d'autres boîtes, et qui font dans un coin un boucan de tous les diables. Charley et O'Halloran boivent ensemble un verre d'une fiole que le Lingue porte dans sa poche, afin de ne pas la confondre avec celles qu'il sert à ses clients, et ils parlent du vieux temps, quand ils faisaient partie tous deux des Nettoyeurs de l'Hudson, lorsque, tout à coup, entrent quatre flics en bourgeois.

Or ces flics ne sont pas de service, ils ne recherchent personne et désirent simplement boire encore un ou deux verres avant de rentrer chez eux. Il est à supposer qu'ils ne feraient pas attention à Charley le Râleur si celui-ci se mêlait de ses propres affaires, bien que, sans aucun doute, ils sachent parfaitement qui il est ; et ils lui passeraient probablement les menottes avec plaisir si seulement ils avaient un motif de le faire, mais ils n'en ont pas. Ils font donc semblant de ne pas le voir. Mais s'il y a une chose que Charley le Râleur déteste, c'est bien un flic. À peine sont-ils assis à leur table qu'il commence à les regarder, et, au bout d'un instant, je l'entends dire à O'Halloran le Lingue :

« Lingue, quel est le plus beau spectacle du monde ?

— Je ne sais pas, dit Lingue. Eh bien ! dis-moi quel est le plus beau spectacle du monde ?

— Quatre flics refroidis en rang d'oignons », répond Charley.

Là-dessus, je me faufile en douce vers la porte, car je ne tiens nullement à avoir des histoires avec les flics, surtout avec quatre flics ; c'est pourquoi je ne vois pas tout ce qui se passe. Tout ce que je vois c'est Charley le Râleur empoigner le gros pied dont l'un des flics essaye de lui donner un coup, puis tout le monde ne semble plus faire qu'un tas, et les types avec leurs poules en robes de soirée se mettent à pousser des cris, tandis que ma tension artérielle monte presque jusqu'à un million.

Je sors ; mais au lieu de filer immédiatement, comme le ferait n'importe quel homme sensé, je reste là à écouter ce qui se passe à l'intérieur et qui semble se réduire à un énorme bruit de gnons, comme ça : pan-pan, pan-pan, pan-pan. Je ne crains pas d'entendre des coups de feu, car je sais Charley le Râleur trop malin pour tirer sur des flics, ce qui est la chose la plus grave qu'un type puisse commettre dans cette ville. Et il est probable que les flics ne veulent pas tirer eux non plus, car ils ne tiennent pas à ce qu'on sache qu'ils sont dans une boîte comme le Club de la Bohème, surtout sans être de service. Je me dis donc qu'ils vont se contenter de se flanquer des gnons.

Enfin, le bruit cesse à l'intérieur, et, au bout d'un moment, la porte s'ouvre, Charley le Râleur sort en s'époussetant par-ci par-là avec ses mains, l'air tout guilleret, et, par la porte ouverte, j'entrevois l'espace d'un instant plusieurs corps étendus par terre. Et j'entends encore hurler les types et les poules.

« Tiens, tiens, dit Charley le Râleur. Je commençais à croire que tu m'avais plaqué, et il était moins cinq que je ne sois furieux contre toi, mais te voilà. Quittons cette boîte, car ils font tellement de potin là-dedans qu'on ne s'entend pas penser. Allons à ma tôle demander à ma bourgeoise de nous fricasser quelque chose à bouffer. Des œufs au jambon ne nous feraient pas de mal en ce moment, pas vrai ? »

Sans doute, cela va sans dire, des œufs au jambon à l'heure qu'il est ça me botterait assez, mais je ne me soucie nullement d'aller chez Charley le Râleur. J'en ai assez de Charley pour de longs jours et je ne tiens pas le moins du monde à pénétrer dans sa vie de famille, quoique, à vrai dire, je sois quelque peu surpris de découvrir qu'il a une vie de famille. Il me semble bien avoir entendu dire, je ne sais plus quand, que Charley le Râleur avait épousé une fille du quartier et qu'il habitait quelque part dans la Dixième Avenue, du côté des Quarante. En réalité personne n'en sait bien long là-dessus et tout le monde suppose, si c'est vrai, que sa femme doit avoir une sacrée existence.

Mais, tout en faisant des vœux pour ne pas aller chez Charley, il m'est absolument impossible de refuser une invitation courtoise à aller manger des œufs au jambon, d'autant plus que Charley me regarde avec un air tout étonné que je ne manifeste pas plus d'enthousiasme, car, je le vois bien, ce n'est pas tout le monde que Charley invite chez lui. Je le remercie donc en l'assurant que rien ne peut me faire plus grand plaisir que des œufs au jambon comme ceux que sa bourgeoise va nous fricasser, et quelques instants après, nous déambulons sur la Dixième Avenue aux alentours de la 45e Rue.

Il est encore de bon matin : les commerçants sont en train d'ouvrir leurs boutiques, les petits enfants gambadent le long des trottoirs avec de joyeux rires en se rendant à l'école, de vieilles rombières secouent des draps et toutes sortes de choses par les fenêtres des maisons de rapport, mais, en nous apercevant, Charley le Râleur et moi, chacun se calme aussitôt et je peux me rendre compte que Charley est très respecté dans son quartier. Les commerçants se dépêchent de rentrer dans leurs boutiques, les petits enfants cessent de gambader et de rire et se mettent à marcher sur la pointe des pieds, les vieilles rombières rentrent leurs têtes, et un grand silence se fait dans la rue. On n'entend plus que les talons de Charley et les miens résonner sur le trottoir.

Devant un magasin est arrêtée une voiture de glacier attelée de deux chevaux. En apercevant les chevaux, Charley le Râleur semble avoir une inspiration. Il s'arrête, contemple les chevaux avec attention, bien que, si j'y vois clair, ce ne soient que des chevaux comme tous les autres, de grands et gros chevaux à l'air abruti. Enfin, Charley le Râleur me déclare :

« Quand j'étais un jeune type, j'avais un fameux direct du droit et il m'est arrivé plus d'une fois d'abattre un cheval d'un coup de poing entre les deux yeux. Mais je me demande si je n'ai pas perdu de ma force. Le dernier flic que j'ai cogné là-bas s'est relevé deux fois après mon coup. »

Puis il s'approche de l'un des chevaux, et lui envoie, exactement entre les deux yeux, un direct du droit, avec un recul qui n'excède pas dix centimètres. Alors monsieur le cheval, l'air tout éberlué, s'abat sur les genoux. J'ai vu beaucoup de boxeurs qui tapaient dur, y compris Dempsey, au temps où il boxait véritablement, mais je n'ai jamais vu un coup plus dur que celui que Charley envoie à ce cheval.

Voilà que le conducteur de la voiture se précipite hors du magasin, furieux de ce qui arrive à son cheval, mais à l'instant où il aperçoit Charley le Râleur, son ardeur se refroidit, et, laissant le cheval par terre, il rentre dans le magasin, tandis que nous continuons notre chemin, Charley et moi. Nous arrivons enfin à la porte de l'immeuble où, ainsi qu'il le déclare, habite Charley le Râleur. Devant cet immeuble est un Macaroni avec une baladeuse chargée de fruits, de légumes et de toutes sortes de choses. En entrant dans la maison, Charley envoie la voiture sens dessus dessous, laissant derrière nous le Macaroni en train de gueuler comme un putois, et, peut-être, de nous injurier dans sa langue autant que je puisse en juger. Personnellement, je ne suis pas fâché que nous soyons enfin arrivés à destination, car je sens que chaque minute que je passe avec Charley fait monter ma tension artérielle.

Nous grimpons deux volées d'escalier, puis Charley ouvre une porte et nous pénétrons dans une pièce où nous trouvons une petite rouquine haute comme trois pommes, qui a l'air de sortir du pieu avec sa tignasse rousse en désordre et ses yeux bouffis de sommeil. De prime abord elle me fait l'effet d'être toute drôlette, puis j'aperçois dans ses yeux je ne sais quoi qui me fait penser que cette petite poule, quelle qu'elle soit, ne peut souffrir personne.

« Bonjour, mon chou, dit Charley le Râleur. Tu voudrais pas nous faire des œufs au jambon pour mon copain que voici et pour moi ? Nous sommes éreintés de notre balade. »

Ouais ! La petite rouquine se contente de me regarder sans dire un mot. Elle se tient plantée au milieu de la pièce, une main derrière le dos, et, tout à coup, elle brandit cette main et découvre une petite batte de base-ball, telle qu'en ont les gosses pour jouer, et qui a bien dû coûter cent sous. À peine ai-je le temps de me rendre compte de ce que c'est que j'entends quelque chose qui fait toc et que je la vois allonger sur la tête de Charley un grand coup de batte.

Il va sans dire qu'un pareil geste me remplit d'effroi, et je me dis que Charley le Râleur va la tuer sur-le-champ, que moi, qui aurai été témoin d'un meurtre, je vais me trouver dans de sales draps et qu'on va me fourrer en prison pour plusieurs années, comme il arrive généralement dans cette ville à tous les témoins. Mais Charley le Râleur s'en va seulement s'affaler sur un vaste rocking-chair dans un coin de la pièce et reste là, une main appuyée sur sa tête, en se contentant de dire : « Hé, doucement, chérie. Un moment, mon petit chou. » Je me rappelle fort bien ses paroles. « Nous avons un invité pour le petit déjeuner. » Alors la petite rouquine se retourne vers moi en me lançant un coup d'œil que je n'oublierai jamais, bien que je lui adresse mon plus gracieux sourire en lui disant qu'il fait bien beau temps ce matin.

Enfin, elle dit sans cesser de me regarder :

« Alors c'est toi, espèce de voyou, qui fais découcher mon mari ! Sale voyou que tu es ! »

Et, là-dessus, elle se précipite sur moi, et moi sur la porte. Pendant ce temps-là, ma tension artérielle dépasse toute mesure, car je vois bien que Mrs Charley le Râleur est plus qu'un peu nerveuse.

À l'instant même où j'empoigne le bouton de la porte, quelque chose m'arrive sur la cafetière. Je me suis rendu compte après que c'était la batte de baseball, mais, sur le moment, j'ai bien cru que c'était le toit qui me tombait dessus.

Je ne sais comment je réussis à ouvrir la porte, car la tête me tourne et j'ai les jambes en coton, mais, en y réfléchissant, je me souviens que je descends l'escalier quatre à quatre, puis je sens le grand air et je me dis que je suis dehors. Mais, tout à coup, j'éprouve à la nuque une autre sensation étrange, tandis que quelque chose m'arrive dans la tête en faisant toc. Je pense d'abord que c'est ma tension artérielle qui est montée si haut qu'elle me sort par le sommet du crâne. Puis, en jetant un coup d'œil derrière moi, j'aperçois, près de la baladeuse du Macaroni, Mrs Charley le Râleur en train d'empoigner fruits et légumes de toute espèce et de me les lancer.

Toutefois, ce qui m'a frappé n'est ni une pomme, ni une pêche, ni un rutabaga, ni même un melon, mais une brique dont le Macaroni se sert pour caler sur sa baladeuse les sacs de papier dans lesquels il emballe la marchandise qu'il vend. C'est cette brique qui me fait sur le derrière de la tête une bosse si grosse que le docteur Brennan l'a prise pour une tumeur, quand je suis allé le voir le lendemain pour mon estomac. Et je ne l'ai pas détrompé.

« Mais, déclare le docteur Brennan en prenant de nouveau ma tension artérielle, votre tension est maintenant descendue au-dessous de la normale, et vous n'avez plus rien à craindre de ce côté-là. Cela suffit à vous démontrer ce qu'on peut obtenir en évitant les émotions. »

Et il ajoute : « Vous me devez dix dollars. »

LE CERVEAU RENTRE À LA MAISON

Un soir, le Cerveau est en train de faire les cent pas avec moi devant le restaurant Mindy en causant de choses et d'autres, quand passe une gonzesse à la tignasse rousse, vêtue de haillons, qui vend des pommes à cinq sous la pièce. Le Cerveau, qui adore les pommes, en prend une dans son panier et lui met dans la main un billet de cinq dollars.

La gonzesse aux cheveux roux et aux vêtements en haillons, qui peut avoir dans les trente et quelques années et qui n'est qu'un laideron, autant qu'on peut en juger, louche vers le billet et dit comme ça au Cerveau :

« Je n'ai pas la monnaie d'une si grosse somme, mais j'en ai pour une minute à aller vous la chercher.

— Gardez la monnaie », répond le Cerveau en mordant dans la pomme et en me prenant le bras pour continuer la promenade.

Alors la gonzesse en haillons regarde de nouveau le Cerveau, et il me semble que, tout à coup, elle a de grosses larmes dans les yeux en lui disant :

« Oh, merci, monsieur ! Merci, merci, et que Dieu vous bénisse, monsieur. »

Puis elle continue hâtivement sa route, les mains sur

les yeux et les épaules secouées de soubresauts. Le Cerveau se retourne tout étonné et la suit du regard jusqu'à ce qu'elle disparaisse.

« Sapristi ! dit le Cerveau, j'ai donné hier soir dix gros billets à Doris Clare et elle n'en a pas paru moitié aussi contente que cette gonzesse-là de ses cinq dollars.

— C'est, dis-je, que la gonzesse aux pommes a probablement plus besoin de cinq dollars que Doris Clare de dix gros billets.

— Peut-être bien, fait le Cerveau. Mais, naturellement, Doris me donne en retour beaucoup plus qu'une pomme et un "Dieu vous bénisse". Doris me donne son amour. Je crois, ajoute-t-il, qu'il n'y a pas un type au monde qui paye l'amour aussi cher que moi.

— Je le crois également », dis-je.

À mon avis, nous avons probablement raison tous les deux, car je calcule sans hésiter que si le Cerveau dépense pour l'amour moins de trois cent mille dollars par an, il administre ses affaires sentimentales d'une façon en vérité fort économique, car tout le monde sait que le Cerveau possède trois poules différentes en plus de sa fidèle épouse.

Bien des citoyens, en effet, en parlant du Cerveau, l'appellent « le roi de l'amour », mais seulement quand il a le dos tourné, car le Cerveau aime à se figurer que ses affaires d'amour sont pour tout le monde, sauf peut-être pour un petit nombre, un grand secret. Mais le seul type de cette ville qui, à ma connaissance, n'en ait jamais rien su est un type sourd, muet et aveugle.

J'ai lu jadis l'histoire d'un type appelé le roi Salomon, qui a vécu il y a de cela bien longtemps et qui avait à la fois un millier de gonzesses, ce qui peut s'appeler pratiquer la gonzesse sur une grande échelle, mais je garantis que toutes les gonzesses du roi Salomon ensemble ne coûtaient pas aussi cher que n'importe laquelle de celles du Cerveau. Les dépenses de Doris Clare suffiraient à rendre fou un type ordinaire, et Doris est presque économe en comparaison de Cynthia Harris et de Bobby Baker.

Puis il y a Charlotte, la fidèle épouse du Cerveau, qui a été piquée par la punaise du grand monde et qui a besoin d'un tas de galette en toute occasion pour satisfaire ses goûts. J'ai entendu un jour le Cerveau confier à Bobby Baker que sa fidèle épouse est une malade, mais, en vérité, Charlotte n'a pas de maladie que quelques dollars ne puissent guérir, et la même chose est vraie, bien entendu, de toutes les gonzesses du monde qui sont des malades.

Quand un type fréquente Broadway depuis aussi longtemps que le Cerveau, il ne peut manquer de totaliser un certain nombre de poules par-ci par-là, mais la plupart des types n'en gardent qu'une à la fois, et quand celle-ci les plaque, comme font toujours les gonzesses de Broadway, il en trouve une autre, et ainsi de suite jusqu'à ce qu'il soit trop vieux pour s'intéresser aux gonzesses, ce qui arrive sans doute quand il a cent quatre ans, bien que j'aie entendu parler de plusieurs types qui ont battu ce record même.

Mais quand le Cerveau prend une gonzesse, il paraît qu'il la garde, et aucune d'elles ne le plaque jamais. Et, alors que ce serait une calamité pour la plupart des types, cela flatte le Cerveau parce que cela lui fait croire qu'il a auprès des gonzesses un très grand prestige.

« Ce n'est pas leur faute si elles en pincent pour moi, me dit un soir le Cerveau. Je ne voudrais pour rien au monde faire de la peine à l'une d'entre elles. »

Il va sans dire que je trouve rudement étonnant d'entendre parler comme cela un type aussi intelligent qu'est le Cerveau, mais j'imagine qu'il croit réellement que c'est arrivé, car le Cerveau a toujours une excellente opinion de lui-même. Cependant, il y a des types qui prétendent que la vraie raison pour laquelle le Cerveau garde toutes ses gonzesses, c'est qu'il est trop égoïste pour les partager. Mais, en ce qui me concerne, le Cerveau aurait beau me donner encore par-dessus le marché une somme d'argent comptant que je n'accepterais aucune d'entre elles, sauf peut-être Bobby Baker.

Quoi qu'il en soit, le Cerveau garde ses gonzesses, et, de plus, il dépense pour elles beaucoup de fric à leur payer des autos, des fourrures, des diamants et des appartements très chics, surtout des appartements très chics. J'ai dit un jour au Cerveau qu'il pourrait économiser énormément de galette s'il louait une maison et s'il les mettait dedans toutes ensemble, comme une grande famille heureuse, au lieu de les laisser dispersées dans toute la ville. Mais le Cerveau m'a répondu que mon idée ne valait rien.

« D'abord, fit-il, elles ne soupçonnent nullement leur existence respective, sinon que Doris, Cynthia et Bobby savent que Charlotte existe, mais sans savoir réciproquement qu'elles existent. Chacune croit être la seule. Donc, si je les mettais toutes ensemble, mon amour les rendrait jalouses l'une de l'autre. Dans tous les cas, ajoute le Cerveau, une telle combinaison serait parfaitement immorale et interdite par la loi. Non, conclut-il, il est préférable de les laisser dans des endroits différents, parce que, comme ça, cela me fait plusieurs chez-moi où aller au cas où je voudrais rentrer à la maison. Positivement, je crois que j'ai plus de chez-moi où aller que n'importe quel autre type de Broadway. »

Après tout, c'est peut-être vrai, mais la raison pour laquelle le Cerveau désire avoir des tas de chez-lui demeure pour tout Broadway un profond mystère, car, quoi qu'il en soit, il rentre rarement à la maison, parce qu'il a peur que, pendant qu'il est à la maison, il n'arrive dans cette ville quelque chose où il ne soit pas. Le Cerveau n'a pas de préférence pour un endroit plutôt que pour un autre. Il ne se montre jamais en public avec ses gonzesses, sauf une ou deux fois par an avec sa fidèle épouse, et il a même fini par ne plus sortir avec elle parce que les amis personnels de Doris Clare, prétend Doris elle-même, ne trouvent pas cela convenable.

Le Cerveau a épousé Charlotte bien avant d'être devenu le type le plus considérable de l'Est pour les affaires de jeu, et deux ou trois fois millionnaire, mais il ne s'est jamais habitué, ainsi que le font souvent les maris, à rester à la maison pour faire la causette avec sa fidèle épouse. D'ailleurs, quand il n'avait pas le sou, il était obligé d'habiter dans un quartier si éloigné qu'il lui était difficile de rentrer à la maison, de sorte qu'il a fini par perdre l'habitude d'y rentrer.

Mais Charlotte n'est pas une gonzesse qui puisse passer plus de deux ou trois ans à contempler les tableaux de son salon, d'autant plus que, paraît-il, les tableaux de son salon représentent tous des vaches dans les prés et des maisons couvertes de neige. Elle ne rentre donc à la maison, elle aussi, que quand elle ne peut pas faire autrement, elle a ses amis personnels et elle est parfaitement heureuse, surtout depuis que le Cerveau est devenu assez riche pour lui donner régulièrement du fric.

Je dois convenir d'une chose en ce qui concerne le Cerveau et ses gonzesses, c'est qu'il ne choisit jamais un laideron. Il a véritablement l'œil pour ce qui est de la frimousse et de la ligne, et même Charlotte, son épouse bien-aimée, n'est pas moche du tout, bien qu'elle ne soit plus aussi jeune qu'autrefois. Quant à Doris Clare, elle a été dans son temps une des beautés les plus célèbres de chez Ziegfeld, et, bien que son temps ne soit plus d'hier, ni même d'avant-hier, Doris n'a que fort peu perdu. En mettant les choses au mieux, je dirais que Doris peut avoir dans les trente-deux ou trente-trois ans, mais elle a toujours beaucoup de chien et, malgré tout, ses cheveux sont restés très blonds.

En réalité, le Cerveau n'a pas de préférence plus marquée pour les blondes que pour les brunes, car Cynthia Harris a des cheveux aussi noirs que les entrailles d'un loup, tandis que Bobby Baker n'est ni blonde ni brune : elle a les cheveux châtains. Cynthia Harris est plus à la page que Doris, puisqu'elle sort des *Vanités* de Earl Carroll. J'ai entendu dire qu'elle est venue à New York en qualité de Miss Quelque Chose, pour un de ces concours de beauté dont elle serait facilement sortie victorieuse si Miss Autre Chose n'avait fait de l'œil au président du jury.

Naturellement, Cynthia, elle aussi, a fait de l'œil à quelqu'un, mais, à ce qu'il paraît, elle a choisi, se figurant qu'il faisait partie du jury, un type qui n'était qu'un journaliste et n'avait pas voix au chapitre.

Alors Mr Earl Carroll a eu pitié de Cynthia. Il l'engage pour ses « Vanités » et la fait se promener toute nue sur la scène. Le Cerveau la voit, et on ne tarde pas à apprendre qu'elle se balade dans une grosse voiture de marque étrangère, aussi longue qu'un garde-côte, et qu'elle fait un tas d'épates.

Personnellement, j'ai toujours considéré Bobby Baker comme la plus intelligente de toutes les poules du Cerveau, car elle n'est que moyennement jolie et n'a pas eu, comme Doris Clare et Cynthia Harris, par exemple, la chance de s'exhiber sur les planches où l'on a l'occasion de montrer son anatomie à des types comme le Cerveau. Bobby Baker a débuté tout simplement comme secrétaire d'un type de Wall Street, et, naturellement, elle était toujours habillée, du moins aussi habillée que l'est habituellement une gonzesse d'aujourd'hui, c'est-à-dire, somme toute, pas beaucoup.

Or, un jour, paraît-il, le Cerveau a affaire au type chez qui travaille Bobby, et, par hasard, il s'adresse à Bobby, qui lui dit qu'elle désire depuis longtemps faire sa connaissance tellement elle a entendu parler de lui et dire des choses à son sujet, surtout qu'il est réellement aussi beau garçon et qu'il a l'air aussi sentimental qu'elle se l'est elle-même toujours figuré.

Je n'ai jamais, je l'avoue, traité une gonzesse de menteuse, car je me comporte en toute occasion comme un gentleman, et, pour autant que je sache, il est possible, après tout, que Bobby Baker ait trouvé que le Cerveau était bel homme et qu'il avait l'air sentimental, mais j'imagine, quant à moi, que, si elle ne mentait pas, elle était pour le moins quelque peu exaltée quand elle faisait au Cerveau un boniment comme ça. Car ce qu'on pouvait dire de mieux sur le Cerveau à cette époque-là, c'est qu'il était admirablement fringué.

Il avait une quarantaine d'années, à un ou deux ans près, et il commençait à prendre un peu de ventre, à force de rester assis aux tables de jeu et de ne jamais faire d'exercice, sauf en se promenant de long en large devant chez Mindy avec des types comme moi, pendant quelques heures tous les soirs. Il avait une physionomie assez agréable, le teint toujours très blanc, de belles dents et un joli sourire, ce qu'il ne lui arrivait jamais de faire pour les types qui lui devaient de l'argent.

Je dois également avouer que le Cerveau avait ce qu'on peut appeler une personnalité. Il savait parfaitement raconter une histoire, bien qu'il fût toujours le héros de toutes ses histoires, et il connaissait mille façons de se rendre agréable aux poules. Il avait fait d'assez bonnes études, et, alors que des gonzesses comme Doris et Cynthia, et peut-être Charlotte elle-même, préféreraient un compte courant chez Cartier[1] à toute la culture d'Harvard et de Yale réunies, il paraît que Bobby aime les conversations intellectuelles, et elle était réellement bien tombée avec le Cerveau.

Bientôt, donc, Bobby se balade dans une plus grosse

1. Grand bijoutier de New York. *(N.d.T.)*

voiture que celle de Cynthia, quoique celle de Cynthia ni celle de Bobby ne soit aussi grosse que celle de Doris, et tous les indigènes du quartier de Flatbush[1] où est née Bobby sont jaloux d'elle et répandent sur son compte toutes sortes de ragots, tout en n'ayant d'yeux que pour la grosse voiture. Personnellement, je me suis toujours dit que le Cerveau s'était encanaillé en s'accointant avec une poule de Flatbush, surtout que Bobby n'a pas tardé à fréquenter des gendelettres tels que des rédacteurs de journaux et autres oiseaux de Greenwich Village.

Mais il faut reconnaître que Bobby Baker est une petite gonzesse très intelligente, et, depuis quatre ou cinq ans qu'elle est au nombre des poules du Cerveau, elle lui coûte plus cher à elle seule que toutes les autres ensemble, car elle lui dit sans cesse qu'elle l'aime et qu'elle ne pourrait vivre sans lui, alors que Doris Clare et Cynthia Harris oublient quelquefois de le lui dire plus d'une ou deux fois par semaine.

Donc, un matin de très bonne heure, il arrive qu'un nommé Jack le Maboul envoie un coup de surin dans le côté gauche du Cerveau. Il a, paraît-il, agi sur l'ordre d'un type qui s'appelle Homer Swing, qui doit au Cerveau une grosse somme d'argent qu'il a perdue au jeu, et qui est devenu furieux quand le Cerveau a essayé de le faire payer. Jack le Maboul, que l'on considère comme un virtuose du surin, a, semble-t-il, visé le cœur du Cerveau, mais il l'a raté de deux pouces, faisant au Cerveau une très vilaine entaille, qui a besoin d'être recousue.

1. Quartier de Brooklyn. *(N.d.T.)*

Le Grand Nig, le joueur de dés, et moi, nous sommes arrêtés au coin de la 52e Rue et de la Septième Avenue, vers deux heures du matin, à parler de choses et d'autres, quand le Cerveau débouche en chancelant de la 52e Rue et vient s'abattre dans les bras du Grand Nig, ruinant positivement avec le sang qui s'échappe de sa blessure un pardessus flambant neuf que le Grand Nig a payé soixante dollars il y a quelques jours. Naturellement, le Grand Nig n'est pas content, mais nous nous rendons parfaitement compte que ce n'est pas le moment de discuter avec le Cerveau sur ce chapitre-là. Nous voyons bien que le Cerveau est sérieusement blessé et dans un état grave.

Évidemment, cela ne nous surprend pas beaucoup de voir le Cerveau dans un état pareil, car, depuis des années, il est fort exposé un peu partout dans cette ville, parce qu'il y a un tas de types qui lui en veulent et qui ne demanderaient pas mieux que de lui faire son affaire, mais nous ne nous attendions pas à le voir découpé comme un dindon. Nous pensions plutôt le voir avec quelques balles dans le corps, et le Grand Nig et moi nous sommes indignés en constatant qu'il existe encore des types qui n'hésitent pas à jouer du couteau.

Mais pendant que nous réfléchissons à cela, le Cerveau nous dit :

« Téléphonez à Hymie Weissberger et au docteur Frisch et emmenez-moi à la maison. »

Naturellement, un type comme le Cerveau demande son avocat avant son médecin. Hymie Weissberger est l'avocat du Cerveau et c'est également un type très sûr

« Mais, dis-je, il faut que nous t'emmenions tout de suite à l'hôpital, où tu recevras des soins immédiats.

— Non, dit le Cerveau, je désire que tout cela ne soit pas su. Cela ne m'attirerait que des ennuis en ce moment si c'était connu ; et si vous m'emmeniez à l'hôpital on pourrait en informer les flics. Emmenez-moi chez moi. »

Comme de juste, je lui demande de quel chez-lui il veut parler, car je me perds dans les chez-lui du Cerveau. Pendant une minute, il a l'air d'hésiter comme si cette question demandait, en effet, quelque réflexion.

« Park Avenue », dit-il enfin. Le Grand Nig arrête un taxi, nous aidons le Cerveau à y monter et nous disons au chauffeur de nous conduire à l'immeuble situé dans Park Avenue, non loin de la 64e Rue, où demeure Charlotte, l'épouse bien-aimée du Cerveau.

Une fois arrivés, je me dis qu'il est préférable que je monte d'abord afin d'annoncer la nouvelle à Charlotte avec quelques ménagements, car je comprends parfaitement que cela puisse faire un coup à n'importe quelle épouse bien-aimée de se voir ramener au petit matin son mari plus ou moins découpé.

Or le portier et le garçon d'ascenseur de l'immeuble me disent qu'il y a une soirée là-haut et refusent de me laisser monter à l'appartement. Mais quand je leur explique que c'est le Cerveau qui est malade, ils me le permettent. Lorsque je sonne à la porte de l'appartement, un gros maître d'hôtel vient m'ouvrir et je peux me rendre compte qu'il y a là un tas de types et de gonzesses en tenue de soirée. J'entends même quelqu'un chanter à tue-tête.

Le maître d'hôtel essaye de me dire qu'il est impossible que je voie Charlotte, mais je finis par le convaincre que cela est préférable, de sorte qu'un instant après elle vient à la porte. Elle est vraiment agréable à regarder, et elle est couverte de bijoux. Je tourne un peu autour du pot pour ne pas trop l'alarmer, puis je lui dis que le Cerveau a été victime d'un accident, qu'il est dans un taxi à la porte, et je lui demande où elle veut que nous le mettions.

« Mais, dit-elle, emmenez-le dans un hôpital, comme de juste. Je donne une soirée à quelques invités de marque et je ne veux pas les déranger en amenant ici un malade dont la place est à l'hôpital. Emmenez-le dans un hôpital et dites-lui que je passerai le voir demain et que je lui apporterai du bouillon. »

Je tente de lui expliquer que ce n'est pas de bouillon que le Cerveau a besoin, mais plutôt d'un endroit confortable où s'étendre. Mais elle finit par se fâcher et me flanque la porte au nez en me disant :

« Emmenez-le dans un hôpital, vous dis-je. C'est une heure ridicule pour rentrer chez soi, en tout cas. Voici vingt ans qu'il n'est pas rentré de si bonne heure. »

Puis, pendant que j'attends l'ascenseur, elle rouvre la porte.

« À propos, demande-t-elle, est-ce qu'il est grièvement blessé ? »

Je lui réponds que nous ne connaissons pas encore la gravité de ses blessures. Elle referme la porte et je retourne au taxi en me disant que c'est une gonzesse qui n'a pas de cœur, bien que je comprenne qu'après tout il serait désagréable pour elle de troubler sa réception.

Le Cerveau est affalé dans un coin du taxi, les yeux

à demi fermés. Il paraît que le Grand Nig a étanché le sang comme il a pu avec un mouchoir, mais le Cerveau me semble pas mal affaibli. Au moment où je monte dans le taxi, il se redresse un peu, et, quand je lui dis que sa femme bien-aimée n'est pas à la maison, il sourit légèrement et murmure :

« Emmenez-moi chez Doris. »

Or Doris habite dans la 72e Rue, près de Riverside Drive, dans un vaste immeuble assez éloigné d'où nous sommes. Je dis donc au chauffeur de nous y conduire, tandis que le Cerveau a l'air de s'assoupir. Puis le Grand Nig me dit :

« Ce n'est pas la peine de l'emmener là-bas. J'ai vu ce soir Doris sortir, tout emmitouflée dans son manteau d'hermine, avec cet acteur, ce Jack Walen pour qui elle a le béguin. Leur conduite est un vrai scandale. Emmenons-le chez Cynthia, ajoute Nig. C'est une gonzesse qui a bon cœur, et elle sera heureuse de le soigner. »

Or Cynthia Harris habite un vaste appartement de quinze mille dollars par an dans un grand hôtel près de la Cinquième Avenue, car Cynthia est une gonzesse qui tient à être près du centre afin de pouvoir être très rapidement sur les lieux si elle entend dire qu'il se passe quelque chose dans un endroit quelconque. Une fois arrivés à l'hôtel, je lui téléphone d'en bas pour lui dire qu'il est nécessaire que je la voie au sujet d'une affaire des plus urgentes, et elle me répond de monter.

Il est maintenant dans les trois heures un quart et je suis assez étonné de trouver Cynthia chez elle. Mais il n'y a pas à dire, elle est là, très jolie, elle aussi, en déshabillé avec ses cheveux défaits, et je puis constater que le Cerveau n'est pas un imbécile quand il s'agit de choisir ses poules. Elle me dit bonsoir assez gentiment, mais à peine lui ai-je expliqué la raison de ma présence que l'expression de sa physionomie devient dure et qu'elle me dit :

« Écoutez, j'ai assez d'histoires comme ça dans cette turne avec deux types qui se sont battus à cause de moi lors d'une petite soirée que je donnais ici hier, et le flic de service à l'hôtel a dû venir les séparer. Je ne tiens pas à ce que ça recommence. Supposons qu'on apprenne que le Cerveau est ici. Qu'est-ce que les journaux vont raconter sur moi ? Pensez un peu à ma réputation. »

Au bout d'une dizaine de minutes, je vois bien qu'il est inutile de discuter avec elle, parce qu'elle a la faculté de parler plus vite que moi, et ce dont elle parle surtout c'est du coup que cela va porter à sa réputation si elle accueille le Cerveau chez elle. Je la laisse donc plantée là en déshabillé, dans l'embrasure de sa porte, et toujours aussi jolie.

Il ne nous reste plus qu'à emmener le Cerveau chez Bobby Baker, qui habite un appartement double place Sutton, près d'East River, là où les gens rupins ont bâti toute une colonie de beaux immeubles au centre d'un vieux quartier de maisons ouvrières, et, tandis que nous nous y rendons avec le Cerveau, affalé dans le taxi et respirant à peine, je dis au Grand Nig :

« Nig, quand nous arriverons chez Bobby Baker, nous transporterons le Cerveau dans l'appartement sans demander auparavant la permission à Bobby, et nous le déposerons chez elle, de façon qu'elle ne puisse pas refuser de le recevoir. Mais, dis-je, Bobby Baker est une gentille petite gonzesse et je suis certain qu'elle fera tout ce qu'elle pourra pour lui, surtout, dis-je, qu'il paie cinquante mille dollars par an l'appartement où nous allons. »

Donc, quand le taxi s'arrête devant la maison de Bobby, Nig et moi nous descendons le Cerveau de la voiture, nous le transportons à nous deux jusqu'à la porte de l'appartement, et je sonne. C'est Bobby qui vient ouvrir, et je vois par hasard les jambes d'un type disparaître derrière elle dans une des pièces de l'appartement. Mais, naturellement, il n'y a rien d'inconvenant à cela, même si les jambes du type sont vêtues d'un pyjama de soie bleue.

Comme de juste, Bobby est bien étonnée de nous voir avec le Cerveau qui se balance entre nous deux, mais quand je lui explique que le Cerveau a été blessé d'un coup de couteau et que ses dernières paroles ont été pour nous demander de l'emmener chez sa Bobby, elle ne nous invite même pas à entrer. En outre, elle ne me laisse pas terminer mon histoire qui allait devenir très émouvante, en vérité, si elle avait continué à m'écouter.

« Si vous ne l'emmenez pas immédiatement d'ici, déclare Bobby avant que j'en sois arrivé au passage pathétique, j'appelle les flics et l'on va vous coffrer tous les deux en vous soupçonnant d'en savoir long sur l'origine de ces blessures. »

Puis elle nous ferme la porte au nez. Nous redescendons l'escalier avec le Cerveau et nous le transportons dans la rue, car il nous apparaît soudain que Bobby a raison et que si l'on trouve le Cerveau entre nos mains, blessé comme il est, et qu'il vienne à claquer, nous allons être dans de beaux draps, car les flics ont une propension naturelle à refuser de croire des types comme le Grand Nig et moi, quelle que soit la chose qu'ils disent.

De plus, la même idée a dû frapper le chauffeur du taxi après que nous avons enlevé le Cerveau de sa voiture, car il a disparu, et nous voilà presque à East River, au petit matin, sans un taxi en vue et avec cette perspective qu'un flic peut venir à passer d'une minute à l'autre.

La seule chose que nous ayons à faire est de nous éloigner de là. Nous nous mettons donc en marche, le Grand Nig et moi ; moi portant les pieds du Cerveau et lui la tête. Nous arrivons à plusieurs rues de distance de la place Sutton, en marchant très lentement et en nous dissimulant dans les entrées obscures lorsque nous entendons venir quelqu'un. Maintenant nous sommes parvenus dans un quartier de maisons ouvrières, quand, tout à coup, une gonzesse sort précipitamment du sous-sol d'une de ces maisons.

Elle nous aperçoit avant que nous n'ayons le temps d'arriver dans un endroit obscur, et elle semble avoir beaucoup de courage pour une gonzesse, car elle vient droit à nous et elle regarde tour à tour le Grand Nig, moi et le Cerveau, qui a perdu son chapeau quelque part en route, ce qui permet de distinguer nettement sa figure, même à la faible lueur du réverbère.

« Mais, s'écrie la gonzesse, c'est le généreux monsieur qui m'a donné cinq dollars pour une pomme ! Et avec cet argent j'ai pu payer le médicament qui a sauvé la vie à Joey. Qu'est-ce qui lui est arrivé ?

— Rien du tout, dis-je à la gonzesse, qui est toujours en haillons et qui a toujours une tignasse rousse, rien du tout, sauf que si nous ne réussissons pas sans tarder à le déposer quelque part, ce type va nous claquer entre les mains.

— Amenez-le chez moi, dit-elle en désignant la maison d'où elle vient de sortir. Ce n'est pas très rupin, mais vous pouvez le laisser se reposer pendant que vous irez chercher du secours. Il faut que j'aille chez le pharmacien acheter encore d'autres médicaments pour Joey, bien qu'il soit hors de danger grâce à ce monsieur-là. »

Nous descendons alors dans le sous-sol avec le Cerveau, précédés de la gonzesse, et nous la suivons dans une pièce où l'on respire une odeur de blanchisserie chinoise et qui semble pleine de gosses endormis par terre. Il n'y a qu'un lit dans cette chambre, un lit qui, à première vue, n'a pas l'air fameux, et il y a, paraît-il, un gosse dans ce lit. Mais la gonzesse pousse le gosse sur un des côtés et nous fait signe de placer le Cerveau près de lui. Puis elle va chercher un linge mouillé et se met à bassiner le front du Cerveau.

Enfin, il ouvre les yeux et regarde la rouquine en haillons qui lui sourit gentiment. En y réfléchissant depuis, j'imagine que le Cerveau avait en grande partie conscience de ce qui se passait tandis que nous le trimbalions de côté et d'autre, bien qu'il ne dît rien, parce qu'il était sans doute trop faible. Quoi qu'il en soit, il tourne la tête vers le Grand Nig.

« Amène-moi Weissberger et Frisch aussi vite que tu pourras, dit-il. En tout cas Weissberger. Je ne sais pas si je suis ou non grièvement blessé, et j'ai certaines choses à lui dire. »

Mais, ainsi qu'on ne tarde pas à le constater, le Cerveau est très sérieusement atteint, et, en fait, il ne guérit jamais, mais il reste jusqu'à sa mort, survenue trois jours plus tard, dans ce misérable sous-sol où la rouquine en haillons le soigne, étendu dans ce lit à côté de Joey, son gosse malade, car le toubib, le vieux Doc Frisch, déclare qu'il vaut mieux ne pas transporter le Cerveau, parce que cela ne servirait sans doute qu'à le faire mourir plus tôt. Le docteur Frisch est même tout étonné que le Cerveau ait été encore en vie après l'avoir trimbalé comme nous l'avons fait.

J'assiste avec tout Broadway aux obsèques du Cerveau, dans les salons mortuaires de chez Wiggin, et je dois dire que jamais de ma vie je n'ai vu tant de fleurs. Le cercueil en est couvert ; sur le plancher elles vous montent jusqu'aux genoux. Certaines gerbes ont dû coûter des sommes fabuleuses, car le prix des fleurs est actuellement très élevé dans cette ville. C'est même, je crois, la grosseur et la valeur de ces gerbes qui me font remarquer un petit bouquet d'œillets rouges tout fanés, pas plus gros que mon poing, gisant à côté d'un coussin de violettes aussi large qu'une couverture de cheval.

Il y a, épinglée à ce bouquet d'œillets, une petite carte où l'on a écrit : « À un monsieur généreux », et je me dis que, parmi tous ces milliers de dollars de fleurs, il n'y a que ces œillets qui représentent un sentiment véritablement sincère. Je fais part au Grand Nig de mes impressions, et il me répond que j'ai sans doute raison, mais que même un sentiment véritablement sincère ne pourra pas être d'un grand secours au Cerveau dans l'endroit où il va.

Tout le monde vous dira qu'aux obsèques du Cerveau, en fait de larmes, Charlotte, sa fidèle épouse, s'est montrée à la hauteur, mais qu'elle n'arrivait pas à la cheville de Doris Clare, de Cynthia Harris et de Bobby Baker. Bobby pleurait si bruyamment qu'il a même été question de l'expulser pour de bon de la salle.

Cependant, j'ai entendu dire par la suite que tout le foin qu'elles avaient fait aux obsèques était peu de chose en comparaison des larmes qu'elles ont versées quand elles ont appris que le Cerveau, sur le point de mourir, avait fait rédiger par Hymie Weissberger de nouvelles dispositions testamentaires et qu'il léguait tout son fric à la gonzesse aux cheveux roux vêtue de haillons, qui s'appelle O'Halloran et qui est veuve d'un maçon et mère de cinq enfants.

Tout d'abord, les gens de Broadway disent que c'est là une action magnifique de la part du Cerveau, et que sa fidèle épouse, ainsi que Doris, Cynthia et Bobby n'ont que ce qu'elles méritent. À en juger par la façon dont tout le monde parle du Cerveau, on dirait qu'on va lui élever un monument à cause de sa générosité à l'égard de la gonzesse aux cheveux roux et aux vêtements en haillons.

Mais il n'est pas mort depuis quinze jours que j'entends des citoyens dire qu'il y a des chances pour que la rouquine en haillons soit une de ses anciennes poules, que les gosses sont peut-être de lui, et que s'il leur a légué son fric c'est que, sur le point de mourir, il a eu des remords de conscience ; car telle est la mentalité de Broadway. Mais, personnellement, je suis sûr qu'il n'en est rien, car s'il y a une chose que le Cerveau n'a jamais possédée, c'est bien une conscience.

TOBIE LA TERREUR

Un soir que je suis installé au restaurant Mindy, dans Broadway, en train de me les caler avec un goulache — il est fameux chez Mindy, vu que le chef est lui-même un peu hongrois —, voilà qu'arrive un type que je ne connais pas et qui s'assied à ma table.

D'abord, occupé que je suis à consulter la liste des chevaux engagés à Laurel pour le lendemain, je ne fais pas attention au type, mais je l'entends dire au garçon de lui apporter un goulache à lui aussi. Puis, quelques minutes après j'entends le type faire une espèce de drôle de bruit, je le regarde par-dessus mon journal et je m'aperçois qu'il est en train de pleurer. Vrai comme je vous le dis, il a de grosses larmes qui lui coulent sur les joues et qui tombent dans son goulache en faisant floc, floc.

Or ce n'est pas dans les habitudes de voir pleurer un type au restaurant Mindy, bien qu'il y entre des milliers de gens qui en ont grande envie, surtout après une journée de déveine aux courses. Je commence donc à considérer le type avec beaucoup d'intérêt. Je m'aperçois que c'est un tout petit bonhomme, un peu plus d'un mètre soixante-cinq peut-être et pesant à peu près autant que trois liards de beurre, avec une moustache comme des poils de moustique, des cheveux blonds et des yeux mélancoliques.

De plus c'est un jeune type. Il est vêtu d'un complet couleur moutarde française, avec des poches de biais, et je remarque à son entrée qu'il a un chapeau marron perché tout sur le haut du caillou. N'importe qui peut voir que ce n'est pas un type de par ici, avec un air aussi lugubre, et surtout avec un chapeau comme ça.

Comme de juste, je me dis que ses larmes doivent cacher je ne sais quel truc. Je me demande si le type ne tente pas de m'amener par ses larmes à lui payer son goulache, bien que, s'il a pris la précaution de s'informer en entrant, on ait dû lui dire qu'il avait à peu près autant de chances de cela que d'obtenir à force de pleurer qu'Al Smith[1] lui fasse cadeau de l'Empire Building.

Mais le type ne dit pas un mot et continue à pisser de l'œil dans son goulache, si bien que ça finit par m'intriguer et que je lui dis :

« Dis, mon pote, si c'est le goulache qui te fait chialer, tu devrais t'essuyer les yeux avant que le chef ne te voie, parce qu'il est très fier de son goulache et qu'il pourrait prendre ça pour une critique.

— Je trouve le goulache excellent, que me répond le type d'une voix en rapport avec sa taille. En tout cas c'est pas le goulache qui me fait pleurer. C'est ma triste vie. Mon ami, que dit le type, as-tu jamais aimé ? »

Alors, comme de juste, du coup je comprends ce qui le tracasse. Si je possédais toutes les larmes versées dans Broadway par les amoureux, j'aurais assez d'eau

1. Célèbre politicien président de la compagnie de l'Empire. *(N.d.T.)*

salée pour fabriquer un océan capable de faire la pige à l'Atlantique et au Pacifique, avec encore assez de rabiot pour ruiner les affaires du Grand Lac Salé. Quant à moi, je dois le dire, je n'ai jamais versé de ces larmes-là, parce que je n'ai jamais été amoureux, et, de plus, je compte bien, avec un peu de chance, ne jamais l'être, car, à mon avis, l'amour ça n'est que de la couillonnade, et c'est justement ce que je dis au petit type.

« Ben, qu'il me dit, tu ne parlerais pas si mal de l'amour si tu connaissais Miss Deborah Weems. »

Là-dessus il se remet à chialer de plus belle, et sa douleur est telle que je me sens ému et que j'ai presque envie de me mettre à pleurer avec lui, car je suis convaincu maintenant que ses larmes ne sont pas du chiqué.

Enfin, il se calme un peu, il se met à manger son goulache et, petit à petit, il a l'air un tantinet ragaillardi, mais chacun sait qu'un goulache de chez Mindy redonnerait du cœur au ventre à n'importe qui, si triste qu'il se sente. Bientôt le type se met à jaspiner et j'apprends qu'il s'appelle Tobie Tweeny et qu'il vient d'un patelin du comté de Bucks, en Pennsylvanie, qui se nomme Erasmus ou quelque chose comme ça.

J'imagine en outre que cet Erasmus n'est pas une grande ville mais un coin très agréable, que Tobie Tweeny y est né, qu'il y a été élevé et que de sa vie il n'a jamais mis les pieds ailleurs, bien qu'il ait à présent à peu près vingt-cinq ans.

D'autre part, à ce qu'il paraît, Tobie Tweeny a une très bonne place de vendeur dans un magasin de chaussures, et tout allait pour le mieux avant qu'il ne tombe amoureux d'une poule appelée Deborah Weems, dont le papa, qui possède un poste d'essence à Erasmus, est un des citoyens notables du patelin. D'après ce que me raconte Tobie, j'ai bien l'impression que Miss Deborah Weems le mène par le bout du nez, ce qui me prouve que les poules des petits patelins sont exactement comme celles de Broadway.

« Elle est belle, me dit Tobie Tweeny en parlant de Miss Deborah Weems. Je crois que je ne pourrai pas vivre sans elle. Mais Miss Deborah Weems ne veut pas de moi, parce qu'elle est entichée de ces espèces de terreurs de la pègre tels qu'elle en voit dans les films au Théâtre Modèle d'Erasmus.

« Elle ne veut pas comprendre, dit Tobie Tweeny, pourquoi je ne peux pas être un grand tueur qui va partout canarder les gens et tenir tête aux politiciens et aux flics, et, par-dessus le marché, avoir le type jeune premier et photogénique d'Edward G. Robinson, de James Cagney ou même de Georgie Raft[1]. Mais, ajoute Tobie Tweeny, je n'ai pas du tout le type de l'emploi. En tout cas, l'agent Wendell ne me permettrait jamais de jouer un rôle pareil à Erasmus. Alors, Miss Deborah Weems dit que je n'ai pas plus de cran qu'une poule mouillée, et elle sort de temps en temps avec un nommé Joe Trivett, le propriétaire du bureau de tabac, qui vend en fraude de l'extrait de gingembre pour les gamins dans son arrière-boutique, et qui prétend qu'Al Capone lui a dit une fois : “Bonjour.” Bien

1. Trois vedettes de l'écran en Amérique, spécialisées dans les rôles de gangsters. *(N.d.T.)*

que, dit Tobie, j'ai personnellement l'impression que Joe Trivett n'est qu'un sacré menteur. »

Là-dessus, voilà Tobie Tweeny qui se remet à pleurer. Ça me fait quelque chose, car je vois bien que c'est un bon petit bougre, pas méchant pour un sou et qui ne sait pas ce que c'est qu'une poule qui vous fait marcher. Et, un type qui n'a pas l'habitude de ça, ça lui fait toujours de la peine la première fois.

« Mais, dis-je tout indigné, cette Miss Deborah Weems parle comme une sotte, car les grands tueurs finissent toujours par être battus à neuf contre un, même dans les films. Vrai comme je le dis, s'ils ne finissent pas comme ça dans les films, la censure ne permet pas de représenter ces films. Pourquoi n'envoies-tu pas à ce Trivett un marron dans le blair en le priant de se mêler de ses affaires ?

— Hé, dit Tobie, c'est qu'il a pris les devants et c'est lui qui m'a envoyé un marron dans le blair. De plus, son coup m'a fait saigner du nez, et il dit qu'il recommencera si je continue à tourner autour de Miss Deborah Weems. Et, ajoute Tobie, c'est surtout parce que j'étais trop occupé à arrêter mon saignement de nez et que je ne lui ai pas rendu son marron que Miss Deborah Weems m'a envoyé promener à tout jamais. Elle dit qu'elle ne veut pas entendre parler d'un type qui n'a pas plus de cran que ça. Mais est-ce que c'est ma faute à moi, je te le demande, si ma mère a eu peur d'un lapin quelques semaines avant ma naissance et s'il m'en reste quelque chose pour toute ma vie ?

« J'ai donc quitté le patelin, dit Tobie. J'ai retiré de la banque d'Erasmus toutes mes économies, deux cents dollars, et je suis venu ici dans l'espoir d'y rencontrer les grands gangsters et autres types du milieu et de faire leur connaissance, et puis je pourrai retourner à Erasmus administrer à Joe Trivett la correction qu'il mérite. À propos, ajoute-t-il, tu ne connaîtrais pas quelque terreur des bas-fonds ? »

Bien sûr que je n'en connais pas, et même si j'en connaissais je n'en soufflerais pas mot, car le mieux qui puisse arriver à un type dans cette ville, s'il parle de ces choses-là, c'est un bon coup de pied au cul. Je réponds donc à Tobie Tweeny que je n'en connais pas, et j'ajoute que moi-même je ne suis pas d'ici. Alors il me demande si je peux lui montrer une boîte de bas étage comme il en a vu dans les films.

Comme bien on pense, je ne connais pas de boîtes comme ça, mais cela me fait penser au petit Cretonne Bar de Charley Bon Temps, dans la 49e Rue. La dernière fois que j'y suis allé, les affaires de Charley ne marchaient pas très fort et je réfléchis que ce serait peut-être une occasion de lui en envoyer, car, après tout, les types qui ont deux cents dollars dans leur poche ne sont pas si communs que cela par le temps qui court.

J'emmène donc Tobie Tweeny chez Charley Bon Temps, mais, à peine entré je me mords les doigts d'être venu, car il n'y a là qu'une douzaine de types de différents quartiers de la ville, et tous ces particuliers-là ne valent pas cher. Quelques-uns comme Harry le Cheval et Angie le Bœuf sont de Brooklyn, il y en a trois de Harlem, y compris le Petit Mitzi et Schwartz le Boche, et plusieurs du Bronx, car je reconnais Joey du Haut de la Ville, et Joey ne sort jamais sans quelques amis de son propre quartier.

J'apprends sur ces entrefaites que tous ces types sortent d'une réunion d'affaires dans un endroit pas loin de chez Charley, et qu'après en avoir terminé ils sont passés chez lui pour lui dire un petit bonjour, car Charley est au mieux avec tout le monde dans cette ville. Quoi qu'il en soit, au moment où nous arrivons, Tobie et moi, ils sont assis autour d'une table. Je leur adresse un grand bonjour. Ils me répondent de même et nous invitent, mon ami et moi, à nous asseoir avec eux, car ils ont l'air d'être en veine d'hospitalité.

Comme de juste j'obtempère, car il n'est pas de bonne politique, avec des types comme ceux-là, de refuser une invitation. Je fais signe à Tobie de s'asseoir aussi, je le présente à tout le monde, nous buvons deux ou trois verres, et alors j'expose à la compagnie ce qu'est exactement Tobie, en ajoutant que sa bonne amie le fait marcher et que Joe Trivett lui a flanqué un marron dans le blair.

Bon, voilà que Tobie se remet à chialer, car un type qui n'a pas l'habitude ne peut pas boire deux verres de suite chez Charley Bon Temps sans éclater en sanglots, même si c'est de la gnôle réservée aux amis de Charley. Immédiatement tout le monde se sent pris de sympathie pour Tobie, surtout le Petit Mitzi, qui vient d'être roulé plus qu'un peu par une poule. Et, en vérité, Mitzi se met à pleurer avec lui.

« Mais, dit Joey du Haut de la Ville, je n'ai jamais de ma vie entendu parler d'un tel outrage, bien que, dit-il, je puisse me rendre compte que tu es un peu bébête, puisque tu n'as pas rendu son gnon à ce Trivett. Mais, quand même, dit Joey, lorsque j'aurai le temps, un de ces jours, je retournerai avec toi dans ce patelin dont tu parles et je ferai son affaire à ce type-là. De plus, ajoute-t-il, je dirai son fait à cette Miss Deborah Weems. »

Je leur raconte alors que Tobie est venu à New York dans l'espoir de faire la connaissance de quelques costauds du milieu. Ils m'écoutent avec beaucoup d'intérêt, et Angie le Bœuf me dit :

« Je me demande s'il nous est possible de nous mettre en rapport avec quelqu'un qui connaisse des types de ce genre-là et qui puisse s'arranger de façon à leur présenter Mr Tweeny. Quant à moi, déclare Angie, j'ai le plus profond mépris pour les gens de cette espèce. »

Or, pendant qu'Angie est en train de se demander cela, on frappe à la porte de devant un tel coup qu'il n'y a que les cognes à pouvoir en donner un pareil. Toute la tablée se lève précipitamment. Charley Bon Temps va à la porte jeter un coup d'œil par le judas, et nous entendons une grosse voix qui dit :

« Ouvrez, Charley, nous voulons seulement inspecter vos clients. De plus, ajoute la voix, dites-leur que ce n'est pas la peine qu'ils essayent de se débiner par la porte de derrière, parce que nous y sommes également.

— C'est le lieutenant Harrigan et ses hommes, dit Charley en revenant près de la table. Quelqu'un a dû lui dire que vous étiez tous là. Voilà le moment pour ceux qui ont des rigolos à cacher de ne pas les laisser traîner. »

Là-dessus, Joey du Haut de la Ville s'approche de Tobie et lui glisse dans la main une énorme pétoire en lui disant :

« Mets ça quelque part sur toi, et puis assieds-toi et tiens-toi peinard. Ces flics te foutront probablement la paix si tu restes tranquille et si tu te mêles de tes affaires. Mais ce ne serait pas le filon pour nous si on nous trouvait porteurs de rigolos, surtout pour ceux qui doivent encore quelques mois de prison à l'État, et, dit Joey, je crois justement me souvenir que c'est le cas pour moi. »

Ce que dit Joey, bien entendu, est la stricte vérité, car il est seulement en liberté sur parole, et quelques-uns de ceux qui sont ici sont exactement logés à la même enseigne. Or, c'est une sale histoire pour un type qui est en liberté sur parole si on trouve un rigolo dans sa poche. Si bien que la situation est scabreuse et quelque peu embarrassante.

Quant à Tobie Tweeny, ces deux verres de la gnôle de Charley Bon Temps l'ont pas mal étourdi et il ne pige probablement rien à ce qui arrive. Il prend donc la pétoire de Joey et la fourre dans sa poche revolver. Alors, sans perdre de temps, Angie le Bœuf, le Petit Mitzi et tous les autres s'approchent de lui et lui passent leurs rigolos. Il réussit je ne sais comment à les dissimuler sur lui et à s'asseoir avant que Charley Bon Temps n'ait ouvert la porte aux flics.

Préalablement, Joey et les autres se sont dispersés à diverses tables çà et là dans la salle, trois au plus à chaque table, nous laissant Tobie et moi tout seuls à celle où nous étions précédemment assis. De plus, chacun a un petit air parfaitement innocent et paraît tout surpris de l'intrusion des flics, tous des types très jeunes, qui font partie de la brigade de Broadway que commande Harrigan. Ils sont également très mal élevés.

Je connais de vue Harrigan et la plupart de ses

hommes. Ils savent que je ne suis pas dangereux et ne font par conséquent aucune attention à moi, ni à Tobie Tweeny, mais ils ordonnent à Joey du Haut de la Ville, à Angie le Bœuf et à tous les autres de se lever, et ils les fouillent pour voir s'ils n'ont pas sur eux quelque rigolo. Car les flics passent leur temps à essayer de pincer des types comme ceux-là en possession d'un revolver.

Comme de juste, les flics ne découvrent aucun rigolo sur qui que ce soit, puisque c'est Tobie qui les a tous. Et, après un coup d'œil à Tobie, aucun flic ne songe à le fouiller, surtout en ce moment, car la gnôle de Charley produit son effet : Tobie est à moitié endormi et ne s'intéresse nullement à ce qui se passe. Il dodeline de la tête sur sa chaise.

Il va sans dire que les flics sont très vexés de n'avoir pas trouvé de rigolos. De plus, Angie le Bœuf et Joey du Haut de la Ville déclarent qu'ils vont aller trouver le conseiller municipal de leur quartier pour lui demander si on a le droit de fouiller d'honnêtes citoyens, sous prétexte de chercher des revolvers, et de les mettre dans une situation aussi humiliante que celle-ci. Mais ça n'a pas l'air de faire beaucoup d'effet aux flics, et le lieutenant Harrigan se contente de dire :

« Eh bien, je crois que je me suis gouré. Mais plus souvent que je me gênerais pour vous fouiller quand ça me fera plaisir, tas de salopards. »

Ce n'est pas là, comme de juste, une façon de parler à des types comme ceux-là, car ils sont tous bien considérés dans leurs quartiers respectifs, mais le lieutenant Harrigan est un gars qui se fiche pas mal des façons de parler envers qui que ce soit. Car le lieutenant Harrigan est un dur.

Juste au moment où il se dispose à emmener ses flics, Tobie se penche un peu trop sur sa chaise, et, patatras, dégringole, tandis que cinq gros rigolos s'échappent de ses poches et s'en vont se balader un peu partout sur le plancher. Et, avant qu'on ait le temps de dire ouf, voilà Tobie Tweeny arrêté et tous les flics qui l'empoignent chacun par une partie de son anatomie.

Le lendemain il n'est bruit dans les journaux que de la capture d'un type qu'ils appellent Tweeny l'Arsenal, et les journaux ajoutent qu'au dire de la police c'est probablement l'individu le plus dangereux que le monde ait jamais vu, car on a bien entendu parler de types qui avaient sur eux deux rigolos, ou même trois, mais jamais auparavant d'un type armé d'une douzaine de rigolos.

Les flics déclarent que, d'après la façon dont il se comporte, ils peuvent affirmer que Tweeny l'Arsenal est un individu tout ce qu'il y a de nuisible, car il ne desserre pas les dents et se contente de les fixer avec un regard dur comme de l'acier. Mais il va sans dire que si Tobie les fixe de cette façon-là c'est qu'il est encore trop ahuri pour avoir l'idée de dire quoi que ce soit. Et j'imagine que, quand Tobie sera revenu de sa stupeur, il va sûrement raconter toute l'histoire, et tous les types qui étaient chez Charley Bon Temps au moment de l'arrestation se disent la même chose et évitent pendant quelques jours de se montrer. Mais quand Tobie se rend enfin compte de ce qui lui est arrivé, il est, paraît-il, l'objet de tant d'attentions qu'il en est tout fier et il prend la résolution de continuer aussi longtemps que possible à être Tweeny l'Arsenal, décision qui arrange tout le monde.

Le jour où Tobie comparaît sous l'inculpation d'infraction à la loi Sullivan, qui interdit le port des armes à feu, je me rends au tribunal. La salle est bondée de citoyens désireux de contempler un personnage assez dangereux pour porter sur lui une douzaine de rigolos, et, parmi ces citoyens, il y a pas mal de poules qui se disputent les places, et quelques-unes d'entre elles sont vraiment fort appétissantes. Plusieurs photographes sont là pour prendre des clichés de Tobie au moment où on l'introduit, menottes aux mains, avec un flic de chaque côté de lui et autant devant et derrière.

Mais le public est tout étonné et un peu désappointé de voir que Tobie est un si petit bout d'homme. Le juge Rascover le regarde une fois, puis met ses lunettes pour le regarder de nouveau, comme s'il se refusait à croire ce qu'il a vu la première fois. Puis, après avoir regardé Tobie pendant quelques instants à travers ses lunettes, le juge Rascover hoche la tête d'un air tout à fait perplexe et dit au lieutenant Harrigan :

« Affirmez-vous sérieusement à la Cour que cette demi-portion ici présente est bien le redoutable bandit Tweeny l'Arsenal ? »

Mais le lieutenant Harrigan répond qu'il n'y a pas le moindre doute à ce sujet. Alors le juge Rascover demande comment Tobie a pu porter sur lui tous ces revolvers et où il les a logés. Le lieutenant Harrigan emprunte douze rigolos aux flics qui sont dans la salle, en retire les cartouches, et se met en devoir de les placer un peu partout sur la personne de Tobie, dans la disposition où on les a trouvés, tandis que Tobie lui-même lui prête une amicale assistance.

Le lieutenant Harrigan fourre deux revolvers dans chacune des poches de côté du veston de Tobie, un dans chaque poche de derrière, un dans la ceinture et un dans chaque poche de côté de son pantalon, un dans chaque manche et un dans la poche intérieure du veston. Puis le lieutenant Harrigan annonce à la Cour qu'il a terminé et que l'arsenal de Tobie est scrupuleusement disposé comme il l'était lors de l'arrestation de son porteur dans le bistro de Charley Bon Temps.

« Approchez, dit le juge Rascover. Je veux constater par moi-même à quelle catégorie de malfaiteurs vous appartenez. »

Alors Tobie fait un pas en avant et dégringole sur le nez, si bien que je me rends compte immédiatement que c'était cela, sans préjudice de la gnôle de Charley Bon Temps, qui l'a fait dégringoler dans le bistro de Charley : le pauvre petit type est tout simplement trop lourd du haut à cause du poids des revolvers.

Au moment où il tombe se produit dans la salle un grand brouhaha, et une poule qui paraît plus qu'un peu grassouillette se fraye un chemin à travers la foule, hurlant et sanglotant, et, malgré les efforts des flics pour l'en empêcher, parvient jusqu'à Tobie et se jette à genoux auprès de lui en disant :

« Tobie, mon chéri, c'est ta Deborah qui t'adore et qui a toujours été sûre que tu serais le plus grand de tous les bandits. Regarde-moi, Tobie, et dis-moi, toi aussi, que tu m'aimes. Nous ne nous sommes rendu compte que tu étais un héros que quand les journaux de New York sont arrivés à Erasmus, et je suis accourue aussi vite que j'ai pu. Embrasse-moi, Tobie », dit la petite poule grassouillette.

Alors Tobie se redresse sur un coude et l'embrasse. C'est en vérité un touchant spectacle, bien que les flics essayent de les séparer, car ils ne peuvent supporter ces choses-là.

Or, le juge Rascover regarde tout cela à travers ses lunettes. Le juge Rascover n'est pas un imbécile, mais un vieux lascar assez malin, et il se rend compte qu'il y a dans cette histoire quelque chose qui ne colle pas et que Tobie Tweeny n'est pas un type aussi dangereux que veulent bien le dire les flics, surtout quand il constate qu'il est absolument impossible à Tobie de loger sur lui tous ces rigolos.

Donc, après que les flics ont séparé de Tobie la poule grassouillette, et, par la même occasion, délesté ledit Tobie de quelques kilos de revolvers, de sorte qu'il peut enfin se tenir sur ses guibolles, le juge Rascover lève la séance et emmène Tobie dans son cabinet pour lui dire un mot. Il est probable que celui-ci lui avoue la vérité, car, au bout de quelques instants, Tobie s'en va aussi libre que les petits oiseaux dans les arbres, sauf qu'il a une petite poule grassouillette qui colle après lui comme un emplâtre, ce qui fait qu'après tout il n'est pas si libre que ça.

Voilà donc toute l'histoire, si ce n'est qu'après il y a eu pas mal de récriminations entre les particuliers qui étaient présents dans la boîte de Charley Bon Temps lors de l'arrestation de Tobie, car, à ce qu'il paraît, la réunion à laquelle ils avaient pris part avant de venir chez Charley aurait dû être une réunion pacifique, et personne ne devait y venir avec un rigolo, ne fût-ce que pour faire preuve d'une confiance réciproque, ce qui fait qu'ils sont fort indignés en apprenant qu'aucun de ceux qui ont assisté à cette réunion n'avait confiance dans les autres.

Je n'ai entendu parler de Tobie qu'une seule fois après cela. Ce fut quelques mois plus tard, quand Joey du Haut de la Ville et le Petit Mitzi se rendirent en Pennsylvanie pour examiner une affaire de brasserie, et, se trouvant près d'un patelin appelé Erasmus, s'avisèrent que ce serait gentil d'aller faire une visite à Tobie Tweeny et voir comment il se portait.

Or il paraît que Tobie est marié avec Miss Deborah Weems et que tout va très bien, car, paraît-il, les habitants du patelin l'ont élu garde champêtre, persuadés qu'un type qui jouit d'une si terrible réputation ne peut manquer, en tant que représentant de la loi, d'expulser d'Erasmus tous les malfaiteurs. Et le premier acte officiel de Tobie a été de chasser du patelin Joe Trivett.

Mais, dans Broadway, Tobie ne sera jamais considéré que comme un ingrat pour avoir fourré au violon du patelin Joey du Haut de la Ville et le Petit Mitzi et leur avoir infligé à chacun une amende de cinquante dollars pour port d'armes prohibées.

L'ENLÈVEMENT DE BOB LE BOOK

On est au début du printemps de 1931. Après un long et rude hiver, les affaires vont bien mal, toutes les actions baissent, les banques ferment à droite et à gauche, et la loi devient tout à fait pointilleuse pour ceci ou pour cela, à propos de tout et de rien, si bien qu'il y a dans cette ville un tas de citoyens qui sont obligés de gagner leur vie comme ils peuvent.

En quelque endroit que ce soit il n'y a que bien peu de fric, et, dans Broadway, beaucoup de particuliers portent leurs fringues de l'an dernier et n'ont autant dire rien pour jouer aux courses ni à quoi que ce soit. C'est une situation propre à toucher le cœur de n'importe qui.

Je ne suis donc pas surpris d'entendre dire que, dans certains coins, il y a des enlèvements de toutes sortes de gens, car, bien que les enlèvements ne soient point une affaire de premier ordre et qu'ils soient même considérés comme une chose un tantinet illégale, c'est une façon de remédier à la dureté des temps.

Je ne suis pas davantage surpris d'apprendre que ces enlèvements sont le fait d'un particulier de Brooklyn, un nommé Harry le Cheval, un individu qui ne regarde pas de si près au genre d'affaires qu'il entreprend, et qui est associé avec d'autres types de Brooklyn tels que John l'Espagnol et le Petit Isidore, qui, eux aussi, se fichent pas mal de la nature des affaires dont ils s'occupent.

De fait, Harry le Cheval, John l'Espagnol et le Petit Isidore sont à tous égards ce qu'on pourrait appeler des durs, et cela suscite une certaine indignation quand ils arrivent de Brooklyn s'établir dans Manhattan et commencer à opérer des enlèvements, car les citoyens de Manhattan estiment que, s'il doit y avoir des enlèvements sur leur territoire, ils sont qualifiés pour les faire eux-mêmes.

Mais Harry le Cheval, John l'Espagnol et le Petit Isidore s'embarrassent assez peu de l'opinion locale et se mettent à faire des enlèvements en gros. Et, au bout de peu de temps j'entends parler de gains assez rondelets. Ce ne sont pas, bien entendu, des sommes terriblement importantes, mais suffisantes pour ne pas mourir de faim et écarter, comme on dit, le loup de la porte, de trois portes différentes, en l'occurrence, et, peu après, Harry le Cheval, John l'Espagnol et le Petit Isidore recommencent à fréquenter les courses et à parier sur les chevaux, car s'il y a une chose qu'ils adorent, c'est bien de jouer aux courses.

Nombre de gens se font des enlèvements une idée tout à fait inexacte. Beaucoup se figurent qu'un enlèvement consiste tout simplement à repérer le particulier à enlever, à effectuer l'opération et à le cacher quelque part jusqu'à ce que sa famille ou ses amis aient ramassé assez de fric pour payer le prix demandé par ses ravisseurs. Très peu de citoyens comprennent que l'industrie de l'enlèvement doit être parfaitement et méthodiquement organisée.

D'abord, si l'on veut effectuer un enlèvement, on ne peut pas enlever n'importe qui. Il faut d'abord savoir qui on va enlever, car, comme bien on pense, ce n'est pas la peine d'enlever quelqu'un qui n'a pas de pognon pour payer. Et il est impossible dans cette ville de juger d'après les apparences ou la façon de vivre d'un type pour savoir s'il a de la galette, car beaucoup de types qui roulent en auto et qui sont chiquement fringués ne sont que des bluffeurs qui ne possèdent pas un radis.

En conséquence, un type de cette sorte n'est pas du tout ce qui convient pour un enlèvement, et, naturellement, ceux qui ont l'intention de l'enlever ne peuvent pas se renseigner sur son compte en banque ni demander combien un tel a en dépôt dans son coffre, car, quand on pose des questions de ce genre, les gens peuvent se demander pourquoi, et, à quelque propos que ce soit, il est toujours dangereux que les gens se demandent le pourquoi des choses. Donc, la seule façon qu'aient les ravisseurs de savoir quel type vaut la peine qu'on l'enlève c'est d'être de mèche avec un autre type qui peut vous indiquer celui qu'il faut enlever.

Cet indicateur doit tout d'abord être sûr que le type qu'il indiquera possède le fric nécessaire, il doit l'être également que c'est un type qui ne fera pas trop de pétard à cause de son enlèvement, qui, pour préciser, n'ira pas le raconter à la police. Il faut que ce soit quelqu'un de bien posé, un homme d'affaires par exemple, mais qui doit avoir des raisons pour qu'on ne sache pas qu'il a été enlevé. Et l'indicateur doit connaître ces raisons. Peut-être le type en question ne mène-t-il pas une vie exemplaire ; peut-être se balade-t-il avec des blondes, alors qu'il possède à Mamaroneck[1] une femme fidèle et sept enfants, mais il ne tient pas du tout à ce qu'on le sache, ce qui ne manquera pas d'arriver si on l'enlève, surtout si on l'enlève au moment où il est en train de se balader avec une blonde.

Quelquefois, c'est un particulier qui ne désire pas le moins du monde qu'on lui applique des allumettes sous la plante des pieds, ce qui arrive souvent aux types qu'on enlève quand ils ne semblent pas décidés à payer promptement l'addition, car il y a des gens qui sont chatouilleux de cet endroit-là, surtout si les allumettes sont allumées. D'autre part, il se peut que le type soit légèrement en marge des lois, comme un propriétaire de tripot à la mode, de bistro clandestin, ou de quelque boîte sur laquelle il ne tient pas à attirer l'attention, et il est possible que lui non plus n'aime pas qu'on lui chatouille la plante des pieds.

Un type de cette sorte est tout désigné pour un enlèvement, car il y a bien des chances pour qu'il paye sans discuter. Et, lorsqu'un type a payé, on considère qu'il serait du plus mauvais goût de l'enlever de nouveau peu de temps après, il n'est donc guère probable qu'il rouspète. L'indicateur reçoit vingt-cinq pour cent de la somme, ainsi tout le monde est content et beaucoup de pognon rentre donc dans la circulation, ce qui fait marcher le commerce. Mais, bien que le type qui a été enlevé puisse arriver à savoir quel est celui qui l'a

1. Localité de la banlieue de New York. *(N.d.T.)*

enlevé, ce qu'il ne connaîtra jamais c'est l'identité de l'indicateur, car on considère cela comme un secret professionnel.

Un jour que je suis en train de bavarder avec Waldo Winchester, le journaliste, la conversation vient à tomber sur les enlèvements, et Waldo Winchester essaye de me raconter que c'est l'un des trucs les plus anciens du monde, seulement il appelle ça *kidnapping*, un nom qui remplirait de dégoût ceux qui, à notre époque, pratiquent des enlèvements. Waldo Winchester prétend qu'il y a des centaines d'années il existait des types qui enlevaient des gens, hommes et femmes, et qui les gardaient pour obtenir une rançon. De plus, Waldo Winchester dit qu'ils enlevaient même des petits enfants, et il ajoute que c'est une chose tout à fait abominable.

Je comprends parfaitement que Waldo Winchester déclare que c'est une chose abominable d'enlever des femmes et des petits enfants, mais il va sans dire que les ravisseurs d'aujourd'hui n'auraient jamais l'idée de faire une chose comme cela, car qui voudrait, de nos jours, payer une rançon pour une poule, alors qu'il est si difficile de s'en débarrasser ? Quant aux petits enfants, cela peut être la source d'un tas d'embêtements, car leurs mamans feraient certainement un potin de tous les diables ; de plus, les petits enfants sont très dangereux, ils peuvent attraper la rougeole ou les oreillons, ou n'importe quoi et n'importe quand, et flanquer ça à tous ceux qui les entourent.

Quoi qu'il en soit, sachant Harry le Cheval, John l'Espagnol et le Petit Isidore actuellement spécialisés dans les enlèvements, je ne suis nullement satisfait, un mardi soir, alors que je suis au coin de Broadway et de la 50e Rue, de les voir s'approcher de moi. Je ne leur en adresse pas moins un cordial bonjour en leur disant que j'espère fermement qu'ils sont en bonne santé.

Ils restent là quelques minutes à causer avec moi, et je ne suis pas fâché que Johnny Brannigan, le flic, un fameux costaud, ne vienne pas traîner ses guêtres et fourrer son nez par là, car cela lui donnerait une fâcheuse opinion de moi s'il me voyait en pareille compagnie, bien que je n'y sois pour rien. Mais, comme bien on pense, il n'est pas possible de tourner immédiatement les talons et de les plaquer, car Harry le Cheval, John l'Espagnol et le Petit Isidore pourraient s'imaginer que je ne tiens pas à être avec eux et ils en seraient sans doute froissés.

« Eh bien ! dis-je à Harry le Cheval, comment cela va-t-il, Harry ?

— Très mal, répond Harry. Voilà quatre jours que nous n'avons rien gagné aux courses. Par-dessus le marché, aujourd'hui nous avons tout perdu. Nous sommes fauchés. Nous devons de l'argent à tous les bookmakers qui veulent bien nous faire crédit, et, en ce moment, nous essayons de ramasser de la galette pour les payer. Quoi qu'il arrive, un type doit conserver son book. »

Bien sûr, c'est parfaitement vrai, parce que si un type ne paye pas ses dettes aux bookmakers cela peut nuire à sa situation, car il est bien certain que le book ne manquerait point de raconter cela à tout le monde, et je suis ravi d'entendre Harry le Cheval énoncer des principes aussi respectables.

« À propos, dit Harry, connais-tu un type appelé Bob le Book ? »

Je ne connais pas personnellement Bob le Book, mais il va sans dire que, comme tous ceux dans cette ville qui ont fréquenté les courses, je sais qui est Bob le Book, car c'est le plus gros bookmaker de par ici et il possède des tas de pognon. En outre, l'opinion généralement répandue est que Bob le Book crèvera de tout ce pognon, car il a la réputation d'être plus serré et plus ladre qu'un fesse-mathieu.

C'est un type court en pattes, bedonnant, chauve, avec la tête qui branle tout le temps, chose que quelques-uns attribuent à une légère paralysie, mais que la plupart des citoyens regardent comme le résultat de l'habitude qu'a Bob de répondre « non, non » de la tête à tous les types qui lui demandent du crédit pour parier aux courses. Il possède une fidèle épouse, une vieille petite poule tout à fait effacée, avec des cheveux gris et, dans les yeux, une expression de chien battu, ce dont personne ne saurait la blâmer quand on sait qu'elle est mariée avec Bob depuis je ne sais combien d'années.

Je vois assez souvent Bob le Book et sa bien-aimée femme en train de prendre leurs repas dans différentes gargotes des Quarante, car ils n'ont pas l'air d'avoir d'autre domicile que les hôtels. Et il m'arrive plus d'une fois d'entendre Bob l'engueuler pour ceci ou pour cela, généralement à cause du prix de ce qu'elle commande pour son repas. J'en conclus que Bob le Book est tout aussi dur à la détente, quand il s'agit de galette, avec sa tendre épouse qu'avec tous les autres. Un soir entre autres, je l'entends qui l'engueule parce qu'elle arbore un chapeau neuf qui lui a coûté, dit-elle, six dollars ; et il lui demande si elle a l'intention de le mettre sur la paille avec ses extravagances.

Mais, comme de juste, je ne critique pas Bob le Book de pousser des cris de putois à cause du chapeau, car, après tout, je reconnais que six dollars pour un chapeau de poule c'est peut-être un peu chérot. De plus, il est bien possible que Bob le Book ait raison de modérer l'appétit de sa fidèle épouse, car je connais pas mal de types dans cette ville qui se sont positivement ruinés à force de payer à bouffer à des poules qui avaient une trop bonne fourchette.

« Eh bien ! dis-je à Harry le Cheval, si Bob est l'un des bookmakers à qui tu dois quelque chose, ça m'épate bougrement que tu aies encore l'air d'avoir tes deux yeux dans la figure, car c'est bien la première fois que j'entends dire que Bob le Book laisse quelqu'un lui devoir quelque chose sans exiger au moins un de ses yeux comme garantie. Positivement, Bob le Book est un type qui ne te donnerait pas l'heure exacte, même s'il possédait deux montres.

— Non, dit Harry le Cheval, nous ne devons rien à Bob le Book. Mais, ajoute-t-il, c'est lui, d'ici peu, qui va nous devoir quelque chose. Nous allons enlever Bob le Book. »

Sapristi, voilà une nouvelle qui me chiffonne. Non que cela me fasse quelque chose qu'ils enlèvent Bob le Book, mais parce que quelqu'un m'a peut-être vu en train de causer avec eux, et pourra bien s'en souvenir quand ils auront enlevé Bob le Book. Mais, naturellement, ce ne serait pas de bonne politique de laisser voir à Harry le Cheval, à John l'Espagnol et au Petit

Isidore que cela me tracasse, et je me contente de leur dire :

« Harry, chacun est juge de ses propres affaires, et tu sais probablement ce que tu fais. Mais, dis-je, en enlevant Bob le Book, c'est un type coriace que tu enlèves. Un type bougrement coriace, en vérité. On dit que ce qu'il a de moins dur ce sont ses dents de devant, aussi ce sera peut-être difficile de le faire casquer une fois que vous l'aurez enlevé.

— Non, dit Harry le Cheval, ça ne fera pas un pli. Notre indicateur nous a fait connaître le point faible de Bob le Book, et c'est quelque chose de rudement étonnant. Mais, ajoute Harry le Cheval, quand on travaille dans les enlèvements on apprend sur la nature humaine bien des choses étonnantes. Ce à quoi Bob le Book tient le plus au monde, c'est l'opinion que sa fidèle épouse a de lui.

« Vois-tu, dit Harry le Cheval, depuis des années, Bob le Book se fait passer aux yeux de sa fidèle épouse pour l'un des types les plus importants de cette ville, jouissant d'une autorité et d'une influence considérables, quoi qu'il se rende parfaitement compte qu'on s'occupe à peu près autant de lui que d'un chien crevé. En somme, Bob le Book sent bien que sa tendre épouse est la seule personne au monde qui le considère comme un grand type, et il consentirait à sacrifier même son fric, ou tout au moins une partie, plutôt que de la laisser s'apercevoir qu'il existe des types qui professent à son égard assez peu de respect pour l'enlever. C'est ça, conclut Harry le Cheval, qu'on appelle de la psychologie. »

Tout cela ne me fait ni chaud ni froid, car je me dis

à part moi que la seule psychologie dont Harry le Cheval ait véritablement l'intention de faire usage avec succès sur la personne de Bob le Book consiste à lui chatouiller les pieds avec des allumettes. Mais comme je n'ai pas envie de rester planté là à épiloguer sur ce sujet, au bout de quelques instants je leur souhaite bien poliment le bonsoir et je me débine. Puis un mois se passe sans que je revoie Harry le Cheval, John l'Espagnol et le Petit Isidore.

Entre-temps j'entends raconter à droite et à gauche que Bob le Book a disparu pendant plusieurs jours et que, quand il a enfin reparu, il a déclaré que son absence était due à une grave maladie. Mais je sais aussi bien que n'importe qui que deux et deux font quatre et j'imagine que Bob le Book a été enlevé par Harry le Cheval, John l'Espagnol et le Petit Isidore, et que cela lui a sans doute coûté pas mal cher.

Je m'attends donc à voir aux courses Harry le Cheval, John l'Espagnol et le Petit Isidore, pleins aux as et en train de parier des sommes fabuleuses, mais je ne vois rien venir, et, qui plus est, j'apprends qu'ils ont quitté New York pour retourner à Brooklyn où ils travaillent dur à longueur de journée dans le commerce de la bière. Je n'ai pas besoin de dire que c'est pour moi une fameuse surprise, car, actuellement, le commerce de la bière est assez difficile et ne rapporte pas gros, et je me dis qu'avec tout le fric qu'ils ont dû estamper à Bob le Book, Harry le Cheval, John l'Espagnol et le Petit Isidore ont bien gagné de quoi vivre à leur aise.

Un soir donc, je suis chez Charley Bernstein, autrement dit Charley Bon Temps, dans son petit bistro de la 49ᵉ Rue, en train de causer de choses et autres avec

Charley, quand survient Harry le Cheval, l'air éreinté et rien moins que prospère. Naturellement, je lui adresse un cordial bonjour, de fil en aiguille nous engageons la conversation et je lui demande quel a été le résultat de l'affaire Bob le Book. Et voici ce qu'il me raconte :

« Oui, dit Harry le Cheval, nous avons bien enlevé Bob le Book. Nous l'avons même enlevé le lendemain du jour où nous t'en avons parlé, un mercredi soir. Notre indicateur nous prévient que Bob le Book doit passer la soirée dans une maison de son ancien quartier, dans la Dixième Avenue, non loin de la 38e Rue, et c'est là que nous le pinçons.

« Vers minuit, il quitte la maison dans sa voiture, seul, naturellement, car il permet rarement à quelqu'un de monter avec lui, parce que ça pourrait user les coussins. Alors le Petit Isidore met notre petite bagnole en travers de la sienne pour le forcer à s'arrêter. Je n'ai pas besoin de dire que Bob le Book est bien épaté quand je passe la tête par la portière de sa voiture et que je lui déclare que je souhaiterais avoir pendant quelque temps le plaisir de sa compagnie. Tout d'abord, il a l'air de vouloir essayer de rouspéter et il dit que je dois me tromper, mais je n'ai pas de peine à le convaincre en lui mettant sous le nez le museau de mon John Roscoe.

« Nous bouclons sa bagnole dont nous jetons les clefs, puis nous faisons monter Bob le Book dans la nôtre et nous nous rendons en un certain coin de la Huitième Avenue, où nous avons un gentil petit appartement tout prêt. Une fois arrivés, je dis à Bob le Book qu'il peut téléphoner à qui il veut pour dire qu'il a été enlevé et qu'il lui faudra vingt-cinq gros billets comptant pour recouvrer la liberté. Mais, naturellement, je lui dis qu'il ne doit pas indiquer où il est, sans quoi il pourrait lui en cuire.

« Eh bien, je dois dire à l'honneur de Bob le Book — quoi qu'on dise généralement du mal de lui et qu'on déclare qu'il ne vaut pas les quatre fers d'un chien — qu'il accepte tout cela en gentleman, avec calme et correction.

« Qui plus est, il ne semble pas avoir la frousse comme beaucoup de citoyens quand ils se trouvent en pareille conjoncture. Il reconnaît immédiatement le bien-fondé de nos exigences, et il dit :

« "Je vais téléphoner à Sam Salt, mon associé. C'est le seul qui, à ma connaissance, possède une aussi grosse somme que vingt-cinq mille dollars d'argent comptant. Mais, dit-il, messieurs, veuillez excuser ma question, car la situation est nouvelle pour moi, comment puis-je être assuré que tout se passera bien pour moi quand vous aurez touché la galette ?

« — Hé, dis-je à Bob le Book avec un peu d'irritation, tout le monde dans cette ville sait que je suis esclave de ma parole. Il y a deux choses qui sont sacrées pour moi, dis-je : la première c'est de tenir ma parole dans une situation comme celle-ci, et la seconde est de toujours payer tout ce que je dois à un bookmaker, quelle que soit la somme, car ce sont là, à mon avis, des dettes d'honneur.

« — Bon, dit Bob le Book. Comme de juste, messieurs, je ne vous connais pas, et, en vérité, je ne me rappelle pas avoir jamais vu l'un de vous, bien que votre figure ne me soit pas inconnue, mais, si vous payez votre bookmaker, vous êtes des types honnêtes, des types comme il n'en existe pas un sur un million. Car, déclare Bob le Book, si j'avais tout le fric qui m'est dû dans cette ville, je n'aurais pas besoin de téléphoner à qui que ce soit pour demander vingt-cinq gros billets. J'aurais cette somme-là dans la poche de mon pantalon comme menue monnaie."

« Alors Bob le Book appelle au téléphone un certain numéro, cause avec quelqu'un, mais ne trouve pas Sam Salt, et, en raccrochant l'appareil, il semble tout désappointé.

« "Mauvaise affaire pour moi, dit-il. Sam Salt est parti il y a une heure pour Atlantic City, appelé par une affaire urgente. Il ne rentrera que demain et on ne sait pas où il doit descendre à Atlantic City. Et, ajoute Bob le Book, je ne vois personne autre à qui téléphoner pour demander cette galette, surtout personne à qui je veuille dire que je suis dans cette situation.

« — Pourquoi ne pas téléphoner à votre chère femme ? dis-je. Peut-être pourrait-elle se procurer l'argent.

« — Dites, fait Bob le Book, vous ne me supposez pas, je pense, assez stupide pour donner à ma chère femme vingt-cinq mille dollars, ni lui permettre de savoir où elle peut mettre la main sur vingt-cinq mille dollars qui m'appartiennent. Je donne à ma chère femme dix dollars par semaine comme argent de poche, dit Bob le Book, c'est amplement suffisant pour n'importe quelle poule, surtout si l'on considère que je lui paye ses repas."

« Il n'y a donc évidemment rien à faire, sinon d'attendre le retour de Sam Salt. Mais nous permettons à

Bob le Book de téléphoner à sa fidèle épouse, car il désire, dit-il, qu'elle ne s'inquiète pas. Il lui raconte un gros mensonge. Il lui dit qu'il est obligé d'aller à Jersey City passer la nuit auprès d'un des membres de sa fraternité, Frère Elk, qui est malade.

« Il est maintenant aux environs de quatre heures du matin. Nous fourrons donc Bob le Book dans une chambre avec le Petit Isidore, bien qu'en ce qui me concerne je considère comme un traitement cruel de faire coucher un type avec le Petit Isidore, tandis que John l'Espagnol et moi nous veillons à tour de rôle pour éviter que Bob le Book ne nous fausse compagnie avant d'avoir casqué. À vrai dire, John l'Espagnol et le Petit Isidore sont quelque peu défrisés que Bob le Book ait accepté si promptement de payer, car ils se faisaient par avance un plaisir de lui chatouiller les pieds.

« Le lendemain matin à son réveil, Bob le Book s'avère comme un très agréable compagnon. Il sait des tas d'histoires de courses, connaît des tas de scandales, et nous l'écoutons avec beaucoup d'intérêt tout en prenant notre petit déjeuner. Il cause avec nous comme s'il nous avait connus toute sa vie, et il a l'air, en vérité, de ne pas s'en faire le moins du monde. Mais il est probable qu'il se sentirait moins à l'aise si je lui faisais part du désappointement de John l'Espagnol.

« Vers midi, John l'Espagnol sort faire un petit tour et revient avec un journal de courses, car il n'ignore pas que le Petit Isidore et moi nous avons bonne envie de savoir quels sont les chevaux engagés dans les différentes courses, bien que nous n'ayons pas un radis à parier dans ces courses, ni aucune possibilité de le faire, puisque nous sommes déjà débiteurs de tous les bookmakers de notre connaissance.

« Or Bob le Book, lui aussi, s'intéresse vivement aux cheveux engagés, principalement à Belmont, et il est penché sur la table à regarder la liste avec John l'Espagnol, le Petit Isidore et moi-même, lorsque John l'Espagnol dit tout à coup :

« "Bon Dieu ! une occasion comme celle-ci, dans la cinquième course, avec *Questionnaire* à quatre contre cinq, c'est comme si on n'avait qu'à se baisser pour ramasser du fric. Je voudrais bien avoir quelques dollars à placer sur *Questionnaire* dans ces conditions-là, dit John l'Espagnol.

« — Mais, fait Bob le Book avec la plus grande courtoisie, si vous désirez parier dans ces courses, messieurs, je me ferai un plaisir d'accepter vos paris. C'est une façon agréable de passer le temps en attentant Sam Salt, à moins que vous ne préfériez jouer au bésigue.

« — C'est que, dis-je, nous n'avons pas de pognon pour jouer aux courses, du moins pas beaucoup.

« — Qu'à cela ne tienne, dit Bob le Book, je me contenterai de votre parole, car je vous ai entendu dire que vous avez l'habitude de toujours payer votre bookmaker et vous me paraissez un type honnête, ainsi que ces autres messieurs."

« Nous nous mettons donc à parier avec Bob le Book dans diverses courses, non seulement à Belmont, mais sur tous les hippodromes du pays, car le Petit Isidore, John l'Espagnol et moi nous sommes des types qui ne nous possédons plus une fois que nous avons commencé à parier sur des chevaux. Nous signons des reconnaissances pour toutes les sommes que nous parions et nous les remettons à Bob le Book. Il les fourre dans la poche intérieure de son veston et, vers le milieu de l'après-midi, il a l'air d'avoir une tumeur sur la poitrine.

« D'une salle de billard de la ville, on nous communique par téléphone, au fur et à mesure, les résultats des courses ainsi que les cotes. C'est une distraction épatante, aussi le Petit Isidore, John l'Espagnol, Bob le Book et moi sommes-nous les meilleurs copains du monde jusqu'au moment où, les courses terminées, Bob le Book sort de sa poche nos reconnaissances et se met à faire nos comptes.

« Nous nous apercevons alors que je dois à Bob le Book dix mille dollars, John l'Espagnol six mille et le Petit Isidore quatre mille, car le Petit Isidore l'a battu dans deux ou trois courses des hippodromes de l'Ouest.

« Sur ces entrefaites, Bob le Book réussit à obtenir Sam Salt au téléphone, et il lui explique qu'il doit se rendre à une certaine banque et retirer de son coffre vingt-cinq mille dollars, puis attendre minuit, prendre un taxi et se mettre à faire le tour du bloc compris entre les 51e et 52e Rues et les Huitième et Neuvième Avenues, et continuer ainsi à se promener jusqu'à ce que quelqu'un arrête le taxi et le débarrasse du fric.

« Naturellement, Sam Salt comprend tout de suite que Bob le Book a été victime d'un enlèvement et il promet de faire tout ce qui lui est prescrit, mais il ajoute qu'il ne pourra le faire que le lendemain, car il sait qu'il n'y a pas vingt-cinq mille dollars dans le coffre et il lui faudra compléter la somme aux courses du lendemain. Nous voici donc forcés de passer une autre journée dans l'appartement. John l'Espagnol, le Petit Isidore et moi nous n'en sommes pas fâchés, parce que Bob le Book nous a possédés et que, naturellement, nous désirons avoir notre revanche.

« Mais le lendemain est encore pire. Depuis le temps que je joue aux courses, je n'ai jamais eu une journée si malchanceuse. Il en est de même pour John l'Espagnol et le Petit Isidore. Nous avons en effet une telle déveine que Bob le Book a l'air navré de ce qui nous arrive et que, plus d'une fois, il nous fait bénéficier de deux ou trois points de plus que la cote du champ de courses. Mais rien n'y fait. À la fin de la journée, je lui dois vingt mille dollars en tout, John l'Espagnol quinze mille et le Petit Isidore autant ; soit, à nous trois, un total de cinquante mille dollars. Mais il n'est pas dans nos habitudes de nous livrer à des considérations rétrospectives à la fin d'une journée de déveine. Le Petit Isidore s'en va donc dans un magasin d'alimentation d'où il rapporte un tas de bonnes choses. Nous faisons un excellent dîner, puis nous restons à bavarder, Bob le Book raconte des histoires, et nous chantons même quelques chansons en attendant l'heure de rencontrer Sam Salt.

« Aux environs de minuit, John l'Espagnol sort pour aller trouver Sam Salt et celui-ci lui remet une petite valise. John l'Espagnol revient, nous ouvrons la valise. Les vingt-cinq mille dollars y sont bien, et nous divisons le fric en trois parts.

« Puis j'annonce à Bob le Book qu'il est libre, qu'il peut s'en aller et que nous lui souhaitons bonne chance. Mais Bob le Book me regarde d'un air profondément surpris et offusqué, et il me dit :

« “Eh bien ! messieurs, merci de vos amabilités, mais, et ce fric que vous me devez ? Et ces reconnaissances ? Sans doute, messieurs, pensez-vous à payer votre bookmaker ?”

« C’est vrai. En effet, nous devons à Bob le Book ce que nous avons joué sur parole, et, comme de juste, quoi qu’il arrive, on doit payer son bookmaker. Je remets donc ma part à Bob le Book, et celui-ci écrit quelque chose sur un petit carnet qu’il tire de sa poche.

« Puis John l’Espagnol et le Petit Isidore lui remettent également leur fric et Bob le Book écrit encore quelque chose sur son petit carnet.

« “Bon, dit Bob le Book, je porte ces sommes au crédit de chacun de vos comptes, mais, messieurs, en plus de ces vingt-cinq mille dollars que je porte à votre crédit, vous m’en devez encore vingt-cinq mille autres, et j’espère que vous allez vous arranger pour me les payer tout de suite, car, dit-il, je ne tiens pas à accorder des délais trop considérables pour des prêts de cette sorte.

« — Mais, dis-je, après vous avoir payé ces vingt-cinq mille dollars que vous venez de porter à nos comptes, il ne nous reste pas un radis.

« — Écoutez, fait Bob le Book en baissant la voix, pourquoi n’enlèveriez-vous pas mon associé Sam Salt ? J’attendrais bien deux ou trois jours avec vous, je continuerais à accepter vos paris, et peut-être arriveriez-vous à vous en tirer. Naturellement, ajoute Bob le Book, j’aurais droit à vingt pour cent de la rançon pour vous avoir indiqué Sam.”

« Mais John l’Espagnol et le Petit Isidore en ont assez

de Bob le Book et ne veulent rien savoir pour qu'il reste plus longtemps dans l'appartement. Il leur porte la guigne, disent-ils, et ils ne peuvent réussir à le battre d'aucune façon ni sous aucune forme. D'autre part, en ce qui me concerne, j'ai hâte de m'esquiver, car certaines paroles que vient de dire Bob le Book me font souvenir de quelque chose.

« Elles me font souvenir qu'en plus du fric que nous lui devons, nous avons oublié de mettre de côté les six mille deux cent cinquante dollars destinés à celui qui nous a indiqué Bob le Book, et cela c'est une sérieuse tuile, car n'importe qui vous dira que c'est considéré comme un tour de cochon que de ne pas payer son indicateur.

« Ajoutez à cela que, si le bruit vient à se répandre que vous avez omis de payer votre indicateur, vous ne trouverez plus personne qui consente jamais à vous en servir.

« Donc, dit Harry le Cheval, nous avons renoncé aux affaires d'enlèvements, car ce n'est pas la peine de continuer tant que nous n'aurons pas acquitté ce que nous devons, et nous sommes retournés à Brooklyn gagner assez de fric pour payer nos dettes d'honneur.

« Nous sommes en train de payer les IOU[1] que nous avons signés à Bob le Book, car nous ne voulons pas qu'on puisse dire que nous avons escroqué un bookmaker. En plus de cela, nous sommes également en train de payer les six mille deux cent cinquante dollars de commission que nous devons à notre indicateur.

1. Formule de reconnaissance de dette, dont les premiers mots sont : *I owe you* (je vous dois). *(N.d.T.)*

« Et, bien que cela nous donne beaucoup de mal, je suis heureux de pouvoir dire que nos louables efforts profitent un peu à quelqu'un, car j'ai vu l'autre soir la fidèle épouse de Bob le Book toute fringuée de neuf et avec un air de jubilation.

« Un type m'a dit que si elle a un air si satisfait c'est parce qu'elle a hérité une grosse somme d'un oncle qui vient de mourir en Suisse et, qu'ayant maintenant une fortune personnelle, elle ne dépend plus de Bob le Book ; mais j'espère bien qu'on ne découvrira jamais que notre indicateur, dans cette affaire, n'était autre que la fidèle épouse de Bob le Book. »

TIENS BON, YALE !

Ce que je faisais à New Haven le jour du grand match de football entre Harvard et Yale, c'est une chose qui demande pas mal d'explications, car je ne suis pas un type que l'on s'attendrait à trouver à New Haven en quelque circonstance que ce soit, surtout le jour d'un grand match de football.

Mais le fait est que j'y étais, et la raison pour laquelle j'y était remonte à un vendredi soir que je me trouvais assis au restaurant Mindy, dans Broadway, en train de penser à bien peu de chose, si ce n'est au moyen qui pourrait me faire gagner quelques thunes pour subvenir à ma chère existence. Et, pendant que j'étais là, survient Sam le Gonoph, qui fait métier de revendre des billets, et qui, pour le moment, a l'air de chercher partout quelqu'un.

Sam le Gonoph se met donc à bavarder avec moi et j'apprends qu'il est à la recherche de Georgie le Gigolo, ainsi nommé parce qu'il est toujours fourré dans les boîtes de nuit, avec ses petites moustaches et ses guêtres blanches, en train de danser avec les vieilles rombières. Georgie le Gigolo n'est autre chose qu'un aigrefin et je suis surpris que Sam le Gonoph soit à sa recherche.

Mais, à ce qu'il paraît, la raison pour laquelle Sam le Gonoph désire rencontrer Georgie le Gigolo, c'est afin de lui flanquer un marron sur le blair, car, à ce qu'il paraît, Sam le Gonoph a confié à Georgie le Gigolo, pour les revendre à la commission, un certain nombre de billets d'entrée au grand match de football entre Harvard et Yale, et il n'a jamais touché un sou. Naturellement, Sam le Gonoph considère Georgie le Gigolo comme une fripouille pour avoir agi de la sorte avec lui, et il déclare qu'il tient à rencontrer Georgie le Gigolo afin de lui flanquer une tournée, dût-elle être le dernier acte de son existence.

Sam m'explique alors qu'il possède quantité de bonnes places pour le grand match entre Harvard et Yale et qu'il emmène plusieurs types avec lui à New Haven demain pour vendre ces billets. Il me demande si j'aimerais aller avec lui pour l'aider à les vendre et gagner moi-même quelques dollars, et son invitation me paraît tomber à pic.

Comme de juste, il n'est pas donné à n'importe qui d'obtenir de bonnes places pour le grand match entre Harvard et Yale, à moins d'être personnellement un type de ces universités, et Sam le Gonoph n'est point l'un de ces types. De fait, le contact le plus étroit que Sam ait jamais eu avec une université, c'est le jour où il a traversé le terrain appartenant à celle de Princeton, mais à ce moment-là il était en fuite avec les flics à ses trousses et il n'a pas dû voir beaucoup l'université.

Tout étudiant a droit à des cartes d'entrée pour les grands matches de football auxquels participe son université, et il est véritablement étonnant que tant d'entre eux ne tiennent pas à assister aux grands matches de football, même une fois en possession de leurs cartes d'entrée, surtout si un revendeur de billets comme Sam le Gonoph leur offre quelques dollars de plus que les cartes ne leur ont coûté. J'imagine que c'est parce que les types des universités se disent qu'ils auront bien le temps de voir des grands matches de football quand ils seront vieux, tandis qu'il se passe un peu partout un tas de choses qu'ils doivent voir pendant qu'ils sont assez jeunes pour les apprécier, les Folies par exemple.

Quoi qu'il en soit, bien des étudiants se laissent convaincre quand Sam le Gonoph vient leur proposer de leur acheter leurs places. Alors, Sam le Gonoph prend ces billets et les revend aux amateurs environ dix fois le prix marqué, si bien qu'en fin de compte Sam ne fait pas une mauvaise affaire.

Depuis une vingtaine d'années que je connais Sam le Gonoph, je le vois toujours occupé à revendre des billets d'une espèce ou d'une autre, tantôt pour le championnat de base-ball ou de grands matches de boxe, quelquefois simplement pour des matches de tennis, bien que personne n'arrive à comprendre, pas plus Sam le Gonoph qu'un autre, qu'il existe des gens qui tiennent à voir une chose comme un match de tennis.

Pendant toutes ces années, j'ai vu Sam se faufiler parmi les foules qui se pressent à ces grands événements sportifs, ou parcourir les trains spéciaux afin d'acheter ou de vendre des billets, mais je n'ai jamais entendu dire que Sam ait assisté personnellement à aucun de ces événements, sauf peut-être à une partie de base-ball ou à un match de boxe, car Sam ne s'intéresse à ses billets que pour le profit qu'il peut en tirer.

C'est un petit type trapu et noir avec un blair monumental, toujours en nage, même les jours les plus froids, qui vient du quartier d'Essex Street dans le bas d'East Side. De plus, l'équipe de Sam le Gonoph est généralement composée de types du quartier d'East Side, car, depuis que Sam s'occupe de ce genre d'affaires, il a gagné beaucoup de pognon, il a développé son commerce et il a besoin d'un tas d'auxiliaires pour écouler en vitesse les tickets d'entrée à ces diverses réunions sportives.

Quand Sam le Gonoph était plus jeune, les flics le considéraient comme un type d'un abord dangereux. Son sobriquet, le Gonoph, lui vient de ses années de jeunesse passées dans le bas quartier d'East Side, et, en yiddish ça signifie, dit-on, le Voleur. Mais, naturellement, depuis qu'il a pris de l'âge et qu'il a commencé à mettre du fric de côté, Sam ne songe plus à voler. Du moins il ne vole plus grand-chose, surtout si ce sont des choses qu'il est impossible d'emporter. Quoi qu'il en soit, le lendemain matin je rejoins Sam le Gonoph et son équipe au guichet des renseignements de la gare du Grand Central, et voilà comment il se fait que je me trouve à New Haven le jour du grand match de football entre Harvard et Yale.

Pour un match comme celui-ci, Sam a amené ses meilleurs auxiliaires, entre autres des types comme Louie le Juif, Nubbsy Taylor, Benny de la rue du Sud et le vieux Lèvre en Foie ; mais à regarder ces types-là, on ne les prendrait jamais pour le gratin des revendeurs de billets. Tout ce qu'on pourrait dire c'est que c'est une bande de types qu'on n'aimerait pas à rencontrer dans une petite rue sombre. Mais le métier de revendeur de billets est un dur métier et il ne serait pas de bonne politique d'y employer des tapettes.

Or, pendant que nous essayons de revendre ces billets près de la grande porte du Stade de Yale, je remarque une jolie petite gonzesse d'environ seize ou dix-sept ans, plantée là, et qui scrute attentivement la foule. Il est facile de voir qu'elle attend quelqu'un, comme font souvent les poules aux matches de football. Mais je remarque également qu'à mesure que la foule s'écoule et que l'heure du match approche, la petite donne des signes d'inquiétude. Elle ne tarde pas à avoir les larmes aux yeux, et s'il y a une chose que je ne puis souffrir c'est bien de voir une gonzesse avec les larmes aux yeux.

Alors, finalement, je vais vers elle et je lui dis :

« Qu'est-ce qu'il y a donc comme cela, petite mademoiselle ?

— Oh, dit-elle, j'attends Elliot. Il doit arriver de New York et me rejoindre ici pour m'emmener au match, mais il n'est pas encore là et je crains qu'il ne lui soit arrivé quelque chose. De plus, dit-elle — et ses larmes deviennent de plus en plus grosses —, j'ai peur de rater le match, car c'est lui qui a mon billet.

— Mais, dis-je, c'est bien simple, je vais vous vendre un billet pour dix dollars, et si je vous le laisse à si bon compte c'est parce que le match va commencer à l'instant et que le marché est en baisse.

— C'est que, fait-elle, je n'ai pas dix dollars. Il ne me reste que quinze cents dans mon sac, ce qui m'ennuie beaucoup, car je me demande ce que je vais devenir si Elliot n'arrive pas. Voyez-vous, dit-elle, je viens de l'école de Miss Peevy, à Worcester, et je n'avais que juste de quoi payer mon chemin de fer jusqu'ici, et, naturellement, je ne pouvais pas demander à Miss Peevy de me prêter de l'argent, parce que je ne voulais pas qu'elle sache que j'avais l'intention de partir. »

Tout cela, bien entendu, me fait l'effet, au premier abord, du récit que n'importe quelle gonzesse peut faire de ses malheurs. Je m'en vais donc à mes affaires, car je me dis qu'elle ne va pas tarder à essayer de me faire lui payer son billet d'entrée ou son chemin de fer pour retourner à Worcester, bien que, la plupart du temps, ce soit à San Francisco qu'habitent les poules qui racontent leurs malheurs.

Mais celle-ci n'a pas changé de place. Je m'aperçois que, maintenant, elle pleure tant et plus et je commence à me dire qu'elle est la petite poule la plus mignonne que j'aie jamais vue, quoique trop jeunette pour qu'on la prenne très au sérieux. En outre, je commence à me dire que ce qu'elle raconte est peut-être la vérité.

Maintenant la foule presque tout entière a pénétré dans le stade, il n'y a plus dehors que quelques types tels que les flics et les vendeurs de toute espèce de choses, et un grand brouhaha s'élève de l'intérieur, quand Sam le Gonoph arrive et nous dit :

« Qu'est-ce que vous pensez de cela ? Il me reste sept billets sur les bras et les types du patelin ne veulent même pas me les prendre au prix marqué alors que je les ai payés trois dollars de plus chacun. Eh bien ! dit Sam, je ne vais certainement pas les vendre au-dessous du prix marqué, quand même je devrais les avaler. Si nous nous en servions nous-mêmes pour aller voir le match ? En ce qui me concerne, ajoute Sam le Gonoph, voilà longtemps que j'ai envie d'assister à un de ces grands matches afin de savoir ce qui fait que ces imbéciles tiennent à payer si cher leurs billets. »

C'est une idée qui a l'air de frapper tout le monde, y compris moi-même, comme une inspiration, car nous autres non plus nous n'avons jamais vu un grand match de football. Nous nous dirigeons donc vers l'entrée, et, au moment où nous passons devant la petite gonzesse, qui pleure toujours, je dis à Sam le Gonoph :

« Écoute, Sam, il te reste sept billets, nous ne sommes que six et voici une poule à qui son type a posé un lapin et qui n'a ni billet ni fric pour s'en payer un ; si nous l'emmenions avec nous ? »

Sam le Gonoph accepte, les autres ne font pas d'objection, je m'approche donc de la petite gonzesse et je l'invite à nous accompagner. Immédiatement elle cesse de pleurer et se met à nous faire risette en nous disant que nous sommes bien gentils... Elle adresse son plus beau sourire à Sam le Gonoph, qui déclare sur-le-champ qu'elle est tout à fait mignonne, puis elle adresse au vieux Lèvre en Foie un sourire encore plus beau. Elle fait plus encore : elle lui prend le bras et se dirige avec lui vers le stade, ce qui fait que le vieux Lèvre en Foie a l'air non seulement tout épaté mais encore tout guilleret, au point qu'il se requinque et s'avance fièrement, lui qui d'habitude n'est pas un type à faire le moins du monde attention aux gonzesses jeunes ou vieilles.

Mais, tout en marchant au bras du vieux Lèvre en Foie, la petite poule cause très amicalement avec Louie le Juif, Nubbsy Taylor, Benny de la rue du Sud, et même avec moi, et, au bout d'un moment, on dirait à nous voir que nous sommes tous ses oncles. Pourtant, sans aucun doute, si cette petite savait avec qui elle se trouve, il y a des chances qu'elle tombe en pâmoison.

N'importe qui peut se rendre compte qu'elle a une bien faible expérience de ce vieux monde pervers et qu'elle est même un peu écervelée, car elle jabote à tort et à travers et nous raconte ingénument ses petites affaires. Avant même que nous soyons arrivés au stade, elle nous confie qu'elle s'est sauvée de l'école de Miss Peevy pour épouser cet Elliot et elle déclare qu'ils ont l'intention d'aller se marier à Hartford. Elle dit même qu'Elliot voulait aller à Hartford et être marié avant le match.

« Mais, ajoute-t-elle, mon frère joue aujourd'hui comme remplaçant dans l'équipe de Yale et je ne puis songer à me marier avec qui que ce soit avant de l'avoir vu jouer, bien que je sois très éprise d'Elliot. C'est un danseur épatant, dit-elle, et très sentimental. J'ai fait sa connaissance à Atlantic City l'été dernier. En ce moment, nous faisons une fugue, car mon papa ne gobe pas du tout Elliot. Pour mieux dire, il ne peut pas le sentir, bien qu'il ne l'ait vu qu'une seule fois, et c'est justement parce qu'il le déteste qu'il m'a mise dans l'école de Miss Peevy à Worcester. C'est une vieille chipie. Ne trouvez-vous pas que papa est absurde ? »

Nous n'avons, comme bien on pense, aucune opinion sur des choses comme cela, mais le vieux Lèvre en Foie déclare à la petite gonzesse qu'il est complètement de son avis, et, quelques instants plus tard, nous nous trouvons assis dans le stade à des places de premier ordre. Nous sommes, paraît-il, du côté des types de Harvard, mais je ne m'en serais jamais douté si la petite ne nous l'avait dit.

Elle a l'air d'être très calée sur tout ce qui touche au football, et, à peine sommes-nous assis qu'elle s'efforce de nous montrer son frère qui joue comme remplaçant dans l'équipe de Yale. C'est, dit-elle, le cinquième d'un groupe de types assis sur un banc et tout enveloppés de couvertures à l'autre bout du terrain. Mais, d'où nous sommes, nous ne pouvons pas le distinguer très bien, et, en tout cas, il ne semble pas avoir dans le match un rôle très important.

Donc, à ce qu'il paraît, nous sommes au beau milieu des types de Harvard. Ils font un potin de tous les diables, hurlent, chantent et se démènent, car le match a commencé au moment où nous arrivions et Harvard est en train de bousculer les types de Yale de la belle façon. C'est pourquoi notre petite gonzesse fait connaître à tout le monde que ses sympathies sont pour ceux de Yale et qu'elle s'époumone à crier : « Tiens bon, Yale ! »

En ce qui me concerne, il m'est impossible de dire à première vue quels sont ceux de Harvard et quels sont ceux de Yale. Sam le Gonoph et les autres n'en savent pas plus long que moi. Mais la petite nous explique que ceux de Harvard ont des maillots rouges et ceux de Yale des maillots bleus, et quelques instants après nous nous mettons à crier, nous aussi : « Tiens bon, Yale ! » Mais cela n'est, bien entendu, que pour faire plaisir à notre petite gonzesse qui veut à toute force que Yale tienne bon, parce que, quant à nous, nous nous fichons autant des uns que des autres.

Or, on dirait que cela porte sur les nerfs des types de Harvard qui nous entourent d'avoir parmi eux un groupe de types et une petite gonzesse en train de crier à ceux de Yale de tenir bon, quoique n'importe lequel d'entre eux soit forcé de convenir que c'est là donner à Yale un excellent conseil, et quelques-uns des types de Harvard commencent à proférer des appréciations désobligeantes spécialement à l'adresse de notre petite gonzesse. Ils sont probablement jaloux qu'elle crie plus fort qu'eux, car il y a une chose que je puis vous confier, c'est qu'elle est capable de gueuler plus fort que n'importe quel homme ou femme qu'il m'ait jamais été donné d'entendre.

Deux types de Harvard assis devant le vieux Lèvre en Foie se mettent à imiter la voix de notre petite poule, ce qui fait tordre de rire ceux qui sont autour d'eux. Mais, tout à coup, ces deux types quittent précipitamment leur place et décampent en vitesse, tout pâles, et je me figure qu'ils se sentent indisposés tous deux en même temps. Mais, sur ces entrefaites, j'apprends que le vieux Lèvre en Foie a tiré de sa poche un énorme lingue, l'a ouvert, et leur a déclaré confidentiellement qu'il allait leur couper les oreilles.

Loin de moi, certes, l'idée de blâmer les types de Harvard de s'être débinés à toute vitesse, car Lèvre en Foie a bien la tête d'un type pour qui couper des oreilles doit être un véritable plaisir. D'autre part, Nubbsy Taylor, Benny de la rue du Sud, Louie le Juif et même Sam le Gonoph commencent à échanger de tels coups d'œil avec les types de Harvard qui sont autour de nous et qui font des réflexions désobligeantes sur notre petite poule qu'instantanément règne dans notre voisinage un silence de mort, sauf en ce qui concerne notre petite gonzesse qui continue à crier tant qu'elle peut: «Tiens bon, Yale!» À ce moment, voyez-vous, nous sommes tous toqués de notre petite gonzesse. Elle est si mignonne, si pleine d'entrain! Et nous ne voulons pas que qui que ce soit se permette de faire sur elle des remarques malsonnantes, ni surtout sur nous.

Nous sommes tellement toqués d'elle que, lorsqu'elle dit qu'elle a un peu froid, Louie le Juif et Nubbsy Taylor se faufilent parmi les types de Harvard et reviennent avec quatre couvertures de voyage, six cache-nez, deux paires de gants et une bouteille thermos remplie de café bien chaud, tout cela pour elle. Louie le Juif ajoute que si elle a envie d'un manteau de vison elle n'a qu'un mot à dire. Mais elle en a déjà un. De plus, Louie le Juif lui apporte un gros bouquet de fleurs rouges qu'il a cueilli sur une gonzesse qui est avec un des types de Harvard, et il est très déçu quand notre petite poule lui dit que ce n'est pas sa couleur préférée.

Enfin, le match se termine, et il ne me laisse pas un souvenir très précis, quoique, sur ces entrefaites, j'apprenne que John, le frère de notre petite gonzesse, a joué comme remplaçant dans l'équipe de Yale et qu'il a fort bien joué. Mais il paraît que c'est Harvard qui gagne. Notre petite gonzesse en est tout affligée et elle reste là assise à regarder le terrain rempli maintenant de types qui dansent comme s'ils étaient devenus subitement fous, et ce sont vraisemblablement des types de Harvard, car ceux de Yale n'ont, en vérité, aucune raison de danser.

Tout à coup, notre petite poule regarde vers l'une des extrémités du terrain et elle s'écrie :

«Oh! ils vont prendre nos poteaux!»

Il y a en effet à ce bout de terrain un tas de types de Harvard rassemblés autour des buts et qui s'efforcent d'arracher les poteaux, lesquels n'ont pas l'air de s'en porter plus mal. Personnellement, je ne donnerais pas dix ronds de ces piquets-là, mais, plus tard, un type de Yale m'a dit que, quand une équipe de foot gagne un match, il est admis que les types de cette université emportent les buts des autres. Mais il n'a pas pu me dire à quoi servaient ces poteaux une fois en leur possession, et c'est une chose qui restera toujours pour moi un mystère.

Quoi qu'il en soit, tandis que nous regardons ce qui se passe autour des buts, notre petite gonzesse nous dit de la suivre, elle se lève précipitamment, dégringole quatre à quatre les gradins, se met à courir à travers le terrain, pénètre dans le groupe qui entoure les buts, avec, cela va sans dire, nous autres à sa suite. Elle réussit, je ne sais comment, à se frayer un passage à travers les types de Harvard qui sont là, et, en un clin d'œil, elle grimpe comme un écureuil à l'un des poteaux et se trouve perchée à califourchon sur la traverse qui relie les deux.

Elle se figurait, nous a-t-elle expliqué plus tard, que les types de Harvard ne seraient pas assez mufles pour abattre les poteaux avec une dame perchée dessus, mais il faut croire que les types de Harvard ne sont pas galants, car ils continuent à tirer et notre petite gonzesse commence à se balancer en même temps que les poteaux. Naturellement, elle ne risque pas de se faire du mal, car, si elle tombe, ce sera certainement sur la tête des types de Harvard, et, à mon avis, la tête des types qui passent leur temps à tirer sur des piquets doit être assez ramollie pour amortir la chute la plus sérieuse.

Nous voilà maintenant arrivés au pied des buts, Sam le Gonoph, le vieux Lèvre en Foie, Nubbsy Taylor, Benny de la rue du Sud et moi-même ; et notre petite gonzesse ne nous a pas plutôt aperçus du haut de son perchoir, qu'elle nous crie :

« Ne les laissez pas prendre nos poteaux ! »

À ce moment, l'un des types de Harvard, qui me fait l'effet d'avoir deux mètres cinquante de haut, allonge le bras par-dessus cinq ou six autres types et me décoche au menton un coup qui m'envoie dinguer à une telle distance que, quand je me relève, je suis assez loin du groupe pour assister en spectateur à ce qui se passe.

On me dit plus tard que le type m'a sans doute pris pour un de ceux de Yale qui venaient au secours des poteaux, mais je dois dire que je conserverai toujours une très fâcheuse opinion des gars des universités, car je me souviens que, pendant que je volais en l'air et que je ne pouvais me défendre, deux autres types m'ont frappé.

Sur ces entrefaites, Sam le Gonoph, Nubbsy Taylor, Louie le Juif, Benny de la rue du Sud et le vieux Lèvre en Foie réussissent, je ne sais comment, à se faufiler à travers la foule jusqu'auprès des buts, et notre petite gonzesse est très contente de les voir arriver, parce que, maintenant, les types de Harvard font balancer tant et plus son perchoir et que les poteaux menacent de tomber d'une minute à l'autre.

Comme de juste, Sam le Gonoph ne tient pas à avoir des histoires avec ces particuliers-là, et il tente de s'adresser courtoisement aux types qui sont en train de tirer sur les piquets :

« Écoutez, dit Sam, cette petite gonzesse qui est là ne veut pas que vous preniez ces poteaux. »

Il est possible qu'au milieu du brouhaha ils n'entendent pas les paroles de Sam, ou que, s'ils les entendent, ils ne veuillent pas en tenir compte, car, d'un coup de poing, un des types de Harvard enfonce le chapeau de Sam jusqu'au-dessous des yeux de son propriétaire, un autre envoie un gnon sur l'oreille gauche du vieux Lèvre en Foie, tandis que d'autres houspillent violemment Louie le Juif, Nubbsy Taylor et Benny de la rue du Sud.

« Très bien, dit Sam le Gonoph dès qu'il peut retirer son chapeau de sur ses yeux, très bien, messieurs, si c'est comme cela que vous voulez jouer. Et maintenant, les gars, à l'assaut ! »

Alors Sam le Gonoph, Nubbsy Taylor, Louie le Juif, Benny de la rue du Sud et le vieux Lèvre en Foie se ruent à l'assaut, et non seulement avec leurs poings, mais avec quelque chose dans leurs poings, car ils sont ingénieux quand il s'agit de se battre, et chacun d'eux a dans sa poche de quoi tenir dans ses poings au cas où il aurait à se battre, ne serait-ce par exemple qu'un rouleau bien serré de pièces de cinq sous.

En plus de cela, ils jouent de la godasse et envoient des coups de pied dans le ventre des types quand ils ne réussissent pas à leur flanquer un gnon dans le menton. Le vieux Lèvre en Foie se sert également de sa tête avec succès. Il empoigne les types par le revers de leur veston et les attire à lui pour leur appliquer un coup de tête entre les deux yeux, et je dois avouer que la caboche du vieux Lèvre en Foie est, en toute circonstance, une arme fort dangereuse.

Autour d'eux, le sol est bientôt jonché de types de Harvard, et il y a aussi, paraît-il, des types de Yale dans la collection, quelques types de Yale qui ont pris Sam le Gonoph et son équipe pour d'autres types de Yale en train de défendre leurs poteaux, et qui ont voulu venir à leur secours. Mais, naturellement, Sam le Gonoph et son équipe ne peuvent pas faire la distinction entre ceux de Yale et ceux de Harvard ; ils n'ont pas le temps de les identifier et ils cognent indistinctement sur tous ceux qui se présentent. Pendant tout ce temps-là, notre petite gonzesse est assise sur sa traverse et hurle des encouragements à Sam et à ses types.

Mais il se trouve que les types de Harvard ne sont pas des nouilles dans une peignée de ce genre, et, à mesure qu'ils dégringolent, ils se relèvent et retournent se battre, et, si, au début, Sam le Gonoph, Louie le Juif, Nubbsy Taylor, Benny de la rue du Sud et le vieux Lèvre en Foie ont l'avantage grâce à leur vieille expérience, les types de Harvard ont pour eux leur jeunesse.

Au bout d'un moment, ce sont les types de Harvard qui abattent pour commencer Sam le Gonoph, puis Nubbsy Taylor, et, quelques minutes après, Benny de la rue du Sud, Louie le Juif et le vieux Lèvre en Foie, et c'est tellement rigolo que les types de Harvard ne pensent plus du tout aux poteaux. Naturellement, à mesure que Sam le Gonoph et ceux de son équipe sont abattus, ils se relèvent, mais ceux de Harvard sont trop nombreux et sont en train de leur administrer une raclée épouvantable, lorsque le type de deux mètres cinquante qui m'a envoyé dinguer, et qui flanque Sam le Gonoph par terre si souvent que ledit Sam commence à la trouver mauvaise, dit tout à coup :

« Écoutez, même si ce sont des types de Yale, ce sont de fameux types. Cessons de cogner dessus et accordons-leur un hourrah. »

Alors les types de Harvard envoient par terre encore une fois Sam le Gonoph, Nubbsy Taylor, Louie le Juif, Benny de la rue du Sud et le vieux Lèvre en Foie, puis, se rassemblant, ils crient à tue-tête : « Rah-rah-rah ! » et s'en vont, laissant les poteaux debout avec notre petite gonzesse toujours assise sur la traverse. Mais j'ai appris plus tard que les types de Harvard qui n'avaient pas pris part à la peignée se sont emparés des poteaux qui étaient à l'autre bout du terrain et les ont emportés avec eux. Toutefois j'ai toujours déclaré que ces poteaux-là ne comptaient pas.

Cependant, assis par terre, trop amoché pour se relever de sa dernière chute, la main sur son œil droit complètement fermé, Sam le Gonoph est assez mal en point, et, tout autour de lui, il y a dans son équipe bien des éclopés. Mais notre petite gonzesse sautille en bavardant comme une pie entre le vieux Lèvre en Foie appuyé contre un des poteaux et Nubbsy Taylor appuyé contre l'autre, et elle fait ce qu'elle peut pour essuyer, avec un mouchoir de la dimension d'un timbre-poste, le sang qui leur coule sur la figure.

Benny de la rue du Sud est étendu en travers de Louie le Juif, tous les deux en train de geindre encore de leur dernière chute, et le stade est maintenant désert, à l'exception des journalistes là-haut dans la tribune de la presse, qui ne semblent pas se rendre compte que le plus grand combat du siècle vient de se livrer sous leurs yeux. Il commence à faire sombre, et, tout à coup, surgit du crépuscule un type en guêtres blanches avec un pardessus à col de fourrure, qui se précipite vers notre petite gonzesse.

« Clarice, dit-il, je te cherche partout. Mon train a été arrêté par un accident de l'autre côté de Bridgeport et je suis arrivé ici juste à la fin du match. Mais je me disais bien que tu devais être quelque part à m'attendre. Dépêchons-nous de partir pour Hartford, chérie. »

Mais en entendant cette voix, Sam le Gonoph ouvre son bon œil et jette un regard sur le type. Puis, tout à coup, il bondit sur ses pieds, s'approche du type en titubant et lui envoie un coup de poing entre les deux yeux. Sam est encore un peu chancelant et ses jambes un peu vacillantes de la pile que lui ont flanquée les types de Harvard, si bien qu'il manque son coup, car le type s'abat seulement sur les genoux et se relève immédiatement, tandis que notre petite gonzesse s'écrie :

« Oh, ne faites pas de mal à Elliot ! Il n'en veut pas à nos poteaux !

— Elliot ? fait Sam le Gonoph. Mais ce n'est pas Elliot. Celui-ci n'est autre que Georgie le Gigolo. Je le reconnais à ses guêtres blanches, dit Sam. Et maintenant, je vais prendre ma revanche de la volée que m'ont administrée les types de Harvard. »

Ce disant, il envoie un nouveau marron au type, et, cette fois-ci, le coup semble un peu mieux appliqué, car le type s'en va par terre et Sam le Gonoph commence à lui travailler les côtes à coups de pied, bien que notre petite gonzesse continue de hurler en suppliant Sam de ne pas faire de mal à Elliot. Comme de juste, nous autres nous savons bien que ce n'est pas Elliot, mais tout simplement Georgie le Gigolo. Et nous nous disons que nous pouvons bien, nous aussi, tanner un peu le cuir de Georgie, mais, à peine nous approchons-nous de lui que, subitement, il se tortille, se met précipitamment sur ses pattes et détale à toutes jambes à travers le terrain. Tout ce que nous apercevons de lui ce sont ses guêtres blanches qui disparaissent par l'une des portes.

À ce moment, deux autres types sortent de l'ombre. L'un d'eux est un grand type très distingué, avec une moustache blanche. N'importe qui peut se rendre compte que ce n'est pas le premier venu. Et voici que notre petite gonzesse se précipite droit dans ses bras, l'embrasse sur ses moustaches blanches en l'appelant papa, et se met à pleurer tant et plus, ce qui me fait penser que nous n'allons pas tarder à perdre notre petite gonzesse. Alors le type à moustaches blanches va vers Sam le Gonoph et lui tend la main en disant :

« Monsieur, accordez-moi l'honneur de serrer la main qui m'a rendu le signalé service de corriger le gredin qui vient de s'enfuir d'ici. Et, dit-il, permettez-moi de me présenter. Je suis J. Hildreth Van Cleve, directeur de la Compagnie Van Cleve. Miss Peevy m'a prévenu de bonne heure aujourd'hui que ma fille avait quitté précipitamment l'école et nous avons été informés qu'elle avait pris un billet pour New Haven. J'ai immédiatement soupçonné que cet individu y était pour quelque chose. Heureusement, depuis quelque temps je le fais filer par des détectives privés, car je n'ignore pas que ma fille s'est toquée de lui, comme une petite collégienne qu'elle est, nous avons donc pu le suivre facilement jusqu'ici. Nous étions dans le même train que lui et nous sommes arrivés juste à temps pour assister à la dernière scène de la petite pièce que vous venez de lui jouer. Encore une fois, monsieur, merci.

— Je vous connais de réputation, Mr Van Cleve, répond Sam le Gonoph. Vous êtes le Van Cleve qui en est réduit à ses quarante derniers millions. Mais, ajoute-t-il, ne me remerciez pas d'avoir flanqué une raclée à Georgie le Gigolo. C'est un propre à rien et je suis désolé qu'il ait réussi à duper même une minute votre gentille petite gosse ; bien que, ajoute Sam, elle soit à mon avis plus bébête qu'elle n'en a l'air si elle s'est laissé duper par un type comme Georgie le Gigolo.

— Je le déteste, s'écrie la petite gonzesse. Je le déteste parce que c'est un capon. Quand il a reçu un coup il ne se relève pas pour retourner se battre encore, comme vous, Lèvre en Foie et les autres. Je ne veux plus jamais le revoir.

— Vous en faites pas, dit Sam le Gonoph. Je serai trop près de Georgie, dès que je vais être remis de mes cabochons, pour qu'il reste longtemps dans ce coin du pays. »

Sur ces entrefaites, une année se passe sans que j'aperçoive Sam le Gonoph, ni Nubbsy Taylor, ni Benny de la rue du Sud, ni Louie le Juif, ni Lèvre en Foie. Puis l'automne revient, et, un jour, je me dis par hasard que c'est vendredi et que le lendemain les types de Yale vont jouer contre ceux de Harvard dans un grand match de football à Boston.

Je me dis aussi que c'est pour moi une bonne occasion de me joindre de nouveau à Sam le Gonoph et d'aller à ce match revendre des billets pour son compte. Je sais qu'il partira vers minuit avec son équipe. Je m'en vais donc à cette heure-là à la gare du Grand Central et, au bout d'un moment, le voilà qui arrive, en se frayant un passage à travers la foule, avec Nubbsy Taylor, Benny de la rue du Sud, Louie le Juif et le vieux Lèvre en Foie derrière lui. Ils ont tous l'air d'être très agités.

« Eh bien ! Sam, lui dis-je en m'empressant de le suivre, me voilà tout disposé à revendre des billets pour toi cette fois encore, et j'espère que nous allons faire de bonnes affaires.

— Des billets ! fait Sam le Gonoph. Cette fois-ci nous ne revendons pas de billets, mais ça ne t'empêchera pas de venir avec nous. Nous allons à Boston, dit-il, pour encourager les types de Yale à écrabouiller ceux de Harvard, et nous y allons comme invités personnels de Miss Clarice Van Cleve et de son vieux.

— Tiens bon, Yale ! » dit le vieux Lèvre en Foie en me poussant de côté, tandis que toute la bande passe en trottant la barrière pour aller prendre le train. C'est alors que je m'aperçois qu'ils ont tous à leur chapeau une plume bleue avec un petit Y dessus, comme font toujours les types des universités pour les matches de football, et qu'en outre Sam le Gonoph emporte un fanion de Yale.

TREMBLEMENT DE TERRE

Personnellement, je n'aime pas les flics, mais j'estime qu'on doit toujours être poli avec eux, c'est pourquoi, lorsque Johnny Brannigan entre dans le restaurant Mindy, un vendredi soir, et vient s'asseoir à ma table, parce qu'il n'y a pas d'autre place libre dans la boîte, je lui dis cordialement bonjour.

De plus, je lui offre une cigarette et je lui déclare que je suis enchanté de lui voir si bonne mine, bien qu'en réalité Johnny Brannigan en ait une fort mauvaise, des cercles noirs sous les yeux et une figure de macchabée.

Pour dire vrai, Johnny Brannigan donne l'impression d'être malade et j'espère en mon for intérieur que c'est de quelque chose qui ne pardonne pas, car, à mon avis, il y a beaucoup de flics en ce monde, et ce ne serait peut-être pas une mauvaise chose pour les intéressés s'il y en avait quelques-uns de moins.

Mais, comme de juste, je ne souffle pas mot à Johnny Brannigan de l'espoir que je nourris, car Johnny Brannigan fait partie de ce qu'on appelle la brigade des gangsters, et chacun sait qu'il a dans la poche de son pantalon une matraque plombée et qu'au surplus il n'hésite pas à caresser avec cette matraque la caboche des types qui ne sont pas aimables avec lui, et, autant que je sache, Johnny Brannigan ne considérerait pas comme très aimable ce que j'espère au sujet de sa santé.

La dernière fois que j'ai vu Johnny Brannigan c'était dans la petite boîte de Charley Bernstein, dit Charley Bon Temps, dans la 49e Rue, avec trois autres flics, et si Johnny était là c'était pour arrêter un type nommé Tremblement de Terre, et qu'on appelle ainsi parce que son plus grand plaisir est de tout flanquer sens dessus dessous.

En fait, à l'époque dont je parle, Tremblement de Terre a fichu toute cette ville sens dessus dessous en fusillant, poignardant et dévalisant différents citoyens, et en se conduisant très mal en d'autres circonstances, si bien que la loi entend faire asseoir Tremblement de Terre sur la chaise électrique, parce qu'elle le considère comme un fléau public.

La seule raison pour laquelle Johnny Brannigan n'arrête pas Tremblement de Terre cette fois-là c'est que Tremblement de Terre empoigne une des tables de Charley Bon Temps et assomme aux trois quarts Johnny Brannigan, de plus, il sort son vieil égalisateur et se met à canarder les flics qui accompagnent Johnny. Ils ont si fort à faire d'éviter les pruneaux qu'ils n'ont pas le loisir d'arrêter Tremblement de Terre et qu'en moins de deux celui-ci se débine.

Quant à moi, je me débine pareillement car je ne tiens pas à être là quand Johnny Brannigan reviendra à lui, parce que je me dis qu'il sera sans doute un peu abruti et qu'il se mettra peut-être à caresser la caboche des types avec sa matraque plombée, en se figurant que tous sans distinction sont Tremblement de Terre. Et, jusqu'à ce soir, je ne revois plus Johnny Brannigan chez Mindy.

Mais, dans l'intervalle, j'entends dire que Johnny Brannigan a quitté la ville pour rechercher Tremblement de Terre, car, à ce qu'il paraît, en se conduisant comme je viens de le dire tout à l'heure, Tremblement de Terre a grièvement blessé un flic nommé Mulcahy. En réalité, Tremblement de Terre l'a blessé si grièvement qu'il en est claqué, et s'il y a une chose illégale dans cette ville c'est bien de blesser un flic à ce point-là. Il y a en vérité des chances pour que cela cause une grande indignation parmi les autres flics.

On considère comme tout à fait contraire aux lois de blesser un citoyen de cette ville au point qu'il en claque, mais, naturellement, cela ne produit pas autant d'indignation que quand c'est un flic, parce que cette ville a plus de citoyens à perdre que de flics.

Or, tout en étant là, assis avec Johnny Brannigan, je commence à me demander si, au cours de ses recherches, il n'a jamais découvert Tremblement de Terre, et, s'il l'a découvert, comment il s'en est tiré, car Tremblement de Terre n'est certainement pas un type en face de qui je tiendrais à me trouver, même si j'étais flic.

Tremblement de Terre est un énorme type d'à peu près deux mètres, qui pèse cent dix kilos, et tous ces kilos sont des muscles. Tout le monde vous dira que Tremblement de Terre est l'un des types les plus forts de cette ville, car, à ce qu'il paraît, il a autrefois travaillé dans une fonderie et c'est là, pour une bonne part, qu'il a acquis ses muscles. Il aime en toute occasion faire parade de sa force et une de ses façons favorites de le faire consiste à empoigner deux types de taille normale, un de chaque main, et à les élever en l'air au-dessus de sa tête tous les deux.

Parfois, quand il en a assez de les tenir comme cela, il les envoie balader au diable, particulièrement si ce sont des flics, ou bien il leur cogne la tête l'un contre l'autre et les laisse avec des caboches sérieusement amochées. Quand il est de très bonne humeur, Tremblement de Terre ne trouve rien de mieux que d'entrer dans une boîte de nuit, de tout démolir et d'envoyer les morceaux dans la rue, avec le propriétaire, les garçons, et quelquefois quelques clients. Cela pour vous montrer que Tremblement de Terre est un type plein d'entrain et de gaieté.

Personnellement, je ne vois pas pourquoi Tremblement de Terre ne cherche pas une place d'athlète dans un cirque, car il n'y a pas de raison pour gaspiller en pure perte toute cette force, mais, un jour que je donnais ce conseil à Tremblement de Terre, il m'a répondu qu'il ne pouvait se faire à l'idée des heures fixes auxquelles l'astreindrait le travail dans un cirque.

Tout d'abord, tandis que nous sommes assis là chez Mindy, Johnny Brannigan ne trouve rien à me dire, mais au bout d'un moment, il me regarde.

« Vous vous souvenez de Tremblement de Terre ? me demande-t-il. Vous vous rappelez comme il est fort ?

— Fort ? dis-je à Johnny Brannigan. Mais il n'existe personne qui soit plus fort que Tremblement de Terre ! Mais Tremblement de Terre est assez fort pour soutenir une maison !

— Oui, fait Johnny Brannigan. Vous avez raison.

Assez fort pour soutenir une maison. Oui, dit-il, terriblement fort. Tenez, je vais vous raconter quelque chose au sujet de Tremblement de Terre.

« Il y avait peut-être trois mois que Tremblement de Terre avait tué Mulcahy (c'est Johnny Brannigan qui raconte), quand on nous passe le tuyau qu'il se trouve dans une ville appelée La Nouvelle-Orléans, et, comme je le connais personnellement, c'est moi que l'on envoie là-bas pour l'arrêter. Mais quand j'arrive à La Nouvelle-Orléans, tout ce que je découvre c'est que Tremblement de Terre vient de ficher le camp sans laisser d'adresse.

« Pendant plusieurs jours, impossible de trouver trace de lui et j'ai l'impression d'avoir raté mon coup, quand je tombe par hasard sur un type de Greenwich Village nommé Saül le Soldat. Saül le Soldat est venu à La Nouvelle-Orléans pour assister à des courses de chevaux, il est enchanté d'y trouver un copain de chez lui, et moi pas fâché non plus de le rencontrer parce que je commençais à m'embêter ferme à La Nouvelle-Orléans. Or, Saül le Soldat connaît passablement bien La Nouvelle-Orléans, il m'emmène un peu partout, et, finalement, je lui demande s'il ne peut pas me dire où se trouve Tremblement de Terre.

« "Mais, me dit Saül, Tremblement de Terre s'est embarqué il n'y a pas bien longtemps pour se rendre en Amérique centrale avec une bande de types qui s'en allaient là-bas prendre part à une révolution. Je crois, ajoute Saül, qu'ils sont allés dans un endroit qu'on appelle le Nicaragua."

« Je télégraphie donc à mes chefs et l'on me répond de poursuivre Tremblement de Terre en quelque endroit qu'il se trouve, car, à ce qu'il paraît, les canards de chez nous demandent quelle espèce de police nous possédons et pourquoi on n'arrête jamais personne pour quoi que ce soit.

«Je m'embarque sur un bateau fruitier et j'arrive finalement dans le Nicaragua et dans un patelin qu'on appelle Managua.

« Mais pendant huit jours je me balade par-ci par-là à la recherche de Tremblement de Terre sans pouvoir découvrir cuir ou poil de lui et je commence à croire que Saül le Soldat m'a fourré dedans.

« Il fait bougrement chaud dans ce patelin de Managua, et, un après-midi, fatigué de chercher Tremblement de Terre, je m'en vais dans un petit parc situé au centre de la ville et où il y a beaucoup d'ombrage. C'est un joli parc, bien que là-bas on appelle ça une plaza, et, en face de cette plaza, il y a un grand bâtiment à un étage qui me fait l'effet d'être un couvent, car je vois un tas de bonnes sœurs et de petites gosses entrer et sortir par une porte située sur un des côtés de ce bâtiment, une porte qui a l'air d'être l'entrée principale.

« Un après-midi, donc, je suis assis dans cette plaza quand arrive un énorme type vêtu d'un complet blanc malpropre, qui va s'asseoir sur un autre banc non loin du mien, et j'ai la surprise de constater que ce type n'est autre que Tremblement de Terre.

« Tout d'abord, il ne me voit pas, et pour tout dire, il ne s'aperçoit pas que je suis là avant que je m'approche de lui et que je lui flanque sur la cafetière un coup de matraque qui l'envoie dans les pommes, car, connaissant mon Tremblement de Terre, je sais que ce n'est pas la peine de commencer par lui donner une poignée de main. Je ne cogne pas trop fort tout de même, mais juste assez pour lui faire perdre un peu connaissance pendant une minute, le temps de lui passer les menottes.

« Quand il ouvre les yeux, Tremblement de Terre lève la tête et regarde dans les arbres comme s'il se figurait que c'est une noix de coco qui vient de lui dégringoler sur le citron. C'est au bout de quelques minutes seulement qu'il me découvre. Il se lève en rugissant avec un air tout ce qu'il y a de plus furieux. Mais, à ce moment, il s'aperçoit qu'il a les menottes aux mains, il se rassied alors et me dit :

« "Bonjour, flic. Quand donc es-tu arrivé ?"

« Je lui dis depuis combien de temps je suis dans le patelin et quel mauvais sang il m'a fait faire en ne se montrant pas plus que cela. Il me répond qu'en réalité il était au fin fond de la cambrousse avec un tas de types, en train d'essayer de mettre en train une révolution, mais qu'on a mis tant de temps à commencer qu'il en a eu marre et qu'il est revenu dans le patelin.

« Alors nous finissons par bavarder de choses et autres comme deux copains, et, bien qu'il n'ait quitté New York que depuis quelques mois, Tremblement de Terre s'intéresse vivement à tout ce qui s'y est passé. Il me pose des tas de questions et je lui dis que la qualité de la gnole est en train de s'améliorer partout dans la ville.

« "De plus, Tremblement de Terre, lui dis-je, on te réserve une jolie chaise bien chaude à Ossining[1].

1. Prison de l'État de New York où ont lieu les exécutions. *(N.d.T.)*

« — Eh bien, flic, répond Tremblement de Terre, après tout je regrette d'avoir refroidi Mulcahy. Dans la circonstance, dit-il, c'est réellement un accident. Je n'avais pas l'intention de le tuer. C'était un autre type que je visais. C'était toi, dit-il, que je visais. »

« À ce moment-là, j'ai l'impression que le banc fiche le camp de sous moi et je me trouve assis sur le sol. Le sol aussi a l'air d'essayer de ficher le camp de sous moi et j'entends de tous côtés des bruits d'écroulements et comme un formidable grondement. Tout d'abord je me demande si ce n'est pas Tremblement de Terre qui se met en devoir de tout flanquer sens dessus dessous, mais je l'aperçois étendu par terre à une vingtaine de mètres de moi.

« Je me remets sur mes pattes, mais le sol vacille encore un peu et j'ai de la peine à me tenir droit pour rejoindre Tremblement de Terre, assis maintenant et furieux, et qui me dit en m'apercevant :

« "Personnellement, me dit-il, je considère comme un tour de cochon de ta part de me cogner dessus de nouveau quand je ne m'y attends pas."

« J'explique alors à Tremblement de Terre que ce n'est pas moi qui lui ai flanqué un autre gnon et que ce qui vient de nous arriver, autant que je puis croire, est la conséquence de la chose qui lui a donné son nom, c'est-à-dire un tremblement de terre. En effet, en jetant les yeux autour de nous, n'importe qui peut se rendre compte que c'est bien cela, car de grands nuages de poussière s'élèvent d'un monceau de pierre et de bois à l'endroit où il y avait quelques minutes auparavant de vastes bâtiments, et on voit courir de tous côtés des types et des gonzesses.

« Je regarde par hasard dans la direction du couvent et je m'aperçois qu'il est à peu près en ruine et qu'il va l'être encore davantage sans doute dans peu de temps, car les murs penchent de tous les côtés, mais surtout en dedans. En outre, j'entends des cris s'élever de l'intérieur du vieux bâtiment.

« Je remarque alors que la porte de côté, celle qui a l'air d'être l'entrée principale du couvent, a disparu, laissant béante l'embrasure. Et, maintenant, il faut que je décrive cette porte, car elle joue un rôle important dans les événements qui vont suivre. Avant tout cela, c'était une porte assez large, pratiquée au flanc du bâtiment de pierre, encadrée de massifs montants de bois et surmontée d'un cintre également en bois. Mais on dirait que le mur, au-dessus et des deux côtés, est en train de s'affaisser, de sorte que la porte a maintenant la forme d'un V renversé. Quant à l'encadrement de bois, il a fléchi mais ne s'est pas brisé.

« Autant que j'en puisse juger, cette porte est la seule issue du couvent que ne bouchent pas les pierres et les poutres écroulées, et il est certain qu'elle va bientôt être bouchée à son tour. Je m'adresse donc à Tremblement de Terre.

« "Tremblement de Terre, lui dis-je, il y a beaucoup de bonnes sœurs et de petites gosses dans cette boîte là-bas, et, d'après les cris qui sortent de l'intérieur, je pense qu'il y en a quelques-unes d'entre elles qui sont bien vivantes. Mais dans quelques minutes, dis-je, elles ne le seront plus, parce que les murs vont s'écrouler et les écrabouiller.

« — Oui, dit Tremblement de Terre en jetant un coup d'œil du côté du couvent, ce que tu dis me semble juste. Eh bien, flic, fait-il, qu'est-ce qu'on pourrait bien faire dans la circonstance ?

« — On peut essayer d'en retirer de là-dedans quelques-unes si tu veux m'aider, Tremblement de Terre, dis-je. J'ai entendu dire que tu es un type très fort.

« — Fort ? reprend Tremblement de Terre. Mais tu sais bien que je suis peut-être le type le plus fort du monde.

« — Tremblement de Terre, lui dis-je, tu vois cette porte là-bas ? Eh bien ! Tremblement de Terre, si tu es assez fort pour en soutenir l'encadrement et l'empêcher de s'écrouler, je vais passer à l'intérieur et faire sortir toutes les bonnes sœurs et toutes les gosses qui sont encore en vie.

« — Tiens, fait Tremblement de Terre, voilà l'idée la plus lumineuse que j'aie jamais entendue sortir de la bouche d'un flic. Vrai comme je te le dis, je soutiendrai cet encadrement jusqu'à la Saint-Glinglin."

« Alors Tremblement de Terre me tend ses battoirs et je lui ôte les menottes. Puis il court vers la porte du couvent, et moi derrière lui.

« Cette porte est maintenant en train de s'obstruer graduellement sous le poids des tonnes de pierre qui exercent leur poussée sur l'encadrement, et, quand nous arrivons, le V renversé est si étroit du haut en bas que Tremblement de Terre a toutes les peines du monde à se glisser dans le peu d'espace libre qui reste.

« Mais le vieux Tremblement de Terre réussit à s'y couler, face à l'intérieur, et, une fois là, le voilà qui se met à pousser contre les montants de la porte des deux côtés, et je comprends immédiatement comment il a acquis sa réputation d'homme fort. L'encadrement de la porte commence à s'élargir, et, à mesure qu'il s'élargit, Tremblement de Terre écarte les jambes, de telle sorte qu'il y a bientôt entre elles assez d'espace pour passer. Sa tête est tellement penchée en avant que son menton repose sur son sternum, car un poids énorme pèse sur la nuque et les épaules de Tremblement de Terre, et il me rappelle les dessins représentant un type nommé Atlas en train de supporter le monde.

«Je passe donc par l'espace laissé libre entre ses jambes écartées et je vais à la recherche des bonnes sœurs et des gamines. Elles sont pour la plupart dans une grande salle du rez-de-chaussée, toutes tassées les unes contre les autres, en train de gueuler à qui mieux mieux.

«Je leur fais signe de me suivre et je les conduis à travers les décombres et le long du couloir jusqu'à l'endroit où Tremblement de Terre soutient la porte, et je dois convenir que, pendant tout ce temps-là, il la soutient à merveille.

« Mais le poids qu'il a sur les épaules doit commencer à lui peser terriblement car ses épaules fléchissent graduellement; son menton, maintenant, est presque sur son ventre, et sa figure est cramoisie.

«Alors, entre les jambes écartées de Tremblement de Terre, je fais passer dans la rue, hors d'atteinte du mur du couvent, cinq bonnes sœurs et quinze petites filles. Mais il y a une vieille nonne qui refuse de passer entre les jambes de Tremblement de Terre, et je finis par comprendre, à la façon dont elle gesticule, qu'il y a encore d'autres gosses dans le couvent et qu'elle désire que j'aille les chercher elles aussi.

« Mais je puis me rendre compte que prolonger son effort va devenir pour Tremblement de Terre épuisant et peut-être légèrement irritant, et je lui dis :

« "Tremblement de Terre, tu m'as l'air éreinté et je vois bien que tu n'en peux plus. À mon tour, si tu veux t'ôter de là, je vais soutenir la porte pendant quelque temps et tu vas pouvoir aller avec cette vieille bonne sœur chercher le reste des gosses.

« — Flic, me répond Tremblement de Terre en parlant du fond de sa poitrine, parce qu'il ne peut pas lever la tête bien haut, je suis capable de soutenir cette porte avec mon petit doigt pourvu qu'il n'ait pas de foulure, va donc et ramène les autres gosses."

« La vieille bonne sœur me conduit alors dans une autre partie du bâtiment où elle sait, j'imagine, qu'il y a d'autres gosses.

« En effet, la vieille nonne ne se trompe pas, mais il suffit d'un seul coup d'œil pour se rendre compte que ce n'est pas la peine de transporter ces gosses-là à l'extérieur.

« Nous retournons donc vers Tremblement de Terre. Il nous entend venir à travers les décombres et soulève un peu la tête. Il me regarde, et je m'aperçois que la sueur ruisselle sur sa figure et que les yeux lui sortent de la tête. Il est facile de voir qu'il est à bout de forces. Quand je suis près de lui, il me dit :

« "Fais-la sortir tout de suite. Fais sortir la vieille gonzesse. »

«Je pousse donc la vieille bonne sœur à travers les jambes écartées de Tremblement de Terre, mais je remarque qu'il n'y a plus entre ses jambes le même espace que tout à l'heure et je me dis que ses vieilles guibolles sont en train de flancher. Alors je dis comme ça à Tremblement de Terre :

« "Eh bien ! Tremblement de Terre, que je lui dis, il est temps pour nous deux de nous débiner. Je vais sortir le premier, tu pourras alors te dégager de là, et nous tâcherons de trouver un moyen de retourner à New York, car le patron doit commencer à se faire de la bile.

« — Écoute, flic, me dit Tremblement de Terre, je ne vais jamais pouvoir me tirer de ce coin. Si je bouge d'un pouce en avant ou en arrière, tout le fourbi va dégringoler. Mais, flic, ajoute-t-il, avant de me fourrer là-dedans, je savais que j'avais quatre-vingt-dix-neuf chances sur cent d'y rester. Alors ne va pas te figurer que je me suis laissé pincer sans le savoir. Après tout, conclut Tremblement de Terre, ça vaut mieux que la chaise électrique. Je peux encore tenir quelques minutes, qu'il dit, tu ferais bien de sortir."

« Je sors donc vivement entre les jambes écartées de Tremblement de Terre, car je me dis que dans tous les cas il est préférable d'être dehors. Et, une fois dehors, je reste à regarder Tremblement de Terre et à me demander ce que je pourrais bien faire pour lui. Mais il est facile de voir qu'il a raison quand il me dit que s'il bouge d'un pouce en avant ou en arrière tout va s'écrouler, si bien qu'il ne semble pas y avoir grand-chose à faire.

« Puis j'entends Tremblement de Terre m'appeler et je m'approche assez près pour pouvoir saisir ce qu'il dit.

« “Flic, souffle-t-il, dis à la famille de Mulcahy que je regrette ce que j’ai fait. C’est au vieux Tremblement de Terre, ne l’oublie pas, que tu dois la vie, quelle que soit la valeur que tu lui attribues. Je ne sais pas encore pourquoi je n’ai pas suivi mon idée de tout lâcher au moment où tu poussais la vieille bonne sœur dehors et de t’emmener avec moi où je vais aller. Peut-être que je commence à avoir le cœur mou. Eh bien ! au revoir, flic, dit-il.

« — Au revoir, Tremblement de Terre”, ai-je répondu en m’éloignant.

« Vous connaissez maintenant (c’est Johnny Brannigan qui parle) l’histoire de Tremblement de Terre.

— Savez-vous, dis-je, que c’est une histoire bien émouvante, Johnny. Mais, ajouté-je, si vous avez laissé Tremblement de Terre en train de soutenir quelque chose, il est peut-être encore en train de le soutenir, car Tremblement de Terre est un type réellement bien fort.

— Oui, dit Johnny Brannigan, il était bien fort. Mais au moment où je m’éloignais, une seconde secousse est survenue, et quand je me suis relevé de par terre et que j’ai regardé de nouveau du côté du couvent, je me suis aperçu que Tremblement de Terre lui-même n’était pas assez fort pour supporter celle-là. »

UN FINANCIER DE BROADWAY

De toutes les poules de Broadway qui ont fait fortune pendant ces vingt-cinq dernières années, celle qui a le mieux réussi est sans contredit une gonzesse du nom de Soie, le jour où elle a décroché un banquier appelé Israël Ib, car la réussite de Soie se chiffre par une somme de trois millions cent dollars et quelques cents.

Il est généralement admis par tous ceux qui sont au courant de ces sortes de questions que le record en cette matière appartenait jusqu'à ces derniers temps à une gonzesse nommée Irma Teak, qui mit le grappin sur un grand-duc russe, en 1911, à l'époque où les grands-ducs russes étaient considérés comme très avantageux pour les gonzesses. Mais à l'heure actuelle autant vaudrait pour elles avoir des poux qu'un grand-duc de Russie. Quoi qu'il en soit, ce que cette Irma Teak a récolté de son grand-duc russe n'était pas loin d'un million de dollars, et elle s'en est allée avec son grand-duc habiter Londres où, pendant quelque temps, elle a fait fureur. Mais finalement Irma Teak est devenue aveugle, ce qui fut pour elle une terrible épreuve, parce qu'elle ne pouvait plus voir à quel point elle rendait jalouses les autres gonzesses avec ses diamants, ses zibelines et tout le tralala. Alors, en fin de compte, quel plaisir pouvaient lui procurer toutes ces machines-là ?

J'ai bien connu Irma Teak quand elle faisait son numéro au vieux Jardin d'Hiver[1], et je connaissais aussi une autre poule nommée Mazie Mitz, qui faisait partie du corps de ballet de Floradora, et qui s'est fait quelque chose comme trois cent mille dollars avec un type propriétaire d'une série de « prisunics ». Et trois cent mille dollars ce n'est pas une paille. Mais Mazie Mitz a fini par le plaquer et est partie avec un joueur de saxophone pour qui elle avait le béguin, si bien qu'elle est redevenue juste aussi purée qu'avant.

Je connais également Clara Simons, le modèle de chez Rickson, à qui un type de Wall Street a fait cadeau pour son anniversaire d'une maison de ville à quatre étages et d'une propriété à Long Island. Je n'ai jamais fait personnellement la connaissance de ce type, mais j'ai toujours pensé que ce devait être un fameux couillon, car tous ceux qui connaissent Clara Simons savent parfaitement qu'un flacon de parfum lui aurait fait tout autant de plaisir comme cadeau d'anniversaire. Il est possible, autant que je sache, que Clara possède toujours cette maison de ville et cette propriété à la campagne, mais elle doit friser maintenant la quarantaine et, naturellement, personne à Broadway ne se soucie de ce qu'elle est devenue.

Je connais une centaine d'autres poules qui ont fait fortune, et quelques-unes d'une façon magnifique, mais cela ne va ni ne vient à côté de ce que Soie a reçu d'Israël Ib, et cette fortune-là est d'autant plus surpre-

1. Music-hall de New York. *(N.d.T.)*

nante que Soie a commencé par avoir pas mal d'idées préconçues sur les banquiers. En ce qui me concerne, je ne gobe pas beaucoup ces cocos-là et mon sentiment est qu'ils ont un caillou à la place du cœur, mais je n'ai contre eux aucune prévention. Je les considère au contraire comme une nécessité, car si les banquiers n'existaient pas, nombre de citoyens ne sauraient sur qui tirer leurs chèques.

C'est pas mal de temps avant de faire la connaissance d'Israël Ib que Soie m'a expliqué la raison de ses préjugés contre les banquiers. Elle faisait alors simplement partie de la troupe des danseuses à la boîte de Johnny Oakley, dans la 53e Rue, et elle arrivait chez Mindy quand elle avait fini son boulot, ce qui était généralement sur les quatre heures du matin.

À cette heure-là, il y a toujours chez Mindy bon nombre de citoyens à se reposer après des parties de dés et autres choses du même genre, et les gonzesses des différentes boîtes des alentours, danseuses et tenancières, y viennent manger un morceau avant de rentrer, et, d'habitude, ces gonzesses sont encore toutes maquillées et tombent de fatigue.

Naturellement, elles finissent par connaître les habitués du lieu, elles leur disent bonsoir et il leur arrive d'accepter qu'ils leur offrent quelque chose, un café avec des pâtisseries danoises, ou des œufs brouillés, et tout cela pour le plaisir, en tout bien tout honneur, car il va sans dire qu'un type éreinté d'avoir joué aux dés ne va pas se monter le job pour une danseuse flapie ou une maquerelle, surtout pour une maquerelle.

Un matin, donc, Soie est assise à une table en train d'avaler un café avec une tranche de tarte aux pommes, quand arrive le Grec, l'air complètement fourbu. Le Grec est un gros ponte que tout le monde connaît. Il se laisse tomber sur une chaise à côté de moi et commande un hareng mariné avec des tranches d'oignons, mets considéré comme des plus ravigotants, puis il dit incidemment qu'il vient de jouer contre la banque pendant vingt-quatre heures consécutives, et Soie de s'écrier incontinent :

« Les banques, j'ai ça en horreur ; et les banquiers je ne peux pas les souffrir. Sans eux je ne serais peut-être pas obligée de turbiner comme une esclave dans cette sale petite boîte de Johnny Oakley pour trente dollars par semaine. Ma maman serait peut-être encore en vie et j'aurais mon chez-moi au lieu de loger dans un nid à puces de la 47e Rue.

« Un jour, raconte Soie, ma maman, à force de frotter les planchers dans un immeuble à bureaux, finit par économiser trois cents dollars pour m'envoyer à l'école. Alors un banquier d'un des bureaux dont elle frottait les planchers lui conseilla de placer son pognon dans sa banque. Là-dessus la banque vient à faire la culbute, et ça fait un tel coup à ma maman qu'elle en meurt subitement. J'étais toute gosse dans ce temps-là, dit Soie, mais je nous vois encore devant la banque fermée, et maman qui pleurait toutes les larmes de son corps. »

Personnellement je trouve que la façon dont Soie traite la boîte de Johnny Oakley est un peu exagérée, car ce n'est pas une petite boîte et je lui explique que ce dont parle le Grec est la banque d'un jeu de pharaon et non pas une banque où l'on place de l'argent, car celle-ci ne s'appelle pas du tout une banque mais un piège à gogos, tandis que la banque du pharaon est un jeu de hasard. Et si je me donne la peine d'expliquer cela à Soie, c'est que tout le monde lui donne toujours des explications sur toute espèce de choses.

Ce qu'il y a de particulier c'est que tout le monde tient à ce que Soie ait une éducation soignée, surtout les habitués de chez Mindy, parce qu'elle est orpheline et qu'elle n'a jamais eu l'occasion d'aller à l'école ; car nous ne voulons pas qu'elle soit aussi gourde que la moyenne des poules. Dès la minute, en effet, où Soie a mis les pieds chez Mindy, elle nous a été sympathique à tous.

Dans ce temps-là, Soie peut avoir dans les dix-sept ans, elle pèse à peu près quarante-cinq kilos toute trempée, et elle est aussi plate qu'un garçon. Elle a des cheveux châtain clair et des yeux bruns qui ont l'air d'être trop grands pour sa figure, et quand elle vous parle elle vous regarde droit dans les yeux, comme quand un type parle à un autre type. De fait, j'ai toujours soutenu que Soie avait plus d'un type que d'une gonzesse, à telle enseigne qu'elle a fini par penser comme un type, peut-être parce qu'elle est plus souvent dans la compagnie des types que dans celle des autres poules, et, d'une façon générale, elle se comporte tout à fait comme un type.

Elle adore rester chez Mindy, aux premières heures du matin, à bavarder avec différents citoyens, bien qu'elle écoute plus qu'elle ne parle elle-même, et elle aime beaucoup écouter les gens parler de courses de chevaux, de parties de base-ball, de matches de boxe, de jeux de dés, et les types qui bêchent leurs anciens béguins et toutes les choses dont on bavarde en général. Elle n'interrompt que rarement, sauf pour poser une question. Naturellement, une gonzesse qui prend son plaisir à écouter au lieu de jaspiner pour son propre compte est forcément bien vue de tout le monde, car s'il y a une chose qui agace les types et dont ils aient horreur c'est bien une gonzesse bavarde.

Beaucoup de citoyens, donc, s'intéressent à l'éducation de Soie, y compris Regret, l'amateur de courses, qui lui explique comment on persuade à un type de parier sur un cheval favori, bien que, personnellement, je considère que pour une jeune poule il est à peu près aussi utile de savoir ça que la façon de tricher au jeu que le Grand Nig lui enseignait je ne sais plus quelle nuit.

Puis il y a Doc Daro, qui a la réputation d'être le plus gros spéculateur qui se soit jamais de nos jours baladé sur les baignoires, car il pratiquait en grand la traversée aller et retour de l'Atlantique pour jouer avec les autres passagers au bridge, au poker et à divers autres jeux, mais il a fini par attraper aux mains un rhumatisme si douloureux qu'il ne peut plus donner les cartes, et, naturellement, ne pouvant plus donner les cartes, Doc Daro n'a plus aucune raison d'essayer de jouer à des jeux d'adresse.

Doc Daro dit toujours à Soie quels chenapans sont les types, et il lui explique les différentes sortes de trucs qu'ils tenteront d'employer avec elle, car ce sont les mêmes trucs dont Doc Daro en personne a usé dans le temps. Doc est convaincu qu'une jeune gonzesse qui doit se défendre à Broadway a besoin d'être soigneusement mise en garde contre ces choses-là. Mais Soie me confie en particulier qu'à cinq ans elle connaissait déjà tout ce que Doc lui raconte.

Le type qui, à mon avis, a fait le plus de bien à Soie c'est un vieux pépère qu'on appelle le Professeur D. et qui a tout le temps le nez fourré dans les bouquins quand il n'est pas occupé à faire des pronostics sur les chevaux. Le Professeur D. passe pour être légèrement dingo avec ses bouquins, mais il a, paraît-il, pris cette habitude quand il était professeur dans une université de l'Ohio, avant de devenir un parieur enragé. Quoi qu'il en soit, le Professeur D. entreprend de donner à Soie des livres à lire, et, qui plus est, elle les lit et en discute après avec le Professeur qui est ravi.

« C'est une petite gonzesse très intelligente, me dit un jour le Professeur D. Et, en plus de cela, ajoute-t-il, elle a du cœur.

— Ouais, que je réponds, le Grand Nig assure qu'elle peut tenir une paire de dés contre la paume de sa main aussi bien que n'importe qui. »

Mais le Professeur se contente de me dire adieu et de s'en aller, et je me rends bien compte qu'il ne me considère pas comme un individu digne de le fréquenter, bien que je m'intéresse autant que qui que ce soit à l'éducation de Soie.

Voilà donc qu'un soir la principale chanteuse de la boîte de Johnny Oakley, une gonzesse appelée Myrtle Marygold, attrape la rougeole de son fils âgé de douze ans, et, comme Johnny a déjà assez de mal à attirer les clients dans sa boîte sans leur faire cadeau de la rougeole quand ils y viennent, il renvoie immédiatement Myrtle Marygold.

Mais alors il n'a plus personne pour chanter *Stacker Lee* à ses clients. *Stacker Lee* est une chanson avec laquelle Myrtle Marygold déchaîne l'enthousiasme de l'auditoire — si bien que Johnny passe en revue ses danseuses et, finalement, demande à Soie si elle sait chanter. Soie répond qu'elle sait chanter mais qu'elle ne veut pas chanter *Stacker Lee* parce qu'elle considère ça comme une rengaine endormante. Elle ajoute qu'elle veut bien chanter quelque chose de classique, et Johnny Oakley, qui est fort embêté de ce qui lui arrive, lui dit qu'elle peut y aller. Soie chante donc une très vieille chanson intitulée *Annie Laurie*, une chanson que sa maman lui avait apprise, et elle la chante avec tant de force que toute la salle éclate en sanglots.

Bien entendu, en cherchant un peu, on découvrirait que les sanglots proviennent du Professeur D., du Grand Nig et du Grec, qui sont là par hasard et que cette chanson fait sangloter parce que c'est Soie qui la chante, mais Johnny Oakley considère cela comme un succès formidable, et tous les soirs il fait chanter à Soie *Annie Laurie*. Si bien que, l'un de ces soirs, Harry Fitz, l'agent théâtral, entre en passant, l'entend chanter et raconte à Ziegfeld qu'il a découvert une gonzesse qui a une façon de chanter tout à fait inédite.

Naturellement Ziegfeld l'engage tout de suite pour ses Folies, car il a très grande confiance dans le jugement d'Harry Fitz, mais lorsque Ziggie entend Soie chanter, il lui demande si elle ne sait pas faire autre chose, et il est rudement soulagé quand il apprend qu'elle sait danser.

Soie devient donc danseuse chez Ziegfeld, et, le premier soir où elle paraît sur la scène, elle remporte un vif succès auprès des critiques dramatiques, car elle danse complètement vêtue, ce que l'on considère comme le *nec plus ultra* de l'originalité. Les citoyens de chez Mindy font une collecte pour lui offrir un plein taxi d'orchidées et un coussin de fleurs, et le Professeur D. lui fait cadeau pour sa part d'un livre intitulé *Résumé d'histoire générale*, si bien que Soie est la gonzesse la plus heureuse de la ville.

Une année se passe, et cette année passée aux Folies produit sur Soie un effet absolument extraordinaire. En ce qui me concerne, je ne remarque pas grand changement dans sa personne, si ce n'est que son corps s'est développé, qu'elle a acquis des rondeurs par-ci par-là aux endroits où une gonzesse a le droit d'en avoir, et que sa figure est devenue assez grande pour ses yeux. Mais tous les autres assurent qu'elle est maintenant très jolie. Elle a tout le temps sa photo dans les journaux, et il y a des douzaines de types qui ne cessent de lui envoyer des fleurs et un tas d'autres choses.

Il y a en particulier un type qui se met à lui envoyer des bijoux, que Soie apporte toujours chez Mindy pour les montrer à Joe le Bijoutier, car Joe est un type qui vend des bijoux dans Broadway depuis des années, et il lui suffit d'une seconde pour vous dire ce que vaut un bijou.

Il trouve que ceux que Soie apporte pour les lui montrer ne sont que du toc, et, comme de juste, il lui conseille de ne plus fréquenter un type qui n'est pas capable de lui donner mieux que ça. Mais, un matin, elle arrive chez Mindy avec une bague où il y a une émeraude aussi grosse qu'un savon, et Joe le Bijoutier n'a pas plutôt vu cette émeraude qu'il déclare à Soie que celui qui lui a fait ce cadeau mérite la plus sérieuse considération.

Or, à ce qu'il paraît, le type qui lui a envoyé l'émeraude n'est autre que le banquier Israël Ib à qui appartient le piège à gogos intitulé Banque des Ponts, dans East Side, et la façon dont Soie a fait sa connaissance n'est pas banale. Cela s'est fait grâce à un jeune type du nom de Siméon Slotsky, caissier au piège à gogos d'Israël Ib, qui a vue Soie danser un soir aux Folies et qui a eu le coup de foudre pour elle.

C'est ce Siméon Slotsky qui envoyait à Soie les bijoux qu'elle apportait d'abord chez Mindy. Et la façon dont il se procurait de quoi payer ces bijoux consistait à barboter de temps en temps un peu de pognon dans une caisse qui ne lui appartenait pas. Il va sans dire que c'est une façon d'agir très malhonnête. Israël Ib ne tarde pas à découvrir les friponneries de Siméon Slotsky et se dispose à le faire coffrer.

Mais Siméon Slotsky ne tient pas du tout à être coffré. En désespoir de cause, il va trouver Soie et lui raconte toute son histoire, en lui expliquant que, s'il a commis cet acte malhonnête, c'est parce qu'il est fou d'elle, bien que Soie ne lui ait jamais donné le moindre encouragement et ne lui ait pas, en réalité, adressé jusqu'à présent deux paroles.

Il lui dit qu'il appartient à une vieille et respectable famille d'East Side et que ses parents auront un immense chagrin si on le met en prison, surtout sa maman, mais qu'Israël Ib tient absolument à le faire coffrer, parce qu'il n'admet pas qu'on barbote de la galette dans sa caisse. Siméon Slotsky dit que sa maman a pleuré dans le gilet d'Israël Ib en essayant de l'attendrir et de le détourner de sa résolution de faire mettre son fils en prison, mais qu'Israël Ib est un type au cœur dur qui ne veut rien entendre, et que, par-dessus le marché, il est furieux parce que les larmes de la maman de Siméon ont taché son gilet. Siméon ajoute donc qu'il est inévitable pour lui d'aller en prison, à moins que Soie ne trouve une solution.

Or Soie est elle-même très jeune, elle a très bon cœur et elle a pitié de Siméon Slotsky parce qu'elle voit bien qu'il n'est qu'un parfait nigaud, c'est pourquoi elle s'assied et écrit à Israël Ib une lettre l'invitant à venir la trouver dans les coulisses des Folies pour une affaire très importante. Bien entendu, Soie ne se rend pas compte que ce n'est pas ainsi qu'on écrit d'ordinaire à un banquier et qu'il y a en général mille chances contre une, pour parler comme le Grec avec ses paris, qu'un banquier ne tienne aucun compte d'une lettre de ce genre, si ce n'est peut-être pour la transmettre à son avocat.

Mais il paraît que cette lettre intrigue Israël Ib, car il a toujours eu le secret désir d'être admis à jeter un coup d'œil dans les coulisses des Folies, pour voir si les gonzesses sont aussi peu vêtues qu'on le prétend. Il s'y rend donc le soir même, et, en cinq minutes, Soie l'a complètement convaincu pour ce qui est de l'affaire de Siméon Slotsky. Israël Ib dit qu'il va arranger la chose et trouver une place à Siméon dans une banque de l'Ouest.

Le lendemain donc, Siméon Slotsky vient remercier Soie de tout ce qu'elle a fait pour lui. Il fond en larmes et lui demande une photo signée, qu'il donnera, dit-il, à sa maman afin qu'elle puisse l'accrocher à son mur, là-bas dans East Side, et se souvenir toujours de la gonzesse qui a sauvé son fils. Puis Siméon Slotsky s'en va à ses affaires, et, autant que je sache, il devient un citoyen honnête et utile. Mais quarante-huit heures plus tard, Soie porte au doigt l'émeraude d'Israël Ib.

Cet Israël Ib n'est pas un type de Broadway, et même très peu de gens ont entendu parler de lui avant qu'il n'envoie à Soie cette émeraude. Israël Ib est en effet, à ce qu'il paraît, un type rangé et laborieux, uniquement occupé, avant le soir où il fait la connaissance de Soie, de faire marcher sa boîte et de gagner beaucoup de fric.

C'est à ce moment-là un type d'une quarantaine d'années, petit, gras, avec un bedon proéminent, et, sur ce bedon, un éternel gilet blanc barré d'un cordon noir au bout duquel pend un binocle à monture d'or. Il possède un pif monumental, et, sous quelque angle qu'on le regarde, il est commun comme un carré de choux, mais tout le monde le considère comme un type qui fera son chemin dans la banque.

Soie ne cesse de dire des blagues sur Israël Ib, car, comme bien on pense, elle ne s'intéresse pas beaucoup à un type qui marque aussi mal, mais tous les matins elle arrive chez Mindy avec toutes sortes de colifichets tels que bracelets, bagues, ou broches, et, finalement, Joe le Bijoutier lui parle très sérieusement et lui déclare qu'un type qui a le moyen de lui faire cadeau de marchandises comme celles-là n'est pas un sujet de plaisanterie.

Il est hors de doute qu'Israël Ib a le béguin pour elle, et, personnellement, je considère comme une calamité qu'un type aussi habile en affaires se fourre dans une pareille situation. Mais alors je me dis que des types mille fois plus malins qu'Israël Ib se sont laissé pincer de la même façon, et que, par conséquent, ça doit toujours être comme ça.

Le résultat de tout ça c'est que Soie commence à faire un peu attention à Israël Ib, et on ne tarde pas à apprendre qu'elle quitte les Folies, s'en va habiter un vaste appartement dans Park Avenue, se promène dans une grosse voiture, avec un type en livrée pour la conduire, et qu'elle possède assez de manteaux de fourrure pour toute une tribu d'Esquimaux, y compris un paletot de chinchilla qui a coûté trente gros billets à Israël Ib.

En outre, on apprend que l'immeuble où elle habite est sa propriété et quelques citoyens n'en reviennent pas, car ils n'auraient jamais cru qu'une gonzesse qui vient de quitter Broadway ait assez de jugeote pour posséder quoi que ce soit à son nom, sauf peut-être une citation à comparaître pour infraction aux règlements de la circulation. Mais le Professeur D. dit que cela ne le surprend pas, parce qu'il lui a fait lire un bouquin intitulé *De l'importance de la propriété.*

Nous ne voyons presque plus jamais Soie à présent, mais, de temps en temps, nous entendons dire qu'elle est encore devenue propriétaire de quelques immeubles de rapport, et les citoyens de chez Mindy en sont enchantés parce que, disent-ils, c'est la preuve que le mal qu'ils se sont donné pour faire l'éducation de Soie n'a pas été du temps perdu. Pour finir, nous apprenons que Soie est partie pour l'Europe, et, pendant environ deux ans, elle habite à Paris et en d'autres endroits, et certains assurent que si elle reste en Europe c'est parce qu'elle a découvert tout à coup qu'Israël Ib est marié. Mais, quant à moi, j'imagine que Soie l'a toujours su, car ce n'est certainement pas un mystère. En effet Israël Ib est tout ce qu'il y a de plus marié et sa femme est une grande et grosse vieille gonzesse dont la famille possède des tas de pognon.

La vérité est sans doute que Soie en a assez et plus qu'assez de contempler Israël Ib et qu'elle reste à l'étranger pour ne pas être obligée de contempler sa vilaine bobine plus de deux ou trois fois par an, car il est impossible à Israël Ib de trouver plus souvent des prétextes pour aller la voir. Puis, un hiver, nous entendons dire que Soie va rentrer chez elle et y rester. C'est l'hiver de 1929, alors que tout marche si mal.

Peu de temps avant Noël, un matin vers onze heures, Soie débarque du paquebot, et elle s'attend probablement à rencontrer Israël Ib sur le quai, mais Israël Ib n'y est pas, et il n'y a personne pour lui dire pourquoi Israël Ib n'est pas là.

Les types de la douane retiennent, paraît-il, quelques-uns des bagages de Soie, car elle a rapporté assez de marchandises de toutes sortes pour ouvrir un magasin de nouveautés. Elle voudrait voir Israël Ib pour arranger cette affaire. Elle prend donc un taxi et dit au chauffeur de la conduire au piège à gogos d'Israël Ib, dans l'intention de s'y arrêter une minute, de donner à Israël Ib ses instructions, et, peut-être, de lui passer une bonne engueulade pour ne pas être venu à sa rencontre.

Or, jusqu'à présent, Soie n'est jamais allée à la banque d'Israël Ib, qui se trouve au fin fond d'East Side, là où résident nombre de citoyens à longues barbes qui ne parlent guère anglais, et où flotte toujours comme une odeur de harengs, et, à mesure qu'elle approche du coin où est situé le piège à gogos d'Israël Ib, ce quartier l'étonne et l'écœure.

Ce qui l'étonne également c'est de trouver devant la banque une foule énorme composée de nombreuses barbes, de vieilles gonzesses avec un châle sur la tête, et de gosses de toutes les tailles. Toute cette foule paraît très agitée, tout le monde fait entendre des gémissements et des lamentations, surtout une vieille gonzesse qui se tient sur le seuil d'une petite boutique, à deux portes de la banque.

La vieille gonzesse fait, en vérité, plus de bruit à elle toute seule que tout le reste de la foule ensemble, de temps en temps, elle élève la voix, et, sans cesser de pleurer, se met à vociférer dans une langue barbare des paroles qui semblent pleines d'hostilité.

Le taxi de Soie n'arrive pas à passer à travers la foule et un flic s'approche pour dire au chauffeur qu'il vaudrait mieux faire un détour. Soie demande alors au flic pourquoi tous ces gens font un tel vacarme dans la rue au lieu de rester chez eux bien au chaud, car le temps est plus froid que le cœur d'une blonde, et il y a pas mal de glace un peu partout.

« Mais, dit le flic, vous ne connaissez donc pas la nouvelle ? Cette boîte a fait faillite ce matin, et le type qui la dirige, un nommé Israël Ib, est à la prison des Tombeaux, et tous ces gens sont furieux parce que beaucoup d'entre eux ont leur pognon dans cette banque. Et même, ajoute le flic, quelques-uns, comme cette vieille gonzesse là-bas qui pousse des hurlements devant cette boutique, ont dans cette boîte les économies de toute leur vie, et il paraît qu'ils sont ruinés.

C'est vraiment triste, conclut-il, car ce sont de très très pauvres gens. »

Il en a les larmes aux yeux et il flanque un coup de son bâton sur le crâne d'un vieux type à barbe, parce que le vieux gémit si fort que le flic n'arrive pas à se faire entendre.

Tout cela est naturellement tout nouveau et bien étonnant pour Soie, et quoiqu'elle soit furieuse de ne pouvoir trouver Israël Ib pour lui faire retirer ses bagages à la douane, elle dit au chauffeur du taxi de sortir immédiatement de ce quartier et de la conduire à son appartement de Park Avenue, qu'elle a fait préparer pour sa rentrée. Puis elle envoie chercher l'édition de midi des journaux du soir et elle y lit un compte rendu détaillé des canailleries d'Israël Ib, qui a laissé sa boîte faire faillite au nez de ces pauvres diables.

On a, paraît-il, fourré Israël Ib à la prison des Tombeaux car on soupçonne quelque chose d'illégal dans cette faillite, mais, naturellement, personne ne croit qu'on l'y gardera longtemps, parce qu'il est banquier. Et même le bruit court déjà que les types qui l'ont mis en prison pourraient bien se trouver plus tard fort embêtés, car il est considéré comme un manque total de courtoisie envers un banquier de le mettre à la prison des Tombeaux, où le confort n'est pas de premier ordre.

L'un des journaux consacre un article à la chère épouse d'Israël Ib, qui s'est esquivée dès qu'elle a eu vent de la faillite et de l'incarcération d'Israël Ib à la prison des Tombeaux. Elle déclare, ajoute cet article, qu'il se débrouillera comme il pourra, mais qu'elle ne donnera pas un sou de son fric, et elle laisse entendre de façon transparente que les mauvaises affaires d'Israël Ib sont dues au fait qu'il a gaspillé la galette de la banque pour une poule. L'article dit encore qu'elle retourne dans sa famille, et, à en juger par le ton dudit article, on dirait que le journaliste qui l'a écrit considère que c'est là, du moins, une fameuse chance pour Israël Ib.

Or les insinuations de la chère épouse d'Israël Ib, au sujet de l'argent de la banque qu'il aurait dépensé pour une gonzesse, sont reproduites comme des faits positifs par les journaux du lendemain matin, et, sans doute, si Soie lisait ces journaux du matin, elle considérerait comme plus sage de ne pas retourner à la banque d'Israël Ib, car son nom est mentionné en toutes lettres et les journaux donnent d'elle de grandes photos du temps où elle était aux Folies.

Mais, le lendemain matin à neuf heures, voilà Soie dans un taxi devant la Banque des Ponts, avec une idée formidable qui lui trotte, paraît-il, par la tête, bien qu'elle ne fasse connaître cette idée que plus tard.

Il y a déjà devant la banque une foule assez dense, car il est toujours difficile de faire comprendre aux gens d'East Side, porteurs de barbes et de châles, ce que c'est qu'une banque qui a fait la culbute. Il y en a qui rôdent pendant des jours autour d'une boîte en faillite, leur carnet de banque à la main, et il faut même parfois toute une semaine pour convaincre ces gens-là que leur fric est irrémédiablement perdu et qu'ils n'ont qu'à rentrer chez eux et à recommencer à faire des économies.

Il y a toujours beaucoup de gémissements et de lamentations, mais tout de même un peu moins que la veille, et, de temps en temps, la vieille gonzesse sort brusquement de la petite boutique et se tient devant sa porte en brandissant le poing dans la direction de la banque fermée, tout en vociférant dans une langue inconnue. Il y a là un type bas sur pattes, crasseux, avec une barbe en broussaille et un vieux chapeau melon enfoncé jusqu'aux oreilles. Il tient à la main un journal du matin tout ouvert, tandis qu'autour de lui un groupe d'autres types l'écoute lire ce que raconte le journal au sujet de l'affaire.

Un seul flic maintenant se promène de long en large, le même à qui Soie a parlé la veille. Quand elle descend du taxi il a l'air de la reconnaître et il s'approche d'elle, tandis que beaucoup de gens cessent de gémir et de se lamenter pour la zyeuter, car ce n'est pas tous les jours qu'on voit une gonzesse comme ça dans le quartier.

Le flic n'a pas plutôt dit bonjour à Soie que le type au journal s'arrête de lire. Il jette un regard sur elle, puis sur la photo reproduite sur la page qu'il a sous les yeux. Puis il montre la photo en désignant Soie et se met à jacasser comme une pie avec les types qui l'entourent. À ce moment la vieille gonzesse sort de sa boutique pour brandir encore une fois le poing vers le piège à gogos d'Israël Ib, et, en entendant la jacasserie, elle s'approche du groupe qui entoure le type au journal.

Elle écoute le baragouin pendant un instant, tout en jetant un coup d'œil au journal par-dessus l'épaule du type, puis elle regarde Soie attentivement, et, tout à coup, elle tourne les talons et se précipite vers sa boutique.

Maintenant toutes les barbes et tous les châles commencent à affluer autour du flic et de Soie, et il est aisé de voir à leur attitude qu'ils sont furieux, et c'est contre Soie qu'ils le sont, parce que, naturellement, ils se disent que c'est elle la gonzesse dont la photo est dans le journal, et que, par conséquent, c'est elle la gonzesse responsable de la faillite d'Israël Ib.

Mais, bien entendu, le flic ne se rend pas compte que c'est à Soie qu'ils en ont, et il pense que c'est simplement par curiosité qu'ils s'approchent, comme le font souvent les gens quand ils voient un flic causer avec quelqu'un. C'est un flic assez jeune, et, comme de juste, il ne tient pas à avoir un auditoire pendant qu'il est en train de causer avec une gonzesse comme Soie, même si la majorité de l'auditoire ne comprend pas un mot d'anglais, si bien que, comme la foule s'approche de plus en plus, il se dispose à épousseter quelques crânes avec son bâton.

Juste à ce moment-là, une moitié de brique le frappe au-dessous de l'oreille droite et il vacille sur ses jambes, tandis qu'au même instant toutes les barbes et tous les châles se mettent à houspiller Soie. Tout d'abord, il n'y avait là qu'une centaine de barbes et de châles, mais il en arrive de tous les côtés, et tous hurlent et vocifèrent tout en travaillant contre Soie des poings et des ongles.

Deux ou trois fois elle s'abat, et un grouillement de barbes et de châles piétine son corps étendu à terre. Elle saigne d'un peu partout, et il est bien probable que, dans leur acharnement, ils vont finir par la tuer, quand, tout à coup, la vieille gonzesse sort de la petite boutique située auprès de la banque, arrive, un manche à balai à la main, et se met à taper sur les caboches des châles et des barbes.

C'est même une véritable mélodie que la vieille gonzesse exécute sur les caboches avec son manche à balai. De temps en temps elle assomme un châle ou une barbe, et elle ne tarde pas à se faire à travers la foule un passage jusqu'à Soie, qu'elle enlève et qu'elle transporte dans sa boutique juste au moment où arrive un renfort de flics avec une ambulance.

Le jeune flic est toujours étourdi par la brique qu'il a reçue, et il raconte qu'il entend les oiseaux chanter dans les arbres, bien que, cela va sans dire, il n'y ait pas, en cette saison, d'oiseaux dans le voisinage, ni d'arbres non plus. Une douzaine environ de châles et de barbes restent là assis sur le trottoir à se frotter le crâne, tandis que d'autres disparaissent çà et là dans les maisons au milieu d'une débandade générale.

L'ambulance emmène donc Soie, ainsi que quelques châles et quelques barbes, jusqu'à l'hôpital où, deux heures plus tard, le Professeur D. et Doc Daro vont rendre visite à Soie qu'ils trouvent au lit avec des pansements un peu partout, mais des blessures sans gravité. Bien entendu, le Professeur D. et Doc Daro désirent savoir ce qu'elle pouvait bien aller faire aux alentours du piège à gogos d'Israël Ib.

« La nuit dernière, dit Soie, je n'ai pas pu fermer l'œil en pensant que ces pauvres diables allaient être dans la misère parce que j'avais accepté le fric d'Israël Ib. Et pourtant, ajoute-t-elle, quand je l'ai reçu je ne savais pas que c'était de l'argent mal acquis. J'ignorais qu'Israël volait ces pauvres gens. Mais quand je les ai vus devant la boîte hier matin, je me suis rappelé ce qui est arrivé à ma pauvre maman quand sa banque a fait la culbute. Je la revoyais devant la banque, en faillite, et moi à côté d'elle, et elle qui pleurait, et j'avais le cœur bien gros. Alors je me suis mise à réfléchir, dit Soie, que ce serait une bonne action de ma part d'être la première à annoncer à ces pauvres diables qui ont mis leur fric dans la banque d'Israël Ib qu'ils allaient être remboursés.

— Attends un peu, dit Doc Daro. Qu'est-ce que tu entends par rembourser ?

— Eh bien ! répond Soie, j'en ai parlé hier soir à juge Goldstein, mon homme d'affaires, qui est un brave type et même assez honnête, et il m'a dit que je possédais en valeurs au porteur, immeubles, bijoux et autres, environ trois millions cent dollars et quelques sous. Juge Goldstein m'a assuré qu'une telle somme suffirait largement à rembourser tous ceux qui ont déposé de l'argent à la banque d'Israël Ib. J'ai donc à cette fin remis à juge Goldstein tout ce que je possédais, bien qu'il m'ait affirmé que je pouvais m'opposer à toute tentative pour me déposséder de mon bien si je voulais le garder.

« Ainsi, continue Soie, j'étais si heureuse de penser que ces pauvres gens allaient rentrer en possession de leur galette que je n'ai pas pu attendre que ce soit juge Goldstein qui le leur annonce. J'ai voulu le leur dire moi-même, mais avant que j'aie pu prononcer une parole, les voilà qui se jettent sur moi et qui se mettent à me frapper, et, sans cette vieille gonzesse au manche à balai, vous seriez sans doute obligés de faire une collecte pour payer mon enterrement, car il ne me reste certainement pas de quoi le payer moi-même. »

Voilà donc à peu près toute l'histoire, sauf que la Banque des Ponts a remboursé cent pour cent, qu'Israël Ib en est toujours propriétaire et fait d'excellentes affaires, enfin que sa bien-aimée femme est revenue avec lui et qu'ils se sont raccommodés tous les deux.

Quant à Soie, elle est retournée à Broadway, et, la dernière fois que je l'ai vue, elle était amoureuse d'un type très comme il faut, qui travaille dans un hôtel, et, bien qu'il ne me semble pas avoir beaucoup de cervelle, il a pour lui sa jeunesse, et Soie me déclare que la plus grande veine qu'elle ait eue dans sa vie, c'est que la banque d'Israël Ib ait fait faillite.

Mais n'importe qui peut vous dire que la plus grande veine qu'ait eue Soie c'est que la vieille gonzesse d'East Side reconnaisse en elle, d'après la photo qu'elle a sur le mur de sa petite boutique auprès de la banque d'Israël Ib, la poule qui a naguère sauvé de la prison son fils, Siméon Slotsky.

LE NOËL
DE DAN LE DANSEUR

C'est le temps de Noël, en fait c'est la veille de Noël, et je suis dans le petit bistrot de Charley Bernstein, autrement dit Charley Bon Temps, dans la 49e Rue Ouest, en train de souhaiter un joyeux Noël à Charley et de boire quelques Tom et Jerry[1] chauds avec lui.

Ce Tom et Jerry chaud est une boisson du vieux temps qui est utilisée autrefois par tout un chacun dans ce pays pour fêter Noël et, en fait, est si populaire que beaucoup de citoyens croient que Noël est inventé seulement pour fournir un prétexte de boire un Tom et Jerry chaud, bien que naturellement ce ne soit vrai en aucun cas.

Mais n'importe qui vous dira que rien ne met dans une véritable humeur de fête comme un Tom et Jerry chaud et j'entends dire que, depuis que le Tom et Jerry n'est plus à la mode aux États-Unis, l'humeur de fête n'est plus jamais la même.

La raison pour laquelle Tom et Jerry est démodé aux États-Unis, c'est parce qu'il faut utiliser du rhum, et une chose et une autre, pour le préparer, et naturel-

1. Boisson chaude au rhum avec des œufs battus, sucrés et épicés. *(N.d.T.)*

lement quand le rhum devient illégal dans ce pays, Tom et Jerry l'est aussi, parce que le rhum est une chose très difficile à trouver en ville à cette époque.

Pendant quelque temps, certains particuliers essaient de faire des Tom et Jerry chauds sans rhum mais, d'une manière ou d'une autre, ça n'a jamais le même vieil esprit de fête, aussi presque tous abandonnent, dégoûtés, ce qui n'a rien de surprenant, car fabriquer un Tom et Jerry n'est pas un jeu d'enfant. En fait, il faut un vrai connaisseur pour réussir un bon Tom et Jerry et, lorsqu'il n'est pas illégal, un expert en bon Tom et Jerry bien chaud gagne beaucoup de fric et d'amis.

Or, naturellement, Charley Bon Temps et moi ne mettons pas de rhum dans notre Tom et Jerry, ne voulant rien faire d'illégal. Ce que nous employons, c'est du whisky de seigle que Charley Bon Temps obtient, sur ordonnance médicale, à un drugstore, car nous buvons personnellement ce Tom et Jerry chaud et naturellement nous ne sommes pas assez idiots pour employer le whisky personnel de Charley Bon Temps.

L'ordonnance pour le whisky de seigle est prescrite par le vieux Doc Moggs pour les rhumatismes de Charley Bon Temps au cas où Charley a par hasard des rhumatismes car Doc Moggs dit qu'il n'y a rien de meilleur pour les rhumatismes que le whisky de seigle, surtout s'il est mélangé à un Tom et Jerry chaud. En fait, le vieux Doc Moggs s'amène et avale avec nous plusieurs grands verres de Tom et Jerry chauds pour ses rhumatismes personnels.

Il se pointe pendant l'après-midi, car Charley Bon Temps et moi commençons à préparer ce Tom et Jerry à l'aube, pour être sûrs d'en avoir assez pour Noël, et il est maintenant environ six heures du soir, et notre humeur de fête est pratiquement à cent pour cent.

Or, pendant que Charley Bon Temps et moi nous souhaitons bonne fête par-dessus nos verres de Tom et Jerry chaud, et que j'essaie de me rappeler le poème sur la veille de Noël qui, je sais, intéresse Charley plus qu'un peu, voici que soudain on cogne très fort à la porte, et quand Charley l'ouvre, qui croyez-vous qui entre en portant un grand paquet sous le bras sinon un mec du nom de Dan le Danseur.

Ce Dan le Danseur est un beau jeune mec qui a toujours l'air élégant, et on l'appelle Dan le Danseur parce qu'il n'a pas son pareil pour guincher ici et là avec des pépées dans les boîtes et autres coins où l'on guinche. En fait, Dan n'a jamais l'air de faire autre chose, bien que des bruits courent que, quand il ne danse pas, il s'occupe d'une façon illégale d'une chose ou d'une autre. Mais, naturellement, on entend toujours des rumeurs de ce genre dans cette ville au sujet de n'importe qui, et personnellement j'aime assez Dan le Danseur parce qu'il a toujours l'air de s'amuser dans la vie.

N'importe qui, en ville, vous dira que Dan le Danseur est un mec qui n'a rien de bidon et, en fait, qu'il a autant d'estomac que tout un chacun ici, bien que je tienne à dire que je doute toujours de son jugement quand je le vois danser si souvent avec Miss Muriel O'Neill, qui travaille à la boîte de la Demi-Lune. Et la raison qui me fait douter de son jugement à cet égard, c'est que nul n'ignore que Miss Muriel O'Neill est une pépée dont Heine Schmitz pense le plus grand bien, et Heine Schmitz n'est pas un mec susceptible d'être bien disposé envers un type qui danse plus d'une fois et demie avec une poupée dont il pense du bien.

Ce Heine Schmitz est un citoyen très influent de Harlem où il a de grands intérêts dans la bière et autres affaires, et ce n'est nullement trahir une confidence que de vous dire que Heine Schmitz est aussi disposé à vous faire sauter la cervelle qu'à vous regarder. En fait, il préfère, dit-on, la première solution, et de nombreux citoyens prennent la peine d'avertir Dan le Danseur qu'il ne fait pas seulement preuve d'impertinence en guinchant avec Miss Muriel O'Neill mais qu'il fait chuter son prix jusqu'à ce qu'il soit réduit à zéro.

Mais Dan le Danseur se contente de rire (ha ! ha !) et continue à danser avec Miss Muriel O'Neill à chaque fois qu'une occasion se présente, et Charley Bon Temps déclare qu'il ne le blâme pas, car Miss Muriel O'Neill est si belle qu'il guincherait bien avec elle quoi qu'il arrive, s'il avait cinq ans de moins et pouvait braquer son Roscoe aussi vite que lorsqu'il courait avec Paddy le Chimpanzé et autres mecs cascadeurs.

En tout cas, en entrant, Dan le Danseur parcourt la boîte d'un rapide coup d'œil, puis il jette le paquet qu'il porte dans un coin où il tombe raide, comme s'il contenait une chose très lourde, et il revient au bar s'asseoir près de Charley et moi et demande ce que nous buvons.

Naturellement, nous recommandons un Tom et Jerry chaud à Dan le Danseur ; il dit qu'il va en essayer un avec nous et, après un essai, Dan déclare qu'il en aura un autre, et Bon Noël à tous, et qu'est-ce que nous voyons, sinon que deux heures plus tard, nous essayons toujours des Tom et Jerry chauds avec Dan le Danseur, et Dan le Danseur affirme qu'il n'a jamais bu quelque chose d'aussi calmant de sa vie. En fait, Dan le Danseur dit qu'il recommandera les Tom et Jerry à toutes ses relations, mais il ne connaît personne d'assez bien pour les boire sauf peut-être Miss Muriel O'Neill, et elle ne boit rien qui contienne du whisky de drugstore.

Or plusieurs fois, pendant que nous buvons ce Tom et Jerry, des clients frappent à la porte du petit bar clandestin de Charley Bon Temps, mais Charley commence à avoir peur qu'ils ne commandent un Tom et Jerry aussi, et il ne pense pas que nous en aurons assez pour nous, alors il suspend une pancarte qui indique « Fermé pour cause de Noël » et le seul mec qu'il laisse entrer est un type du nom de Ooky, qui n'est qu'un vieux soûlard, qui va ici et là toute la semaine déguisé en Père Noël et portant un panneau publicitaire pour la boutique de vêtements de Moe Lewinsky dans la Sixième Avenue.

Cet Ooky porte encore son costume de Père Noël quand Charley lui ouvre la porte, et la raison pour laquelle Charley laisse un type comme Ooky entrer dans sa boîte, c'est que Ooky fait le portier pour Charley quand il n'est pas Père Noël pour Moe Lewinsky ; il balaie, lave les verres et une chose et une autre.

Eh bien, il est environ neuf heures et demie du soir quand Ooky arrive, et ses panards lui font mal, et il est complètement crevé à marcher de long en large et ici et là avec son panneau, car à chaque fois que Moe Lewinsky engage un mec pour faire le Père Noël, il faut qu'il gagne son fric. En fait, Ooky est si fatigué, ses panards lui font si mal que Dan le Danseur, Charley Bon Temps et moi avons grand-pitié de lui et que nous l'invitons à boire quelques chopes de Tom et Jerry chaud avec nous et lui souhaitons des tas de Joyeux Noël.

Mais le vieux Ooky n'est pas habitué aux Tom et Jerry et vers la cinquième chope il se recroqueville dans un fauteuil et nous fausse compagnie en s'endormant profondément. Il porte un assez joli costume de Père Noël, rouge bordé de ouate blanche, une perruque, un faux nez, de longs favoris blancs, une grosse hotte bourrée de copeaux sur le dos, et si je ne savais pas que le Père Noël n'est pas un mec qui ronfle si fort que les fenêtres en tremblent, je croirais que Ooky est vraiment le Père Noël.

Donc, nous oublions Ooky qu'on laisse dormir, et continuons à avaler nos Tom et Jerry, et pendant ce temps nous essayons de nous souvenir de chansons appropriées à Noël. Dan le Danseur interprète finalement *Le Potager de mon vieux* d'une agréable voix de baryton très forte, tandis que je fais merveille avec *M'aimeras-tu en décembre comme tu m'aimes en mai ?*. Mais personnellement je pense toujours que Charley Bon Temps Bernstein n'est pas réglo lorsqu'il essaie de chanter un hymne en yiddish pour une telle occasion, et cela provoque des mots entre nous.

Pendant que nous chantons, de nombreux clients viennent frapper à la porte ; puis ils lisent la pancarte de Charley et cela semble provoquer quelque agitation parmi eux ; plusieurs restent dehors et disent que c'est une honte, jusqu'à ce que Charley passe sa cafetière à travers la porte et menace d'abîmer le portrait de ceux qui ne vont pas vaquer à leurs affaires et ne cessent pas de déranger les citoyens paisibles.

Naturellement, les clients se dispersent, car ils ne veulent pas qu'on leur abîme le portrait, et Dan le Danseur, Charley et moi continuons à boire nos Tom et Jerry chauds ; à chaque Tom et Jerry, nous nous souhaitons un très joyeux Noël et parfois une très heureuse Nouvelle Année, bien que cela ne s'adresse pas encore à Charley parce que Charley a une Nouvelle Année différente de Dan le Danseur et moi.

Bientôt, nous réveillons Ooky déguisé en Père Noël et lui offrons d'autres Tom et Jerry chauds, en lui souhaitant un Joyeux Noël, mais Ooky le prend très mal et nous traite de tous les noms ; nous voyons donc qu'il n'a pas vraiment le bon esprit de fête et le laissons tranquille jusque vers minuit où Dan le Danseur décide de voir quelle tête il a en Père Noël.

Alors Charley Bon Temps et moi aidons Dan le Danseur à retirer le costume d'Ooky et à le mettre à Dan, ce qui est facile parce que Ooky a cet attirail de Père Noël sur ses vêtements ordinaires, et qu'il ne se réveille même pas quand nous lui retirons son uniforme de Père Noël.

Eh bien, ce que je voudrais dire, c'est que je vois beaucoup de Père Noël dans ma vie, mais je n'en vois jamais de plus beau que Dan le Danseur, surtout après avoir posé la perruque et les favoris blancs juste comme il faut ; nous enfonçons dans son pantalon un coussin que Charley Bon Temps se trouve avoir dans sa boîte pour que le chat puisse pioncer, ce qui donne à Dan le Danseur un agréable gros ventre que le Père Noël doit avoir.

En fait, lorsque Dan le Danseur se regarde dans une glace, il est ravi de son aspect, pendant que Charley

Bon Temps est dans tous ses états, bien que personnellement je commence à en avoir marre de l'intérêt que prend Charley au Père Noël et à Noël en général, car il n'a personnellement aucun droit sur ces questions. Puis, je me souviens que Charley offre les Tom et Jerry chauds et je suis plus tolérant envers lui.

« Eh bien, s'écrie finalement Charley, c'est bien dommage que nous ne savons pas où sont suspendus les bas parce que, dit-il, tu serais allé les bourrer de cadeaux, comme j'entends toujours dire que c'est le rôle du Père Noël. Mais, ajoute Charley, je ne suppose pas que quelqu'un, dans ce quartier, ait suspendu des bas de Noël ou s'il l'a fait, dit-il, il y a des chances pour qu'ils soient si troués que tout passera à travers. D'ailleurs, continue Charley, même s'il y en a nous n'avons rien à y mettre, bien que personnellement je donnerais volontiers quelques bouteilles de scotch. »

Alors je fais remarquer que nous n'avons pas de renne et qu'un Père Noël a forcément l'air d'un parfait idiot s'il circule sans renne, mais les remarques de Charley ont l'air de donner une idée à Dan le Danseur, car tout à coup il dit ce qui suit :

« Mais, dit Dan le Danseur, je sais où est accroché un bas. Il est accroché dans l'appartement de Miss Muriel O'Neill, là-bas dans la 49e Rue Ouest. Ce bas est suspendu par quelqu'un qui n'est autre que Mémé O'Neill, la grand-mère de Miss Muriel O'Neill, explique Dan le Danseur. Mémé O'Neill va avoir quatre-vingt-dix ans et quelques, dit-il, et Miss Muriel O'Neill me raconte qu'elle ne va pas durer longtemps, avec une chose et une autre, y compris qu'elle perd un peu la boule par moments.

« Or, continue Dan le Danseur, je me rappelle que Miss Muriel O'Neill me dit l'autre soir que Mémé O'Neill accroche son bas la veille de Noël toute sa vie et, qu'il ajoute, je juge d'après ce que raconte Miss Muriel O'Neill que la vieille gonzesse croit toujours que le Père Noël viendra remplir son bas de beaux cadeaux une nuit de Noël. Mais, conclut Dan le Danseur, Miss Muriel O'Neill me dit que le Père Noël ne le fait jamais bien que Miss Muriel O'Neill apporte toujours quelques cadeaux qu'elle fourre dans le bas pour que ça rebecte Mémé O'Neill.

« Mais, naturellement, dit Dan le Danseur, ces cadeaux ne sont pas grand-chose parce que Miss Muriel O'Neill est très pauvre, fière et sage aussi, et ne prend pas une thune à quiconque et je flanquerais volontiers une raclée au mec qui l'accuse de le faire, bien que, ajoute Dan le Danseur, entre moi, Heine Schmitz et une tirée d'autres mecs que je connais, Miss Muriel O'Neill peut en prendre beaucoup. »

Or je sais que ce que dit Dan le Danseur de Miss Muriel O'Neill est tout à fait vrai, et en fait ce problème est souvent discuté à Broadway, parce que Miss Muriel O'Neill ne peut pas gagner plus de vingt tickets par semaine en travaillant à la Demi-Lune, et tout un chacun sait bien que c'est pas assez de fric pour une poupée aussi chouette que Miss Muriel O'Neill.

« Alors, continue Dan le Danseur, il semble que tout en étant très heureuse de trouver ce qu'il y a dans son bas le matin de Noël, Mémé O'Neill ne comprend pas pourquoi le Père Noël n'est pas plus généreux et, explique-t-il, Miss Muriel O'Neill me dit qu'elle voudrait bien donner à Mémé O'Neill un vrai beau Noël avant que la vieille gonzesse ne cane.

« Donc, déclare Dan le Danseur, voici un boulot pour nous. Miss Muriel O'Neill et sa grand-mère vivent toutes seules dans l'appartement de la 49e Rue Ouest, et, dit-il, à l'heure qu'il est Miss Muriel O'Neill est sûrement au boulot et y a des chances pour que Mémé O'Neill roupille profondément ; nous allons juste y faire un saut et le Père Noël remplira son bas de chouettes cadeaux. »

Eh bien, que je dis, je ne vois pas où nous allons trouver de chouettes cadeaux à cette heure de la nuit, toutes les boutiques étant fermées, à moins de nous précipiter dans un drugstore ouvert vingt-quatre heures sur vingt-quatre, pour acheter des fioles de parfum et un nécessaire de toilette moche comme font toujours les mecs qui oublient leurs épouses très aimantes jusqu'après la fermeture des boutiques la veille de Noël, mais Dan le Danseur dit peu importe, mais buvons d'abord quelques Tom et Jerry.

Donc nous avalons quelques Tom et Jerry de plus, et Dan le Danseur ramasse le paquet qu'il a laissé tomber dans la cour ; il déverse presque tous les copeaux de rembourrage de la hotte de Ooky, y met le paquet, et Charley Bon Temps éteint toutes les lumières sauf une, laisse une bouteille de scotch sur la table, devant Ooky, comme cadeau de Noël et nous voilà partis.

Personnellement, je regrette beaucoup de cesser de boire des Tom et Jerry, mais je suis aussi très enthousiaste à l'idée d'aider Dan le Danseur à jouer les Père Noël ; Charley Bon Temps déborde de joie, car c'est la première fois de sa vie que Charley est mêlé à une telle fête. En fait, Charley ne veut rien savoir avant que nous nous soyons arrêtés dans plusieurs bistrots pour boire des verres à la santé du Père Noël et ces visites sont de grands succès, bien que tous soient très surpris de voir Charley et moi avec le Père Noël, surtout Charley, bien que personne ne reconnaisse Dan le Danseur.

Mais naturellement il n'y a pas de Tom et Jerry dans ces bistrots où nous allons, donc il faut bien avaler ce qui se trouve, et personnellement je croirai toujours que la gueule de bois que j'ai après vient du mélange de ces verres dont on s'est imbibés dans ces coins après mes Tom et Jerry.

Tout en montant vers Broadway en direction de la 49e Rue, Charley et moi voyons beaucoup de mecs de connaissance et leur adressons un grand « salut » et leur souhaitons un joyeux Noël et quelques-uns serrent la main du Père Noël, sans savoir qu'il n'est autre que Dan le Danseur, mais je comprends après qu'il y a quelques rumeurs parmi ces citoyens parce qu'ils prétendent qu'un Père Noël qui a l'haleine de notre Père Noël est un peu dévoyé.

Une fois aussi, nous sommes un peu embarrassés quand des tas de petits gosses, rentrant chez eux avec leurs parents d'une fête de Noël, entourent le Père Noël avec des cris de joie enfantine ; certains veulent grimper autour des guibolles du Père Noël. Naturellement Dan se fiche un peu en rogne et se met à les engueuler, et un des parents s'approche et demande ce que signifie un tel langage dans la bouche du Père Noël, et Dan lui donne un gnon, ce qui est sûrement très ahurissant pour les petits mômes qui croient que le Père Noël est un vieux mec très bienveillant. Mais naturellement, ils ne savent pas que Dan le Danseur a mélangé l'alcool que nous avons bu dans les bistrots avec les Tom et Jerry ou ils auraient compris que même le Père Noël peut se fiche en rogne.

Donc, nous arrivons devant l'endroit où Dan le Danseur dit que Miss Muriel O'Neill et sa mémé habitent, et ce n'est autre qu'un immeuble de logements ouvriers pas très loin derrière Madison Square Garden, et de plus il n'y a pas d'ascenseur ; à cette heure-là, il n'y a aucune lumière dans la bicoque sauf un bec de gaz dans l'entrée et grâce à lui nous jetons un œil sur les boîtes à lettres, comme on en trouve toujours dans ce genre de bicoque, et nous voyons que Miss Muriel O'Neill et sa mémé habitent au cinquième.

C'est le dernier étage et, personnellement, l'idée d'escalader cinq étages ne me sourit pas beaucoup, et je veux bien laisser Dan le Danseur et Charley y aller sans moi, mais Dan le Danseur insiste et dit que nous devons tous y monter et j'accepte finalement parce que Charley commence à dire que la chose à faire, c'est de grimper sur le toit et de faire descendre le Père Noël par la cheminée, et il fait tant de chahut que j'ai peur qu'il réveille quelqu'un.

Aussi nous grimpons l'escalier et finalement arrivons en face d'une porte, au dernier étage, avec une petite carte dans une fente qui dit O'Neill, ce qui nous apprend que nous avons atteint notre destination. Dan le Danseur essaie d'abord de tourner la poignée et la porte s'ouvre aussitôt ; nous sommes dans un petit appartement de deux ou trois pièces pas très meublé, et le peu de meubles qui s'y trouvent sont très pauvres. Un seul bec de gaz est allumé près du lit, dans une turne qui communique avec celle où s'ouvre la porte d'entrée, et cette lumière éclaire une très vieille poule qui dort dans le lit, aussi nous en déduisons qu'elle n'est autre que Mémé O'Neill.

Son visage est fendu d'un large sourire, comme si elle rêvait de choses très agréables. Sur une chaise, à la tête du lit, est suspendu un long bas noir, et il a l'air d'un bas souvent reprisé et raccommodé, aussi je peux voir que ce que Miss Muriel O'Neill raconte à Dan le Danseur au sujet de sa Mémé accrochant son bas est réellement vrai, bien que jusqu'ici j'en aie douté.

Or je voudrais bien filer après un regard sur la vieille poule surtout que Charley Bon Temps commence à rôder dans l'appartement pour voir s'il y a une cheminée par où le Père Noël peut descendre et il flanque tout par terre, mais Dan le Danseur, debout, regarde longtemps Mémé O'Neill.

Finalement, il décroche sa hotte, sort son paquet, et soudain déverse un tas de gros bracelets de diamants, de bagues de diamants, de broches de diamants, de colliers de diamants, et je ne sais plus trop quoi en diamants; Dan le Danseur et moi nous mettons à bourrer ces diamants dans le bas et Charley Bon Temps se met au boulot et nous donne un coup de main.

Il y a assez de diamants pour remplir le bas jusqu'en haut, et c'est pas un petit bas, et je pense que Mémé O'Neill a une assez jolie paire de gambilles dans sa jeunesse. En fait, il y a tellement de diamants qu'il nous en reste assez pour faire un beau petit tas sur la chaise après avoir bourré le bas au maximum, faisant dépasser un vanity-case incrusté de diamants qui attirera le regard de Mémé O'Neill quand elle se réveillera.

Et ce n'est pas avant d'être de nouveau au grand air que je me souviens tout à coup d'avoir vu de gros titres dans les journaux du soir au sujet d'un casse de cinq cent mille dollars cet après-midi-là, chez un des plus gros marchands de diamants de Maiden Lane pendant qu'il est assis à son bureau et il me revient aussi d'avoir entendu des rumeurs sur Dan le Danseur, paraît-il l'un des meilleurs braqueurs du monde à opérer seul.

Naturellement, je commence à me demander si je suis en bonne compagnie avec Dan le Danseur, même s'il est le Père Noël. Aussi je le laisse au prochain coin de rue discuter avec Charley Bon Temps pour savoir s'ils devraient aller chercher d'autres cadeaux ailleurs, et d'autres bas à remplir ; je rentre précipitamment dans ma piaule et me couche.

Le lendemain, j'ai une telle gueule de bois que je ne tiens pas à me remuer et, en fait, je ne ressors pas beaucoup pendant une couple de semaines.

Puis un soir j'entre en passant dans le petit bistrot de Charley Bon Temps et je demande à Charley ce qui se passe.

« Eh bien, dit Charley, il se passe beaucoup de choses et personnellement je suis très étonné de ne pas te voir à la veillée funèbre de Mémé O'Neill. Tu sais que Mémé O'Neill a quitté ce vieux monde dégueulasse deux jours après Noël, continue Charley Bon Temps, et Miss Muriel O'Neill dit que Doc Moggs prétend que c'est au moins un jour de plus qu'elle n'aurait dû partir, mais elle est soutenue, explique Charley, par le grand bonheur de trouver son bas plein de beaux cadeaux le matin de Noël.

« Selon Miss Muriel O'Neill, dit Charley, Mémé

O'Neill meurt pratiquement convaincue que le Père Noël existe, bien que naturellement Miss Muriel O'Neill ne lui raconte pas qui est le vrai propriétaire des cadeaux : un mec O.K. du nom de Shapiro qui lui laisse les cadeaux après que Miss Muriel O'Neill lui apprend qu'elle les a trouvés. Il paraît, explique Charley, que ce Shapiro est un mec au cœur tendre qui accepte de garder Mémé O'Neill avec nous un peu plus quand Doc Moggs déclare qu'elle restera si on lui laisse les cadeaux un peu plus longtemps.

« Donc, conclut Charley, tout est absolument O.K. parce que les poulets ne trouvent rien sinon que peut-être le salaud qui rafle les diamants chez Shapiro a des remords de conscience, les abandonne dans le premier endroit où il peut, et Miss Muriel O'Neill reçoit une récompense de dix billets de dix mille dollars pour les avoir trouvés et rendus. Et, continue Charley, j'apprends que Dan le Danseur est à San Francisco et songe à s'acheter une conduite et à devenir professeur de danse pour pouvoir épouser Miss Muriel O'Neill et naturellement, qu'il dit, nous espérons tous qu'elle n'apprend jamais de détails sur la carrière de Dan le Danseur. »

Or c'est la veille de Noël un an plus tard et je tombe sur un mec du nom de Sam la Mitraillette, qui fait partie du gang de Heine Schmitz à Harlem et qui est un particulier très antipathique.

« Bien, bien, bien, dit la Mitraillette, la dernière fois que je te vois c'est la veille de Noël comme aujourd'hui, tu sors du bistrot de Charley Bon Temps, et, ajoute-t-il, tu détiens une cuite de première.

— Mitraillette, que je réponds, je regrette de t'avoir

fait une aussi mauvaise impression, mais la vérité, le jour dont tu parles, je souffre de vertiges dans le crâne.

— Moi, je m'en fiche, dit la Mitraillette. Je suis informé que Dan le Danseur est dans le bistrot de Charley Bon Temps, le soir où je te rencontre, et Morgan le Juif, Jack l'Artilleur et moi surveillons la boîte parce que, explique-t-il, Heine Schmitz est furieux contre Dan à propos d'une pépée, mais naturellement, ajoute la Mitraillette, il s'en fout maintenant parce qu'il en a une autre.

« En tout cas, continue-t-il, nous n'arrivons pas à loger Dan le Danseur. Nous surveillons le bistrot de six plombes et demie du soir jusqu'à l'aube de Noël et, pendant la nuit, personne n'entre excepté le vieil Ooky déguisé en Père Noël et personne ne sort sauf toi, Charley Bon Temps et Ooky.

« Or, conclut la Mitraillette, Dan le Danseur a beaucoup de chance de ne jamais entrer ni sortir de chez Charley Bon Temps, parce que, qu'il dit, nous l'attendons au deuxième étage de l'immeuble d'en face avec de gentils petits fusils à canons sciés, et Heine nous a donné l'ordre de ne pas le manquer.

— Eh bien, Mitraillette, que je dis, joyeux Noël.

— Bien, répond Mitraillette, joyeux Noël. »

SUR TERRAIN LOURD

Personnellement, je ne critique jamais Miss Beulah Beauregard d'avoir rompu ses fiançailles avec Petit Alfie parce que, d'après ce qu'elle me dit, elle se fiance avec lui après les salades qu'il lui a racontées, et je n'approuve pas les mecs qui mènent les nénettes en bateau, excepté, naturellement, quand rien d'autre ne marche.

Il paraît que Petit Alfie promet à Miss Beulah Beauregard de se la couler douce et de l'emmener aux courses pour la pousser à quitter un boulot de première : montrer ses charmes aux clients du Club des Neuf Cents, bien que Miss Beulah Beauregard avoue franchement que Petit Alfie ne précise pas quel genre de vie douce et ensuite Petit Alfie déclare qu'il a dû penser à celle de Riley Quatre Zieux quand il lui a promis ça ; or tout un chacun sait que Riley Quatre Zieux est un clodo pour appeler les choses par leur nom.

En tout cas, la vie que Petit Alfie fait mener à Miss Beulah Beauregard après leurs fiançailles n'est pas du tout chouette, d'après ce qu'elle me dit, car Petit Alfie rôde toujours autour des hippodromes avec un ou deux canassons qu'il baptise chevaux de course, essayant de gagner quelques sous et généralement Petit Alfie est raide et se démène ici et là et Miss Beulah Beauregard dit que c'est pas une vie pour un membre d'une vieille et fière famille sudiste comme celle des Beauregard.

En fait, Miss Beulah Beauregard me dit souvent qu'elle est presque décidée à quitter Petit Alfie et à rentrer dans sa demeure ancestrale en Géorgie, mais elle ne voit pas comment y arriver sinon à pied, et Miss Beulah Beauregard affirme que ça lui fait mal aux pieds de marcher très loin, bien que la seule fois où on a jamais entendu dire que Miss Beulah Beauregard marche beaucoup soit le jour où elle est plaquée sur la route de Pelham par des mecs de Yale parce qu'elle les engueule.

Il paraît que quand Petit Alfie essaie d'embobiner Miss Beulah Beauregard pour qu'elle devienne sa fiancée, il lui promet des diams, des fourrures et une chose et une autre, mais le seul diam qu'elle voit jamais est une bague de fiançailles que Petit Alfie lui donne comme bon vieil argument quand par hasard il se trouve avoir du fric, et c'est un très petit diam, qui a besoin d'une forte lumière du nord pour se faire voir.

Mais Miss Beulah Beauregard apprécie malgré tout hautement ce diam et une des raisons qui l'amène à rompre définitivement ses fiançailles avec Petit Alfie c'est qu'il l'emprunte un jour pendant les courses de Hialeah de Miami sans rien lui dire, et le met au clou pour cinq thunes qu'il parie sur une vieille chenille à lui qui répond au nom de Gouverneur Hicks.

Or, il y a des chances que Miss Beulah Beauregard ne prend pas si mal l'emprunt du diamant s'il ne gardait pas les vingt-cinq thunes qu'il gagne quand Gouverneur Hicks fait une percée dans la troisième, pour l'envoyer au colonel Matt Winn à Louisville et le placer sur un trois ans à lui prénommé Dernier Espoir dans le Derby du Kentucky, ce Dernier Espoir étant le seul autre cheval que possède alors Alfie.

Un tel procédé provoque chez Miss Beulah Beauregard une grande indignation, parce qu'elle dit qu'un bébé dans les bras de sa mère sait que Dernier Espoir ne peut même pas marcher un kilomètre et quart, qui est la distance du Derby, sans parler de courir, et que même si Dernier Espoir le pouvait, il est incapable de courir assez vite pour attraper une suée.

En fait, Miss Beulah Beauregard et Petit Alfie échangent des mots à ce sujet, parce que Petit Alfie a une très haute opinion de Dernier Espoir et ne permet pas qu'on insulte ce cheval, pas même sa fiancée, bien qu'il n'ait jamais l'air vexé par ceux qui critiquent Gouverneur Hicks, et, en réalité, qu'il ne se prive pas de le faire souvent lui-même.

Personnellement, je ne comprends pas ce que Petit Alfie voit dans Dernier Espoir, parce que ce cheval ne prend le départ qu'une ou deux fois depuis sa naissance, et a rudement de mal à finir dernier, mais Petit Alfie dit que les cinquante Grands Formats que le colonel Winn donne au gagnant du Derby du Kentucky sont dans la poche, surtout si le terrain est lourd le jour du Derby, car Petit Alfie prétend que Dernier Espoir est naturellement élevé pour bouffer de la boue.

Or Miss Beulah Beauregard dit que Petit Alfie est sûrement devenu cinglé et qu'elle n'a aucun bénéfice à demeurer fiancée à un dingue, et de nombreux particuliers sont de son avis parce qu'ils pensent qu'engager Dernier Espoir dans le Derby est une grande idiotie, qu'il y ait de la boue ou autre chose et aussitôt Tom Shaw offre mille contre un contre le cheval dans le futur livre des paris, et tout le monde dit que Tom est au-dessous du prix à ce tarif-là.

Miss Beulah Beauregard déclare qu'elle est très découragée par la façon dont tournent les choses, et elle ne sait trop que faire, parce qu'elle a peur que son corps ne change tellement depuis quatre ou cinq ans qu'elle est fiancée à Petit Alfie que les clients du Club des Neuf Cents ne veulent peut-être plus la regarder, surtout s'ils doivent payer pour ce privilège, bien que, personnellement, je paierais n'importe quelle note de frais raisonnable pour regarder les charmes de Miss Beulah Beauregard n'importe quand, s'ils sont ce que je devine. Pour autant que je puisse juger, elle a encore de très jolies formes, si vous aimez les formes.

Miss Beulah Beauregard a, en ce temps-là, environ vingt-cinq ou vingt-six ans ; elle est baraquée comme un demi de mêlée, grande et mince. Elle a des cheveux couleur de foin, des yeux bleus, de la santé à revendre, et un très bon appétit. En fait, je vois un jour Miss Beulah Beauregard avalant un poulet frit au restaurant des Sept Mers d'une façon qui m'étonne beaucoup parce que j'ignore auparavant que les membres des fières vieilles familles sudistes sont de tels gros mangeurs. De plus, Miss Beulah Beauregard a un accent très sudiste, ce qui lui donne l'air un peu mignonne, sauf peut-être quand elle s'énerve et qu'elle engueule un mec tel que Petit Alfie.

Eh bien, Petit Alfie dit qu'il regrette énormément que Miss Beulah Beauregard juge bon de rompre leurs fiançailles et ne soit pas avec lui quand il touche le fric du Derby, car il projette un chouette mariage pour elle chez Lick le Français après la course et il a même une liste des cadeaux qu'il va lui acheter, y compris un autre diam et maintenant il a l'ennui d'avoir écrit cette liste pour rien.

De plus, Petit Alfie dit qu'il est si habitué à avoir Miss Beulah Beauregard comme fiancée qu'il ne sait plus que faire sans elle, et il balade partout une tronche très triste, et a généralement le moral très bas, parce que Petit Alfie aime Miss Beulah Beauregard plus qu'un peu, ça, c'est sûr.

Mais d'autres particuliers racontent ici où là que la vraie raison pour laquelle Miss Beulah Beauregard rompt ses fiançailles avec Petit Alfie, c'est qu'un mec du nom de Mr Paul D. Veere la drague continuellement et elle ne veut pas qu'il sache qu'elle a affaire à un citoyen comme Petit Alfie, car naturellement Petit Alfie ne vaut guère la peine qu'on le regarde et, de plus, comme il traîne la plupart du temps avec ses chevaux, il ne sent jamais le géranium rose.

Il paraît que ce Mr Paul D. Veere est un banquier de New York ; il a une petite moustache et beaucoup de fric, et Miss Beulah Beauregard le rencontre un matin qu'elle montre gratuitement ses charmes sur la plage du Roney Plaza et il paraît aussi qu'il lui reste assez de charmes pour intéresser Mr Paul D. Veere plus qu'un peu.

En fait, qu'est-ce qu'on n'apprend pas aussitôt, sinon que Mr Paul D. Veere emmène Miss Beulah Beauregard ici et là, et un peu partout, bien que Miss Beulah Beauregard, à cette époque, est toujours fiancée à Petit

Alfie, et la seule raison qui empêche Petit Alfie de remarquer Mr Paul D. Veere est qu'il est occupé à entraîner Dernier Espoir pour le Derby du Kentucky, et à jouer des coudes au jour le jour pour essayer de ramasser quelques dollars pour payer les frais généraux, y compris Miss Beulah Beauregard, parce que, naturellement, Miss Beulah Beauregard ne peut pas supporter l'idée de vivre dans un nid à puces tel que celui où habite Petit Alfie, mais veut avoir une chouette chambre au Roney Plaza.

Or, personnellement, je n'ai rien contre les banquiers en tant que classe et, en réalité, je n'en ai jamais beaucoup rencontré dans ma vie, mais d'une manière ou d'une autre la cafetière de Mr Paul D. Veere ne me revient pas. Il a l'air d'un mec au cœur de pierre, bien que naturellement personne ne voit jamais un banquier qui n'a pas cet air-là, parce qu'il semble que le fait d'être banquier le leur donne naturellement.

Mais Mr Paul D. Veere n'est pas un vieux type, et il y a des chances pour qu'il parle d'autre chose que de chevaux à Miss Beulah Beauregard, et de plus il ne sent pas toujours le cheval, aussi personne ne peut reprocher à Miss Beulah Beauregard de l'accompagner ici et là, bien que de nombreux particuliers prétendent qu'elle est un peu tordue d'accepter les avances de Mr Paul D. Veere tout en étant fiancée à Petit Alfie. En fait, certains milieux en sont très indignés, car nombre de citoyens pensent que Miss Beulah Beauregard donne un mauvais exemple aux autres fiancées.

Mais, après que Miss Beulah Beauregard annonce officiellement la rupture de ses fiançailles, tout un chacun admet qu'elle a le droit de faire ce qu'elle veut, et que Petit Alfie lui-même n'est plus réglo lors de l'incident de Hialeah, quelques jours plus tard, quand il commence à comprendre que Miss Beulah Beauregard a l'air d'être avec Mr Paul D. Veere, et en termes tout ce qu'il y a d'amicaux en plus. En fait, Petit Alfie surprend Mr Paul D. Veere en train d'embrasser Miss Beulah Beauregard derrière un bosquet d'hibiscus, près du paddock, et cette scène est d'autant plus révoltante pour Petit Alfie que, de toute façon, il n'aime pas les hibiscus.

Il oublie que Miss Beulah Beauregard n'est plus sa fiancée et essaie de flanquer un gnon à Mr Paul D. Veere, mais il en est empêché par plusieurs détectives qui sont profondément horrifiés de voir un mec essayer de flanquer un gnon à un type qui a autant de fric que Mr Paul D. Veere et, pendant qu'ils engueulent Petit Alfie, Miss Beulah Beauregard disparaît de la scène et on ne la voit plus à Miami. De plus, Mr Paul D. Veere disparaît aussi, mais naturellement personne ne s'en soucie beaucoup et, en fait, sa disparition est un grand soulagement pour tous les citoyens qui ont des fiancées à Miami à cette époque.

Mais à ce qu'il paraît, avant de disparaître, Mr Paul D. Veere va voir certains responsables du Jockey Club et met le paquet sur Petit Alfie, déclarant que c'est un particulier trop dangereux pour être en liberté sur un champ de courses et, naturellement, les responsables sont bien obligés d'écouter un type qui a autant de fric que Mr Paul D. Veere.

Aussi, un jour ou deux plus tard, le vieux Cap Duhaine, détective en chef des champs de courses, convoque Petit Alfie et lui demande ce que vont devenir, à son avis, tous les citoyens importants tels que les banquiers si des mecs se baladent en leur balançant des gnons et en les faisant presque claquer de peur, et Petit Alfie ne trouve pas de réponse immédiate à cette devinette, surtout que Cap Duhaine demande ensuite à Petit Alfie s'il lui est possible d'emmener ses deux chevaux ailleurs.

Or Petit Alfie comprend que Cap Duhaine lui suggère poliment qu'il est indésirable autour de Hialeah et Petit Alfie est un mec qui saisit les allusions aussi bien qu'un autre, surtout quand Cap Duhaine lui dit confidentiellement que les commissaires des courses ont l'air de ne pas pouvoir oublier l'idée qu'un propre à rien a introduit un pétard à l'intérieur de Gouverneur Hicks le jour où il arrive troisième, parce qu'il semble, à entendre Cap Duhaine, que les commissaires trouvent pratiquement miraculeux que Gouverneur Hicks arrive troisième n'importe où, n'importe quand.

Voilà donc Petit Alfie à Miami, raide comme un bleu, avec deux chevaux sur les bras, sans possibilité de les embarquer pour un coin quelconque où on s'intéresse aux chevaux, et c'est une situation critique qui oblige Petit Alfie à réfléchir plus qu'un peu.

Et le résultat de cette réflexion, c'est que Petit Alfie gratte quelques sous ici et là, et un peu d'avoine, saute un jour sur Gouverneur Hicks, lui botte les côtes et lui dit de filer à toute vitesse, et le voilà parti de Miami en direction du nord, monté sur Gouverneur Hicks et tenant Dernier Espoir derrière lui au bout d'une longe.

Naturellement, tout un chacun témoin de ce spectacle le trouve très inhabituel et, en fait, c'est la première fois qu'on voit un propriétaire de chevaux comme

Petit Alfie monter un des siens de cette manière, et Gus le Triste offre de parier à cinq contre un que Gouverneur Hicks n'arrive jamais à Palm Beach avec Petit Alfie sur le dos, car il est de notoriété publique que le vieux Gouverneur a des quilles flageolantes, est à moitié à bout de souffle et susceptible de s'arrêter d'une minute à l'autre.

Mais il semble que Gouverneur Hicks arrive très bien à Palm Beach avec Petit Alfie sur le dos, en se la coulant tellement douce que beaucoup de types vont demander à Gus le Triste quelle sera la mise s'il arrive à Jacksonville. De plus, des tas de mecs disent maintenant que Petit Alfie est un drôle de dégourdi d'avoir une idée aussi économique, et de nombreux propriétaires de chevaux examinent leur stock pour voir s'ils ont des chevaux à conduire eux-mêmes dans le Nord.

Plusieurs types disent aussi que c'est une grande chance pour Petit Alfie que Miss Beulah Beauregard le plaque, parce que ça l'allège d'un grands poids pour les billets de train et une chose et une autre ; mais il semble que Petit Alfie ne voit pas du tout les choses de cet œil-là.

Petit Alfie, à ce qu'il paraît, pense souvent à Miss Beulah Beauregard tout en trottinant vers le nord ; il parle d'elle à Gouverneur Hicks et à Dernier Espoir, surtout à Dernier Espoir, car Petit Alfie trouve toujours Gouverneur Hicks un peu idiot. Quelquefois, Petit Alfie chante tout haut des chansons d'amour tristes tout en chevauchant, bien que la première fois qu'il commence à chanter, il fait peur à Dernier Espoir qui se dégage de la longe et se décanille et Petit Alfie passe une plombe à le rattraper. Mais, après ça, Dernier

Espoir ne fait plus tellement attention à la voix de Petit Alfie, sauf quand Petit Alfie essaie de monter jusqu'à l'aigu.

Donc, Petit Alfie fait un voyage très agréable, parce qu'il fait beau et que les fermiers, le long de la route, le nourrissent ainsi que ses chevaux, et il n'a aucun souci au monde sauf quelques écorchures dues au frottement de la selle, et l'arrivée dans le Kentucky pour le Derby de Mai ; mais on est seulement fin février, et d'ailleurs Petit Alfie n'a pas l'intention de chevaucher plus loin peut-être que le Maryland, car là il peut sûrement se procurer du fric pour s'embarquer.

Or, un jour, Petit Alfie chevauche le long d'une route à travers une pinède, à peut-être cent bornes et quelques au nord de Jacksonville, ce qui l'amène dans l'État de Géorgie, quand en passant devant un champ à demi labouré, d'un côté de la route, près d'une vieille maison délabrée, il contemple une scène très extraordinaire.

Un grand mulet blanc attaché à une charrue est assis dans un champ et une grande nénette en capeline et robe de guingan, debout à côté du mulet, pleure de tout son cœur. Naturellement le spectacle d'une nénette en détresse, ou même d'une nénette qui n'est pas en détresse, attire forcément l'attention de Petit Alfie ; il dit à Gouverneur Hicks et à Dernier Espoir « Ho » et demande à la nana ce qui la ronge, et la nana le regarde de dessous sa capeline et qui est-elle sinon Miss Beulah Beauregard.

Naturellement, Petit Alfie n'est pas peu surpris de voir Miss Beulah Beauregard pleurer à cause d'un mulet, spécialement en capeline ; il descend donc de Gouverneur Hicks pour démêler cette situation, et aussitôt Miss Beulah Beauregard court vers Petit Alfie, se jette dans ses bras et raconte ce qui suit :

« Oh ! Alfie ! dit Miss Beulah Beauregard, je suis si contente que tu me trouves. Je pense à toi nuit et jour et me demande si tu me pardonnes. Oh ! Alfie, je t'aime, qu'elle dit. Je regrette beaucoup d'être partie avec Mr Paul D. Veere. Ce n'est qu'une grande canaille, qu'elle dit. Il promet de faire de moi son épouse très aimante quand il me persuade de quitter Miami pour le suivre jusqu'à son pavillon de chasse sur la rivière Altamaha, à trente kilomètres d'ici bien que, qu'elle dit, je ne savais pas auparavant qu'il a un pavillon de ce genre dans ce coin.

« Et, dit Miss Beulah Beauregard, dès le premier jour je dois le canarder avec un pot de crème et le rendre presque inconscient pour échapper à ses avances. Oh ! Alfie ! qu'elle dit, les intentions de Mr Paul D. Veere à mon égard sont loin d'être honorables. De plus, j'apprends qu'il possède une épouse très aimante et trois enfants à New York. »

Or, naturellement, Petit Alfie est plutôt embarrassé et ne peut guère trouver à répondre, mais finalement il dit à Miss Beulah Beauregard les paroles suivantes :

« Eh bien, qu'il dit, le mulet ? — Oh ! répond Miss Beulah Beauregard, il s'appelle Abimelech, et je laboure avec lui mais il refuse de continuer, s'assied et refuse de bouger. C'est notre seul mulet, qu'elle dit, et il est vieux et ordinaire, et personne ne peut rien faire quand il veut s'asseoir. Mais, qu'elle dit, mon papa se mettra en rogne parce qu'il s'attend à ce que je laboure tout ce champ avant le dîner. En fait, dit Miss Beulah

Beauregard, j'ai peur que mon papa soit si en colère qu'il me flanque une raclée, parce qu'il ne me pardonne pas encore d'être rentrée à la maison, et c'est pourquoi je pleure quand tu arrives. »

Puis Miss Beulah Beauregard recommence à pleurer comme si son cœur va se briser, et s'il y a une chose que Petit Alfie déteste et méprise c'est de voir pleurer une nénette, surtout Miss Beulah Beauregard, car Miss Beulah Beauregard peut pleurer d'une manière à réveiller les morts quand elle se laisse aller, aussi Petit Alfie la tient si serrée contre lui qu'il abîme quatre cigares qui sont dans sa poche de veston, et il lui dit ce qui suit :

« Allons, allons, dit Petit Alfie, allons, allons, allons, allons, allons. Sèche tes yeux et nous allons attacher le vieux Gouverneur Hicks à la charrue et labourer ce champ en moins de temps qu'il n'en faut pour dire ouste, parce que, dit Petit Alfie, quand j'étais un petit gringalet, j'étais le meilleur laboureur du District de Columbia, New York. »

Or cette idée réjouit Miss Beulah Beauregard plus qu'un peu ; alors Petit Alfie attache Dernier Espoir à un arbre et retire le harnais d'Abimelech, le mulet, qui continue à rester assis comme s'il se fiche de ce qui arrive ; il place le harnais sur Gouverneur Hicks qu'il accroche à la charrue et la façon dont se conduit le vieux Gouverneur quand il comprend qu'ils veulent le faire tirer une charrue est vraiment très surprenante. En fait, Petit Alfie est obligé de prendre un gourdin et de discuter avec Gouverneur Hicks avant qu'il ne se calme et commence à tirer la charrue.

Petit Alfie prouve qu'il est un laboureur de première

et, pendant qu'il laboure, Miss Beulah Beauregard marche près de lui et jacte un bon coup et Petit Alfie en apprend davantage de nouvelles en une demi-heure avec elle qu'il n'en soupçonne depuis des années, surtout sur Miss Beulah Beauregard elle-même.

Il paraît que la vieille maison délabrée est la demeure ancestrale de Miss Beulah Beauregard, que ses vieux sont très pauvres et vivent dans ces bois de pins depuis des générations, qu'ils s'appellent Benson et pas du tout Beauregard, ce nom-là n'étant qu'une invention de Miss Beulah Beauregard elle-même quand elle part pour New York montrer ses charmes.

De plus, en entrant dans la maison, il se trouve que le papa de Miss Beulah Beauregard est un grand vieux mec décharné avec un bouc, capable de mentir plus vite que Dernier Espoir ne court (selon Petit Alfie). Mais il semble que le vieux coquin s'intéresse vivement à Dernier Espoir quand Petit Alfie commence à lui dire quel grand cheval est ce cheval, surtout sur terrain lourd, et comment il va gagner le Derby du Kentucky.

En fait, le papa de Miss Beulah Beauregard a l'air de croire tout ce que lui raconte Petit Alfie, et comme c'est le premier type que rencontre Petit Alfie qui croit ce qu'il dit sur n'importe quoi, c'est un privilège et un plaisir pour Petit Alfie de lui causer. Miss Beulah Beauregard a aussi une maman qui se trouve être très grosse, pleine d'hospitalité sudiste, et qui sait très bien se servir d'un poêlon.

Il y a aussi un grand frère qui répond au nom de Jeff et est pratiquement un génie, car il sait comment dissimuler l'écume pour qu'elle ne rende qu'un peu malade la personne qui la boit, cette écume étant une boisson faite avec les produits d'écumage qui remontent à la surface de la canne à sucre bouillante, et a généralement goût d'essence et est vraiment très fatale.

Eh bien, la conséquence de tout ça, c'est que Petit Alfie trouve ce coin très agréable, et décide d'y passer quelques semaines, payant sa pension avec les services de Gouverneur Hicks transformé en cheval de labour, surtout qu'il est maintenant pratiquement fiancé de nouveau à Miss Beulah Beauregard et qu'elle ne veut pas entendre parler de son départ sans elle. Mais ils n'ont pas un maravédis pour son billet de chemin de fer, et Petit Alfie se met en rogne quand elle propose de monter Dernier Espoir et lui Gouverneur Hicks pour aller au nord, et voudrait bien savoir si elle pense qu'un candidat au Derby peut servir de cheval de trait.

Eh bien, cela incite presque Miss Beulah Beauregard à recommencer à rompre les fiançailles, et elle s'imagine que c'est une remarque vachement déplacée à propos de ses efforts, mais son papa s'en mêle et dit qu'ils doivent rester jusqu'à ce que Gouverneur Hicks ait fini de labourer en tout cas, ou ils auront des comptes à lui rendre. Alors Petit Alfie ne part pas, et il passe tout son temps libre à entraîner Dernier Espoir et à chercher à qui il faut écrire pour avoir assez de fric pour que Miss Beulah Beauregard file au nord, le moment venu.

Il entraîne Dernier Espoir en le faisant marcher et galoper en personne le long des routes de campagne, le soignant comme s'il était un bébé et, avec cet entraînement et le fait de trotter depuis Miami, Dernier

Espoir devient robuste et vigoureux et n'importe qui doit admettre que ce n'est pas une bestiole désagréable à regarder, bien qu'il ait trop de guibolles au goût de certains.

Or, voilà qu'un dimanche il y a toute la journée un très violent orage avec pluie et bourrasques qui se mettent à abattre les arbres et une chose et une autre, et personne ne peut sortir beaucoup. Aussi, tard le soir, Petit Alfie, Miss Beulah Beauregard et tous les Benson sont réunis autour du fourneau, dans la cuisine, en train de boire de la mousse de whisky et Petit Alfie leur répète comment Dernier Espoir va gagner le Derby du Kentucky, surtout si le terrain est lourd, quand on entend cogner à la porte.

Quand la porte s'ouvre, qu'est-ce qui entre sinon Mr Paul D. Veere, trempé de la tête aux pieds, y compris sa petite moustache, boitant si fort qu'il peut à peine marcher et, naturellement, sa vue embarrasse Miss Beulah Beauregard et Petit Alfie, qui ne peut pas oublier que Mr Paul D. Veere est grandement responsable des écorchures que lui fait la selle en chevauchant depuis Miami.

En fait, plusieurs fois depuis qu'il demeure dans la demeure ancestrale de Miss Beulah Beauregard, Petit Alfie pense à Mr Paul D. Veere et, à chaque fois qu'il pense à lui, il est en faveur d'aller jusqu'au pavillon de chasse de Mr Paul D. Veere sur l'Altamaha pour lui parler sévèrement.

Mais Miss Beulah Beauregard l'arrête toujours en déclarant que les fières vieilles familles sudistes de ce voisinage ont un petit faible pour les banquiers et autres mecs nordistes riches qui ont des pavillons de chasse çà et là dans les pinèdes, surtout sur l'Altamaha, parce que, grâce à ces types, il y a tout un marché pour les indigènes comme rabatteurs, whisky de maïs et une chose et une autre.

Miss Beulah Beauregard dit que si un invité des Benson parle sévèrement à Mr Paul D. Veere, on en voudra à la famille, et il semble que la famille Benson ne tient pas à se faire d'autres ennemis juste à ce moment-là.

Donc Petit Alfie n'y va pas, et voici soudain que Mr Paul D. Veere lui tombe tout rôti dans le bec.

Naturellement, Petit Alfie s'avance et se met à faire tournoyer sa large paluche droite dans l'intention de la faire atterrir sur le menton de Mr Paul D. Veere, mais Mr Paul D. Veere semble s'apercevoir qu'il y a de l'hostilité dans l'air et il recule jusqu'au mur, lève sa propre paluche et cause en ces termes :

« Braves gens, dit Mr Paul D. Veere, je viens de tomber dans un fossé avec mon automobile à cinq cents mètres d'ici. Ma bagnole est une ruine, qu'il dit, et ma jambe droite a l'air si mal en point que je suis à peine capable de me traîner ici. Or, braves gens, qu'il dit, c'est un peu une question de vie ou de mort que j'arrive à la gare de Tillinghast à temps pour sauter dans le Spécial Fleur d'Oranger. C'est le dernier train qui part ce soir pour Jacksonville et je dois être à Jacksonville avant minuit pour louer un avion et arriver à New York à l'heure pile où ma banque ouvre, à dix plombes du mat. Il faut environ dix plombes par avion de Jacksonville à New York, dit Mr Paul D. Veere, aussi si j'attrape la Fleur d'Oranger, je pourrai juste y arriver ! »

Puis il continue à voix basse et déclare qu'il a reçu

un message téléphonique de New York il y a une plombe ou deux à son pavillon de chasse, lui disant de rentrer immédiatement à la maison, et aussitôt après, pendant qu'il essaie de téléphoner à la gare de Tillinghast pour s'assurer qu'ils ne feront pas partir la Fleur d'Oranger avant qu'il soit dedans, quoi qu'il arrive, tous les fils téléphoniques et télégraphiques ici et là sont abattus par la tempête.

Donc il part pour la gare en auto, et juste au moment où il croit y arriver de justesse, sa voiture se jette v'lan boum ! dans un fossé et la jambe de Mr Paul D. Veere est accrochée de telle sorte qu'il n'a aucune chance de marcher jusqu'à la gare et voilà Mr Paul D. Veere dans le pétrin.

« C'est une affaire désespérée, braves gens, dit Mr Paul D. Veere. Prêtez-moi votre automobile et je vous revaudrai ça généreusement. »

Or, à ces mots, le papa de Miss Beulah Beauregard regarde la toquante du mur de la cuisine et parle comme suit :

« Nous n'avons pas d'automobile, voisin, qu'il dit, et en tout cas, il y a un bon bout d'ici à Tillinghast et la Fleur d'Oranger s'amène dans dix minutes, aussi je ne vois pas comment vous pouvez y arriver. Posez votre chapeau, voisin, dit le papa de Miss Beulah Beauregard, avalez de la mousse de whisky, relaxez-vous et je vais jeter un œil sur votre jambe pour voir les dégâts. »

Alors, Mr Paul D. Veere devient blanc comme un oreiller quand il entend ces paroles et il s'exprime comme suit :

« Prêtez-moi un cheval et un buggy, qu'il dit. Je dois être à New York en personne ce matin. On ne peut pas me remplacer », qu'il dit et en prononçant ces mots il regarde Miss Beulah Beauregard puis Petit Alfie comme s'il leur parlait personnellement, bien que jusqu'alors il ne regarde ni l'un ni l'autre depuis son entrée dans la cuisine.

« Mais, voisin, répond le papa de Miss Beulah Beauregard, nous n'avons pas de buggy, et même si nous en avons, le temps nous manque pour attacher quoi que ce soit au buggy. Voisin, qu'il dit, vous vous gourez certainement si vous pensez attraper la Fleur d'Oranger maintenant.

— Eh bien, alors, dit Mr Paul D. Veere très tristement, j'irai en taule. »

Alors il s'effondre sur une chaise et se plonge la tronche dans les mains, et c'est un spectacle à fendre presque tous les cœurs, et quand elle le voit dans cet état, Miss Beulah Beauregard se met à chialer parce qu'elle déteste voir quelqu'un aussi bas que Mr Paul D. Veere, et entre deux sanglots elle demande à Petit Alfie de trouver un truc pour sauver la situation.

« Mr Paul D. Veere n'a qu'à monter Gouverneur Hicks jusqu'à la gare, qu'elle dit. Après tout, qu'elle ajoute, je n'oublie pas sa politesse quand il m'a fait faire la moitié du chemin jusqu'ici dans sa voiture, de son pavillon de chasse, après que je lui lance un pot de crème de toilette, au lieu de m'obliger à marcher comme ces mecs de Yale ont fait le jour où ils m'ont éjectée de leur voiture.

— Voyons, dit Petit Alfie, il y a une borne et demie de cette porte à la gare. Je le sais, qu'il continue, parce que j'ai obligé un mec en automobile de l'enregistrer sur son compteur un jour de la semaine dernière, dans l'intention de faire faire bientôt un essai à Dernier Espoir sur toute la route du Derby. La route doit être pleine de boue jusqu'aux fanons en ce moment et, que dit Petit Alfie, Gouverneur Hicks ne peut même pas tenir debout dans la boue. Le seul cheval au monde qui peut galoper assez vite sur ce terrain pour attraper la Fleur d'Oranger, c'est Dernier Espoir mais, conclut Petit Alfie, naturellement je ne laisse personne monter un cheval aussi précieux que Dernier Espoir pour attraper des trains. »

Or, en entendant cela, Mr Paul D. Veere lève la tête et regarde Petit Alfie avec grand intérêt et parle comme suit :

« Combien vaut ce cheval précieux ? demande Mr Paul D. Veere.

— Mais, dit Petit Alfie, il vaut en tout cas cinquante Grands Formats parce que, qu'il dit, c'est la somme que le Colonel Winn donne au gagnant du Derby du Kentucky, et c'est sûr que Dernier Espoir sera ce gagnant, surtout, dit Petit Alfie, si le terrain est lourd.

— Je ne transporte pas une telle quantité de fric sur moi, dit Mr Paul. D. Veere, mais, qu'il dit, si vous acceptez de me faire confiance, je vous donnerai un petit billet pour cette somme, juste pour me laisser monter votre cheval jusqu'à la gare. J'étais autrefois le meilleur jockey d'obstacles amateur du Club de chasse à courre, dit Mr Paul D. Veere, et si votre cheval peut courir, j'ai encore une chance de ne pas aller en taule. »

Or il y a gros à parier que Petit Alfie n'a nullement l'intention d'étendre un crédit de cinquante Grands Formats à Mr Paul D. Veere ou à n'importe quel autre banquier, surtout un banquier qui est autrefois un jock d'obstacles amateur, parce que s'il y a un genre de type dont Petit Alfie se méfie, c'est un jock d'obstacles amateur, et, de plus, Petit Alfie est un peu offensé parce que Mr Paul D. Veere a l'air de croire qu'il tient une écurie de chevaux de louage.

Mais Miss Beulah Beauregard chiale maintenant si bruyamment que personne ne peut s'entendre penser et Petit Alfie se met à imaginer ce qu'elle sera capable de lui dire s'il ne loue pas Dernier Espoir à Mr Paul D. Veere et que Dernier Espoir ne gagne pas le Derby du Kentucky. Alors il dit finalement O.K. et Mr Paul D. Veere sort aussitôt un petit crayon en or et un carnet, et griffonne une reconnaissance de dette de cinquante Grands Formats pour Petit Alfie.

Et la chose que tout le monde voit ensuite, c'est Petit Alfie qui fait sortir Dernier Espoir de l'écurie et le conduit vers la porte, sans rien sur lui car Petit Alfie ne veut pas perdre son temps à le harnacher et pendant qu'il hisse Mr Paul D. Veere sur Dernier Espoir, Petit Alfie parle comme suit :

« Il vous reste trois minutes, qu'il dit. La route est presque droite, sauf un long virage dans le dernier quart. Faites-le galoper, qu'il dit. Vous aurez des tas de boue tout le long de la route mais, que dit Petit Alfie, c'est une bête qui aime la boue. En fait, conclut Petit Alfie, vous êtes plutôt chanceux bicause le terrain est lourd. »

Puis il flanque à Dernier Espoir une tape sur la hanche et voilà Dernier Espoir qui part à vive allure dans la boue et tout un chacun peut voir, à la manière dont Mr Paul D. Veere se tient en selle, que Mr Paul

D. Veere sait l'heure qu'il est quand il s'agit de monter un cheval. En fait, Petit Alfie lui-même dit qu'il ne voit jamais une meilleure assiette de sa vie, surtout de la part d'un mec qui monte à cru.

Donc, Petit Alfie les regarde descendre la rue dans une giclée de boue, et ce sera toujours un des plus profonds regrets de la vie de Petit Alfie qu'il laisse sa supertocante à une seconde près au clou à Miami, parce qu'il dit qu'il est sûr que Dernier Espoir court le premier quart dans la boue plus vite que cette distance n'est jamais courue auparavant au monde. Mais naturellement Petit Alfie est plus qu'un peu excité à ce moment-là, et il y a des chances qu'il exagère la vitesse de Dernier Espoir.

Toutefois il est sûr que Dernier Espoir galope très rapidement sur la route car un type de couleur qui est en train de chasser l'écureuil se ramène quelques minutes après et dit à Petit Alfie qu'une chose l'a dépassé si vite, sur la route, qu'il ne peut dire exactement ce que c'est, mais il déclare être presque certain que c'est le diable en personne, parce qu'il sent la fumée quand il passe près de lui et entend une voix hurlant hue ! Mais naturellement, il y a des chances que cette voix n'est autre que celle de Mr Paul D. Veere gueulant des encouragements à Dernier Espoir.

Ce n'est pas avant que le chef de gare de Tillinghast, un type qui répond au nom d'Asbury Potts, arrive au domaine ancestral de Miss Beulah Beauregard, une plombe plus tard, que Petit Alfie apprend qu'au moment où Dernier Espoir s'arrête devant la gare et que Mr Paul D. Veere met pied à terre couvert de tant de boue que personne ne sait s'il est un moulage en plâtre ou quoi, le cheval boite autant que Mr Paul D. Veere lui-même et Asbury Potts dit que sûrement Dernier Espoir s'est claqué un tendon ou quelque chose de ce genre, et que s'il peut courir en course un jour, lui est prêt à manger son vieux couvre-chef en laine.

« Mais personnellement, dit Asbury Potts en racontant cette triste nouvelle, je ne vois pas pourquoi Mr Paul D. Veere est tellement pressé, au point de pousser un cheval comme ça. Il a cinquante-sept secondes d'avance, à ma montre, quand la Fleur d'Oranger entre en gare, à la minute », dit Asbury Potts.

Bon. L'entendant, Petit Alfie s'assied et commence à calculer, et finalement il trouve que Dernier Espoir court une borne et quart en deux minutes trois secondes dans la boue, avec peut-être cent soixante-douze kilos et demi sur le dos, car Mr Paul D. Veere n'est pas un plumeau à épousseter, et aucun cheval ne court jamais le Derby du Kentucky, ou nulle part dans la mesure où on le sait, aussi vite que ça, aussi Petit Alfie prétend que c'est pratiquement comme s'il avait des ailes.

Mais naturellement peu de particuliers acceptent les chiffres de Petit Alfie comme strictement officiels, parce qu'ils ne savent pas si la montre d'Asbury Potts est convenablement réglée pour chronométrer les chevaux de course, même si Asbury Potts a raison à cent pour cent quand il dit qu'on ne pourra jamais remettre Dernier Espoir sur un champ de courses.

En tout cas, je rencontre Petit Alfie un soir de cet été chez Mindy à Broadway, et c'est la première fois qu'on le voit dans le coin depuis quelque temps, et il a l'air vraiment très rupin, et après avoir jaspiné sur les histoires anciennes, il me dit pourquoi ça rupine.

À ce qu'il paraît, après que Mr Paul D. Veere rentre à New York et remet à sa banque ce qu'il est prudent qu'il y remette, ou en retire ce qu'il semble bon de retirer, et se planque pour être sûr de ne pas aller en taule, il se souvient qu'il y a un léger différend entre lui et Petit Alfie, alors que fait Mr Paul D. Veere sinon s'asseoir et écrire un chèque de cinquante Grands Formats à l'ordre de Petit Alfie contre sa reconnaissance de dette, afin que Petit Alfie ne soit pas perdant même s'il ne gagne pas le Derby du Kentucky, et, en fait, il est archi-riche, et je suis content de le savoir, parce que je sympathise toujours profondément avec lui lorsqu'il est privé de Dernier Espoir. Je demande alors à Petit Alfie ce qu'il fait à New York à cette heure, et il me déclare ce qui suit :

« Eh bien, dit Petit Alfie, je vais te le dire. L'autre jour, qu'il dit, je me mets à réfléchir, et entre autres je pense qu'après la victoire de Dernier Espoir dans le Derby du Kentucky, il continue sûrement et gagne aussi le Maryland Preakness parce que, explique Petit Alfie, le Preakness a un seizième de borne de moins que le Derby, et un cheval qui peut galoper pendant une borne et quart dans la boue en deux minutes trois secondes environ avec une tonne de briques sur le dos est capable de donner l'air con à n'importe quel chevelu en couvrant une borne et trois seizièmes, surtout, conclut Petit Alfie, sur terrain lourd. »

« Donc, continue Petit Alfie, je vais voir Mr Paul D. Veere pour voir s'il n'a pas envie de me payer aussi la mise du Preakness Stake parce que je construis la plus belle maison en Géorgie du Sud pour Dernier Espoir ; c'est mon élevage de bestiaux où Dernier Espoir lui-même est exhibé, et j'ai toujours besoin de quelques dollars ici ou là.

— Eh bien, Alfie, que je dis, ça me semble une proposition très juste et, que je dis, je suis sûr que Mr Paul D. Veere l'accepte dès qu'elle arrive à ses oreilles, car il est certain que toi et Dernier Espoir rendent un fier service à Mr Paul D. Veere. À propos, Alfie, que je dis, qu'est devenu Gouverneur Hicks ?

— Eh bien dit Petit Alfie, sais-tu que Gouverneur Hicks m'a finalement terriblement déçu comme cheval de labour ? Il apprend à s'asseoir en voyant Abimelech le mulet, et rien ne le fait bouger, pas même le stimulant que je lui donne le jour où il arrive troisième à Hialeah.

« Mais, continue Petit Alfie, mon épouse très aimante imagine d'utiliser le vieux Gouverneur comme cheval de selle pour nos jumeaux, Beulah et Petit Alfie junior, bien que, qu'il dit, je lui explique que Gouverneur Hicks ne vaut pas pipette pour ça, surtout, conclut Petit Alfie, sur terrain lourd. »

LES TROIS PETITS MALINS

Par un froid après-midi d'hiver, je suis debout au bar du petit bastringue de Charley Bon Temps dans la 49e Rue Ouest, en train d'avaler un mélange de sucre candi et de whisky de seigle, ce qui est une chose étonnante pour moi, qui ne suis nullement poivrot, et siffle rarement des boissons alcooliques de quelque manière ou forme que ce soit.

Mais quand j'entre chez Charley Bon Temps, l'après-midi en question, je sens que j'ai peut-être un peu de grippe et Charley Bon Temps me dit qu'il n'y a rien au monde de meilleur pour un peu de grippe que le sucre candi et le whisky de seigle, parce que ça tue aussitôt les microbes.

Il paraît que Charley Bon Temps a toujours sous la main un stock de sucre candi et de whisky de seigle pour les petites grippes, et il m'en sert aussitôt quelques verres, car il dit qu'on ne sait pas si je dissémine les microbes de ma petite grippe dans tout le bastringue, et il doit veiller à ma santé.

Nous commençons tous les deux à nous sentir beaucoup mieux quand la porte s'ouvre, et qui entre sinon un mec qui répond au nom de Swanson le Blondinet.

Ce Swanson le Blondinet est un grand type d'un

mètre quatre-vingts, aux cheveux couleur paille, aux joues roses ; il vient originellement de Harlem, et tout un chacun sait bien que, dans sa jeunesse, c'est le meilleur trafiquant de la côte atlantique. En fait, depuis plus de dix ans, Blondinet apporte des liquides du Canada à New York et à un endroit ou un autre, et pendant tout ce temps il ne se fait jamais prendre, ce qui est considéré comme un record phénoménal pour un aussi gros trafiquant que Blondinet.

Donc, Blondinet s'installe à côté de moi au bar, et je lui demande s'il veut écluser quelques verres de sucre candi et de whisky de seigle avec moi et Charley Bon Temps, et Blondinet dit que ce sera un privilège et un plaisir pour lui, parce que, qu'il dit, il a toujours un peu aimé les douceurs. Alors nous avalons ces quelques verres, et je dis à Swanson le Blondinet que j'espère que ses affaires sont prospères.

« Je n'en ai plus, dit Swan le Blondinet. Je suis retiré des affaires. »

Eh bien, si J. Pierpont Morgan ou John D. Rockefeller ou Henry Ford s'amènent pour me dire qu'ils se retirent des affaires, je ne suis pas plus étonné que par cette déclaration de Swanson le Blondinet et, en fait, je le suis moins. Je considère la déclaration de Blondinet comme l'annonce commerciale la plus importante que j'entends depuis des années et, naturellement, je lui demande pourquoi il prend cette décision, et que vont devenir les milliers de particuliers qui dépendent de lui pour leur approvisionnement.

« Eh bien, dit Blondinet, je me retire des affaires parce que je suis un citoyen américain cent pour cent. En fait, qu'il dit, je suis un patriote. Je sers mon pays dans la dernière guerre. Je reçois une citation à Château-Thierry. Je vote toujours pour la liste démocrate excepté, qu'il dit, quand nous trouvons qu'il vaut mieux élire un républicain. Je me lève toujours quand la fanfare joue l'hymne national. Une année, j'ai même payé mon impôt sur le revenu », conclut Blondinet.

Naturellement, je sais que beaucoup de ces choses sont vraies, bien que je me souvienne d'avoir entendu des rumeurs selon lesquelles si l'officier de la conscription s'amène une demi-heure plus tard, il ne voit pas Blondinet tellement ses talons soulèvent de poussière, et que si Blondinet a été cité à Château-Thierry c'est pour n'avoir rien piqué sur les macchabées.

Mais, bien sûr, je ne parle pas de ça à Swanson le Blondinet parce que ce n'est pas un mec qui aime écouter les rumeurs ; il peut se foutre en rogne et, quand Blondinet est en rogne, il est très difficile de s'entendre avec lui.

« Donc, que dit Blondinet, je trafique dans l'alcool clandestin pendant longtemps, et fournis de la marchandise très chouette, comme tout un chacun le sait, et c'est un commerce respectable, parce que tous, dans ce pays, y sont favorables, excepté les prohibitionnistes. Mais, qu'il dit, je pense à l'avenir, et je me dis qu'un de ces jours ils vont annuler la loi sur la prohibition, et ce sera très peu patriotique de faire entrer des liquides de l'étranger pour rivaliser avec l'industrie nationale. Alors je prends ma retraite, conclut Blondinet.

— Eh bien, Blondinet, que je réponds, sûrement tes sentiments te font honneur et si nous avons plus de citoyens à l'esprit aussi élevé que le tien, le pays sera meilleur.

— D'ailleurs, dit Blondinet, il n'y a plus rien à gagner dans le commerce clandestin de l'alcool. Tous les trafiquants de ce pays sont raides. Je suis moi-même raide, qu'il dit. Je viens de perdre la dernière possession que j'ai au monde, qui est la maison de vingt-cinq Grands Formats que j'ai construite à Atlantic City, pour y passer le reste de mes jours avec Miss Clarabelle Cobb avant qu'elle prenne la poudre d'escampette. Or, dit Blondinet, si j'écoute seulement Miss Clarabelle Cobb, je suis maintenant un honnête vendeur dans un magasin d'ameublement, avec peut-être une jolie petite piaule aux environs de la 110e Rue, et des enfants courant ici et là. »

En disant ces mots, Blondinet pousse un profond soupir et je soupire avec lui, parce que l'idylle de Swanson le Blondinet et de Miss Clarabelle Cobb est bien connue de tout un chacun dans Broadway.

Ça remonte à environ six ans, quand Swanson le Blondinet gagne de l'argent si vite qu'il peut à peine s'arrêter pour le compter, et à l'époque Miss Clarabelle Cobb est la plus chouette nénette de cette ville, et beaucoup de particuliers deviennent presque dingues juste en la zieutant quand elle fait partie des « Scandales Blancs » de Mr Georgie White, et, parmi eux, se trouve Swanson le Blondinet.

En fait, après que Swanson le Blondinet voit Miss Clarabelle Cobb dans une seule représentation des « Scandales Blancs » de Mr Georgie White, il n'est plus le même type. Il se donne un mal de chien pour rencontrer Miss Clarabelle Cobb, puis il se met à rôder autour de l'entrée des artistes de Mr Georgie White, et à envoyer à Miss Clarabelle Cobb des boîtes de bonbons de dix livres, et des fleurs en forme de fers à cheval, et de guirlandes, et aussi des paquets renfermant des bricoles comme des bracelets et des clips de diams, et des trousses de toilette, car on ne peut pas nier que Blondinet jongle facilement avec les dollars.

Mais il paraît que Miss Clarabelle Cobb n'accepte aucun de ces cadeaux, sauf les bonbons et les fleurs, et elle va jusqu'à refuser un manteau de zibeline que Blondinet lui envoie un jour de grand froid, ce qui provoque les franches critiques des autres nénettes des « Scandales Blancs » de Mr Georgie White, car elles disent qu'après tout l'excentricité elle-même a des limites.

Or Miss Clarabelle Cobb déclare qu'elle n'accepte aucun cadeau de valeur de n'importe quel jules, et surtout d'un jules qui trafique dans l'alcool, parce qu'elle dit que son fric n'est que le prix du sang gagné en enfreignant la loi du pays, bien qu'en réalité ce soit une calomnie en ce qui concerne Swanson le Blondinet, car pas une goutte d'alcool ne lui est passée entre les mains, mais seulement du scotch et de plus il est toujours plus ou moins en règle avec la loi.

Tout ça vient du fait que Miss Clarabelle Cobb est d'une famille très religieuse d'Akron, Ohio, et depuis l'enfance on lui dit que les boissons alcoolisées sont des choses terribles, et personnellement je suis de cet avis, sauf dans les cocktails, et, de plus, la dernière phrase que lui dit sa maman quand elle part pour New York, c'est de se méfier des mecs qui s'amènent avec des bracelets de diams et des manteaux de fourrure, parce que sa maman dit que ces types-là sont sûrement des serpents dans l'herbe, et sans doute très intéressés.

Mais tout en n'acceptant pas ces cadeaux, Miss Clarabelle ne refuse pas de sortir de temps en temps avec Swanson le Blondinet et d'avaler du poulet à la mexicaine et du homard à la Newburg, et autres bricoles de ce genre et, à chaque fois que vous réunissez assez souvent un beau jules et une chouette nana devant un poulet à la mexicaine et un homard à la Newburg, vous pouvez vous retrouver avec une histoire d'amour sur les bras.

Or c'est ce qui arrive à Swanson le Blondinet et à Miss Clarabelle Cobb et, en fait, ils s'aiment plus qu'un peu, et Swanson le Blondinet veut épouser Miss Clarabelle Cobb, mais, un soir, devant un tas de homard à la Newburg, elle lui parle comme suit :

« Blondinet, qu'elle dit, je t'aime et, qu'elle dit, je t'épouse en une minute si tu te retires du trafic de l'alcool. Je t'épouse si tu sors des affaires d'alcool, et que tu es sans un, mais je ne t'épouse jamais tant que tu trafiques, même si tu as cent millions. »

Eh bien, Blondinet répond qu'il quitte aussitôt cette combine et il le répète de temps en temps pendant un an environ, et il y a fort à parier qu'il est sincère de nombreuses fois, mais quand un mec est plongé dans ce genre d'affaires, à cette époque, autant que Swanson le Blondinet, ce n'est pas facile d'en sortir, même s'il le désire. Alors, un jour, Miss Clarabelle Cobb a une conversation avec Blondinet et lui parle comme suit :

« Blondinet, qu'elle dit, je t'aime toujours, mais tu tiens plus à tes affaires qu'à moi. Aussi je rentre en Ohio, qu'elle dit. J'en ai marre de Broadway de toute façon. Un jour, quand tu as vraiment cessé le terrible trafic qui t'occupe maintenant, viens me trouver. »

Et, là-dessus, Miss Clarabelle Cobb met beaucoup de plein air entre elle et Swanson le Blondinet, et disparaît. D'abord, Blondinet pense qu'elle essaie seulement de faire un peu pression sur lui et va revenir, mais à mesure que les semaines se changent en mois, et les mois en années, Blondinet comprend qu'elle ne se moque pas de lui. De plus, il n'a jamais de ses nouvelles et tout ce qu'il sait c'est qu'elle s'est cassée à Akron, Ohio.

Eh bien, Blondinet se promet toujours de plier bagage bientôt et de cesser le trafic des liquides, d'aller chercher Miss Clarabelle Cobb et de l'épouser, mais il remet encore et toujours, jusqu'à ce que finalement il apprend que Miss Clarabelle épouse un vrai mec à Akron, et c'est un coup terrible pour Blondinet qui, à partir de ce jour-là, ne regarde plus aucune nénette, ou en tout cas pas beaucoup.

Naturellement, j'exprime ma profonde sympathie à Blondinet qui est fauché, et je lui dis aussi que mon cœur saigne pour lui d'avoir perdu Miss Clarabelle Cobb, et nous éclusons plusieurs verres de sucre candi et de whisky de seigle pour chacun de ces problèmes et, à ce moment, Charley Bon Temps n'a plus de sucre candi et d'ailleurs ça le fatigue beaucoup de le mélanger au whisky de seigle, alors nous avalons le whisky de seigle sans le sucre candi et, personnellement, je n'y vois aucune différence.

Eh bien, pendant que nous sommes debout devant le bar à siffler notre whisky de seigle sans sucre candi, qui entre sinon un vieux mec qu'on appelle le Hollandais, connu de tout un chacun comme un particulier des plus illégaux à tous égards. Le Hollandais n'a absolument aucune situation dans la communauté et je suis quelque peu surpris de le voir entrer chez Charley Bon Temps, parce que le Hollandais est généralement évadé d'un endroit ou d'un autre, et les gendarmes désirent bavarder avec lui ici ou là. La dernière fois que j'entends parler du Hollandais il est en taule quelque part dans l'Ouest pour vol sur la voie publique, bien qu'après il me dit que c'est une erreur d'identité. À ce qu'il paraît, il prend un poulet en civil pour un épicier.

Le Hollandais est un mec rétro de peut-être cinquante piges ; il a des cheveux gris, une barbe grise courte et raide et il est petit et trapu et toujours de bonne humeur, même quand c'est pas la peine, et à le voir vous pensez qu'il n'est pas plus qu'un prédicateur, et peut-être moins.

En entrant, le Hollandais regarde partout comme s'il cherchait quelqu'un en particulier et, quand il voit Swanson le Blondinet, il vient près de lui et se met à murmurer jusqu'à ce que Blondinet se recule et lui dise de parler librement.

Or, le Hollandais raconte une histoire très intéressante, qui est la suivante : il paraît que, huit ou neuf mois auparavant, le Hollandais est acoquiné avec un groupe de trois mecs très huppés, casseurs de coffres-forts qui font du bon boulot en ouvrant des coffres-forts dans les banques, les bureaux de poste et les magasins des petites villes et en emportant l'oseille ou tout ce qui est précieux dans ces boîtes. Autrefois c'est une coutume très populaire dans ce pays, mais elle diminue un peu ces dernières années parce qu'on améliore tellement la qualité des coffres-forts qu'il faut vraiment se donner beaucoup de mal pour les fracturer, mais il y a recrudescence de casses pendant la dépression car il n'y a pas d'autre moyen de gagner de l'argent et ça redevient des affaires très prospères. Et, naturellement, c'est très chouette pour des vieux spécialistes d'autrefois, comme le Hollandais, parce que ça leur donne du travail dans leur vieillesse.

En tout cas, il paraît que le particulier avec lequel est associé le Hollandais part un soir pour la Pennsylvanie sur un tuyau donné par un copain et cambriole un coffre-fort dans le bureau d'une usine et prend pour peut-être cinquante Grands Formats de salaires. Mais il semble que, pendant qu'ils s'enfuient en automobile, les gendarmes les poursuivent et il y a une chasse à l'homme pendant laquelle ils se canardent beaucoup ici et là.

Eh bien, finalement, dans cette tuerie, les trois mecs qui sont avec le Hollandais sont refroidis, et le Hollandais lui-même est pas mal abîmé ; il abandonne son automobile sur une grand-route en emportant le fric, qui est dans une valoche, et réussit à échapper aux gendarmes dans la campagne en se cachant ici et là.

Mais le Hollandais est plutôt épuisé par ses blessures, ses efforts pour traîner la valoche, et un soir il tombe sur une vieille grange déserte, et il décide d'y planquer la valoche, parce qu'il n'a aucune chance de pouvoir continuer à la traîner plus longtemps. Donc il soulève quelques planches dans le sol de la grange, creuse un bon trou dans la terre et y plante la valoche, pensant revenir un jour la reprendre.

Puis le Hollandais arrive tant bien que mal dans le New Jersey et s'arrête dans une ville qui répond au nom de New Brunswick pour attendre que ses blessures guérissent, ce qui demande un temps considérable car le Hollandais ne les supporte pas aussi bien que lorsqu'il est plus jeune.

De plus, même quand le Hollandais est guéri, et se met à penser retourner chercher la valoche planquée, il s'aperçoit qu'il n'a plus toute la confiance de son associé, ce qui arrive à tous les mecs qui prennent de la bouteille, et il se dit que c'est peut-être une bonne idée de demander à quelqu'un d'autre de l'aider, et le premier mec auquel il pense c'est Swanson le Blondinet, parce qu'il se dit que Swanson le Blondinet est très futé sous tous les rapports.

« Voilà, Blondinet, dit le Hollandais, si ma proposition te va, je veux bien te donner cinquante pour cent, et cinquante pour cent de cinquante Grands Formats, c'est pas de la tarte par les temps qui courent.

— Eh bien, Hollandais, répond Blondinet, je t'aiderai de bon cœur dans cette affaire aux conditions que tu proposes. Ça me semble une offre légitime, parce que le fric te revient indiscutablement, et à partir de maintenant je suis strictement légit'. Mais en attendant, éclusons un peu plus de sucre candi et de whisky de seigle, sans le sucre candi, pendant que nous discutons davantage de cette affaire. »

Mais il semble que le Hollandais n'aime pas le sucre candi et le whisky de seigle, même sans le sucre candi, aussi Swanson le Blondinet et moi et Charley Bon Temps continuons à écluser et Blondinet devient de plus en plus enthousiasmé par la proposition du Hollandais jusqu'à ce que, finalement, je m'emballe aussi, et je dis que je crois que je vais les accompagner, car c'est une occasion de voir de nouveaux coins du pays, tandis que Charley Bon Temps déclare que c'est toujours le grand regret de sa vie que son commerce l'empêche de partir, mais qu'il nous donne un vaste stock de sucre candi et de whisky de seigle, sans le sucre candi, au cas où nous attrapons un peu de grippe.

Enfin, en tout cas, voilà comment j'en viens à circuler dans un vieux tacot appartenant au Hollandais par une veille de Noël très froide avec le Hollandais et Swanson le Blondinet, bien qu'aucun de nous ne pense que c'est la veille de Noël jusqu'à ce que nous voyons qu'il semble y avoir des guirlandes de houx aux fenêtres, ici ou là, pendant que nous avançons en cahotant sur les routes, et finalement nous passons devant une petite église qui est tout illuminée, et quelqu'un ouvre la porte et nous apercevons un grand arbre de Noël à l'intérieur et c'est vraiment une vision agréable et, en fait, ça me donne un peu le cafard, bien qu'il y ait naturellement des chances pour que je ne voie aucun arbre de Noël, même si je suis à la maison.

Nous quittons Charley Bon Temps vers le milieu de l'après-midi avec le Hollandais qui conduit sa vieille caisse à savon et mon seul souvenir du voyage c'est de traverser un tas de petites villes si rapidement qu'elles ont l'air enfilées les unes après les autres, parce que la plupart du temps je somnole à l'arrière.

Swanson le Blondinet est assis à l'avant avec le Hollandais et Blondinet aussi pique un petit roupillon de temps en temps, mais quand, par hasard, il se réveille, il me flanque une bourrade pour me réveiller aussi afin de siffler du sucre candi et du whisky de seigle, sans sucre candi. Aussi, à bien des égards, c'est un voyage très agréable.

Je me souviens de la petite église parce que nous passons devant elle aussitôt après avoir bruyamment pénétré dans une ville plutôt grande, et j'entends le Hollandais dire que la vieille grange n'est plus très loin maintenant ; il fait nuit, le temps est plus froid que le cœur d'un assistant-shérif et il y a de la neige sur le sol malgré le ciel clair, et je regrette de ne pas être dans le bistrot de Mindy en train de m'envoyer une entrecôte quand j'entends Swanson le Blondinet demander au Hollandais s'il est sûr de savoir où il va, car la route semble peu fréquentée, et le Hollandais déclare ce qui suit :

« Voyons, qu'il dit, je sais que je suis sur la bonne route. Je suis la grande étoile que tu vois au-dessus de nous, parce que je me rappelle avoir toujours vu cette étoile devant moi la première fois que je parcours cette route. »

Nous continuons donc à suivre l'étoile, mais il se trouve que ce n'est pas du tout une étoile, mais une lumière brillant à travers la fenêtre d'un vieux bâtiment en pans de bois assez loin sur un côté de la route, perché sur un monticule et, quand le Hollandais voit cette lumière, il est vraiment profondément désemparé et il parle comme suit :

« Eh bien, qu'il dit, ça ressemble beaucoup à ma grange, mais ma grange n'a pas besoin de lumière. Enquêtons là-dessus avant d'aller plus loin. »

Alors le Hollandais sort de la vieille bagnole, se glisse d'un côté du bâtiment et zieute par la fenêtre, puis se ramène et fait signe à Blondinet et à moi de zieuter aussi par cette fenêtre qui n'est autre chose qu'un trou carré dans le côté de la grange traversé de barreaux en bois, mais sans vitres et ce que nous voyons à l'intérieur à la faible lueur d'une lanterne suspendue à un clou, sur un poteau, est vraiment ahurissant.

Il ne fait aucun doute que nous voyons l'intérieur d'une très vieille grange, car il y a plusieurs stalles pour des chevaux, ou peut-être des vaches, ici et là, mais quelqu'un a l'air d'y vivre, parce qu'on peut apercevoir une table, une couple de chaises, un poêle en tôle, dans lequel brûle un petit feu, et, sur le sol, dans un coin, ce qui semble être une sorte de lit.

De plus, il y a quelqu'un couché sur le lit qui fait tout un foin : elle gémit, chiale et fait toutes sortes de simagrées d'une voix forte, et il est certain que c'est la voix d'une nénette, et n'importe qui peut voir que cette nénette est en détresse.

Eh bien, ça, c'est une situation, et on s'éloigne de la grange pour en discuter.

Le Hollandais est complètement découragé, parce que l'idée lui vient que si cette nénette vit dans la grange un peu longtemps, sa planque a pu être découverte. Il veut partir et attendre un peu, mais Swanson le Blondinet semble penser plus qu'un peu, et finalement il parle comme suit :

« Voyons, que dit Blondinet, la nénette de cette grange a l'air malade, et il n'y a que les salauds et les goujats qui laissent tomber une nénette malade, surtout, que dit Blondinet, une nénette malade inconnue. En fait, il faut être une gouape de grande envergure pour faire ce genre de chose. À mon idée, on doit entrer et voir si on peut faire quelque chose pour cette nénette malade. »

Alors je dis à Swanson le Blondinet qu'il y a des chances pour que le mari toujours aimant de la nénette, ou quelqu'un d'autre, soit en ville, ou peut-être chez les plus proches voisins pour chercher de l'aide, et rentre en un clin d'œil, et que ce n'est pas un endroit pour nous.

« Non, dit Blondinet, ce n'est pas ce que tu crois. La neige, sur le sol, est en tout cas vieille d'un jour. Il n'y a pas de traces de piétinement autour de la porte de cette vieille piaule, et il est certain que, si quelqu'un sait qu'il y a ici une nénette malade, il a tout le temps d'avoir du secours auparavant. J'entre voir ce qui se passe », dit Blondinet.

Naturellement, le Hollandais et moi le suivons, parce que nous ne voulons pas être laissés seuls dehors, et on peut facilement pénétrer dans la grange, car la porte est ouverte et il suffit d'entrer. Et, quand nous le faisons, avec Swanson le Blondinet en tête, la nénette, de son lit sur le sol, se soulève pour nous regarder, et bien que la lueur de la lanterne soit assez faible, tout un chacun peut voir que cette pépée n'est autre que Miss Clarabelle Cobb, bien que personnellement je trouve qu'elle a bien changé depuis qu'elle est dans les « Scandales » de Mr Georgie White.

Elle demeure à demi assise dans le lit et regarde Swanson le Blondinet si longtemps qu'on peut compter jusqu'à dix, en comptant vite, puis elle retombe sur le lit et se met à chialer et à recommencer ses simagrées ; alors le Hollandais s'agenouille sur le sol à côté d'elle pour voir ce qui la ronge.

Tout à coup, le Hollandais se relève d'un bond et nous parle comme suit :

« Eh bien, qu'il dit, c'est vraiment une situation délicate. En fait, qu'il dit, je dois vous demander, les mecs, de sortir. Ce qu'il faudrait dans ce cas, c'est un toubib, mais il est trop tard pour le faire venir. Toutefois, je vais tâcher d'agir le mieux possible, vu les circonstances. »

Puis le Hollandais commence à ôter son pardessus et Swanson le Blondinet le regarde avec une expression tellement étrange sur le visage que le Hollandais éclate de rire et parle comme suit :

« Ne t'en fais pas, Blondinet, dit le Hollandais. J'ai peut-être un peu perdu la main depuis que ma vieille a dévissé son billard, mais elle laisse huit gosses bien vivants, et je les mets tous au monde sauf un, parce que nous sommes rarement en mesure de payer un toubib. »

Donc Swanson le Blondinet et moi sortons de la grange et, au bout de quelque temps, le Hollandais nous appelle et nous rentrons pour voir un grand feu allumé dans le poêle ; tout est agréable et chaud dans la grange.

Miss Clarabelle Cobb est maintenant très calme, couverte du pardessus du Hollandais et, lorsque nous entrons, le Hollandais marche sur la pointe des pieds vers elle, soulève le pardessus et que voyons-nous sinon un bébé, la caboche pas plus grosse qu'une pomme sauvage et le visage aussi ridé que celui d'un vieux pépé, et le Hollandais affirme que c'est un garçon, et en très bonne santé, en plus.

« Et puis, dit le Hollandais, la maman va aussi bien

que possible. Elle est aussi robuste que n'importe quelle nénette que j'ai jamais vue, qu'il dit, et tout ce qui nous reste à faire maintenant, c'est d'appeler un toubib quand nous traversons la ville juste pour être sûrs qu'il n'y a pas de complications. Mais, ajoute le Hollandais, je garantis que le toubib n'aura pas grand-chose à faire. »

Eh bien, le vieux Hollandais est aussi fier de ce bébé que si c'était le sien et, comme je ne veux pas le vexer, je dis que le bébé est très chouette et lui fait honneur à tous égards, et aussi à Miss Clarabelle Cobb, pendant que le Blondinet demeure immobile, regardant le mioche comme s'il n'en avait jamais vu de sa vie, d'un air profondément étonné.

Il semble que Miss Clarabelle Cobb est une nénette très vigoureuse, juste comme le dit le Hollandais, et au bout d'une heure environ, elle manifeste qu'elle est pleinement réveillée, et Swanson le Blondinet s'assied près d'elle sur le sol, et elle lui parle tout bas pendant un bon bout de temps, et pendant qu'ils jactent, le Hollandais défait le plancher dans un autre coin de la grange, creuse pendant quelques minutes et, finalement, il retire une valoche couverte de terre ; il l'ouvre et me montre qu'elle est pleine de grands billets merveilleux et épais.

Plus tard, Swanson le Blondinet raconte au Hollandais et à moi l'histoire de Miss Clarabelle Cobb, et il y a des choses assez cafardeuses dans cette histoire.

Il paraît qu'après le retour de Miss Clarabelle Cobb dans sa vieille demeure à Akron, Ohio, elle finit par épouser un jeune type répondant au nom de Joseph Hatcher, comptable de son métier, qui a une assez bonne situation à Akron, et Miss Clarabelle Cobb et ce Joseph Hatcher sont aussi heureux ensemble qu'on peut l'être pendant un bon bout de temps.

Puis, environ un an avant la nuit que je vous raconte, Joseph Hatcher est envoyé, par sa maison, dans la région où nous trouvons Miss Clarabelle Cobb, pour y être comptable dans une usine, et un soir, quelques mois plus tard, Joseph Hatcher reste après la fermeture au bureau pour revoir ses comptes et une bande de voyous entre par effraction dans la piaule, le braque, fait sauter le coffre-fort et emporte une grosse somme d'argent en laissant Joseph Hatcher ficelé comme un dindon.

Quand Joseph Hatcher est découvert dans cette situation critique, le lendemain matin, qu'est-ce qui arrive sinon que les gendarmes le ceinturent et le mettent en taule, disant qu'il y a des chances que Joseph Hatcher soit de mèche avec les casseurs, qu'il les met au parfum au sujet du fric qui est dans le coffre, et il semble que le particulier qui est très attaché à cette idée est un mec du nom d'Ambersham, directeur de l'usine, un mec au cœur très dur, en plus.

Et maintenant, bien qu'il y ait huit ou neuf mois de ça, voilà que Joseph Hatcher est toujours en taule, attendant d'être jugé, et on parie à sept contre cinq dans toute la ville que le juge lui donne le maxi quand Joseph va finalement comparaître, parce qu'il paraît, d'après ce que Miss Clarabelle Cobb raconte à Blondinet, que tout le monde, ou presque, croit que Joseph Hatcher est coupable.

Mais naturellement Miss Clarabelle Cobb ne se joint pas à l'opinion publique au sujet de son Joe toujours aimant, et elle passe les mois suivants à essayer de le sortir de taule, mais elle n'a pas d'oseille, et aucun moyen d'en gagner et les choses vont de mal en pis pour Miss Clarabelle Cobb.

Finalement, elle se retrouve sans logement en ville, et elle trouve par hasard cette vieille grange, située sur un terrain abandonné appartenant à un toubib de la ville qui répond au nom de Kelton, et il semble que c'est un brave type qui lui permet d'en faire ce qu'elle veut.

Alors Miss Clarabelle Cobb emménage dans la grange et il y a gros à parier qu'elle regrette souvent les « Scandales Blancs » de Mr Georgie White.

Or le Hollandais écoute cette histoire avec beaucoup d'intérêt, surtout le passage où Joseph Hatcher est abandonné tout ficelé dans le bureau de l'usine et finalement il déclare ce qui suit :

« Eh bien, mes salauds, dit le Hollandais, c'est sûrement le même jeune mec que nous sommes obligés de ficeler la nuit où on a pris cette valoche. D'après mes souvenirs, il essaie de défendre le fric de son patron, et personnellement je lui donne un coup sur la fiole avec un nerf de bœuf.

« Mais, qu'il dit, ce n'est pas du tout lui qui nous a refilé le tuyau pour l'argent. Je me souviens maintenant que ce n'est autre que le mec dont tu parles dans l'histoire de Miss Clarabelle Cobb. C'est ce mec, Ambersham, le patron de la boîte, et, à propos de ça, l'accord prévoit qu'il a un peu de ce fric pour sa peine, et il est juste que je m'acquitte envers lui en tant qu'exécuteur des biens de mes potes défunts bien que, dit le Hollandais, je n'approuve pas son comportement envers ce Joseph Hatcher. Mais, dit-il, la première chose à faire pour nous, c'est d'amener ici un toubib pour Miss Clarabelle Cobb et à mon avis, le toubib à contacter, c'est ce Doc Kelton dont elle parle. »

Alors, le Hollandais prend la valdingue, nous montons dans la vieille bagnole et filons dans la direction d'où nous venons et, avant de partir, je vois Swanson le Blondinet se pencher sur Miss Clarabelle Cobb, et bien que je ne veuille pas ébruiter ce que je vois, je jure que je l'aperçois qui plante une petite bise sur la fiole du bébé et j'entends Miss Clarabelle Cobb parler comme suit :

« Je lui donne ton nom, Blondinet, qu'elle dit. À propos, Blondinet, quel est ton vrai nom ?

— Olaf », répond Blondinet.

Il est encore tôt ce matin-là et il n'y a pas beaucoup de citoyens circulant en ville, quand nous y rentrons, avec Blondinet sur le siège avant tenant la valoche sur ses genoux pendant que le Hollandais conduit, mais finalement nous trouvons un mec dans un bistrot ouvert la nuit qui sait où crèche Doc Kelton ; ce mec s'installe debout sur le marchepied de la vieille bagnole et nous conduit à une maison dans une rue latérale et, après avoir cogné sur la porte pendant assez longtemps, nous agrafons le Doc et le Blondinet cause avec lui.

Il reste dans la maison un bon bout de temps, mais quand il sort il dit que tout est O.K., que Doc Kelton va voir Miss Clarabelle Cobb subito et l'emmener à l'hôpital et Blondinet déclare qu'il laisse deux Grands Formats au Doc pour s'assurer que Miss Clarabelle Cobb reçoit les meilleurs soins.

« Eh bien, dit le Hollandais, nous pouvons donner deux Grands Formats en les prenant dans ce qu'il y a dans la valoche mais, qu'il dit, je me demande toujours si ce n'est pas mon devoir de rechercher cet Ambersham pour lui donner sa part.

— Hollandais, dit Blondinet, je crains d'avoir de mauvaises nouvelles pour toi. La valoche a disparu. Ce Doc Kelton me paraît un mec réglo à tous égards surtout, dit Blondinet, qu'il me déclare avoir toujours soupçonné qu'on a puni injustement le toujours aimant Joe de Miss Clarabelle Cobb, et qu'il ne l'aurait pas été si ce mec Ambersham n'avait pas poussé les autres citoyens à le soupçonner et ça n'aurait pas été aussi dur pour Joe.

« Aussi, dit Blondinet, je raconte toute l'histoire à Doc Kelton, y compris celle d'Ambersham, et je prends la liberté de lui donner la valoche à rendre aux propriétaires légitimes et Doc Kelton dit que je peux le traiter de menteur s'il ne sort pas le Joe de Miss Clarabelle du bloc et ne chasse pas cet Ambersham de la ville en vingt-quatre plombes. Mais, dit Blondinet, mettons les voiles maintenant, parce que j'ai seulement la parole de Doc Kelton qu'il nous laisse douze plombes pour prendre le large avant de faire autre chose que de soigner Miss Clarabelle Cobb, et j'imagine que c'est le temps qu'il faut pour nous évanouir dans la nature, Hollandais. »

Or le Hollandais ne dit pas un mot pendant quelques minutes au sujet de ces nouvelles ; il semble réfléchir à la situation et, pendant ce temps, il pousse sa vieille bagnole et elle sautille presque le long de ce qui semble être la grand-rue de la ville lorsqu'un gendarme à moto vient à notre hauteur et fait signe au Hollandais de stopper le long du trottoir.

C'est un gendarme jeune et beau, mais il a l'air un peu hostile lorsqu'il descend de sa motocyclette ; il vient très lentement vers nous et nous demande s'il y a le feu.

Naturellement, nous ne répondons rien, ce qui est la seule chose à dire à un gendarme dans ces circonstances, et il nous parle comme suit :

« Qu'est-ce que vous autres mecs transportez dans cette vieille casserole, en tout cas ? qu'il dit. Debout, que je vous examine. »

Alors nous nous levons ; il zieute le devant et le derrière de la bagnole et sous nos pieds ; or, tout ce qu'il trouve, c'est une bouteille qui a contenu autrefois un peu de sucre candi et du whisky de seigle sans sucre candi de Charley Bon Temps, mais qui est maintenant très vide ; il lève la bouteille, renifle le goulot et demande ce que contenait cette bouteille auparavant, et je lui dis la vérité quand je réponds qu'elle est autrefois pleine de médicament ; le Hollandais et Swanson le Blondinet hochent la tête pour approuver ma déclaration.

Mais le gendarme renifle encore une fois et parle comme suit :

« Eh ! qu'il dit, très sarcastique, des petits malins, eh ? Trois petits malins, eh ? Vous essayez de faire marcher quelqu'un, eh ? Médicament, eh ? qu'il dit. Eh bien, si ce n'était pas le jour de Noël, je vous embarquerais, et vous garderais à vue. Mais je jouerai le Père Noël à votre égard, et je vous laisse aller, petits malins. »

Et, après avoir franchi quelques blocs, le Hollandais parle comme suit :

« Oui, qu'il dit, c'est ce que nous sommes, pour sûr. Des petits malins. Sinon, nous aurions encore la valoche et le flic l'aurait trouvée. Et s'il la trouve, il désire nous emmener à la Grande Taule pour investigation et, s'il désire nous y emmener, je crains qu'il ne soit plus vivant à cette heure-ci, et nous serions au milieu d'une activité policière fiévreuse et, personnellement, dit le Hollandais, j'en ai marre de l'activité policière fiévreuse. »

Et, avec ces mots, le Hollandais replace un gros feu dans l'étui qu'il porte sous son bras, met le contact et, pendant que la vieille bagnole commence à laisser derrière elle les lumières de la ville, je demande à Blondinet s'il a vu par hasard le nom de la ville.

« Oui, dit Blondinet, je l'ai vu sur un poteau que nous venons de dépasser. C'est Bethléem, Pa[1]. »

1. Le lecteur s'apercevra que cette nouvelle est une transposition très libre du récit de la Nativité et de la venue des trois Rois mages (ici les trois petits malins). Le nom du héros, Joseph *Hatcher*, signifie « celui qui couve ». *(N. d. T.)*

KID LA PASTILLE

Je vais vous ramener environ quatre ou cinq ans en arrière, pendant un après-midi d'août sur le champ de courses de Saratoga, qui est un coin de l'État de New York très agréable à voir, près d'un jeune mec répondant au nom de Kid la Pastille, parce qu'il fourre toujours un petit sac de bonbons acidulés dans la poche de son pardessus, et mâchonne continuellement ceux-ci, un bonbon acidulé étant une sorte de sucrerie que beaucoup aiment, bien que je préfère personnellement les pastilles de menthe.

Le jour dont je parle, Kid la Pastille cherche du travail, sans beaucoup de succès d'ailleurs, car son travail, c'est faire du baratin, et il a beaucoup de mal, vraiment, à découvrir des particuliers qui acceptent de l'écouter baratiner.

Et, naturellement, si un mec dont le travail consiste à faire du baratin ne réussit pas à trouver quelqu'un qui l'écoute, il est bigrement handicapé, car son baratin consiste toujours à dire qu'il a un tuyau à propos d'une certaine course, l'idée étant que cela peut pousser le particulier qui l'écoute à parier sur cette course, et si elle se termine comme le mec qui fait le baratin dit qu'elle le fait, naturellement le particulier est obligé d'être très reconnaissant envers le mec, et peut-être de le récompenser généreusement.

De plus, le particulier est obligé d'écouter d'autre baratin, et un mec dont le travail consiste à baratiner, comme Kid la Pastille, a toujours des tuyaux à donner jusqu'à ce que les vaches rentrent à l'étable, et, généralement, ce sont de longs tuyaux, parfois très intéressants et amusants, selon le mec qui les donne, et tout un chacun sait bien que personne ne peut mieux baratiner que Kid la Pastille.

Mais le vieux chef de police Duhaine et ses limiers des champs de courses de Saratoga sont très hostiles aux mecs qui circulent en baratinant, prétendant que ces mecs ne sont que des racoleurs, et ils sont particulièrement contre Kid la Pastille, parce qu'ils disent qu'il baratine si bien qu'il affaiblit la confiance du public dans les courses de chevaux. Aussi ils épient de très près Kid la Pastille pour qu'il n'arrête pas l'attention d'un particulier et ne commence pas à lui faire du baratin et, finalement, Kid la Pastille en a profondément marre et traverse la pelouse vers le haut du champ de courses.

Tout en marchant, il suce des bonbons acidulés qu'il prend dans sa fouille, et pense qu'il aurait été beaucoup plus heureux s'il avait passé les dix dernières années de sa vie à s'occuper d'un truc légitime, au lieu de sauter d'un bout du pays à l'autre en faisant du baratin, bien que, pris au dépourvu, le môme aux bonbons acidulés ne peut imaginer aucun truc légitime où il voit autant de gens qu'autour des champs de courses depuis qu'il est sorti de l'orphelinat de Jersey City où il est élevé.

Au moment où commence cette histoire, Kid la Pastille a peut-être vingt-quatre ans; c'est un petit mec tranquille à la voix sourde, qui vient de ce qu'il parle confidentiellement quand il baratine, et il est presque toujours seul.

En fait, Kid la Pastille n'a jamais été vu avec un copain quand il circule en baratinant, bien qu'il ne soit nullement hostile et qu'il cause toujours à tout le monde, même quand il a du fric.

Mais il y a longtemps que Kid la Pastille n'a plus d'oseille, ni l'air d'avoir une chance d'en gagner, et la propriétaire de la pension de famille de Saratoga où il crèche devient très désagréable, fait des plaisanteries dépréciatrices à son sujet et au sujet de la plupart de ses autres clients aussi, et Kid la Pastille est incapable de jouir vraiment de ses repas, surtout qu'ils sont très mauvais, pour commencer.

Donc, Kid la Pastille part tout seul vers le haut de la pelouse et regarde, de là, le champ de courses, mâchonnant de temps à autre un bonbon acidulé et pensant que ce vieux monde est bien dur, ça, c'est sûr, et combien il serait meilleur s'il n'y avait pas de poulets ici et là.

Ce jour-là, il n'y a pas beaucoup de particuliers sur la pelouse, et le seul qui soit proche de Kid la Pastille est un vieux mec en fauteuil roulant, les genoux enveloppés dans une couverture de transatlantique, et un grand empoté somnolent qui semble être là pour pousser le fauteuil roulant.

Ce vieux mec a une petite moustache blanche, de gros sourcils blancs hérissés; c'est vraiment un vieux mec à l'air farouche et tout le monde peut voir aussitôt qu'il n'est qu'un vieux radin, nullement digne d'attention.

Mais c'est un spectacle familier sur le champ de courses de Saratoga, car il se ramène tous les jours dans une limousine grande comme un corbillard et le costaud le sort de la limousine en le roulant sur une petite passerelle et le pousse jusqu'à l'endroit où il se trouve maintenant, pour qu'il voie le sport des rois sans être ennuyé par la foule.

Il est bien connu de tout un chacun que son nom est Rarus P. Griggsby, qu'il a beaucoup d'oseille qu'il a acquise à Wall Street, qu'il est plus serré que la seconde qui suit avec ses dollars et, de plus, on sait aussi qu'il déteste le monde entier, y compris lui, aussi personne ne l'approche si on peut faire autrement.

Kid la Pastille ne s'aperçoit pas qu'il est très près de Rarus P. Griggsby jusqu'à ce qu'il entende le vieux mec ronchonnant contre le costaud et alors le môme aux bonbons acidulés regarde Rarus P. Griggsby avec beaucoup de sympathie et, de sa voix sourde, lui parle comme suit :

« Goutte ? » qu'il dit.

Or, naturellement, Kid la Pastille sait qui est Rarus P. Griggsby, et dans des circonstances normales la pensée ne lui viendrait même pas de causer à un tel personnage, mais il explique après qu'il a tellement le cafard qu'il s'adresse à Rarus P. Griggsby juste pour montrer qu'il se fout de ce qui arrive. Et, dans des circonstances ordinaires, il y a des chances pour que Rarus P. Griggsby se mette à gueuler pour appeler les gendarmes si un étranger a le culot de lui parler mais la voix et les regards de Kid la Pastille sont si pleins de sympathie que Rarus P. Griggsby semble pris par surprise et répond comme suit :

« Arthrite, dit Rarus P. Griggsby. Dans les genoux, qu'il dit. Je ne suis pas capable de faire un pas en trois ans.

— Oh ! dit Kid la Pastille, je suis très désolé de l'apprendre. Je sais exactement ce que vous ressentez, parce que j'ai cette même maladie depuis l'enfance. »

Naturellement, c'est strictement le vieux baratin car Kid la Pastille ne sait même pas écrire arthrite, encore moins l'avoir, mais il dit cela pour entretenir la conversation et, de plus, il continue à parler comme suit :

« En fait, dit Kid la Pastille, je souffre tant que je ne peux même plus penser, mais un jour je trouve un petit remède qui me remet en pleine forme et maintenant, je n'ai plus le moindre ennui. »

Et sur ces mots, il sort un bonbon acidulé de sa fouille et le met dans sa bouche, puis il en offre à Rarus P. Griggsby d'une manière très amicale, et le vieux mec tient le bonbon acidulé entre le pouce et l'index et le regarde comme s'il s'attend à ce qu'il lui explose en pleine poire, pendant que le costaud fixe Kid la Pastille d'un air menaçant.

« Eh bien, dit Rarus P. Griggsby, personnellement je trouve que tous les remèdes sont truqués. J'offre continuellement cinq mille dollars à quiconque me guérit de mes douleurs, et personne n'y arrive jusqu'ici. Les médecins aussi sont des imposteurs, dit-il. J'en ai sept et ils m'enlèvent les amygdales, toutes mes dents et mon appendice ; ils m'interdisent de manger ce qui me plaît, et mon état ne fait qu'empirer. Les eaux de Saratoga ont l'air de m'améliorer un peu mais, qu'il ajoute, elles ne me font pas sortir de ce fauteuil roulant, et j'en ai marre de tout. »

Puis, comme s'il se décide brusquement, il fourre le bonbon acidulé dans sa bouche et commence à le mâchonner très lentement ; quelques minutes après, il dit que ça a exactement le goût d'un bonbon acidulé, et naturellement c'en est un, mais Kid la Pastille explique que ce goût est fait pour masquer le remède qu'il contient.

Alors, petit à petit et peu à peu, Kid la Pastille commence à faire du baratin à Rarus P. Griggsby, et par la suite Kid la Pastille dit qu'il n'a pas idée que Rarus P. Griggsby l'écoutera, et qu'il commence seulement à lui en faire pour s'amuser franchement, juste pour voir comment il réagira, et il est profondément surpris de remarquer que Rarus P. Griggsby est tout ouïe.

Personnellement, je ne trouve rien d'extraordinaire à cette situation, parce que je vois souvent des citoyens aussi importants que Rarus P. Griggsby autour du champ de courses, écoutant des tuyaux donnés par des mecs qui ont à peine de quoi se payer un grimpant, surtout si le tuyau en question flaire l'arnaque parce que la nature humaine s'intéresse toujours beaucoup à cela.

Et le baratin que fait Kid la Pastille à Rarus P. Griggsby consiste à dire qu'il est le frère de Sonny Saunders, le jockey, et que Sonny lui dit d'être absolument sur le champ de courses aujourd'hui pour parier sur un certain cheval dans la cinquième, parce que ce ne sera qu'une balade, et que tous les chevaux sont raides comme des planches, excepté le cheval en question.

Or, naturellement, tout cela n'est qu'un terrible

mensonge, et Kid la Pastille prend de grandes libertés avec le nom de Sonny Saunders, d'autant plus que Sonny n'a aucun frère, en tout cas, et même si Sonny sait que la course sera une balade, il y a de fortes chances pour qu'il n'en souffle mot à Kid la Pastille, mais très peu de mecs dont le gagne-pain est de baratiner s'arrêtent pour se dire qu'ils font un faux témoignage.

Donc Kid la Pastille continue en disant qu'en arrivant sur le champ de courses, il a cinquante dollars accrochés sur lui pour parier sur un certain cheval, mais malheureusement on lui file un tuyau d'une vraiment bonne occase dans la toute première course et il parie ses cinquante dollars aussitôt, croyant gagner une meilleure mise de fonds pour parier sur le cheval en question dans la cinquième, mais la vraiment bonne occase subit un dépassement pratiquement criminel d'un jock qui ne sait pas reconnaître le cul d'un cheval de sa bouche, et la bonne occase est battue par une sale longueur et voilà que Kid la Pastille se retrouve devant la cinquième course, du tout cuit, d'après ce qu'on lui a dit, mais sans un pour parier.

Or, personnellement, je ne trouve pas que ce baratin soit aussi bien tourné que d'autres de Kid la Pastille et, en fait, Kid la Pastille lui-même ne le compte pas parmi ses plus chouettes, mais le vieux Rarus P. Griggsby l'écoute très attentivement sans mot dire, en mâchonnant tout le temps le bonbon acidulé et en se léchant les babines sous sa grosse moustache blanche, comme s'il aimait beaucoup cette friandise, mais quand Kid la Pastille termine son baratin, et demeure là, le regard fixé sur le champ de courses avec une expression très cafardeuse sur la tronche, Rarus P. Griggsby parle comme suit :

« Je ne joue jamais aux courses, dit Rarus P. Griggsby. C'est trop incertain. Mais cette proposition que vous exposez semble susceptible de faire gagner de l'argent, et j'aime gagner de l'argent. Je parie cent dollars puisque vous êtes sûr que ce certain cheval ne peut pas perdre. »

Et, en disant ces paroles, il sort un portefeuille si vieux que Kid la Pastille s'attend à voir un cafard sauter sur lui et produit un billet de cent dollars qu'il tend à Kid la Pastille, tout en lui demandant :

« Comment se nomme ce certain cheval ? »

Or, naturellement, c'est une bonne question, mais il se trouve que Kid la Pastille est si absorbé tout l'après-midi à penser à l'injustice des poulets qu'il ne se donne même pas la peine d'examiner d'avance cette course-là, et ensuite tout le monde le critique pour sa négligence en la matière, car si un mec se déplace en baratinant sur une course, il doit savoir le nom du cheval qui a au moins une petit chance.

Mais il est sûr que Kid la Pastille ne s'attend pas à avoir l'occasion de baratiner, aussi cette question le prend au dépourvu ; au pied levé il ne trouve pas le nom d'un cheval dans cette course, car il ne consulte pas les petits journaux des turfistes, et il ne veut pas énoncer le nom d'un canasson qui sera scratché et perdre la chance de gagner le billet de cent dollars. Aussi, lorsqu'il saisit le billet des mains de Rarus P. Griggsby et se précipite au milieu des books, devant la tribune d'honneur, tout ce qui vient à l'esprit de Kid la Pastille à cet instant, c'est l'idée suivante :

« Surveillez le numéro 2 », qu'il dit.

Et la raison pour laquelle il choisit le numéro 2, c'est qu'il pense qu'il y a sûrement un numéro 2 dans la course, tandis qu'il n'est pas certain d'un numéro 7 ou d'un numéro 9 jusqu'à ce qu'il les voie, parce que vous comprenez bien que tout ce que raconte Kid la Pastille lorsqu'il baratine Rarus P. Griggsby en le persuadant qu'il sait ce qui se passe dans cette course est faux.

Et, naturellement, Kid la Pastille n'a aucune intention de miser le Grand Format sur quoi que ce soit dans la course. Primo, il ne sait pas sur quoi miser, secundo, il a besoin du Grand Format, mais il est plutôt soulagé quand il interroge le premier book qu'il rencontre et apprend que le numéro 2 est un vieux bon à rien qui répond au nom de « le Démocrate », et tout un chacun sait que le Démocrate n'a aucune chance de gagner, même contre des tortues bourbeuses.

Donc Kid la Pastille fourre le Grand Format dans une de ses fouilles de pantalon, et circule çà et là jusqu'à ce que les chevaux se rendent au poteau de départ, et ne pensez pas qu'il y ait la moindre malhonnêteté dans le fait qu'il ne confie pas cet argent à un book, car Kid la Pastille prend la mise pour lui, ce qui n'est nullement extraordinaire, et en fait est si habituel que seuls des types comme Cap Duhaine et ses poulets y regardent à deux fois.

Finalement, Kid la Pastille retourne vers Rarus P. Griggsby car ce serait considéré comme peu convenable pour un mec qui donne des tuyaux d'être absent quand vient le moment d'expliquer pourquoi le tuyau est crevé ; les chevaux, vers cette heure-là, sont tournés vers le poteau d'arrivée et, quelques secondes plus tard, ils passent en trombe devant l'endroit où Rarus P. Griggsby est assis dans son fauteuil roulant, et qui est devant par la longueur d'un pâté de maisons de Salt Lake City, sinon le Démocrate avec le numéro 2 sur sa couverture.

Alors le vieux Rarus P. Griggsby se met à gueuler et à gesticuler, et à faire un tel raffut qu'il est bientôt le centre de l'attention générale, et quand on découvre qu'il a misé un Grand Format sur le gagnant, personne ne lui reproche ses extravagances, car le cheval rapporte vingt pour un. Mais, pendant tout ce temps-là, Kid la Pastille se contente de demeurer là, l'air très, très cafardeux en hochant la tête, jusqu'à ce que, finalement, Rarus P. Griggsby remarque cette attitude bizarre.

« Pourquoi ne vous réjouissez-vous pas que nous ayons gagné ce beau pari ? qu'il dit. Naturellement, j'ai l'intention de vous mettre dans le coup ; en fait, je vous suis très reconnaissant.

— Mais, répond Kid la Pastille, nous n'avons pas gagné. Notre cheval est arrivé bon second.

— Que voulez-vous dire *second* ? dit Rarus P. Griggsby. Ne m'avez-vous pas demandé de surveiller le numéro 2, et le numéro 2 n'a-t-il pas gagné ?

— Exact, dit Kid la Pastille, ce que vous dites est très vrai, mais ce que je veux dire quand je dis surveillez le numéro 2, c'est que le numéro 2 est le seul cheval que je crains dans la course, et on dirait que ma peur est bien fondée. »

Alors, sur ces mots, le vieux Rarus P. Griggsby regarde Kid la Pastille le temps de compter jusqu'à dix, si vous comptez lentement ; sa moustache et ses sourcils se contorsionnent en même temps, et n'importe qui peut voir qu'il est très perturbé ; puis tout à coup, il pousse un hurlement et, au grand ahurissement de tout un chacun, il saute d'un bond hors du fauteuil roulant et se jette sur Kid la Pastille.

Or il ne fait aucun doute que Rarus P. Griggsby veut en découdre à mort, et personne ne blâme Kid la Pastille quand il fuit à toute vitesse ; en fait, il court si vite que, finalement, ses pieds projettent des petits graviers sur le pourtour du champ de courses avec une telle rapidité qu'un couple de spectateurs, frappés par ces graviers, s'imaginent qu'on a tiré sur eux

Pendant quelques mètres, le vieux Rarus P. Griggsby fonce sur les talons de Kid la Pastille et, de plus, Rarus P. Griggsby hurle et jure de la manière la plus révoltante. Puis, plusieurs poulets du Cap Duhaine s'amènent en courant et se mettent aussi à la poursuite de Kid la Pastille, et il faut qu'il prenne une rude avance pour arriver avant eux aux grilles du champ de courses, et, tandis que Rarus P. Griggsby ne fait plus partie des poursuivants après les premiers bonds, Kid la Pastille semble se souvenir de l'avoir entendu crier comme suit :

« Arrêtez ! Je vous prie d'arrêter ! hurle Rarus P. Griggsby. Je veux vous parler. »

Mais naturellement Kid la Pastille n'est pas cloche et il ne ralentit même pas, sans parler de s'arrêter, avant d'être bien loin des grilles ; les poulets reviennent et, qui plus est, Kid la Pastille prend la route qui part de Saratoga au lieu de rentrer en ville, jugeant que Saratoga ne lui convient pas pendant un certain temps.

En fait, Kid la Pastille commence à regretter à moitié d'avoir jamais baratiné Rarus P. Griggsby, car Kid la

Pastille aime bien Saratoga en août, mais naturellement, ce qui vient de lui arriver en désignant un gagnant comme il le fait est simplement un malheureux accident, et ne lui arrive sans doute plus de toute sa vie.

Donc, Kid la Pastille continue à s'éloigner de Saratoga pendant un temps assez long, et à la fin il est vanné et a envie de poser ses fesses quelque part. Aussi, quand il arrive à une petite ville qui répond au nom de Kibbsville, il s'assied sur la véranda de ce qui ressemble à un grand magasin et à une pompe à essence, et pendant qu'il est assis, pensant que cette ville a l'air agréable, tranquille et reposante, avec des arbres ombreux, et des maisons blanches un peu partout, il voit, debout devant la porte d'une très petite maison blanche, en face du magasin, en robe de cotonnade, la plus belle nénette qui soit, et je sais que c'est vrai, parce que Kid la Pastille me l'affirme par la suite.

Cette pépée a de longs cheveux châtains jusqu'au milieu du dos et un sourire si merveilleux que, lorsqu'un vieux pépé à barbiche sort du magasin pour vendre de l'essence à un mec en guimbarde, Kid la Pastille s'amène et lui demande s'il a besoin d'un employé.

Or il semble que le vieux mec en ait besoin, parce qu'il paraît qu'un employé, qui répond au nom de Pilloc, se couche et meurt récemment de vieillesse et de malnutrition et voilà comment Kid la Pastille se trouve planté à Kibbsville, employé du magasin de Martin Potter pendant deux ans à dix dollars par semaine.

Et, de plus, voilà comment Kid la Pastille rencontre

Miss Alicia Deering, qui n'est autre que la belle petite pépée que Kid la Pastille voit debout devant la porte de la petite maison, de l'autre côté de la rue.

Elle vit dans cette maison avec son papa, sa maman étant morte depuis longtemps, et son papa n'est en vérité qu'un vieux médiocre qui aime tendrement son eau-de-vie de cidre, et qui traîne généralement, tout enflammé. Son prénom est Jonas, et il est peintre en bâtiment mais il a rarement envie de peindre quoi que ce soit, parce qu'il prétend n'être jamais guéri d'un terrible mal de dos quand il se bat dans la guerre hispano-américaine avec le premier régiment de New York, alors Miss Alice Deering l'entretient en prêtant une main secourable aux clients de l'Hôtel Commercial.

Mais bien que Kid la Pastille travaille maintenant pour un très grand vieux faisan qui pousse des cris rauques parce que Kid la Pastille a l'habitude de remplir de temps en temps sa fouille avec les bonbons acidulés qui sont dans un bocal sur une étagère du magasin, Kid la Pastille est très heureux car la vérité, c'est qu'il aime Miss Alicia Deering, et c'est la première fois de sa vie qu'il aime quelqu'un ou quelque chose. Et, de plus, c'est la première fois de sa vie que Kid la Pastille vit tranquillement, en paix, sans perdre le sommeil à essayer de trouver des moyens d'escroquer quelqu'un.

En fait, Kid la Pastille repense maintenant à sa vie d'autrefois avec une grande répugnance, car il comprend que ce n'est pas une vie convenable pour n'importe quel mec et il a parfois envie d'écrire à ses anciens associés, qui continuent peut-être ici où là à baratiner, pour leur demander de s'amender, seulement Kid la

Pastille ne souhaite pas que ses anciens associés sachent où il est.

Il ne jette pas le moindre coup d'œil aux journaux de courses maintenant et passe tout son temps libre avec Miss Alicia Deering, ce qui n'est d'ailleurs pas beaucoup, car le vieux Martin Potter n'aime pas voir ses employés flâner entre six heures du matin et six heures du soir, pas plus que l'Hôtel Commercial.

Mais, un jour de printemps, quand les fleurs des pommiers neigent sur les champs, que l'air est saturé de parfums et l'herbe verte et drue, Kid la Pastille déclare son amour à Miss Alicia Deering, déclarant qu'il l'aime au point qu'il peut à peine manger.

Alors Miss Alicia Deering avoue qu'elle lui rend son amour à cent pour cent, et Kid la Pastille suggère qu'ils se marient aussitôt ; elle dit approuver cette idée mais il n'est pas question pour elle de quitter son papa, qui n'a qu'elle au monde, et, bien que ce soit un fardeau un peu plus lourd que Kid la Pastille n'avait compté avoir à soulever, il déclare que son amour est si terrible qu'il lui permet même de supporter son papa.

Alors ils se marient et vont habiter la petite maison en face du magasin de Martin Potter avec le papa de Miss Alicia Deering.

Au moment de son mariage avec Miss Alicia Deering, Kid la Pastille possède une liasse de cent dix-huit dollars, c'est-à-dire le Grand Format qu'il prend à Rarus P. Griggsby, et dix-huit dollars qu'il économise en un an sur son salaire chez Martin Potter, et trois nuits après le mariage, le papa de Miss Alicia Deering renifle l'endroit où Kid la Pastille planque sa liasse et la pique.

Puis il part faire une grande bringue à l'eau-de-vie de pomme et dépense tout le fric.

Mais malgré tout, y compris le vieux Deering, Kid la Pastille et Miss Alicia Deering sont très, très heureux pendant un an dans la petite maison, surtout lorsqu'il semble que Miss Alicia Deering va avoir un bébé, bien que cet incident l'oblige à cesser de soulager les clients de l'Hôtel Commercial, et diminue leurs ressources.

Or, un jour, Miss Alicia Deering est atteinte d'une grave maladie, une maladie telle qu'elle fait hocher la tête au vieux Doc Abernathy, le toubib local, qui déclare que ça le dépasse, et que sa seule chance consiste à l'envoyer dans un hôpital de New York City où les spécialistes pourront l'examiner. Mais, à ce moment-là, avec tous ses frais généraux, Kid la Pastille est raide comme un plouc, et il n'a aucune idée de l'endroit où il peut mettre les paluches sur de l'argent dans le coin ; or ça coûtera une couple de Grands Formats, au moins, pour faire ce que suggère Doc Abernathy,

Finalement, Kid la Pastille demande au vieux Martin Potter s'il peut envisager de lui faire une avance sur son salaire, qui est toujours de dix dollars par semaine, mais Martin Potter rit et dit que non seulement il ne peut envisager de le faire mais que, si la situation ne s'améliore pas, il va supprimer complètement l'emploi de Kid la Pastille.

De plus, à peu près au même moment, le mec propriétaire de la petite maison s'amène et rappelle à Kid la Pastille qu'il a maintenant deux loyers impayés, ce qui fait en tout douze dollars, et que si Kid la Pastille ne peut pas remplir au plus tôt ses obligations, il devra vider les lieux.

Aussi, de tous côtés, Kid la Pastille est au pied du mur, l'état de Miss Alicia Deering s'aggrave de minute en minute, et finalement Kid la Pastille part à pied et en auto-stop pendant environ cent soixante bornes jusqu'à New York City, dans l'intention d'aller à Belmont Park, où les hue-là ! courent ce jour-là, espérant y faire un peu de fric, mais il n'a pas plus tôt débarqué à Broadway qu'il rencontre un type de sa connaissance qui répond au nom de Petit Mec, et ce Petit Mec l'attire sous une porte cochère et lui parle comme suit :

« Écoute, Kid la Pastille, dit Petit Mec, je ne sais pas ce que tu as fait au vieux Rarus P. Griggsby, et je ne veux pas le savoir, mais ce doit être vraiment une chose terrible, parce que tous les poulets te guettent depuis deux ans sur les champs de courses. Tu sais que Rarus P. Griggsby y a beaucoup d'influence et tu as dû refroidir quelqu'un à voir la manière dont il te poursuit. Écoute, dit Petit Mec, pas plus tard que la semaine dernière, dans le Maryland, Whitey Jordan, le poulet des champs de courses, me demande si j'ai de tes nouvelles, et je lui dis que je crois que tu es en Australie. N'approche pas des champs de courses, dit Petit Mec, ou tu te retrouveras en taule. »

Alors Kid la Pastille retourne à pied et en auto-stop à Kibbsville, parce qu'il ne veut pas être impliqué dans des ennuis à ce moment-là, et le soir où il arrive, c'est la nuit même où un mec masqué avec un gros feu à six coups dans la main entre dans le hall de l'Hôtel Commercial et braque le veilleur de nuit et une demi-douzaine de citoyens assis çà et là dans le hall, y compris le vieux Jonas Deering, et vole plus de soixante dollars dans le tiroir-caisse, et c'est aussi cette nuit-là que le bébé de Miss Alicia Deering est mort-né, et le vieux Doc Abernathy, après, prétend que c'est parce que les spécialistes n'ont pas jeté un coup d'œil à Miss Alicia Deering environ douze heures plus tôt.

Et c'est le lendemain matin de cette nuit-là, autour de quatre heures, que Miss Alicia Deering ouvre enfin les yeux et voit Kid la Pastille assis près de son lit dans la petite maison, chialant beaucoup, et c'est la première fois que Kid la Pastille fait le même score de larmes que le jour où l'un des surveillants de l'orphelinat de New Jersey lui administre une sévère correction plusieurs années auparavant.

Ensuite Miss Alicia Deering fait signe à Kid la Pastille de se pencher pour qu'elle lui murmure quelque chose, et ce que Miss Alicia Deering chuchote d'une voix douce et basse est la phrase qui suit :

« Ne pleure pas, Kid, qu'elle dit, sois sage quand je ne suis plus là, Kid, et n'oublie jamais que je t'aime, et prends bien soin du pauvre papa. »

Puis Miss Alicia Deering ferme les yeux pour de bon et à jamais, et Kid la Pastille reste assis là, près d'elle, regardant son visage jusqu'à ce qu'un peu plus tard il entende du bruit à la porte de la petite maison ; il ouvre et trouve le vieux shérif Higginbotham qui attend ; et, après qu'ils se regardent pendant quelque temps, le shérif lui parle comme suit :

« Eh bien, fiston, dit le shérif Higginbotham, je suis désolé, mais je crois qu'il faut que je t'emmène. Nous avons trouvé le robinet du tonneau de vinaigre enveloppé dans une feuille d'étain dont tu t'es servi comme arme dans la cour de derrière où tu le jettes hier soir.

— O.K., dit Kid la Pastille. O.K., shérif. Mais qu'est-ce qui t'a fait d'abord penser à moi ?

— Eh bien, dit le shérif Higginbotham, je suppose que tu ne t'en souviens pas, et le seul mec de l'hôtel qui le remarque n'est autre que ton beau-papa, Jonas Deering, car, qu'il dit, pendant que tu tiens ton feu artisanal d'une main, hier soir, tu plonges ton autre main dans la fouille de ton pardessus avec l'autre, sors un bonbon acidulé et le lances dans ta bouche. »

Je retrouve Kid la Pastille sur la pelouse de Hialeah à Miami, l'hiver dernier, et je suis navré de voir que les deux ans qu'il passe à Auburn laissent beaucoup de rides sur son visage et pas mal de gris dans ses cheveux.

Mais naturellement je ne le lui dis pas, ni que de nombreux citoyens le critiquent considérablement pour envoyer au papa de Miss Alicia Deering une somme de trois Grands Formats que nous réunissons pour payer un débarbot[1] pour le défendre.

De plus, je ne dis pas à Kid la Pastille qu'il est aussi critiqué dans certains quartiers pour envoyer au vieux, quand il est en taule à Auburn, les quelques dollars qu'il gagne en fabriquant et en vendant des babioles aux visiteurs ; mais finalement Jonas Deering lui épargne d'autres ennuis en claquant de trop d'eau-de-vie de cidre.

À mon avis, chaque mec sait mieux que les autres ce qu'il doit faire, aussi je serre la paluche de Kid la Pastille et lui dis que je suis content de le voir, et nous restons là à déterrer de vieilles histoires, quand, sou-

1. Avocat. *(N. d. T.)*

dain, il y a un grand tumulte, et, de la foule qui nous entoure sur la pelouse, sort un vieux mec avec une grosse moustache blanche, des sourcils blancs hérissés, et, lorsqu'il saisit Kid la Pastille par le bras, je ne suis pas un peu surpris de voir que ce n'est personne d'autre que le vieux Rarus P. Griggsby, sans son fauteuil roulant, et de l'entendre parler comme suit :

« Bien, bien, bien, bien, bien ! dit Rarus P. Griggsby à Kid la Pastille. Enfin, je vous trouve ! dit-il. Où vous cachez-vous toutes ces années ? Ne savez-vous pas que j'ai lancé des détectives à votre recherche partout parce que je veux vous payer la récompense que j'offre à celui qui me guérit de mon arthrite ? Oui, dit Rarus P. Griggsby, le médicament que vous m'avez donné à Saratoga, qui a goût de bonbon acidulé, agit à merveille, bien que, dit-il, mes sept médecins essaient tous de me convaincre que c'est seulement leurs efforts qui obtiennent finalement ce résultat et que la ville de Saratoga s'en mêle et prétend que c'est à cause de ses eaux.

« Mais, continue Rarus P. Griggsby, moi je sais que c'est votre remède, et si ce n'est pas lui, c'est votre friponnerie qui me rend si furieux que j'oublie mon arthrite et ne m'en suis plus jamais souvenu depuis, si bien que ça revient au même. En tout cas, je vais vous donner quatre mille neuf cents dollars, car naturellement, je suis obligé de retenir les cent dollars que vous m'avez escroqués », qu'il dit.

Eh bien, Kid la Pastille regarde Rarus P. Griggsby et l'écoute, et à la fin Kid la Pastille se met à rire de sa voix sourde, ha, ha, ha, ha, mais d'une manière ou d'une autre il ne semble pas y avoir trace de rire dans ce rire, et je ne peux pas supporter ça, aussi je m'éloigne, en laissant Rarus P. Griggsby et Kid la Pastille là, ensemble.

Je ne me retourne qu'une fois, et je vois Kid la Pastille cesser de rire pour sortir un bonbon acidulé de la fouille latérale de son pardessus et le lancer dans sa bouche, puis il continue à rire, ha, ha, ha, ha, ha...

LE CHANT DU CROQUE-MORT

L'histoire que je vais vous raconter maintenant est une histoire de football, passe-temps très sain pour les jeunes et, d'après tout ce que j'entends, qui trempe le caractère, mais pour en arriver au football, je suis obligé d'introduire des personnages très antipathiques, en commençant par un type du nom de Joey Peut-être, et tout ce que je peux dire en conscience de Joey, c'est que vous pouvez le garder pour vous.

C'est une question d'environ quatre ans depuis que je vois ce Joey Peut-être avant de le remarquer dans un train allant à Boston, Mass., un vendredi après-midi. Il est assis en face de moi au wagon-restaurant où je déguste une petite portion de fayots et de pain bis, et il me regarde une fois de haut en bas mais sans me parler.

Il ne fait aucun doute que Joey Peut-être n'est pas fréquentable, parce que la dernière fois que j'entends parler de lui, il donne aux poulets un mec du nom de Jack Ortega, et le résultat de la dénonciation aux poulets, c'est que ce Jack Ortega est emmené à la ville d'Ossining, N. Y., et placé sur une chaise électrique où il reçoit un choc très, très très fort dans son fond de culotte.

C'est lié au flingage d'un type très légitime de la ville de Rochester, N. Y., alors que Joey Peut-être et Jack Ortega sont associés dans une petite entreprise pour couler le type, mais les détails de cette transaction sont cafardeux, sordides et tout à fait inintéressants, sauf que Joey Peut-être donne son complice et déclare que Jack Ortega tire le coup qui refroidit le type légitime ; il est récompensé pour ce service par un court emprisonnement.

Je dois dire en faveur de Joey Peut-être qu'il a bonne allure, qu'il est très élégant ; car Joey est toujours difficile pour ses vêtements ; il sait y faire avec les nénettes dans son temps et, à vrai dire, de nombreux citoyens dans Broadway ne sont pas du tout fâchés que Joey soit mis à l'ombre, parce qu'ils s'inquiètent généralement pas mal au sujet de leurs pépées quand il tourne autour.

Naturellement, je me demande pourquoi Joey Peut-être est dans le train allant à Boston, Mass., mais pour autant que je sache il pense peut-être la même chose à mon sujet, bien que, personnellement, je ne m'en cache pas. L'idée, c'est que je suis en route pour Boston, Mass., pour voir une épreuve d'habileté et de science qui doit avoir lieu ce même vendredi entre un type du nom de Ledoux le Gaucher et un autre type du nom de Mickey McCoy, qui sont des poids moyens très célèbres.

Or, habituellement, je n'irai même pas à la porte à côté pour voir une épreuve d'habileté et de science entre Ledoux le Gaucher et Mickey McCoy, ou n'importe qui, à moins qu'ils ne se servent de triques et promettent de se faire mutuellement du mal, mais dans ce voyage je suis l'invité d'un mec du nom de Meyer Marmelade, et je vais n'importe où voir n'importe quoi si je suis invité.

Ce Meyer Marmelade est vraiment un type très supérieur, qu'on n'appelle jamais par son nom, qui est quelque chose comme Marmaladowski et il est connu partout pour le goût qu'il a de parier dans n'importe quel sport, base-ball, courses de chevaux, hockey sur glace, épreuves d'habileté et de science, surtout épreuves d'habileté et de science.

Aussi veut-il assister à cette épreuve de Boston, Mass., entre Ledoux le Gaucher et Mickey McCoy pour parier sur Mickey McCoy, car un tuyau sûr lui apprend que le manager de Mickey, un type qui répond au nom de Koons, a les juges et l'arbitre dans sa poche.

S'il y a une chose que Meyer Marmelade aime beaucoup, c'est parier dans une épreuve d'habileté et de science de cette nature, aussi part-il pour Boston, Mass. Mais Meyer Marmelade est un de ces mecs qui détestent voyager seul, aussi quand il offre de payer mes frais si je lui tiens compagnie, je suis naturellement content d'accepter, comme je n'ai rien d'important à faire à ce moment-là, et, en fait, comme je n'ai rien eu d'important à faire pendant ces dix dernières années.

Je préviens d'avance Meyer Marmelade que, s'il espère pouvoir gagner quelque chose sur quelqu'un à Boston, Mass., il peut aussi bien rester chez lui, car tout un chacun sait que, d'après les statistiques, le pourcentage des paris gagnés sur les citoyens de Boston, Mass., est le plus infime par tête que nulle part ailleurs aux États-Unis, surtout pour les épreuves d'habileté et de science, mais Meyer Marmelade répond que c'est la première fois qu'ils ont jamais eu deux juges et un arbitre qui démentent les statistiques, et qu'il est très confiant.

Bientôt je quitte le wagon-restaurant pour reprendre ma place dans un autre compartiment où Meyer Marmelade est en train de lire un polar, et je lui raconte que j'ai vu Joey Peut-être. Mais Meyer Marmelade n'a pas l'air très intéressé, bien qu'il me parle en ces termes :

« Joey Peut-être, hein ? qu'il dit. Un sale type. Un vrai sale type. Il faut qu'il descende, point c'est tout. J'ai rencontré par hasard le frère du défunt Jack Ortega, le jeune Ollie, chez Mindy la semaine dernière, dit Meyer Marmelade, et quand la conversation nous amène à parler de sales types, naturellement le nom de Joey Peut-être se présente, et Ollie dit qu'il croit comprendre que Joey doit bientôt sortir de taule, et qu'il sera content de le voir un jour ou l'autre. Personnellement, dit Meyer Marmelade, je ne tiens pas à voir la moindre partie de Joey Peut-être à aucun prix. »

Or notre wagon est bondé de mecs et de nénettes qui vont à Boston, Mass., voir un grand match de football entre les joueurs de Harvard et ceux de Yale à Cambridge, Mass., le lendemain, et si je le sais, c'est qu'ils ne parlent de rien d'autre.

Et voilà que le football s'introduit dans cette histoire. Un vieux mec que j'imagine être pour Harvard, d'après ce qu'il dit, a l'air d'avoir tout un groupe avec lui, et tout un chacun dans ce groupe fait tellement attention à ses paroles que je pense qu'il doit être un mec assez important, parce qu'ils se fendent la poire à chacune de ses paroles et, bien que je l'écoute attentivement, il ne me paraît pas drôle du tout.

C'est un type lourdement bâti, chauve et à la voix grave, et n'importe qui peut voir que c'est un mec habitué à commander. Je demande tout haut à Meyer Marmelade qui peut être ce type, et Meyer Marmelade déclare ce qui suit :

« Mais, voyons, qu'il dit, il n'est personne d'autre que Mr Phillips Randolph, le fabricant d'automobiles. C'est le sixième plus riche mec de ce pays, ajoute Meyer, ou peut-être le septième. En tout cas, il est parmi ceux qui courent en tête. J'aperçois son nom sur sa valoche, et je demande au porteur pour être sûr. C'est un grand honneur pour nous de voyager avec Mr Phillips Randolph, dit Meyer, parce que c'est un bienfaiteur public et qu'il a tellement de fric, surtout tellement de fric. »

Or naturellement, tout le monde sait qui est Mr Phillips Randolph et je suis étonné de n'avoir pas moi-même reconnu son visage que je vois si souvent dans les journaux à côté du dernier modèle fabriqué par ses usines, et je suis aussi ravi que Meyer Marmelade de me trouver dans la même voiture que Mr Phillips Randolph.

Il a l'air d'un vieux mec aimable, qui passe un chouette moment à jacter, à rire, à boire un coup de temps en temps au goulot et quand le vieux Crip McGonnigle passe en boitant dans le wagon pour vendre ses souvenirs de football, tels que plumes rouges et bleues, petits insignes, fanions, et une chose et une autre, comme Crip « fait » les grands matches de football depuis que Hickony Slim a deux ans, Mr Phillips Randolph l'arrête et lui achète toutes ses plumes rouges marquées d'un petit H pour montrer qu'elles sont pour Harvard.

Puis Mr Phillips Randolph distribue les plumes à

son groupe, et les mecs et les poupées les mettent à leurs chapeaux ou les épinglent sur leurs vêtements, mais il lui en reste beaucoup et, à ce moment-là, qui passe dans le wagon sinon Joey Peut-être, et Mr Phillips Randolph sort dans le couloir, arrête Joey et lui offre poliment une plume rouge en parlant comme suit :

« Voulez-vous nous faire l'honneur de porter nos couleurs ? » Or, naturellement, Mr Phillips Randolph est seulement plein de bonne humeur, et ne veut absolument pas nuire à qui que ce soit, et les mecs et les poupées de sa bande rient de bon cœur comme s'ils jugent son initiative très drôle, mais peut-être parce qu'ils rient ou peut-être parce qu'il est simplement d'un naturel agressif, Joey Peut-être écarte d'un geste la main de Mr Phillips Randolph et lui parle comme suit :

« Va-t'en, que dit Joey. Est-ce que tu essaies de me prendre pour un gogo ? »

Personnellement, je dis toujours que Joey Peut-être a le droit de refuser la plume rouge, parce que pour tout ce que j'en sais il en préfère peut-être une bleue, c'est-à-dire Yale, mais ce que je dis, c'est qu'il n'a pas besoin d'être si impoli envers un vieux mec tel que Mr Phillips Randolph, bien que, naturellement, Joey n'a aucun moyen de savoir à ce moment-là que Mr Phillips Randolph a tant d'oseille.

En tout cas, Mr Phillips Randolph s'immobilise et regarde Joey d'un air profondément saisi, et il y a fort à parier qu'il l'est, d'ailleurs, car il y a des chances que personne ne lui parle jamais de cette manière de toute son existence, et Joey Peut-être reste là aussi une minute, fixant Mr Phillips Randolph, et, finalement, parle comme suit :

« Zieutez-moi bien, dit Joey Peut-être. Vous vous souviendrez probablement de moi si vous me revoyez jamais.

— Oui, dit Mr Phillips Randolph, très calme. Probablement. On dit que j'ai une bonne mémoire des visages. Excusez-moi de vous avoir arrêté, monsieur. C'est pour m'amuser, mais je le regrette », qu'il dit.

Alors Joey Peut-être s'éloigne sans avoir l'air de remarquer Meyer Marmelade et moi dans le compartiment et Mr Phillips Randolph s'assied, le visage plus qu'un peu cramoisi, et toute sa joie l'a quitté et a quitté son groupe. Personnellement, je regrette beaucoup que Joey Peut-être soit passé, parce que j'espère que Mr Phillips Randolph me donnera une de ses plumes, et je considère ça comme un merveilleux souvenir.

Mais maintenant il n'y a plus beaucoup de bavardage et plus du tout de rire dans le groupe de Mr Phillips Randolph, qui demeure assis, immobile, comme s'il réfléchissait, et pour tout ce que j'en sais, il pense sans doute qu'il devrait y avoir une loi empêchant un mec de parler aussi impoliment que Joey Peut-être le fait à un type aussi riche que lui.

Or, la lutte d'habileté et de science entre Ledoux le Gaucher et Mick McCoy se trouve être un peu décevante, et, en fait, c'est un navet, parce qu'il y a très peu d'habileté et de science à voir ; au quatrième round, les spectateurs tapent des pieds et gueulent : sortez ces bousilleurs et autres remarques désobligeantes, et de plus il semble que ce Koons n'a aucun des juges, ni même l'arbitre, dans sa poche et Ledoux gagne par vote unanime des officiels.

Aussi Meyer Marmelade perd une couple de Grands Formats, tout ce qu'il mise sur le ring, parce qu'il paraît que personne à Boston, Mass., ne se soucie un clou du gagnant de la lutte et Meyer en a ras le bol de la vie, moi aussi, et nous rentrons au Copley Plaza Hotel, où nous créchons, et nous asseyons dans le hall pour méditer sur l'injustice de tout.

Or le hall est très gai, car il semble y avoir pas mal de dîners et de danses en l'honneur du football à l'hôtel, et les mecs et les pépées en tenue de soirée circulent ici et là, et les pépées sont si jeunes et belles que je commence à penser qu'après tout le vieux monde n'est pas si méchant, et Meyer Marmelade lui-même se met à s'intéresser aux choses.

Tout à coup, une très, très belle jeune minette qui est environ quarante pour cent dans et soixante pour cent hors d'une robe du soir vient droit sur nous, me tend la main et parle comme suit :

« Vous souvenez-vous de moi ? »

Naturellement, je ne me souviens pas d'elle, mais naturellement je ne vais pas l'admettre, parce que j'ai pour ligne de conduite de ne jamais décourager une minette qui désire entrer en relation avec moi, ce que j'imagine être le cas, mais je m'aperçois que cette fille n'est autre que Doria Logan, une des plus jolies nanas qui soient jamais venues à Broadway, et au même moment Meyer Marmelade la reconnaît aussi.

Doria change plus qu'un peu depuis que je la vois pour la dernière fois, ce qui fait un bout de temps, mais il est sûr qu'elle s'est améliorée, parce que autrefois c'était un vrai moulin à paroles et, maintenant, elle a l'air plus mûre, plus calme, et même plus chouette que jamais. Naturellement, Meyer Marmelade et moi sommes contents de lui voir si bonne mine et nous lui demandons quoi de neuf, qu'est-ce qu'elle raconte de beau, et ceci et cela, et finalement Doria Logan déclare ce qui suit :

« Je suis plongée dans les emmerdes, dit Doria. Dans des emmerdes terribles, et vous êtes les premiers que je rencontre à qui je peux en parler. »

À ces mots, Meyer Marmelade commence à se faire plus petit, parce qu'il s'imagine que la vieille demande d'argent va suivre, et Meyer Marmelade n'est pas un mec à payer une nana s'il n'en tire rien de plus qu'une histoire. Mais je m'aperçois que Doria Logan est tout ce qu'il y a de plus sérieuse.

« Vous souvenez-vous de Joey Peut-être ? qu'elle dit.

— Un sale type, répond Joey Marmelade. Un cent pour cent sale type.

— Non seulement je me souviens de Joey Peut-être, que je dis, mais je l'ai vu aujourd'hui dans le train.

— Oui, dit Doria. Il est en ville. Il m'a cherchée partout il y a quelques heures seulement. Il est venu me faire beaucoup de mal. Il est venu pour finir de ruiner ma vie.

— Un sale type, répète Meyer Marmelade. Toujours été un cent pour cent sale type. »

Alors Doria Logan nous emmène dans un coin tranquille du hall et elle nous raconte une histoire étrange comme suit, et aussi à savoir :

Il paraît qu'elle a autrefois été collée avec Joey Peut-être, ce que je n'ai jamais su auparavant, pas plus que

Meyer Marmelade et, en fait, cette nouvelle nous choque plus qu'un peu. C'est lorsqu'elle vient d'avoir seize ans et est dans la troupe des Vanités d'Earl Carroll, et je me souviens bien qu'elle a un physique du tonnerre, sûr et certain.

Naturellement, à seize ans, Doria est une nénette très cloche, qui ne sait pas où se trouve le sud, ou l'heure qu'il est, ce qui est normal pour les nénettes de seize ans, et elle ne se doute même pas quel sale type est Joey Peut-être, car il est beau et jeune, a l'air très romantique, et parle toujours d'amour et d'une chose et d'une autre.

Donc, le résultat de tout cela est le même que celui de milliers d'autres cas depuis que des minettes cloches commencent à arriver à Broadway, et la première chose qu'apprend Doria Logan c'est qu'elle se trouve collée à un personnage très louche, et ne sait que faire à ce sujet.

Peu à peu, Joey Peut-être se met à la maltraiter plus qu'un peu, et finalement il essaie de se servir d'elle dans un de ses vilains coups, car naturellement tout un chacun à Broadway sait que la plupart des coups de Joey sont particulièrement vilains parce que Joey est sur la voie du crime depuis sa petite enfance.

Alors, un jour, Doria se dit que, si c'est ça l'amour, elle a eu tout ce qu'elle peut en supporter, et elle se tire et quitte Joey Peut-être. Elle retourne chez ses parents à Cambridge, Mass., qui est la ville où les gars d'Harvard ont leur collège, et elle y va parce qu'elle n'a pas d'autre point de chute.

Il paraît que les parents de Doria sont pauvres ; Doria va dans une école commerciale et apprend à devenir sténographe, et elle travaille pour un type qui est dans un truc d'agence immobilière qui répond au nom de Poopnoodle ; tout baigne dans l'huile, et sur ces entrefaites, elle apprend que Joey Peut-être est en taule, et elle croit que ses misères sont finies.

Maintenant Doria mène une vie tranquille ; elle travaille pour Mr Poopnoodle, ne pense jamais à l'amour ou à rien qui s'en approche, lorsqu'elle rencontre un jeune mec qui est un des Harvard ; il a environ vingt et un ans et est un très bon joueur de football ; et l'endroit où Doria rencontre ce type, c'est un drugstore en mangeant un banana split.

Et voilà que le jeune Harvard a le coup de foudre pour Doria et, en fait, il s'enflamme pratiquement à sa vue, et elle n'a aucune envie de se lancer dans une autre aventure amoureuse.

En fait, à chaque fois qu'elle pense à Joey Peut-être, Doria se met à détester les mecs en général, mais elle ne semble pas réussir à éprouver une véritable bonne haine envers le jeune Harvard, parce que, à ce qu'elle dit, il est beau, noble et plein d'un merveilleux idéal.

Or, à mesure que passe le temps, Doria s'aperçoit qu'elle devient pâle, qu'elle perd l'appétit et le sommeil, et ça la tracasse plus qu'un peu, car elle a toujours été une fourchette de première classe, et finalement elle arrive à la conclusion que sa maladie c'est qu'elle est amoureuse du jeune Harvard et ne peut pas vivre sans lui, aussi elle le lui dit une nuit où la lune brille sur la rivière Charles, et où la scène est complètement arrangée pour l'amour.

Donc, naturellement, après quelques caresses improvisées, très normales dans ces circonstances, le jeune mec lui demande de fixer l'heureux jour, et Doria a presque envie de proposer le lundi suivant, puisque c'était un dimanche soir, mais elle se met à repenser à son passé avec Joey Peut-être et à tout, et elle s'imagine que ce serait tromper le jeune Harvard de l'épouser avant d'avoir une petite conversation avec lui au sujet de Joey, parce qu'elle sait très bien que beaucoup de jeunes mecs n'aiment pas épouser une nana qui a un squelette dans son placard, surtout un squelette tel que Joey Peut-être.

Mais elle est si heureuse qu'elle ne veut pas courir le risque de tout gâcher en racontant tout de suite son histoire, bien qu'elle promette d'épouser le jeune Harvard à sa sortie du collège, c'est-à-dire l'année prochaine, s'il insiste toujours, parce que Doria s'imagine qu'à ce moment-là elle pourra lui parler de Joey très graduellement, doucement, surtout doucement.

En tout cas, Doria dit qu'elle est obligée et décidée à le mettre au parfum avant le mariage, même s'il doit la plaquer à cause de cela, et personnellement je trouve que c'est très délicat de la part de Doria, parce que beaucoup de nénettes ne disent jamais rien avant le mariage, ou même après. Alors Doria et le jeune Harvard sont fiancés, et très heureux, quand soudain Joey Peut-être entre en scène.

Il paraît que Joey apprend les fiançailles de Doria dès qu'il sort de taule, et il se précipite à Boston, Mass., la fouille intérieure de son veston bourrée de lettres que Doria lui écrit autrefois, et aussi un tas de photos où ils sont ensemble, selon l'habitude des jeunes mecs et des pépées et, tandis qu'il n'y a pas grand-chose de mal dans ces lettres et ces photos, dans l'ensemble, elles sont terriblement désagréables à ce moment particulier.

« Un sale type, dit Meyer Marmelade. Mais il ne fait que retomber dans son vieux truc de chantage, aussi tout ce qu'on doit faire c'est l'acheter. »

Or, à ces mots, Doria Logan rit, d'un de ces petits rires brefs qui font « ha ! », et parle comme suit :

« Naturellement il cherche à être acheté, mais, qu'elle dit, où trouver le fric ? Je n'ai pas un sou à moi, et Joey veut de grands chiffres, parce qu'il sait que le papa de mon fiancé est plein aux as. Il veut que j'aille trouver mon fiancé pour le persuader de demander l'oseille à son papa, ou il menace de remettre personnellement les lettres et les photos au papa de mon fiancé.

« Vous voyez les emmerdes que j'ai, dit Doria, et vous devinez ce que le papa de mon fiancé pensera de moi en apprenant que je suis autrefois collée à un maître chanteur comme Joey Peut-être.

« De plus, dit Doria, il y a autre chose que l'argent chez Joey Peut-être, et je ne suis pas sûre qu'il ne joue pas un double jeu avec moi, même si je peux payer son prix. Joey Peut-être est très en rogne contre moi. Je crois, fait-elle, que s'il peut gâcher mon bonheur, ce sera plus pour lui que l'argent. »

Or Doria dit que tout ce qu'elle a en vue, quand elle parle à Joey Peut-être, c'est de gagner du temps, et elle dit à Joey que, quoi qu'il arrive, elle ne peut pas voir son fiancé avant le grand match de football entre Harvard et Yale ; Joey lui demande si elle y assistera, et naturellement elle répond oui.

Alors Joey dit qu'il a l'intention de chercher un revendeur de billets, d'en acheter un et de suivre lui-même le match, car il aime beaucoup le football. Il lui demande où elle sera car il espère et est sûr qu'il pourra la voir un peu pendant le match, et cela inquiète Doria Logan plus qu'un peu, car avec qui sera-t-elle sinon avec le papa de son fiancé et un groupe de ses amis, et elle sent qu'on ne sait jamais ce que fera Joey Peut-être.

Elle explique à Joey qu'elle ne sait pas exactement où elle sera assise, sinon que ce sera du côté de Harvard mais Joey désire beaucoup avoir d'autres détails.

« En fait, dit Doria, il insiste lourdement, et se tient près de moi pendant que je téléphone à Mr Randolph à l'hôtel où nous sommes pour savoir où se trouvent exactement nos réservations. Ensuite Joey déclare qu'il va tâcher d'avoir un fauteuil aussi près de moi que possible, et il s'en va.

— Quel Mr Randolph ? dit Meyer, quel Mr Randolph ? qu'il fait. Vous ne voulez pas parler de Mr Phillips Randolph, par hasard ?

— Mais si, bien sûr, dit Doria. Vous le connaissez ? »

Naturellement, à partir de cet instant Meyer Marmelade regarde Doria Logan avec un profond respect, et moi aussi, bien que maintenant elle pleure un peu, et je ne suis absolument pas en faveur des nénettes qui pleurent. Mais pendant ce temps, Meyer Marmelade a l'air de réfléchir et finalement il parle comme suit :

« Ayez la bonté de voir si vous pouvez vous rappeler ces locations dont il est question. »

Et ici, le match de football revient sur scène une fois de plus.

Je regrette seulement d'admettre que je ne suis pas personnellement témoin de cette scène, pour la bonne raison que personne ne me réveille le lendemain à temps pour y assister et, à mon avis, c'est mieux ainsi, parce qu'on ne peut pas dire que je sois un fana de football.

Aussi, à partir de maintenant, le récit appartient à Meyer Marmelade, et je vais vous le raconter comme Meyer l'a fait.

C'est un jeu très passionnant (dit Meyer). Le stade est bondé, il y a des orchestres, beaucoup d'acclamations, davantage de chouettes nanas qu'on ne peut en zieuter, bien que je ne pense pas qu'il y en ait de plus jolie que Doria Logan.

C'est une bonne chose qu'elle se souvienne des numéros des sièges, autrement je ne l'aurais jamais trouvée, mais la voilà, entourée de gens très chics, y compris Mr Phillips Randolph, et me voici, deux rangs derrière Mr Phillips Randolph, et le revendeur de tickets qui m'a vendu le mien dit qu'il ne comprend pas pourquoi tout le monde veut s'asseoir près de Mr Phillips Randolph aujourd'hui alors qu'il y a d'autres fauteuils aussi bons, et peut-être meilleurs, du côté de Harvard.

Aussi je comprends qu'il a d'autres demandes comme la mienne pour ce coin-là, qui se vendent un bon prix et je comprends qu'au moins une de ces demandes vient de Joey Peut-être, car je vois Joey Peut-être deux rangs plus haut que moi, mais sur la gauche du couloir central, tandis que je suis presque sur le même rang que Mr Phillips Randolph.

Pour vous prouver que Joey est un mec qui attire l'attention, Mr Phillips Randolph se lève quelques minutes avant le début de la partie, scrutant ici et là pour voir les gens qu'il connaît dans l'assistance, et tout à coup ses regards tombent sur Joey Peut-être et Mr Phillips Randolph prouve qu'il a une bonne mémoire des visages, ça c'est sûr, car il parle comme suit :

« Eh bien, qu'il dit, voilà le type qui me rembarre grossièrement dans le train quand je lui offre nos couleurs. Oui, qu'il fait, je suis sûr que c'est le même type. »

Or, dans ce match de football, les Harvard et les Yale se tirent et se transportent beaucoup ici et là, et de long en large, jusqu'aux dernières cinq minutes de jeu, et tout à coup, Yale envoie le ballon à trois huitièmes de centimètres de la ligne de but de Harvard.

À ce moment-là, règne une grande excitation. Puis qu'est-ce qu'on voit, sinon Yale repoussant Harvard, et voilà la partie finie, et Mr Phillips Randolph se lève et je l'entends parler comme suit :

« Eh bien, qu'il dit, le score n'est pas si mauvais qu'il pourrait l'être, la partie a été merveilleuse et, qu'il fait, il semble que nous ayons converti un type à notre cause, en tout cas, car regardez qui porte nos couleurs. »

Et, en disant cela, il désigne Joey Peut-être, encore assis, pendant que des gens passent devant lui et autour de lui, un petit sourire sur les lèvres, et Mr Phillips Randolph a l'air absolument ravi de voir que Joey Peut-être a un large ruban rouge là où il porte habituellement son cache-nez de soie blanche.

Mais il y a des chances pour que Mr Phillips Randolph soit très surpris s'il savait que le ruban rouge que porte Joey Peut-être sur la poitrine vient du petit couteau qu'Ollie Ortega a planté dans la gorge de

Joey; ou ai-je oublié de rappeler qu'Ollie Ortega est parmi les assistants ?

J'envoie chercher Ollie après que je vous quitte hier soir, devinant qu'il aime assister à un beau match de football. Il arrive par avion ce matin et je ne me trompe pas en pensant qu'Ollie trouve le match très chouette.

Eh bien, personnellement, je n'oublierai jamais ce match, il est si passionnant juste après le pointage, tout à coup, des Yale qui sont dans le stand de l'autre côté du terrain, en face des Harvard, s'élève un long braillement qui n'en finit pas et qui résonne si tristement que j'en suis tout déprimé, ça c'est sûr. Ça commence par quelque chose comme Oh. Oh. Oh. Oh, tous les Yale Oh. Oh. Oh. Ohent ensemble, et je demande à un mec à côté de moi ce que ça signifie.

« Mais, dit le mec, c'est le chant du Croque-Mort des Yale. Ils le chantent toujours quand ils écrasent leurs rivaux. Je suis moi-même un ancien Yale, et je vais maintenant personnellement vous chanter ce chant. »

Et, sur ce, le type rejette la tête en arrière, ouvre toute grande la gueule et sort un hurlement comme un loup appelant sa femelle.

Alors, j'arrête le type, je lui dis que c'est un très beau chant, sûrement, et très approprié à tous égards, puis je quitte précipitamment le terrain de football sans avoir l'occasion de dire au revoir à Doria, bien que, par la suite, je lui envoie le paquet de lettres et de photos qu'Ollie prend dans la poche intérieure du veston de Joey Peut-être dans la confusion qui suit le point marqué par Yale, et j'espère et veux croire qu'elle pense que les raies rouges qui strient le paquet sont simplement une petite touche de couleur en l'honneur de Harvard.

Mais, ce qu'il y a de mieux dans tout ce match (dit Meyeı Marmelade), c'est que je gagne deux Grands Formats sur un des Harvard assis à côté de moi, aussi j'ai maintenant pratiquement rattrapé ma mise.

UNE PART DE GÂTEAU

Dans Boylston Street, à Boston, Mass., il y a un bistrot où vous pouvez déguster le meilleur homard grillé qui puisse vous faire saliver, et qui est là, un soir, mangeant ce morceau de choix sinon un type du nom de Voleur de chevaux et moi. Ce Voleur de chevaux est connu sous le diminutif de Horsey, non qu'il ait jamais volé un cheval, mais parce que l'opinion publique, d'une côte à l'autre, est unanime pour savoir qu'il en vole un si l'occasion s'en présente.

Personnellement, je trouve que Horsey est un personnage très sympa, parce qu'à chaque fois qu'il a quelque chose, il veut bien partager sa bonne fortune avec tout un chacun, et, à ce moment-là, à Boston, ça baigne dans l'huile pour lui. C'est le temps où nous sommes aux courses de Suffolk Down, et Horsey a une chance terrible, en vérité, et en fait c'est maintenant un type plein aux as qui m'offre le homard grillé.

Or, à une table voisine, sont quatre ou cinq types qui ont tous l'air élégants, trapus, rougeauds et prospères, qui parlent tous avec un authentique accent bostonien, qui consiste en beaucoup de ah et très peu de r. Ces types sont familiers à tout un chacun qui habite assez longtemps Boston, et sont obligatoirement des politiciens, des flics retraités ou des entrepreneurs, parce que Boston est vraiment infesté de citoyens de ce genre.

Je ne fais pas attention à eux parce qu'ils boivent de la bière locale, et parlent fort, que je sais depuis longtemps que lorsqu'un type de Boston s'embiérise, c'est une bonne idée de le laisser tranquille, parce que le mieux que vous pouvez recevoir de lui, c'est peut-être un gnon sur la fiole.

Mais Horsey est là, tout oreilles, très intéressé par leur conversation, et finalement j'écoute moi-même pour entendre ce qui attire son attention, et un des types parie comme suit :

« Eh bien, qu'il dit, je veux bien parier dix mille dollars qu'il peut manger davantage que n'importe qui, n'importe quand, aux États-Unis. »

Sur ce, Horsey se lève, se dirige vers leur table, s'incline, adresse un sourire amical à tout un chacun et dit :

« Messieurs, qu'il fait, excusez mon intrusion, et pardonnez-moi de me mêler à votre conversation, mais, qu'il dit, dois-je comprendre que vous parlez du gros mangeur qui réside dans notre belle ville ? »

Alors ces types de Boston fixent tous Horsey d'un regard si hostile que je m'attends à ce qu'un d'entre eux se lève et lui demande de leur faire regretter son absence, mais il continue à saluer et à sourire ; se rendant compte qu'il est un gentleman, l'un d'eux dit finalement :

« Oui, qu'il dit, nous parlons d'un personnage qui répond au nom de Joel Duffle. C'est sans aucun doute le plus gros mangeur vivant. Il vient de gagner un pari unique. Il parie avec un type de Bangor, Me, qu'il peut manger tout un étalage d'huîtres, et il veut ensuite parier qu'il peut aussi manger les coquilles, mais, qu'il dit, il paraît que le type de Bangor, Me, est complètement ruiné par le premier pari et est sans un pour parier sur le second.

— Très intéressant, dit Horsey. Très intéressant, si c'est vrai, mais, qu'il fait, si mes oreilles ne me trompent pas, j'entends l'un de vous déclarer qu'il est prêt à parier dix mille dollars sur ce gros mangeur contre n'importe quel citoyen des États-Unis.

— Vos oreilles sont pointues, dit un autre type de Boston. Je l'ai déclaré bien que, qu'il fait, j'admets que c'est une façon de parler. Mais je l'ai affirmé, sûr et certain, qu'il dit, et il ne sera pas raconté qu'un Conway revient jamais sur une proposition de pari.

— Eh bien, dit Horsey, je n'ai pas dix dollars sur moi en ce moment, mais, qu'il fait, j'ai mille dollars à proposer comme caution que je peux amener un type qui mangera davantage que votre homme pour dix mille dollars, et tout ce que vous voulez proposer en plus. »

Et, sur ce, Horsey sort une liasse de billets sales qu'il jette sur la table, et aussitôt l'un des mecs de Boston, dont le nom se trouve être Carroll, frappe l'oseille de la main et dit :

« Chiche. »

Ça, c'est du vite fait, sûr et certain, et s'il y a une chose que j'admire plus que tout, c'est l'action ; je peux voir que ce sont des types aux instincts très sportifs et je commence à me demander où je peux ramasser un peu de fric pour prendre part au pari de Horsey, parce que je sais naturellement qu'il n'a personne à l'esprit pour manger que Joli-Joli Jones.

Et, connaissant Joli-Joli Jones, je suis prêt à parier tout l'argent que je peux ramasser qu'il est capable de manger davantage que tout ce qui se promène sur deux guibolles.

En fait, je parie n'importe quoi sur Joli-Joli contre n'importe quel quadrupède, sauf peut-être un éléphant, bien qu'il soit même au photo-finish capable de damer le pion à l'éléphant.

Je ne dis pas que Joli-Joli est le plus grand mangeur de tous les siècles, mais ce que j'affirme, c'est qu'on peut le classer comme challenger. En fait, le Professeur D., qui enseigne dans un collège de l'Ouest avant de jouer aux courses pour gagner sa vie, et qui étudie l'histoire de son temps, dit qu'il ne serait pas surpris que Joli-Joli arrive premier ou deuxième.

Le Professeur D. explique qu'il ne faut pas oublier que Joli-Joli mange avec les handicaps de la civilisation moderne qui exige l'usage d'un couteau et d'une fourchette, ou en tout cas d'un couteau, tandis qu'autrefois la coutume populaire voulait qu'on mange avec les doigts, ce qui est beaucoup plus rapide. Le professeur D. dit qu'il est sûr que, selon la coutume ancienne, Joli-Joli détiendrait un record qui durerait des siècles, mais naturellement le Professeur D. en rajoute un peu au sujet de Joli-Joli.

Donc, maintenant que nous sommes d'accord pour le match, Horsey et les mecs de Boston discutent naturellement du lieu où il se tiendra ; un des types de Boston suggère qu'il ait lieu en terrain neutre, comme New London, Conn., ou Providence, R.I., mais Horsey tient à New York, et il semble que les types de Boston sont toujours prêts à visiter New York, aussi ne rencontre-t-il pas une grande opposition sur ce point.

Ils tombent d'accord sur une date, quatre semaines plus tard, pour donner aux adversaires tout le temps de se préparer, bien que Horsey et moi sachions que c'est vraiment inutile en ce qui concerne Joli-Joli, parce qu'il a une chose pour lui, c'est qu'il est toujours disposé à manger.

Ce Joli-Joli Jones est un type haut d'environ un mètre soixante et large d'environ un mètre soixante-deux, et quand il est en forme, il pèse plus de cent quarante kilos. Il gagne sa vie aux courses et manger n'est en réalité qu'un passe-temps pour lui, mais c'est indiscutablement un merveilleux mangeur, même quand il n'a pas faim.

Donc, dès que Horsey et moi rentrons à New York, nous nous précipitons au bistrot de Mindy dans Broadway pour raconter le pari que Horsey engage à Boston, et aussitôt tant de citoyens, y compris Mindy lui-même, veulent y participer, qu'il est plus que couvert avec un surplus d'oseille en un clin d'œil.

Puis Mindy déclare qu'il n'a pas vu Joli-Joli Jones pendant les dimanches d'un mois, et tout un chacun se rappelle qu'il n'a pas vu Joli-Joli récemment non plus et cela amène tout le monde à se demander où peut bien être Joli-Joli, bien que, jusqu'à ce jour si on ne voit Joli-Joli qu'une fois en dix ans, c'est considéré comme suffisant.

Or, Willie le Bileux, qui est book par profession, est dans l'assistance, et il se souvient que, la dernière fois qu'il cherche Joli-Joli dans l'espoir de récolter une reconnaissance de dette vieille de plusieurs années, Joli-Joli habite l'Hôtel du Repos dans la 49e Rue Ouest, et Horsey veut absolument que je l'accompagne à l'hôtel pour nous renseigner sur Joli-Joli, et nous apprenons là qu'il laisse une adresse à Morningside Heights, chez un type du nom de Slocum.

Donc, Horsey appelle une petite voiture, et nous voilà partis à cette adresse, qui n'est autre qu'un immeuble de cinq étages sans ascenseur, et une carte, en bas, indique que Slocum habite au dernier étage. Il faut dix minutes pour monter les cinq étages car nous ne sommes nullement habitués à des exercices de ce genre, et quand nous arrivons enfin devant une porte marquée Slocum, nous sommes complètement crevés, et devons nous asseoir sur la dernière marche pour nous reposer un peu.

Puis je sonne à la porte marquée Slocum, et qui apparaît sinon une grande et jeune nana aux cheveux noirs qui est belle, sans doute, mais si maigrichonne qu'il faut regarder à deux fois pour la voir et quand je lui demande si elle peut me donner des renseignements sur un type nommé Joli-Joli Jones, elle me répond comme suit :

« Je pense que vous voulez parler de Quentin, qu'elle dit, oui, qu'elle fait, Quentin est ici. Entrez, messieurs. »

Nous entrons donc dans l'appartement, et un type décharné, à l'air maladif, se lève d'un fauteuil près de la fenêtre, et nous dit bonsoir d'une voix faible. C'est un bon soir, d'ailleurs, aussi Horsey et moi-même lui rendons son bonsoir, très poliment, et nous attendons que Joli-Joli apparaisse, quand la belle jeune nana maigrichonne dit :

« Eh bien, qu'elle dit, voici Mr Quentin Jones. »

Alors Horsey et moi-même louchons vers le type décharné et nous voyons que ce n'est personne d'autre que Joli-Joli, mais nous sommes pratiquement choqués par sa transformation depuis la dernière fois que nous le voyons parce qu'il est sûrement rétréci. En fait, son corps a l'air de la moitié de ce qu'il est dans sa jeunesse, sa fiole est pâle et mince, ses yeux sont creux ; nous lui donnons une poignée de main et il se passe quelque temps avant que nous soyons en mesure de parler. Puis Horsey dit finalement :

« Joli, qu'il dit, puis-je te dire quelques mots en privé sur une proposition très importante ? »

Sur ce, et avant que Joli-Joli ait pu répondre ouais, oui ou non, la belle jeune maigrichonne sort de la pièce en claquant la porte derrière elle et Joli-Joli dit :

« Ma fiancée, Miss Hilda Slocum, qu'il dit. C'est une fille très chouette. Nous devons nous marier dès que je maigris de dix kilos de plus. Ça prendra deux semaines, qu'il fait.

— Bonté divine ! Joli, dit Horsey. Que veux-tu dire par perdre dix kilos de plus ? Tu es pratiquement squelettique déjà. Tu sors de ton lit de malade, ou quoi ?

— Voyons, dit Joli-Joli. Je ne sors certainement pas d'un lit de malade. Je ne me suis jamais mieux porté de ma vie. Je suis au régime. Je perds quarante kilos en deux mois, et je suis maintenant descendu jusqu'à cent kilos. Je me sens en pleine forme, qu'il dit. Tout est venu de ma fiancée, Miss Hilda Slocum. Elle m'a sauvé de la gloutonnerie et de l'obésité ou en tout cas, dit Joli-Joli, c'est ce que dit Miss Hilda Slocum. Sapristi, je me sens bien. J'aime beaucoup Miss Hilda Slocum, dit

Joli-Joli. C'est un coup de foudre mutuel le jour où nous nous rencontrons dans le métro. Je suis coincé dans un des tourniquets, et elle a la gentillesse de me pousser par-derrière jusqu'à ce que je puisse m'en tirer en me contorsionnant. Je m'aperçois donc qu'elle a bon cœur, je lui fixe un rencard pour aller au cinéma le soir même et je lui demande de m'épouser pendant les actualités. Mais, dit Joli-Joli, Hilda me répond aussitôt qu'elle n'épousera jamais un gros sac à lard. Elle dit qu'il faut que je lui obéisse et qu'elle me fera maigrir par des méthodes scientifiques ; alors elle deviendra ma femme toujours aimante, mais pas avant.

« Ensuite, dit Joli-Joli, je viens vivre ici avec Miss Hilda Slocum et sa mère, pour qu'elle ait l'œil sur mon régime. Sa mère est encore plus maigre qu'elle. Et je me sens en pleine forme, c'est sûr et certain, dit Joli-Joli. Regardez », qu'il fait.

Et en disant cela, il montre la ceinture de son pantalon, et il y a assez de vide pour cacher un amiral de la Flotte, mais l'effort semble le fatiguer, et il est obligé de se rasseoir dans son fauteuil.

« Nom d'un chien, dit Horsey. Qu'est-ce que tu manges, Joli ?

— Oh ! répond Joli-Joli, tout ce qui ne contient pas d'amidon, mais, qu'il dit, naturellement tout ce qui est bon en contient, aussi je ne mange pas beaucoup de quoi que ce soit. Ma fiancée, Miss Hilda Slocum, prépare mon régime. C'est une diététicienne expert qui dirige un célèbre département d'une revue de diététique du nom de *Tenons notre maison.* »

Alors Horsey raconte à Joli-Joli qu'il doit manger plus que Joel Duffle, de Boston, pour une forte somme, qu'il a une prime de mille dollars souscrite pour cela, et que beaucoup de fans de Joli-Joli, dans Broadway, espèrent gagner et sortir de tous leurs embêtements en pariant sur lui, et d'abord Joli-Joli écoute avec grand intérêt, les yeux brillants comme six pièces de vingt-cinq cents, puis il devient très triste, et dit :

« Inutile, messieurs, qu'il dit. Ma fiancée, Miss Hilda Slocum, n'acceptera jamais que je cesse mon régime, même pendant peu de temps. Pas plus tard qu'hier, j'essaie de la persuader de me laisser manger un petit bout de gros pain de seigle au lieu de pain blanc grillé, et elle répond que si je ne fais même que penser à une telle chose, elle rompra nos fiançailles.

« Horsey, qu'il dit, as-tu jamais bouffé du pain complet grillé pendant un mois de suite ? grillé ? qu'il fait.

— Non, dit Horsey. Ce que je mange est bon ; du pain blanc français, des petits pains ronds, des biscuits chauds à la sauce.

— Cesse, dit Joli-Joli. Tu files en mangeant vers une mort prématurée et, en plus, qu'il dit, tu me brises le cœur. Mais, qu'il dit, plus je pense que mes fans dépendent de moi dans cette situation critique, plus je suis triste de ne pouvoir les obliger. Toutefois, qu'il fait, appelons Miss Hilda Slocum à tout hasard, et voyons ses réactions à ta proposition. »

Nous faisons donc entrer Miss Hilda Slocum, et Horsey lui explique notre mauvaise passe, en montrant une telle confiance en Joli-Joli seul sans penser une minute qu'il suivait un régime, que Miss Hilda Slocum réagit en ordonnant à Horsey et moi de quitter la piaule et de ne jamais assombrir le seuil de sa porte, et quand nous sommes un bloc plus loin, nous pouvons encore entendre sa voix parlant très fort à Joli-Joli.

Or, personnellement, je m'imagine que ça met un point final à l'affaire, car je vois que Miss Hilda Slocum est une nana vraiment très volontaire et il y a des chances que tout serait fini si Horsey n'avait pas eu par hasard un merveilleux coup de pot.

Il est un après-midi à Belmont Park, et il a un vraiment bon tuyau dans une course d'obstacles, quand un jeune mec branché en canotier et jumelles se pointe et lui demande ce qu'il conseille ; Horsey donne le bon tuyau, pensant qu'il gagnera un peu de fric si le bon tuyau est bon.

Eh bien, c'est ce qui se passe, et le jeune mec est très reconnaissant envers Horsey de son renseignement, et lui donne un tas de je vous remercie, mais rien d'autre, et Horsey est sur le point de lui expliquer qu'à son hôtel on n'accepte pas les je vous remercie, quand le jeune mec alerte lui dit qu'il n'est autre que Mr McBurgle, l'éditeur du magazine *Tenons notre maison*, et invite Horsey à le voir n'importe quand, s'il passe dans le coin.

Naturellement, Horsey se souvient que Joli-Joli lui a dit que Miss Hilda Slocum travaille pour ce magazine *Tenons notre maison*; il lui raconte l'histoire du match de bouffe et lui demande s'il veut bien user de son influence sur Miss Hilda Slocum pour qu'elle libère Joli-Joli de son régime le temps du match. Puis Horsey donne à Mr McBurgle un tuyau pour un autre gagnant et Mr McBurgle a dû aussitôt user beaucoup d'influence sur Miss Hilda Slocum car le lendemain elle téléphone à Horsey à son hôtel avant qu'il ne saute du lit, et lui parle comme suit :

« Naturellement, dit Miss Hilda Slocum, je ne changerai jamais d'attitude envers Quentin, mais, qu'elle ajoute, je peux comprendre qu'il se sente moche envers vous qui avez compté sur lui et qu'il déçoit. Il pense qu'il vous a laissé tomber, ce qui n'est pas vrai du tout, mais ça le tracasse. Ça nuit à son régime.

« Or, continue Miss Hilda Slocum, je n'approuve pas votre match parce que, qu'elle dit, c'est donner une prime à la gloutonnerie, mais j'ai une amie du nom de Miss Violette Shumberger qui peut faire votre affaire. C'est ma meilleure amie depuis l'enfance, mais c'est seulement parce que je l'aime beaucoup que nous sommes toujours amies. Elle adore manger, dit Miss Hilda Slocum. Malgré mes conseils, mes avertissements, mon exemple, elle persiste à bouffer. Ça me dégoûte, mais je comprends finalement qu'il est inutile de discuter avec elle.

« Elle demeure ma meilleure amie, dit Miss Hilda Slocum, bien qu'elle garde cette habitude de s'empiffrer, et il paraît qu'elle est phénoménale à cet égard. En fait, explique-t-elle, Joli-Joli me dit que si Miss Violette Shumberger peut accomplir les exploits de manger ce que je lui raconte pour les avoir entendus, c'est une championne. Au revoir, dit Miss Hilda Slocum, vous n'aurez pas Joli-Joli. »

Or, personne n'est emballé par cette idée d'un remplaçant de Joli-Joli, surtout une nana dont on n'a jamais entendu parler, et de nombreux citoyens sont en faveur de supprimer tout à fait le match. Mais Horsey doit penser à sa prime, et comme personne ne propose quelqu'un d'autre, il donne finalement un rancard personnel à la nénette de Miss Hilda Slocum.

Il entre chez Mindy un soir avec une personne femelle si grosse qu'il faut réunir trois tables pour qu'elle puisse s'installer, et il paraît que ce personnage est Miss Violette Shumberger. Elle pèse environ cent vingt-cinq kilos, mais ce n'est pas du tout une vieille nana, et pas du tout moche. Elle a un visage large comme l'horloge d'une mairie et assez de mentons pour servir d'escalier de secours, mais elle a un joli sourire, de jolies dents et un rire si fort qu'il balaie la crème fouettée d'un gâteau aux fraises sur une table, à une soixantaine de mètres, ce qui soulève l'indignation d'un client du nom de Goldstein qui est sur le point d'avaler la crème susnommée.

Or, l'idée de Horsey en l'amenant chez Mindy est de se faire une opinion sur son aptitude à manger ; elle est chronométrée par de nombreux experts quand elle commence à avaler les viandes chaudes, et il est admis par tout un chacun qu'elle n'est pas une mauvaise pouliche. En fait, lorsqu'elle a terminé, Mindy lui-même admet qu'elle a beaucoup de classe, et le résultat de tout ça, c'est qu'on choisit Miss Violette Shumberger pour le match de bouffe contre Joel Duffle.

Peut-être avez-vous entendu parler de ce grand match qui se passe à New York, un soir du début de l'été 1937.

Naturellement, un match de bouffe n'est nullement quelque chose de nouveau, et en fait c'est même un passe-temps rétro dans certaines parties de ce pays, comme le Sud et l'Est, mais celui-ci est le premier grand match public de son genre depuis des années, et il crée plus qu'un peu de commentaires dans Broadway.

En fait, on y fait allusion dans les canards ; ce n'est pas une question frivole à aucun égard, et on parie plus de fric pour ce match que pour tous ceux qui ont eu lieu dans ce pays, avec Joel Duffle favori à six contre cinq pour Miss Violette Shumberger.

Ce Joel Duffle se pointe à New York plusieurs jours avant le match avec un type du nom de Conway, et demande un rancard à Miss Violette Shumberger pour se mettre d'accord sur les derniers détails ; et qui est-ce qui arrive avec Miss Violette Shumberger comme entraîneur et conseiller sinon Joli-Joli Jones. Il est encore plus maigre et hâve que la dernière fois que Horsey l'a vu, mais il dit qu'il se sent en pleine forme et que trois kilos seulement le séparent de son mariage avec Miss Hilda Slocum.

Or il paraît que sa présence est en réalité voulue par Miss Hilda Slocum elle-même, parce qu'elle dit qu'après avoir poussé sa meilleure amie, Miss Violette Shumberger, à décrocher la timbale, il n'est que juste de faire tout ce qu'elle peut pour l'aider à gagner et la seule idée qui lui vient à l'esprit, c'est de laisser Joli-Joli la faire bénéficier de son expérience et de ses conseils.

Mais nous apprenons ensuite que ce qui s'est vraiment passé, c'est que l'éditeur, Mr McBurgie, s'intéresse fortement à ce match, et quand il découvre que, malgré son influence, Miss Hilda Slocum refuse de laisser Joli-Joli entrer personnellement dans la compétition mais introduit une mangeuse suppléante, il se fout en rogne et insiste pour qu'elle permette à Joli-Joli d'entraîner Violette.

De plus, nous apprenons encore que lorsque Joli-Joli rentre à l'appartement de Morningside Heights après avoir donné sa leçon à Violette, Miss Hilda Slocum sent toujours son haleine pour voir s'il s'est laissé aller à manger pendant son absence.

Joel Duffle est un grand type aux épaules voûtées et à l'air triste, qui semble ne pas pouvoir sortir d'un salon de thé après y avoir mangé, mais dès qu'il commence à discuter les détails du match, tout un chacun peut voir qu'il est très au courant de ce genre de situation. En fait, Joli-Joli dit qu'il comprend aussitôt, d'après la façon de parler de Joel, que c'est un rival dangereux, et il ajoute que Miss Violette Shumberger lui fait l'impression d'être une mangeuse en progrès mais qu'il regrette qu'elle n'ait pas plus de punch.

Ce Joel Duffle suggère que le match se dispute en douze services d'aliments strictement américains ; chaque adversaire peut choisir six plats, à tour de rôle, en spécifiant le poids et la quantité qu'il désire du plat choisi ; chaque service doit être divisé exactement en deux avant d'être mangé ; et après que Miss Violette Shumberger et Joli-Joli jactent quelque temps à voix basse, ils déclarent que les conditions sont satisfaisantes.

Ensuite Horsey lance une pièce pour jouer à pile ou face qui choisit le premier : Joel dit face, et c'est face, et il choisit comme premier service deux litres d'olives mûres, douze pieds de céleri, quatre livres de noix décortiquées pour être partagées par moitié entre eux. Miss Violette Shumberger choisit douze douzaines de petites palourdes pour le deuxième service et Joel

Duffle huit litres de bouillon de Philadelphie[1] comme troisième plat.

Alors, Miss Violette Shumberger et Joli-Joli recommencent à parler à voix basse, et Violette demande deux bars rayés de cinq livres, les têtes et les queues mangées ne devant pas compter ; Joel Duffle choisit une dinde rôtie de onze kilos. Chaque légume compte pour un plat, et Miss Violette Shumberger commande six kilos de purée de pomme de terre avec de la sauce noisette. Joel Duffle choisit deux douzaines d'épis de maïs, et Violette répond par deux kilos de haricots de Lima. Joel Duffle réclame douze bottes d'asperges cuites au beurre, et Violette, cinq kilos de petits pois frais à l'étouffée.

Cela les amène à la salade, et c'est à Joel Duffle de choisir ; il demande trois kilos de salades vertes mélangées, assaisonnées à l'huile et au vinaigre, et maintenant Miss Violette Shumberger termine la sélection, c'est-à-dire le dessert. Elle demande une tourte au potiron de soixante centimètres de largeur qui n'a pas moins de soixante-quinze centimètres de hauteur.

Il est entendu qu'ils doivent manger avec couteau, fourchette ou cuiller, mais la rapidité ne compte pas, et il n'y a pas de limite de temps ; ils ne doivent cependant pas s'arrêter plus de deux minutes consécutives depuis le début du match, sauf en cas de hoquet. Ils peuvent boire ce qu'ils veulent, et tant qu'ils veulent, mais le score ne tient pas compte des liquides.

La décision repose strictement sur la quantité d'ali-

1. Bouillon de veau et de tripes, avec thym, marjolaine, laurier et poivre, épais et très épicé. *(N. d. T.)*

ments absorbés et les juges doivent calculer ce qui reste sur les assiettes après l'absorption d'un plat, mais pas les retombées d'aliments sur la poitrine ou le veston jusqu'à vingt-huit grammes. Le perdant doit payer la nourriture et, en cas d'égalité de points, ils doivent rejouer le match uniquement avec des œufs au jambon.

Eh bien, ce match se joue dans la salle du deuxième étage du restaurant Mindy, fermée au public pour cette occasion, et seules sont admises les parties concernées par le match. Les adversaires sont assis de chaque côté d'une grande table au centre de la pièce, et chacun dispose de trois serveurs.

Les spectateurs n'ont pas le droit de parler ni d'encourager leur candidat mais, naturellement, dans tout match de bouffe, les adversaires peuvent s'entretenir entre eux s'ils le désirent, bien que les vrais mangeurs ne le font jamais, car le bavardage provoque une perte d'énergie et à peu près tout ce qu'ils se disent c'est passez-moi la moutarde, je vous prie.

Une cinquantaine de citoyens de Boston sont là pour voir le match, et le même nombre de types de New York ; parmi eux se trouve l'éditeur, Mr McBurgle, qui demande à Horsey s'il pense que Miss Violette Shumberger est aussi bonne que le sauteur du champ de courses.

Joli-Joli se pointe très tôt sur la scène et son aspect est vraiment très navrant pour tous ses amis et admirateurs, car il a perdu tant de poids qu'il est certes pitoyable à voir, mais il dit à Horsey et à moi qu'il croit que Miss Violette Shumberger a une bonne chance.

« Naturellement, qu'il fait, elle est inexpérimentée. Elle ne sait pas maîtriser son allure dans une compétition. Mais, qu'il dit, elle a beaucoup de classe. J'aime la regarder manger. Elle a les mêmes goûts que moi lorsque je mangeais. C'est une merveilleuse nana, en plus. As-tu jamais remarqué son sourire ? dit Joli-Joli.

« Mais, qu'il ajoute, c'est la meilleure amie de ma fiancée, Miss Hilda Slocum, aussi ne parlons plus de ça. J'essaie de persuader Hilda de venir assister au match, mais elle dit que c'est répugnant. Enfin de toute façon, dit Joli-Joli, je réussis à emprunter un peu d'oseille et je parie sur Miss Violette Shumberger. À propos, qu'il fait, si par hasard tu y penses, remarque son sourire. »

Donc, Joli-Joli prend une chaise à environ trois mètres derrière Miss Violette Shumberger, ce qui est aussi près que le juge le lui permet, et on l'avertit qu'aucune aide des spéculateurs n'est permise, mais naturellement Joli-Joli connaît ce règlement aussi bien qu'eux, et, de plus, ses efforts semblent l'avoir laissé vide de toute énergie.

Il y a trois juges, tous venus de territoires neutres. L'un d'eux est un type de Baltimore, Md, du nom de Packard, patron d'un restaurant, et un autre est un mec de Providence, R.I., du nom de Croppers, fabricant de saucisses. Le troisième juge est une vieille nana du nom de Mrs Rhubarb, de Philadelphie, qui, autrefois, dirige une pension de famille d'acteurs ; elle est considérée comme excellent juge de mangeurs.

Donc, Mindy est le starter officiel, et à vingt heures trente précises, alors que les spectateurs sont encore en train de parier, il sort sa montre et parle comme suit :

« Êtes-vous prêt, Boston ? Êtes-vous prêt, New York ? »

Miss Violette Shumberger et Joel Duffle font un signe d'assentiment. Mindy dit : « Allez-y » et le match commence ; Joel Duffle saute immédiatement sur le céleri, les olives et les noix.

On voit tout de suite que ce Joel Duffle est un de ces mangeurs grossiers qu'on peut entendre de loin, surtout avec les palourdes et les potages. C'est aussi un mangeur à sourcils, un mangeur dont les sourcils montent aussi haut que ses cheveux quand il bouffe, et ce genre de mangeur est certainement très efficace.

En fait, la manière dont Joel Duffle avale les articles d'épicerie jusqu'à la dinde provoque une certaine inquiétude chez les supporters de Broadway, et ils murmurent entre eux qu'ils souhaiteraient seulement que le vieux Joli-Joli soit là. Mais, personnellement, j'aime bien la manière dont Miss Violette Shumberger mange, sans précipitation, et avec beaucoup d'entrain. Elle ne peut pas garder le rythme de Joel Duffle pour la vitesse au début du match, car elle a l'air d'aimer mastiquer ses aliments, mais j'observe, à mesure que le temps passe, qu'elle le rattrape, et j'imagine que ce n'est pas parce qu'elle mange plus vite, mais parce qu'il ralentit.

Quand finalement la dinde arrive, et est partagée en deux juste au milieu, Miss Violette Shumberger a l'air très déçue et elle parle pour la première fois comme suit :

« Oh ! qu'elle dit, où est la farce ? »

Or il paraît que personne n'a demandé de farce au chef et la déception de Miss Violette Shumberger est si évidente que la confiance des types de Boston est un peu ébranlée. Ils se rendent compte qu'une nana qui peut s'envoyer autant de fourrage programmé, et de la farce au bœuf, est vraiment une véritable mangeuse.

En fait, Joel Duffle est tout à fait stupéfait quand il observe la déception de Miss Violette Shumberger, et il la regarde fixement avec grand respect avaler sa part de dinde, de purée de pommes de terre et une chose et une autre de telle sorte qu'elle arrive à la tourte au potiron absolument en même temps que lui. En réalité, on ne sait que choisir entre eux à ce point, bien que le juge de Baltimore attire l'attention des autres juges sur un pilon de dinde qui, dit-il, n'a pas été nettoyé aussi totalement par Miss Violette Shumberger que par Joel Duffle, mais les autres juges rejettent cette revendication comme un détail technique.

Puis les serveurs apportent la tourte au potiron, et c'est vraiment une grosse tourte ; en fait, elle a presque les dimensions d'un couvercle de bouche d'égout, et je m'aperçois que Joel Duffle observe cette tourte avec une drôle d'expression sur sa fiole, bien qu'à vrai dire je n'aime pas non plus l'expression de celle de Miss Violette Shumberger.

Donc, la tourte est coupée en deux en plein milieu ; une moitié est placée devant Miss Violette Shumberger et l'autre moitié devant Joel Duffle, et à peine a-t-il avalé plus de deux bouchées que je le vois desserrer sa ceinture et écluser un grand coup d'eau, et je pense en moi-même qu'il va maintenant manger lentement, et que la tourte va décider de toute l'atmosphère ambiante, et je regrette de ne pouvoir parier un peu plus de fric sur Miss Violette Shumberger. Mais à ce moment-là, et avant même qu'elle ne touche sa tourte, Violette tourne soudain la tête et fait signe à Joli-Joli de s'approcher, et, quand il obtempère, elle lui murmure quelques mots à l'oreille.

Ce que voyant, le type de Boston du nom de Conway se lève d'un bond et crie à la tricherie et plusieurs autres mecs de Boston le soutiennent, Joel Duffle aussi, bien que par la suite même les types de Boston admettent que Joel Duffle n'est pas un gentleman s'il traite une dame de tricheuse.

Eh bien, cela crée une certaine confusion, et les juges tiennent une conférence, et ils déclarent qu'il n'y a aucune tricherie dans le match, parce que Miss Violette Shumberger n'a pas encore touché sa tourte.

Mais ils déclarent que, pour ce qui est de la tricherie, tout dépend du fait que Miss Violette Shumberger ait demandé conseil à Joli-Joli pour le match ou pas, et le juge de Providence, R.I., demande à Joli-Joli d'avoir l'amabilité de raconter la conversation entre Violette et lui pour qu'ils prennent une décision.

« Mais, dit Joli-Joli, elle me demande simplement si je peux lui procurer un autre morceau de tourte quand elle a fini celui qui est devant elle. »

En entendant cela, Joel Duffle jette son couteau et repousse son assiette avec toute sa tourte dont il n'a mangé que deux bouchées, et s'adresse comme suit aux citoyens de Boston :

« Messieurs, qu'il dit, je suis vaincu. Je ne peux pas avaler une bouchée de plus. Vous admettez que je me suis battu audacieusement mais, qu'il fait, c'est inutile que je continue contre cette nana qui demande davantage de tourte avant même de commencer ce qui est devant elle. Je suis presque mourant comme ça, et je ne veux pas me détruire dans un effort désespéré. Messieurs, qu'il dit, elle n'est pas humaine. »

Or naturellement cela revient à s'avouer vaincu et Joli-Joli monte sur sa chaise et dit :

« Trois hourras pour Miss Violette Shumberger ! »

Et Joli-Joli lance personnellement le premier hourra, mais l'effort dépasse ses forces et il tombe de la chaise évanoui juste au moment où Joel Duffle s'écroule sous la table, et les médecins du Clinic Hospital sont très déconcertés de recevoir, de la même adresse et en même temps, un malade qui souffre de malnutrition et un autre qui s'est effondré pour avoir trop bouffé.

Or, pendant ce temps-là, lorsque l'excitation tombe et que les paris sont réglés, nous emmenons Miss Violette Shumberger dans la grande salle de Mindy pour un souper de minuit, et, lorsqu'elle parle de son merveilleux triomphe, elle en crédite Joli-Joli Jones.

« Vous comprenez, dit Violette, ce que je lui murmure vraiment c'est que je suis foutue. Je lui confie que je ne peux plus avaler une bouchée de ma tourte même si ma vie en dépend, et s'il a des parieurs qu'il essaie de les faire parier contre moi aussi vite que possible.

« Je crains, qu'elle dit, que Joli-Joli soit profondément déçu par ma prestation, mais j'ai une confession à lui faire à sa sortie de l'hôpital. J'ai oublié le match, dit Violette, et avalé mon dîner habituel de jambonneau et de choucroute une heure avant le début de la compétition, et, qu'elle fait, je suis sûre que ça tend à affecter ma forme. Aussi, conclut-elle, je dois tout à la repartie de Joli-Joli. »

C'est plusieurs semaines après le grand match de bouffe que je tombe sur Miss Hilda Slocum à Broadway et il me semble qu'elle a l'air bien mieux nourrie que la dernière fois que je la vois, et quand je le lui fais remarquer, elle dit :

« Oui, qu'elle dit, je cesse mon régime. J'apprends ma leçon, qu'elle fait. J'apprends que les types mâles n'apprécient pas celles qui essaient de se défendre d'engraisser. Ce que les types mâles aiment, c'est la substance. Tenez, qu'elle dit, pas plus tard que la semaine dernière, mon éditeur, Mr McBurgle, me dit qu'il sera ravi de m'emmener danser si seulement je prends un peu de chair pour qu'il puisse s'y accrocher. J'aime beaucoup danser, qu'elle dit.

— Mais, que je dis, et Joli-Joli Jones ? Je ne l'ai pas vu dans les parages dernièrement.

— Oh ! dit Miss Hilda Slocum, ne savez-vous pas ce qu'a fait ce goujat ? Dès qu'il est assez fort pour quitter l'hôpital, il se tire avec ma meilleure amie, Miss Violette Shumberger, en laissant une note expliquant quelque chose au sujet de deux âmes qui n'ont qu'une seule pensée. Ils sont descendus en Floride où ils tiennent un stand de barbecue et, qu'elle dit, il y a des chances qu'ils bouffent comme sept mulets.

— Miss Slocum, que je dis, puis-je vous faire goûter la fricassée de poulet de Mindy ?

— Avec des pommes enrobées dans la pâte ? demande Miss Hilda Slocum. Oui, qu'elle dit, vous pouvez. Ensuite, j'ai un rancard avec Mr McBurgle. Je suis folle de la danse », qu'elle fait.

RUPTURE DE PROMESSE

Je reçois un jour d'un particulier, le nommé Juge Goldfobber, avocat de son métier, un mot me priant de passer le voir à son bureau, dans le bas de Broadway. Et, bien que je n'aie pas la moindre sympathie pour tous ces gens de loi, il se trouve que Juge Goldfobber est un de mes amis, et je me rends à son invitation.

Bien entendu, Juge Goldfobber n'est pas plus juge que vous et moi, et il a quatre-vingt-dix-neuf chances sur cent, à mon humble avis, de ne jamais le devenir. Mais on l'appelle ainsi parce que ça lui fait plaisir, et tout le monde est toujours prêt à faire plaisir à Juge Goldfobber, car c'est un des avocats les plus calés de la ville et qui évite un nombre incroyable de tuiles à diverses catégories de citoyens. C'est un type formidable pour empêcher les citoyens d'être mis à l'ombre, et plus épatant encore qu'Houdini quand il s'agit de les en tirer une fois qu'ils y sont.

Personnellement, je n'ai jamais eu recours aux bons offices professionnels de Juge Goldfobber, car je suis un citoyen respectueux de la loi et je désapprouve nettement ceux qui la violent, mais je connais Juge Goldfobber pour le rencontrer par-ci par-là, depuis des années, dans des boîtes de nuit et autres coins du même genre, car Juge Goldfobber est un type qui adore se mêler au public dans ces endroits-là, parce qu'il ramasse pas mal d'affaires et, de temps en temps, une gentille petite poule.

Je m'amène donc chez Juge Goldfobber, qui m'introduit dans son cabinet particulier et me demande si je ne connaîtrais pas deux types méritants actuellement sans travail et qui aimeraient à avoir de l'ouvrage, parce que, dit-il, s'il en est ainsi, il aurait une situation de premier ordre à leur offrir.

« Naturellement, dit Juge Goldfobber, ce n'est pas un emploi permanent. Ce n'est, en réalité, que du travail aux pièces, mais il me faut des gens de confiance sur qui l'on puisse compter au besoin. C'est du travail hors de la ville qui demande du tact, et même, ajoute-t-il, du cran. »

Bon. Je me retiens à quatre pour ne pas répondre à Juge Goldfobber que je ne suis pas une agence de placement, et l'envie me démange de retourner à mes propres affaires, car, à la façon dont il dit que ces types doivent être des gens de confiance sur qui on puisse compter au besoin, je pourrais jurer que ce besoin-là peut se produire à n'importe quel moment de l'affaire et je ne me soucie nullement de fourrer mes amis dans ce pétrin.

Mais au moment où je me lève pour partir, je regarde par la fenêtre de Juge Goldfobber et j'aperçois Brooklyn dans le lointain de l'autre côté du fleuve. Cette vue me fait alors penser à certains types de là-bas qui, autant que je peux croire, doivent souffrir terriblement du chômage. C'est à Harry le Cheval, à John l'Espagnol et au Petit Isidore que je songe, et la raison qui me fait croire qu'ils souffrent du chômage c'est que, si personne ne travaille plus et ne gagne plus de galette, ils n'ont plus personne à dévaliser, et, s'ils n'ont plus personne à dévaliser, ils doivent, en bonne logique, se ressentir douloureusement de la crise.

Si bien que, finalement, je lâche les noms de ces particuliers à Juge Goldfobber, et, par-dessus le marché, je l'assure qu'il peut avoir confiance en eux le cas échéant, et je lui vante leur cran, bien que, en toute conscience, je ne puisse lui recommander leur tact. Juge Goldfobber est enchanté, car il a souvent entendu parler de Harry le Cheval, de John l'Espagnol et du Petit Isidore.

Il me demande leur adresse, mais, comme bien on pense, personne ne sait au juste où demeurent Harry le Cheval, John l'Espagnol et le Petit Isidore, car ils n'ont aucun domicile fixe. Je lui indique toutefois un certain coin dans Clinton Street où l'on pourra peut-être lui dire où les trouver, puis je prends congé de Juge Goldfobber de crainte qu'il ne me demande de faire sa commission à ces particuliers. Car s'il est au monde des gens à qui je ne voudrais pas faire de commission, à qui je ne voudrais même pas avoir affaire, si peu et de quelque façon que ce soit, c'est bien Harry le Cheval, John l'Espagnol et le Petit Isidore.

Toujours est-il que, pendant quelques semaines, je n'entends plus parler de cette histoire. Or, un soir que je me trouve au restaurant Mindy, en train de savourer un peu de bortsch froid, nourriture très rafraîchissante par les chaleurs que nous traversons, qui est-ce que je vois s'amener ? Harry le Cheval, John l'Espagnol et le Petit Isidore. Ma surprise est telle qu'une partie de mon bortsch froid prend une fausse direction et que je manque m'étrangler.

Pourtant, ils ont tous trois un air fort cordial, et même Harry le Cheval me tape dans le dos pour m'empêcher de m'étouffer ; il tape si fort qu'il me brise à moitié la colonne vertébrale, mais je n'en apprécie pas moins la courtoisie de son procédé, et, dès que je recouvre l'usage de la parole, je lui dis :

« Eh bien, Harry, c'est une aubaine inespérée de vous revoir, et vous allez me permettre, je l'espère bien, de vous offrir un bortsch froid dont vous me direz des nouvelles.

— Non, répond Harry, très peu pour le bortsch froid. C'est Juge Goldfobber que nous cherchons. Y a-t-il longtemps que tu ne l'as vu dans ces parages ? »

Or l'idée que Harry le Cheval, John l'Espagnol et le Petit Isidore sont à la recherche de Juge Goldfobber n'a rien de rassurant pour moi. Je me dis que le travail dont les a chargés Juge Goldfobber a sans doute mal tourné et qu'ils veulent lui dire deux mots. Mais, immédiatement après, Harry le Cheval me déclare :

« À propos, nous tenons à te remercier du boulot que tu nous as procuré. Un jour peut-être nous pourrons te rendre la pareille. C'est du travail très intéressant, dit Harry, et pendant que tu bouffes ton bortsch froid, je vais te donner des détails afin que tu comprennes pourquoi nous tenons à voir Juge Goldfobber.

« En réalité, continue Harry le Cheval, ce boulot-là n'est pas pour le compte de Juge Goldfobber, mais pour celui d'un de ses clients, et ce client n'est autre que Jabez Tuesday, le millionnaire, le propriétaire des bars automatiques Tuesday, où beaucoup de gens viennent manger et se servent eux-mêmes. Juge Goldfobber vient donc nous voir en personne à Brooklyn et m'envoie trouver Mr Jabez Tuesday avec une lettre d'introduction, de façon que Mr Jabez Tuesday puisse m'expliquer ce qu'il désire, car Juge Goldfobber est un type trop malin pour m'exposer lui-même des affaires de ce genre.

« Il peut se faire, après tout, que Juge Goldfobber ignore ce que Mr Jabez Tuesday attend de moi, quoique, je parierais bien six contre cinq, Juge Goldfobber ne s'imagine pas que Mr Jabez Tuesday ait l'intention de me confier une place de caissier dans une de ses boîtes.

« Quoi qu'il en soit, je vais donc voir Mr Tuesday dans un hôtel de la Cinquième Avenue où il habite et où il possède une installation tout ce qu'il y a de chic. Mais Mr Tuesday ne m'impressionne pas le moins du monde, car il bafouille avant de me dire de quelle nature est le travail qu'il a l'intention de me confier. C'est un petit type maigrichon, chauve, avec trois poils de moustache, et qui semble un tantinet nerveux.

« Donc il lanterne pour en venir au fait et me dire ce qui le tracasse et ce qu'il attend de moi, et alors tout cela paraît tout à fait simple, tellement simple, en vérité, que Mr Jabez Tuesday me fait l'effet d'être légèrement toqué quand il me dit qu'il me donnera dix gros billets pour le boulot.

« Ce que désire Mr Tuesday c'est que je le fasse rentrer en possession de quelques lettres écrites par lui à une poule qui répond au nom de Miss Amelia Bodkin et qui habite une propriété aux portes mêmes de Tarrytown[1]. Il paraît en effet que, dans ces lettres,

1. Localité des environs de New York, sur l'Hudson. *(N. d. T.)*

Mr Tuesday a commis certaines gaffes qu'il regrette maintenant, comme de parler amour, mariage et tout ce qui s'ensuit à Miss Amelia Bodkin, et il a la frousse qu'elle ne l'attaque en justice pour rupture de promesse.

« "Une semblable éventualité me mettrait dans un cruel embarras, déclare Mr Jabez Tuesday, car je suis sur le point d'épouser une personne qui appartient à l'une des familles les plus huppées du pays. Il est vrai, ajoute Mr Tuesday, que les Scarwater n'ont plus autant d'argent qu'autrefois, mais il est hors de doute qu'ils sont très collet monté, et ma fiancée, Miss Valérie Scarwater, est bien plus collet monté que tout le reste de sa famille. Elle est, en vérité, si collet monté, qu'il y a de grandes chances qu'elle soit furieuse si une femme me faisait un procès pour rupture de mariage, et que tout soit fini entre nous."

« Je demande alors à Mr Tuesday ce que c'est qu'une rupture de promesse, et il m'explique qu'il y a rupture de promesse lorsque quelqu'un a promis de faire quelque chose et qu'il ne le fait pas. Nous autres à Brooklyn nous avons naturellement un autre nom pour désigner une éventualité de cette sorte, et, en conséquence, une façon différente de l'envisager.

« "C'est une opération des plus simples pour un garçon comme vous, dit Mr Tuesday. Miss Amelia Bodkin habite absolument seule dans sa maison de l'autre côté de Tarrytown. Il y a bien deux domestiques, mais ils sont âgés et tout à fait inoffensifs. À mon avis, ajoute Mr Tuesday, il faudrait que vous pénétriez chez elle non pas comme si vous n'en vouliez qu'aux lettres, mais comme si vous y alliez pour autre chose, son argenterie par exemple, qui est ancienne et d'une assez grande valeur.

« "Elle conserve ses lettres dans sa chambre, enfermées dans un coffret de marqueterie, et si vous vous contentez de prendre ce coffret, que vous emporterez en même temps que l'argenterie, personne ne se doutera que c'étaient les lettres que vous veniez chercher et l'on pensera que vous avez pris le coffret, persuadé qu'il contenait des titres. Vous m'apporterez les lettres et vous recevrez vos dix mille dollars, conclut Mr Tuesday. Et, ajoute-t-il, vous pourrez garder l'argenterie par-dessus le marché. Ne manquez pas, spécifie Mr Tuesday, de prendre avec l'argenterie une théière de Paul Revere[1]. Elle a une grosse valeur.

« — Soit, dis-je à Mr Tuesday. Chaque type est juge de ses propres affaires et je ne tiens pas du tout à laisser échapper un bon petit boulot pas trop compliqué, mais, dis-je, il me semble que la façon la plus simple d'en finir avec cette histoire serait d'acheter les lettres à cette poule sans faire tant de chichis. Personnellement, que je dis, je ne pense pas qu'il existe au monde une poule qui, pour dix gros billets, ne consente à vendre tout un bureau de poste, surtout par le temps qui court, et à donner par-dessus le marché les œuvres complètes de Shakespeare.

« — Non, non, dit Mr Tuesday, ça ne prendrait pas du tout avec Miss Bodkin. Voyez-vous, dit-il, Miss Amelia Bodkin et moi nous sommes de très très bons amis depuis une pièce de quinze ou seize ans environ. Enfin très liés, quoi. Elle ne se doute pas le moins du monde

1 Graveur et patriote américain, 1735-1818. *(N. d. T.)*

actuellement que j'ai l'intention de rompre avec elle. Mais si j'essaye de lui acheter ces lettres, il est possible que cela lui ouvre l'œil. L'essentiel, dit Mr Tuesday, est que je rentre d'abord en possession de ces lettres, après quoi je lui expliquerai que nous ne devons plus nous voir et je m'arrangerai avec elle comme il convient. Ne jugez pas mal Miss Amelia Bodkin, continue Mr Tuesday. C'est une excellente personne, mais, dit-il, vous connaissez le dicton : "Pas de pire furie qu'une femme dédaignée." Or, si Miss Amelia Bodkin apprend que je suis sur le point d'épouser Miss Valérie Scarwater, elle va sans doute se figurer que je la dédaigne, et, d'autre part, si elle est encore en possession de ces lettres, elle peut tomber entre les griffes d'avocats peu scrupuleux et exiger une somme considérable. Mais, dit Mr Tuesday, ce qui me tracasse bien davantage, c'est l'idée que Miss Scarwater pourrait avoir vent de ces lettres, et en concevoir une fausse opinion sur la nature de mes relations avec Miss Bodkin."

« Donc, le lendemain après-midi, je m'abouche avec John l'Espagnol et le Petit Isidore. Je trouve ce dernier en train de jouer à la belote avec un certain Edmond la Science, ainsi nommé parce que c'est un ancien élève de l'École supérieure Érasme et qu'on le considère comme un fin lettré. J'invite donc Edmond la Science à se joindre à nous. Je sais en effet qu'Edmond la Science gagne assez bien sa vie à jouer à la belote avec le Petit Isidore, et je me dis que, puisque je vais priver Edmond de son gagne-pain pendant un bout de temps, il n'est que strictement équitable de lui offrir quelque autre moyen d'existence. Je réfléchis d'autre part que, puisqu'il s'agit de lettres dans cette affaire, ce serait peut-être utile d'avoir Edmond à notre portée au cas où il y aurait quelque chose à lire, car John l'Espagnol et le Petit Isidore ne connaissent ni A ni B, quant à moi, je sais tout juste déchiffrer les titres imprimés en gros caractères.

« Nous empruntons la bagnole d'un de mes amis de Clinton Street, et, moi au volant, nous voilà partis pour Tarrytown, un patelin sur les bords de l'Hudson. C'est pour nous tous, à cause de la beauté du paysage, une charmante promenade. C'est la première fois qu'Edmond la Science, John l'Espagnol et le Petit Isidore contemplent les paysages des bords de l'Hudson, bien qu'ils aient tous trois passé plusieurs années sur les rives de ce beau fleuve, à Ossining[1]. En ce qui me concerne je ne suis jamais allé à Ossining, mais j'ai séjourné une fois à Auburn[1] et une fois à Cosmtock[1], toutefois les paysages de ces régions-là sont sans intérêt.

« Nous arrivons à Tarrytown à la tombée de la nuit. Pour traverser le patelin, nous suivons, selon les indications de Mr Tuesday, la rue principale, et nous parvenons enfin à l'endroit que nous cherchons : une petite villa toute blanche sur une colline qui domine la rivière, non loin de la grand-route. Cette petite villa est située au milieu d'une vaste propriété entourée d'un mur de pierre peu élevé ; une allée conduit de la route à la maison. En apercevant l'entrée de l'allée, je fais un virage un peu trop brusque, je m'en vais donner tout droit dans un des gros piliers de pierre qui sont de chaque côté, et la bagnole se replie comme un accordéon.

1. Trois des principales prisons de l'État de New York. *(N. d. T.)*

« Tu saisis notre plan. Nous comptions opérer en vitesse sans nous amuser, laissant éventuellement derrière nous en partant, après les avoir dûment ficelés, les gens qui viendraient se fourrer dans nos pattes. Car je n'ai pas le moindre goût pour la cambriole et le travail en sourdine. Je considère que c'est un manque de dignité. De plus, cela exige trop de temps. Je me dispose donc à conduire la bagnole directement devant la maison quand ce pilier de pierre se trouve sur mon chemin.

« Tout ce que je me rappelle après cela c'est qu'en ouvrant les yeux je me trouve dans un lit inconnu et dans une chambre inconnue, et, bien qu'il m'arrive assez souvent de me réveiller dans un lit que je ne connais pas, il ne m'arrive jamais de me réveiller dans une chambre comme celle-là. Tout y est douillet, délicat, et la seule note discordante dans tout cela c'est John l'Espagnol assis auprès du lit en train de me regarder.

« Je manifeste, naturellement, le désir de savoir de quoi il retourne, et John l'Espagnol me raconte qu'après ma collision avec le pilier de l'entrée, et bien qu'aucun des autres n'ait été blessé, je suis resté sans connaissance. Et, pendant que j'étais étendu dans l'allée avec du sang qui coulait d'une blessure assez profonde que j'ai à la tête, qui est-ce qui sort de la maison ? Une poule avec un vieux birbe qui a l'air d'un maître d'hôtel ou quelque chose d'approchant. Et voilà que la poule veut absolument qu'on me transporte à la maison et qu'on me dépose dans la chambre où je suis présentement.

« Puis, à ce que me dit John l'Espagnol, elle lave le sang dont je suis couvert, me met un pansement autour de la tête, et, pendant qu'Edmond la Science et le Petit

Isidore essayent de renflouer la bagnole, elle s'en va elle-même à Tarrytown chercher un toubib pour savoir si mes blessures sont mortelles ou non. John l'Espagnol ajoute qu'il reste là pour veiller sur moi jusqu'à ce qu'elle revienne, bien que, naturellement, je me rende parfaitement compte que sa véritable raison d'y rester est qu'il désire être le premier à fouiller dans mes poches au cas où je viendrais à claquer.

« Donc, me voilà en train de réfléchir à tout ça et à me demander ce qu'il me reste à faire, quand, tout à coup, survient une gonzesse d'une quarantaine d'années, confortablement roulée, mais avec une fiole sympathique, un air aimable et un vaste sourire. Derrière elle vient un type dans lequel je reconnais tout de suite le toubib, surtout à son petit sac noir et à son bouc poivre et sel. Je n'ai jamais vu une gonzesse plus affriolante, pourvu qu'on les aime entre deux âges, bien que, personnellement, je préfère les jeunesses. En voyant que je suis revenu à moi, elle me dit :

« "Ah, qu'elle dit, que je suis contente, mon pauvre garçon, que vous ne soyez pas mort ! Mais, qu'elle dit, voici le docteur Diffingwell qui va examiner si vos blessures sont sérieuses. Je suis Miss Amelia Bodkin. Vous êtes ici chez moi, dans ma propre chambre. Je suis vraiment désolée que vous soyez blessé."

« Ouais, comme bien on pense, je commence à trouver la situation embarrassante : je suis ici pour chiper à Miss Amelia Bodkin ses lettres et son argenterie, y compris sa théière de Paul Revere, et la voilà aux petits soins pour moi et qui se déclare navrée de me voir dans cet état.

« Mais, pour le moment, le plus sûr me semble de la

boucler et je me tiens peinard tandis que le toubib m'examine. Après m'avoir bien regardé la caboche et m'avoir palpé du haut en bas, il déclare :

« "Voici une très vilaine entaille. Il va falloir que je la recouse et qu'il reste tranquille pendant quelques jours. Autrement, ajoute-t-il, il pourrait y avoir des complications. Il vaudrait mieux le transporter tout de suite à l'hôpital."

« Mais Miss Amelia Bodkin ne veut rien savoir pour qu'on m'emmène à l'hôpital. Elle dit que je dois rester où je suis et qu'elle me soignera. Puisque, ajoute-t-elle, c'est sur sa propriété et par la faute du pilier de sa grille que j'ai été blessé, il n'est que juste, en conséquence, qu'elle fasse quelque chose pour moi. En vérité, à la façon dont Miss Amelia Bodkin s'oppose à ce qu'on m'emmène de chez elle, je commence à me demander si ce ne serait pas un effet du vieux sex-appeal, mais je me rends compte ensuite que c'est tout simplement parce qu'elle s'embête et que ça l'occupera de me soigner.

« Comme de juste je ne m'insurge nullement contre son désir, car, tout bien examiné, il me semble que, travaillant à domicile, je pourrai liquider sans aucune difficulté l'affaire des lettres, et aussi celle de l'argenterie. Je m'efforce donc de paraître plus malade que je ne le suis en réalité. Tous ceux qui savent qu'un jour j'ai transporté huit balles dans ma peau de Broadway et de la 50e Rue jusqu'à Brooklyn vont sans aucun doute rigoler de bon cœur à l'idée que je reste au pieu pour une fêlure à la cafetière.

« Quand le toubib, après m'avoir recousu, s'en est allé, je dis à John l'Espagnol d'aller rejoindre Edmond la Science et le Petit Isidore et de retourner à New York, mais de téléphoner de temps en temps afin que je puisse leur dire à quel moment revenir. Puis je m'endors, car je sens que je n'en peux plus. Lorsque je me réveille, plus tard dans la soirée, j'ai l'impression d'avoir la fièvre. Je suis réellement assez amoché. Miss Amelia Bodkin est assise à côté de mon lit et me bassine le front avec une serviette trempée dans l'eau fraîche, et cela me fait grand bien.

« Le lendemain matin, cela va mieux et j'arrive à venir à bout du petit déjeuner qu'elle m'apporte sur un plateau. Je commence même à me rendre compte que ce n'est pas si désagréable que ça d'être éclopé, surtout quand il n'y a pas de flic à côté du lit pour vous demander : "Qui a fait le coup ?" chaque fois qu'on ouvre les yeux.

« Je remarque que Miss Bodkin est ravie d'avoir quelqu'un à soigner. Et pourtant, sans aucun doute, si elle savait qui elle est en train de soigner en ce moment, elle partirait au galop et irait sur la route appeler les gendarmes. Ce n'est qu'après le petit déjeuner que je réussis à obtenir qu'elle aille prendre un peu de repos. Et tandis qu'elle fait un somme, le vieux birbe à bobine de maître d'hôtel vient de temps en temps dans la chambre voir comment je me porte.

« C'est un vieux bougre très bavard, et il ne tarde pas à me raconter tout ce qu'il sait sur Miss Amelia Bodkin. C'est-à-dire qu'elle est depuis de longues années la bonne amie d'un type de New York qui est à la tête d'une puissante compagnie, un type riche, dans lequel, bien que le vieux ne prononce pas son nom, je n'ai aucune peine à reconnaître Mr Tuesday.

« “Cela fait bien des années qu’ils sont ensemble, me dit-il. Quand il l’a connue il n’avait pas un rond ; elle possédait quelques sous, elle établit son ami dans une petite affaire, et, grâce à la façon dont elle a mené l’entreprise et l’homme, elle a fait de cette petite affaire une très importante affaire. Je le sais, car je suis à leur service presque depuis le début, ajoute le vieux birbe. Elle est très calée en affaires, et, également, si vous voulez que je vous le dise, tout à fait bonne et aimable. Par exemple, continue-t-il, je n’ai jamais pu arriver à comprendre pourquoi ils ne se marient pas, car il est certain qu’elle l’aime et qu’il l’aime, mais Miss Amelia Bodkin m’a dit un jour que c’est parce que tout d’abord ils étaient trop pauvres, et trop occupés ensuite pour penser à des choses comme le mariage. Ils continuent donc tout doucement comme ils sont, jusqu’au moment où, tout à coup, il fait fortune. Alors, dit le vieux type, j’ai bien vu qu’il se détachait d’elle, quoiqu’elle ne se rende pas compte, et cela ne m’a pas épaté quand, il y a quelques années, il lui a persuadé qu’il valait mieux qu’elle cesse de s’occuper activement de l’affaire et qu’elle aille demeurer dans ce patelin. Au début, il venait ici assez souvent, mais, petit à petit, le voilà qui allonge les intervalles entre deux visites, et, maintenant, nous le voyons une fois tous les trente-six du mois. Bah, conclut le vieux type, c’est une chose comme il en arrive tant dans la vie. En ce qui me concerne, ce n’est pas le seul exemple que je connaisse. Mais Miss Amelia Bodkin continue à être persuadée qu’il l’aime toujours, que ce sont uniquement les affaires qui l’accaparent à ce point. Vous voyez par là qu’elle est moins intelligente qu’elle n’en a l’air, ou bien qu’elle s’aveugle volontairement. Bon, fait le vieux birbe, pour le moment je vais vous apporter un petit jus d'orange, bien que, je n'hésite pas à le dire, vous ne me paraissez pas un type à boire du jus d'orange à l'ordinaire."

« En attendant, je m'occupe à regarder tout autour de la chambre pour tâcher d'apercevoir le coffret renfermant les lettres dont m'a parlé Mr Tuesday. Mais il n'existe dans la chambre aucun coffret semblable à celui qu'il m'a décrit. Puis, dans la soirée, alors que Miss Amelia est dans la chambre, et que je fais semblant de roupiller, elle ouvre un tiroir de la commode, y prend une grande boîte en marqueterie, s'assied devant une table sous la lampe-liseuse, ouvre cette boîte et se met à lire de vieilles lettres. Et, tandis qu'elle est là, assise à lire ces lettres, et que je l'observe à travers mes cils, elle sourit à plusieurs reprises, mais à un moment, je vois quelques larmes rouler sur ses joues. Tout à coup, elle me regarde et me surprend les yeux grands ouverts. Je vois sa figure s'empourprer, puis elle se met à rire.

« "De vieilles lettres d'amour, fait-elle en frappant du doigt le coffret. De mon ami de longue date. Chaque soir que Dieu donne j'en relis quelques-unes. N'est-ce pas que je suis un peu godiche et sentimentale de faire ça ?"

« Je ne cache pas à Miss Amelia Bodkin qu'elle me paraît en effet bien sentimentale, mais ce que je ne lui dis pas c'est à quel point elle est godiche de me laisser voir où elle fourre ses lettres. Je suis néanmoins, comme bien on pense, enchanté du renseignement. Je déclare à Miss Amelia Bodkin que, personnellement, je n'écris jamais de billets doux, que je n'en reçois jamais, et que, bien que j'aie entendu parler de cela, je n'ai jamais vu jusqu'à présent une lettre d'amour, aussi vrai que je le dis. Cela la fait rire un peu.

« "En vérité, dit-elle, vous êtes un type extraordinaire de ne pas savoir ce que c'est qu'une lettre d'amour. J'ai bien envie de vous en lire quelques-unes des plus admirables qui soient au monde. Il n'y a pas d'inconvénient, dit-elle, car vous ne connaissez pas celui qui les a écrites, et vous pourrez, en les écoutant de votre lit, m'imaginer non pas vieille et laide comme vous me voyez, mais jeune, et, peut-être, un tout petit peu jolie."

« Là-dessus, voilà Miss Amelia Bodkin qui déplie une lettre et se met à me la lire. Sa voix s'attendrit et s'étrangle, mais elle ne regarde guère la lettre qu'elle est en train de lire et je me rends compte qu'elle la sait par cœur. Je me rends compte également qu'elle considère cette lettre comme un chef-d'œuvre, mais, bien que je sois mauvais juge en fait de lettres d'amour, puisque celle-ci est la première que j'entende de ma vie, je me retiens pour ne pas lui dire que je la considère comme une pure absurdité.

« "Ma bien-aimée, dit la lettre, je pense à toi sans cesse, telle que je t'ai vue hier devant la maison, dans un rayon de soleil qui faisait de ta brune chevelure un admirable bronze. Chérie, continue la lettre, j'adore la couleur de tes cheveux. Je suis si heureux que tu ne sois pas blonde. J'ai horreur des blondes : elles sont si bêtasses, si insignifiantes et si trompeuses. Et coléreuses par-dessus le marché, dit la lettre. J'aimerais mieux empoigner un taureau par la queue que de me fier à une blonde. Jamais de ma vie je n'ai vu de blonde qui n'ait les cheveux teints. En tout cas, presque toutes sont oxygénées. Les affaires marchent bien, conclut la lettre. Le saucisson est en hausse. À toi maintenant et toujours, ma petite chérie."

« Il y en a, en vérité, de pires que celle-là. Dans toutes elle est appelée ma chérie, ma bien-aimée, mon petit chou, mon trésor, mon ange, et je ne sais quoi encore. Et dans plus d'une il est question de ce qu'ils feront quand ils seront mariés. Et comme je me doute bien que ces lettres sont de Mr Jabez Tuesday, je me rends compte que c'est de la dynamite pour un type qui a l'intention, ou qui est en train, de plaquer une poule. Et, de fait, c'est à peu près ce que je dis à Miss Bodkin, mais dans des termes assez vagues et seulement pour dire quelque chose.

« "Quoi ? fait-elle. Qu'est-ce que vous voulez dire ?

« — Simplement que, dans certaines circonstances, des documents comme ceux-là, à ce qu'on dit, pourraient rapporter gros."

« Miss Amelia Bodkin me regarde un instant en ayant l'air de ne pas comprendre ce que je veux dire, puis elle secoue la tête comme si elle ne réussissait pas à saisir, et elle me dit en riant :

« "Eh bien, il y a une chose certaine, c'est que mes lettres ne me rapporteront jamais rien, si peu que ce soit, et dans aucune circonstance, pas même si quelqu'un désire jamais les posséder. Car, ajoute-t-elle, elles sont mon plus cher trésor. Elles sont pour moi des souvenirs des jours heureux, et je ne consentirais pas, pour un million de dollars, à m'en séparer."

« Cette réflexion me donne à penser, naturellement, que Mr Jabez Tuesday n'a pas fait une mauvaise affaire en traitant avec moi pour dix mille dollars. Mais, bien entendu, je ne souffle pas mot de cela à Miss Amelia Bodkin tandis que je la regarde remettre ses lettres d'amour dans le coffret de marqueterie et le coffret dans le tiroir de la commode. Je la remercie de m'avoir fait connaître ces lettres, puis je lui souhaite une bonne nuit, et je m'endors. Le lendemain matin, je téléphone à un certain numéro de Clinton Street et je laisse un mot pour Edmond la Science, John l'Espagnol et le Petit Isidore, afin qu'ils viennent me chercher, parce que j'en ai assez de faire l'éclopé.

« Or le lendemain est un samedi, et, le surlendemain, naturellement, un dimanche. Ils viennent donc me voir le samedi et promettent de venir me chercher dimanche, car la bagnole est maintenant rafistolée et marche épatamment, quoique mon ami de Clinton Street fasse un foin de tous les diables à cause de ses garde-boue esquintés. Mais le dimanche matin, de bonne heure, avant qu'ils n'arrivent, qui est-ce qui s'amène, tout pimpant, dans une grosse voiture ? Mr Jabez Tuesday en personne.

« De plus, à peine entré dans la maison, ultra-chic, avec sa jaquette à queue-de-pie et son haut-de-forme, voilà qu'il prend Miss Amelia Bodkin dans ses bras et l'embrasse carrément sur le bec, ainsi que me le raconte le vieux birbe à tête de maître d'hôtel. Du premier étage j'entends moi-même Miss Amelia Bodkin pleurer tant et plus, puis Mr Jabez Tuesday parler d'une voix haute et sonore en disant :

« "Allons, allons, Mélie, que dit Mr Tuesday. Pleure pas comme ça, surtout sur mon gilet blanc tout neuf. Calme-toi, que dit Mr Tuesday, et écoute un peu. J'ai décidé que nous nous marions demain et que nous passerons notre lune de miel à Montréal. Mais oui, Mélie, que dit Mr Tuesday, tu es la seule femme qui me convienne, parce que, toi, tu me comprends depuis A jusqu'à Z. Embrasse-moi encore, Mélie, et asseyons-nous pour parler de tout cela."

« Donc, d'après le bruit, je conclus qu'il reçoit un baiser, et même que c'en est un fameux, et sans coupure. Puis je les entends dégoiser un bon moment, en bas dans le salon. Finalement, Mr Tuesday déclare :

« "Tu sais, Mélie, toi et moi nous ne sommes que des gens comme tout le monde, à la bonne franquette, et c'est pour cela que nous sommes si bien faits l'un pour l'autre. J'en ai assez et plus qu'assez des gens qui la font à la pose et qui voudraient passer pour rupins quand ils n'ont pas seulement un radis à ajouter à leur nom. Et avec ça pas la moindre éducation. Pas plus tard qu'hier soir, que dit Mr Tuesday, je fais visite à une famille des plus huppées de New York, la famille Scarwater, et, sans crier gare, voilà que la fille de la maison m'agonit de sottises et me flanque presque à la porte. Jamais de ma vie on ne m'a traité comme ça, qu'il dit. Tiens, Mélie, embrasse-moi encore, et tâte un peu cette bosse que j'ai sur la tête."

« Naturellement, sur ces entrefaites, Mr Tuesday en m'apercevant semble un peu surpris, mais il fait comme s'il ne me reconnaissait pas, et, comme bien on pense, à ce moment-là, je ne le reconnais pas moi non plus. Quelques instants après arrivent avec l'auto Edmond la Science, John l'Espagnol et le Petit Isidore, qui viennent me chercher. Je remercie donc de son amabilité Miss Amelia Bodkin, et je la laisse sur la pelouse à côté de Mr Jabez Tuesday, tous deux nous faisant des signes d'adieu.

« Et Miss Amelia Bodkin, serrée tout contre Mr Jabez Tuesday, a un air tellement radieux que je ne regrette pas d'avoir couru la chance — et par le temps qui court il y en a cinquante pour cent — que Miss Valérie Scarwater soit une blonde, et d'avoir envoyé Edmond la Science lui lire la lettre où Mr Tuesday parle si mal des blondes. Mais, par contre, je suis navré que cette lettre, et certaines autres que j'avais prié Edmond la Science de lire à Miss Valérie Scarwater, aient irrité celle-ci au point de lui faire oublier qu'elle était une femme bien élevée et de l'inciter à bosseler la cafetière à Mr Jabez Tuesday avec un poudrier à dix-huit carats, en lui signifiant d'avoir à ne jamais remettre les pieds chez elle.

« Voilà toute l'histoire, dit Harry le Cheval, sauf que, en ce moment, nous sommes à la recherche de Juge Goldfobber pour le prier d'intenter un procès en notre nom à Mr Jabez Tuesday. Mr Tuesday nous a bien, il est vrai, versé les dix gros billets, mais il ne nous a aucunement laissé emporter l'argenterie dont il nous avait parlé, pas même la théière de Paul Revere, qui, d'après lui, a une si grande valeur. À telle enseigne qu'il n'y a pas longtemps de cela, une nuit que nous passions du côté de chez Miss Amelia Bodkin pour la débarrasser de ces divers objets, le vieux birbe à gueule de maître d'hôtel nous a carnardés à coups de fusil de chasse et s'est conduit en somme comme un mufle.

« C'est pourquoi, conclut Harry, nous allons voir si nous pouvons obtenir de Juge Goldfobber qu'il actionne en justice Mr Jabez Tuesday pour rupture de promesse. »

Grateful acknowledgment is made for permission to reprint the following:

"A Very Honorable Guy" copyright 1929 by Hearst's International Cosmopolitan Magazine; copyright renewed 1956 by Mary Runyon McCann and Damon Runyon, Jr.

"Dark Dolores" copyright 1929 by International Magazine Company; copyright renewed 1956 by Mary Runyon McCann and Damon Runyon, Jr.

"Romance in the Roaring Forties" copyright 1929 by Cosmopolitan magazine. Copyright renewed © 1956 by Mary Runyon McCann and Damon Runyon, Jr., as children of the author.

"The Old Doll's House" copyright 1933 by P. F. Collier and Son, Inc. Copyright renewed © 1961 by Mary Runyon McCann and Damon Runyon, Jr., as children of the author.

"Social Error" copyright 1930 by P. F. Collier and Son, Inc. Copyright renewed 1957 by Mary Runyon McCann and Damon Runyon, Jr.

"Blood Pressure" copyright 1930 by the Saturday Evening Post; copyright renewed 1957 by Mary Runyon McCann and Damon Runyon, Jr.

"The Brain Goes Home" copyright 1931 by International Magazine Company; copyright renewed 1958 by Mary Runyon McCann and Damon Runyon, Jr.

"Bred for Battle" copyright 1934 by International Magazine

DU MÊME AUTEUR

Aux Éditions Gallimard

BROADWAY, MON VILLAGE, 1949 (Folio nº 1378)

LE COMPLEXE DE BROADWAY, 1955 (Folio nº 1388)

NOCTURNES DANS BROADWAY, 1986 (L'Imaginaire nº 572)

Chez d'autres éditeurs

LE MAUVAIS CHEVAL, *Rivages*, 2007

L'IMAGINAIRE

GALLIMARD

Axée sur les constructions de l'imagination, cette collection vous invite à découvrir les textes les plus originaux des littératures romanesques française et étrangères.

Volumes parus

372. André Pieyre de Mandiargues : *Porte dévergondée.*
373. Philippe Soupault : *Le nègre.*
374. Philippe Soupault : *Les dernières nuits de Paris.*
375. Michel Leiris : *Mots sans mémoire.*
376. Daniel-Henry Kahnweiler : *Entretiens avec Francis Crémieux.*
377. Jules Supervielle : *Premiers pas de l'univers.*
378. Louise de Vilmorin : *La lettre dans un taxi.*
379. Henri Michaux : *Passages.*
380. Georges Bataille : *Le Coupable* suivi de *L'Alleluiah.*
381. Aragon : *Théâtre/Roman.*
382. Paul Morand : *Tais-toi.*
383. Raymond Guérin : *La tête vide.*
384. Jean Grenier : *Inspirations méditerranéennes.*
385. Jean Tardieu : *On vient chercher Monsieur Jean.*
386. Jules Renard : *L'œil clair.*
387. Marcel Jouhandeau : *La jeunesse de Théophile.*
388. Eugène Dabit : *Villa Oasis ou Les faux bourgeois.*
389. André Beucler : *La ville anonyme.*
390. Léon-Paul Fargue : *Refuges.*
391. J.M.G. Le Clézio : *Terra Amata.*
393. Jean Giraudoux : *Les contes d'un matin.*
394. J.M.G. Le Clézio : *L'inconnu sur la terre.*
395. Jean Paulhan : *Les causes célèbres.*
396. André Pieyre de Mandiargues : *La motocyclette.*
397. Louis Guilloux : *Labyrinthe.*
398. Jean Giono : *Cœurs, passions, caractères.*
399. Pablo Picasso : *Les quatre petites filles.*
400. Clément Rosset : *Lettre sur les Chimpanzés.*

401. Louise de Vilmorin : *Le lit à colonnes.*
402. Jean Blanzat : *L'Iguane.*
403. Henry de Montherlant : *Les Bestiaires.*
404. Jean Prévost : *Les frères Bouquinquant.*
405. Paul Verlaine : *Les mémoires d'un veuf.*
406. Louis-Ferdinand Céline : *Semmelweis.*
407. Léon-Paul Fargue : *Méandres.*
408. Vladimir Maïakovski : *Lettres à Lili Brik (1917-1930).*
409. Unica Zürn : *L'Homme-Jasmin.*
410. V.S. Naipaul : *Miguel Street.*
411. Jean Schlumberger : *Le lion devenu vieux.*
412. William Faulkner : *Absalon, Absalon !*
413. Jules Romains : *Puissances de Paris.*
414. Iouri Kazakov : *La petite gare et autres nouvelles.*
415. Alexandre Vialatte : *Le fidèle Berger.*
416. Louis-René des Forêts : *Ostinato.*
417. Edith Wharton : *Chez les heureux du monde.*
418. Marguerite Duras : *Abahn Sabana David.*
419. André Hardellet : *Les chasseurs I et II.*
420. Maurice Blanchot : *L'attente l'oubli.*
421. Frederic Prokosch : *La tempête et l'écho.*
422. Violette Leduc : *La chasse à l'amour.*
423. Michel Leiris : *À cor et à cri.*
424. Clarice Lispector : *Le bâtisseur de ruines.*
425. Philippe Sollers : *Nombres.*
426. Hermann Broch : *Les Irresponsables.*
427. Jean Grenier : *Lettres d'Égypte, 1950,* suivi de *Un été au Liban.*
428. Henri Calet : *Le bouquet.*
429. Iouri Tynianov : *Le Disgracié.*
430. André Gide : *Ainsi soit-il* ou *Les jeux sont faits.*
431. Philippe Sollers : *Lois.*
432. Antonin Artaud : *Van Gogh, le suicidé de la société.*
433. André Pieyre de Mandiargues : *Sous la lame.*
434. Thomas Hardy : *Les petites ironies de la vie.*
435. Gilbert Keith Chesterton : *Le Napoléon de Notting Hill.*
436. Theodor Fontane : *Effi Briest.*
437. Bruno Schulz : *Le sanatorium au croque-mort.*
438. André Hardellet : *Oneïros* ou *La belle lurette.*
439. William Faulkner : *Si je t'oublie, Jérusalem. Les palmiers. sauvages.*

440. Charlotte Brontë : *Le professeur.*
441. Philippe Sollers : *H.*
442. Louis-Ferdinand Céline : *Ballets sans musique, sans rien*, précédé de *Secrets dans l'île* et suivi de *Progrès.*
443. Conrad Aiken : *Au-dessus de l'abysse.*
444. Jean Forton : *L'épingle du jeu.*
446. Edith Wharton : *Voyage au Maroc.*
447. Italo Svevo : *Une vie.*
448. Thomas de Quincey : *La nonne militaire d'Espagne.*
449. Anne Brontë : *Agnès Grey.*
450. Stig Dagerman : *Le serpent.*
451. August Strindberg : *Inferno.*
452. Paul Morand : *Hécate et ses chiens.*
453. Theodor Francis Powys : *Le Capitaine Patch.*
454. Salvador Dali : *La vie secrète de Salvador Dali.*
455. Edith Wharton : *Le fils et autres nouvelles.*
456. John Dos Passos : *La belle vie.*
457. Juliette Drouet : *« Mon grand petit homme... ».*
458. Michel Leiris : *Nuits sans nuit.*
459. Frederic Prokosch : *Béatrice Cenci.*
460. Leonardo Sciascia : *Les oncles de Sicile.*
461. Rabindranath Tagore : *Le Vagabond et autres histoires.*
462. Thomas de Quincey : *De l'Assassinat considéré comme un des Beaux-Arts.*
463. Jean Potocki : *Manuscrit trouvé à Saragosse.*
464. Boris Vian : *Vercoquin et le plancton.*
465. Gilbert Keith Chesterton : *Le nommé Jeudi.*
466. Iris Murdoch : *Pâques sanglantes.*
467. Rabindranath Tagore : *Le naufrage.*
468. José Maria Arguedas : *Les fleuves profonds.*
469. Truman Capote : *Les Muses parlent.*
470. Thomas Bernhard : *La cave.*
471. Ernst von Salomon : *Le destin de A.D.*
472. Gilbert Keith Chesterton : *Le Club des Métiers bizarres.*
473. Eugène Ionesco : *La photo du colonel.*
474. André Gide : *Le voyage d'Urien.*
475. Julio Cortázar : *Octaèdre.*
476. Bohumil Hrabal : *La chevelure sacrifiée.*
477. Sylvia Townsend Warner : *Une lubie de Monsieur Fortune.*
478. Jean Tardieu : *Le Professeur Frœppel.*

479. Joseph Roth : *Conte de la 1002e nuit.*
480. Kôbô Abe : *Cahier Kangourou.*
481. Rainer Maria Rilke, Boris Pasternak, Marina Tsvétaïeva : *Correspondance à trois.*
482. Philippe Soupault : *Histoire d'un blanc.*
483. Malcolm de Chazal : *La vie filtrée.*
484. Henri Thomas : *Le seau à charbon.*
485. Flannery O'Connor : *L'habitude d'être.*
486. Erskine Caldwell : *Un pauvre type.*
487. Florence Delay : *Minuit sur les jeux.*
488. Sylvia Townsend Warner : *Le cœur pur.*
489. Joao Ubaldo Ribeiro : *Sergent Getulio.*
490. Thomas Bernhard : *Béton.*
491. Iris Murdoch : *Le prince noir.*
492. Christian Dotremont : *La pierre et l'oreiller.*
493. Henri Michaux : *Façons d'endormi, Façons d'éveillé.*
494. Meša Selimović : *Le derviche et la mort.*
495. Francis Ponge : *Nioque de l'avant-printemps.*
496. Julio Cortázar : *Tous les feux le feu.*
497. William Styron : *Un lit de ténèbres.*
498. Joseph Roth : *La toile d'araignée.*
499. Marc Bernard : *Vacances.*
500. Romain Gary : *L'homme à la colombe.*
501. Maurice Blanchot : *Aminadab.*
502. Jean Rhys : *La prisonnière des Sargasses.*
503. Jane Austen : *L'Abbaye de Northanger.*
504. D.H. Lawrence : *Jack dans la brousse.*
505. Ivan Bounine : *L'amour de Mitia.*
506. Thomas Raucat : *L'honorable partie de campagne.*
507. Frederic Prokosch : *Hasards de l'Arabie heureuse.*
508. Julio Cortázar : *Fin de jeu.*
509. Bruno Schulz : *Les boutiques de cannelle.*
510. Pierre Bost : *Monsieur Ladmiral va bientôt mourir.*
511. Paul Nizan : *Le cheval de Troie.*
512. Thomas Bernhard : *Corrections.*
513. Jean Rhys : *Voyage dans les ténèbres.*
514. Alberto Moravia : *Le quadrille des masques.*
515. Hermann Ungar : *Les hommes mutilés.*
516. Giorgi Bassani : *Le héron.*
517. Marguerite Radclyffe Hall : *Le puits de solitude.*

518. Joyce Mansour : *Histoires nocives.*
519. Eugène Dabit : *Le mal de vivre.*
520. Alberto Savinio : *Toute la vie.*
521. Hugo von Hofmannsthal : *Andréas et autres récits.*
522. Charles-Ferdinand Ramuz : *Vie de Samuel Belet.*
523. Lieou Ngo : *Pérégrinations d'un clochard.*
524. Hermann Broch : *Le tentateur.*
525. Louis-René des Forêts : *Pas à pas jusqu'au dernier.*
526. Bernard Noël : *Le 19 octobre 1977.*
527. Jean Giono : *Les trois arbres de Palzem.*
528. Amos Tutuola : *L'ivrogne dans la brousse.*
529. Marcel Jouhandeau : *De l'abjection.*
530. Raymond Guérin : *Quand vient la fin.*
531. Mercè Rodoreda : *La place du diamant.*
532. Henry Miller : *Les livres de ma vie.*
533. R. L. Stevenson : *Ollala des montagnes.*
534. Ödön von Horváth : *Un fils de notre temps.*
535. Rudyard Kipling : *La lumière qui s'éteint.*
536. Shelby Foote : *Tourbillon.*
537. Maurice Sachs : *Alias.*
538. Paul Morand : *Les extravagants.*
539. Seishi Yokomizo : *La hache, le koto et le chrysanthème.*
540. Vladimir Makanine : *La brèche.*
541. Robert Walser : *La promenade.*
542. Elio Vittorini : *Les hommes et les autres.*
543. Nedim Gürsel : *Un long été à Istanbul.*
544. James Bowles : *Deux dames sérieuses.*
545. Paul Bowles : *Réveillon à Tanger.*
546. Hervé Guibert : *Mauve le vierge.*
547. Louis-Ferdinand Céline : *Maudits soupirs pour une autre fois.*
548. Thomas Bernhard : *L'origine.*
549. J. Rodolfo Wilcock : *Le stéréoscope des solitaires.*
550. Thomas Bernhard : *Le souffle.*
551. Beppe Fenoglio : *La paie du samedi.*
552. James M. Cain : *Mildred Pierce.*
553. Alfred Döblin : *Voyage babylonien.*
554. Pierre Guyotat : *Prostitution.*
555. John Dos Passos : *La grande époque.*
556. Cesare Pavese : *Avant que le coq chante.*

Composition Interligne.
Impression CPI Firmin Didot
à Mesnil-sur-l'Estrée, le 20 octobre 2008.
Dépôt légal : octobre 2008
Numéro d'imprimeur : 92355.

ISBN 978-2-07-012338-4/Imprimé en France.

162430